Julie Peters

Die Dorfärztin

Ein neuer Anfang

W0466324

atb aufbau taschenbuch

JULIE PETERS, geboren 1979, arbeitete einige Jahre als Buchhändlerin und studierte ein paar Semester Geschichte. Anschließend widmete sie sich ganz dem Schreiben. Sie lebt mit ihrer Familie im Westfälischen.

Im Aufbau Taschenbuch sind bereits die Romane »Mein wunderbarer Buchladen am Inselweg«, »Mein zauberhafter Sommer im Inselbuchladen«, »Der kleine Weihnachtsbuchladen am Meer« sowie bei Rütten & Loening »Ein Sommer im Alten Land« und »Ein Winter im Alten Land« von ihr erschienen.

Bockhorst in Westfalen, 1913. Leni möchte nur eins: Ärztin werden. Doch sie hat einen Klumpfuß, der sie manchmal monatelang im Krankenhaus festhält und ihr die Möglichkeit verwehrt, das Gymnasium zu besuchen. Die Bücher, die ihr Freund Matthias ans Krankenbett schmuggelt, können ihre Wissbegierde kaum mehr stillen. Dann befindet sich Deutschland plötzlich im Krieg, und auch Matthias wird eingezogen. Immer wieder verliert Leni ihn aus den Augen. Als sie 1928 mit ihrer Tochter Marie und einem abgeschlossenen Medizinstudium in der Tasche aus Berlin zurück in die Heimat zieht, um dort die Dorfarztpraxis zu übernehmen, hat sie ihn seit fünf Jahren nicht mehr gesehen. Mit ihrer Familie liegt sie über Kreuz, und zu allem Überfluss bleiben die Dorfbewohner der Praxis fern. Da fasst Leni sich ein Herz: Sie muss Matthias finden. Schließlich ist er nicht nur ihre große Liebe, sondern auch der Vater ihrer Tochter.

JULIE PETERS

Die Dorfärztin

Ein neuer Anfang

ROMAN

atb aufbau taschenbuch

MIX
Papier aus verantwortungsvollen Quellen
FSC® C083411

ISBN 978-3-7466-3754-9

Aufbau Taschenbuch ist eine Marke der Aufbau Verlag GmbH & Co. KG

1. Auflage 2020
© Aufbau Verlag GmbH & Co. KG, Berlin 2020
Umschlaggestaltung www.buerosued.de, München
unter Verwendung von Motiven von © Rekha/Arcangel
und © mauritius images/United Archives/Werner Otto
Satz LVD GmbH, Berlin
Druck und Binden CPI books GmbH, Leck, Germany
Printed in Germany

www.aufbau-verlag.de

Für eine Mutter, wie ich sie Leni gewünscht hätte – meine.

PROLOG

Oktober 1918

Der junge Soldat zog die Kapuze tief ins Gesicht, er drückte sich neben das Tor in den Schatten des alten Kuhstalls und verschmolz mit der Finsternis. Er beobachtete, was auf dem Vorplatz geschah. Am Morgen hatte man auf dem Hof eine provisorische Sammelstelle errichtet, im Stall ein Dutzend Feldbetten auf dem nackten Boden aufgeschlagen, viel zu schnell waren diese bereits vollständig von Verletzten belegt. Immer wieder erklangen die Stimmen der Krankenträger, Soldaten, die aus den Schützengräben die Verwundeten bargen und sie zu den Unterständen brachten, wo sie dann auf die Pferdewagen geladen und zu den Wartehallen gebracht wurden, von dort ging es weiter zu den Lazaretten.

Dieses Gebäude, früher Kuhstall und nun – ja, was? So genau wusste der junge Soldat das nicht, denn weder Ärzte noch Rotkreuzschwestern beugten sich über die Verletzten, die stöhnend oder völlig apathisch im Halbdunkeln lagen. Wenn er gekonnt hätte, wäre er weggelaufen, doch selbst dazu fehlte ihm der Mut.

Ich muss Matthias finden. Ich muss ihn finden, damit wir gemeinsam heimkehren können, solange seine Mutter noch lebt.

Dies war sein einziger Gedanke. Er galt nicht den Sterbenden zwischen all dem Gestank nach Krankheit und Tod. Dieser Wunsch trieb ihn voran, seit zwei Wochen schon. Seit er seine Sachen gepackt und das elterliche Haus verlassen hatte. Jeder Schritt hierher war eine Qual gewesen, und nun stand er hier, der Herbstregen prasselte nieder, er war durchgefroren und nass, sein Fuß schmerzte mehr als sonst. Aber irgendwo hier draußen musste Matthias sein, und irgendwie musste er es schaffen, ihn nach Hause zu holen, bevor es zu spät war.

»Aus dem Weg, Soldat!« Wieder kamen vier Krankenträger mit einer Trage durch den Regen, der Verletzte darauf regte sich kaum mehr. Sein linkes Bein hing in Fetzen herunter, sein Schuh stieß mit jedem Schritt der Träger auf dem Boden auf. Der Soldat stöhnte nur, eine Hand hob sich und sank dann wieder herunter, als hätte ihn alle Kraft verlassen. Sie brachten ihn in den Stall und blickten sich ratlos um, denn alle Feldbetten waren besetzt. Schließlich stellten sie die Trage ab, einer legte eine Decke auf den Boden, gemeinschaftlich halfen sie dem Verletzten auf dieses Lager, das angesichts seiner Verletzung kaum angemessen war.

Der junge Soldat vor dem Stalltor umklammerte den Stock, auf den er sich stützte, und drehte sich weg. So schwer zu ertragen war das Leid dieser Männer. Seine Hand fuhr unter die Uniformjacke, er ertastete dort den Brief, den er nun schon die ganze Zeit bei sich trug. Bisher hatte er sich nie versucht gefühlt, diese Zeilen zu lesen.

Die Krankenträger trotteten aus dem Stall, die Köpfe gesenkt, zwei schleppten die Trage. Die anderen beiden gingen noch etwas langsamer. Diese wenigen Meter zurück zu dem Lastwagen, das war alles, was ihnen an Erholung gewährt wurde. Denn sobald sie die Köpfe wieder hoben, mussten sie hinaus, weit hinaus in das Gewirr der Schützengräben, wo noch mehr Soldaten warteten, dem Tode geweiht, wenn sie keiner holte.

»He, du!«

Der junge Soldat fuhr zusammen.

Einer der Krankenträger hatte über die Schulter geblickt und ihn am Tor entdeckt. »Willst du hier nur rumstehen?«

»Ich kann nicht da raus.« Der junge Soldat hob den Stock in seiner Rechten, machte sogar zwei Schritte vor, damit der andere sein Hinken bemerkte.

»Tja, das passiert vielen hier. Mach dich nützlich, solange wir die anderen holen. Diese Männer haben Durst.«

Weg waren sie, verschwunden hinter dem Regenschleier. Der junge Soldat hörte ihre Stimmen, einer lachte rau. Das Letzte, was er wahrnahm, war der Geruch von brennendem Tabak. Wenigstens Zigaretten hatten sie. Der Motor des Lastwagens startete, das Brummen verschwand mit der einsetzenden Dämmerung.

Behutsam spähte der junge Soldat nun durch die Stalltür. Im Innern herrschte diese gespenstische Stille, die kannte er schon von seiner Fahrt auf einem der Lazarettzüge entlang der Front von Nord nach Süd. Manchmal schrie einer nach seiner Mutter, die meisten aber waren dafür schon zu schwach.

Neben der Tür stand ein Eimer mit Wasser. Drei Schritte weiter lag auf der ersten Pritsche einer, dessen Wangen vom Fieber rot gefleckt waren, die Augen flatterten im bleichen Gesicht. Um Nase und Mund bildete sich ein fahles Dreieck. Es war nicht mehr weit für ihn, die andere Seite war nicht fern.

Eine Kelle steckte in dem Eimer, also hatte vermutlich schon vorher jemand Wasser an die Verletzten verteilt. Aber warum war hier niemand? Der junge Soldat nahm den Eimer mit der Linken, die Kelle klapperte am Rand, als er den Eimer mühselig zur ersten Pritsche schleppte.

Der Verwundete öffnete bei dem Geräusch die Augen, einen Spaltbreit nur. »Anna«, flüsterte er.

Er hatte sie erkannt. Oder eher in ihr erkannt, was sie wirklich war.

Von diesen Männern hatte sie wohl kaum etwas zu befürchten. Der junge Soldat schlug die Kapuze zurück, das rötlich blonde Haar darunter kringelte sich an den Schläfen, wo sie es vor ihrer Abfahrt raspelkurz abgeschnitten hatte. Der Zopf lag daheim in einer Schachtel, sie hatte es nicht über sich gebracht, ihn wegzuwerfen. Oder ihn wie viele Frauen dieser Tage zu spenden; die Haare wurden beim Bau der U-Boote verwendet, als Ersatz für das isolierende Kamelhaar.

Das junge Gesicht, die kleine Stupsnase, die dunkelblauen

Augen, das alles sah der Soldat nicht. Für ihn war sie in diesen Minuten seine Liebste, die er vor vier Jahren oder erst wenigen Stunden zurückgelassen hatte. Einen weiten Weg war er seither gegangen, nun lag er hier. Nicht zum ersten Mal, aber er spürte wohl, dass es das letzte Mal sein würde, denn sein Blick verlor sich in weiter Ferne.

Sie schöpfte Wasser aus dem Eimer, hielt ihm die Kelle an die Lippen. Er schluckte, schluckte, doch das Wasser verrann zwischen seinen Lippen, tropfte auf das Feldbett. »Danke«, flüsterte er dennoch, dann sank er in sich zusammen, seine Augen schlossen sich und er tat einen letzten, allerletzten Atemzug.

Stille. Obwohl hinter ihrem Rücken die anderen Männer atmeten, keuchten, husteten und stöhnten, sie hörte nur das Schweigen dieses einen, der gerade den Kampf um sein Leben für immer verloren hatte.

Sie blieb bei ihm sitzen, bis er fort war. Hatte sie ihn umgebracht? Nein. Viele Jahre später würde sie begreifen, dass jenes fahle Dreieck, das ihm um Mund und Nase gezeichnet war, einer der letzten und klarsten Vorboten des Todes war. Sie legte seine kühlen Hände über seiner Brust zusammen, stand auf und wandte sich den anderen zu. Sie schritt von einem Lager zum nächsten, gab jedem der Männer Wasser. Manche bedankten sich mit brüchiger Stimme, einige dachten, ihre Mutter, Schwester, Liebste sei bei ihnen aufgetaucht und gaben ihr deren Namen. Ida. Regine. Friederike. Maria. Jeden dieser Namen nahm sie an, ohne ihren eigenen zu vergessen.

Tiefste Nacht, stille Dunkelheit. Sie trat nach draußen, als der nächste Transport mit Verletzten in den Hof rollte. Es hatte aufgehört zu regnen. »He, Soldat!«, rief einer der Sanitäter, vermutlich ein Offizier. »Pack mit an, unser Kollege hat die Scheißerei bekommen, sind nur noch zu dritt.«

Sie trat näher, auf ihren Stock gestützt. »Viel kann ich nicht helfen«, sagte sie.

Er musterte sie, von den roten Löckchen bis zu dem Stock, der im Morast versank. »Na, halbe Kraft reicht uns auch.« Gemeinsam mit den anderen beiden Soldaten schob er die Trage bis an den Rand des Wagens, zwei packten vorne an, der dritte zeigte ihr, welchen Riemen sie greifen sollte, und dann schleppten sie einen weiteren Halbtoten in den Stall.

»Der hat's nicht geschafft, legen wir ihn dorthin.«

Der Wortführer hatte einen Schnurrbart, die dunklen Haare hingen fettig oder nass unter dem Helm hervor. Sie stellten die Trage ab, wickelten den Toten in seine Decke, Leichensäcke gab es wohl keine auf ihrem Lastwagen. »Wohin mit ihm?«, fragte sie und erntete doch nur Schulterzucken.

Kein Platz für die Lebenden, Verletzten, Sterbenden. Nun nicht mal für die Toten.

Das war zu viel für sie.

Der Sanitätsoffizier fand sie vor dem Stalltor, sie hatte sich ein Stück weiter an die Wand gelehnt und kotzte bittere Galle in den Schlamm. Er brummelte etwas, das sie nicht verstand, dann, als sie nur noch Luft würgte, tippte er ihr auf die Schulter und hielt ihr eine Zigarette hin.

Sie nahm sie, trat zurück, schwer atmend stützte sie sich auf ihren Stock.

»Dein Erster?« Er nickte zum Stalltor.

»Er starb, nachdem ich ihm Wasser gab. Ich dachte …«

»Dass du schuld bist?« Er zündete sich die Zigarette an, hielt das Streichholz so, dass auch sie ihre an die Flamme halten konnte. Sie beugte sich vor, sog den Rauch ein und hätte sich fast ein zweites Mal übergeben, aber dann legte sich der Rauch auf ihre Mundschleimhaut. Er rieb in ihrem Hals alles glatt, und als sie es schaffte, ihn für ein paar Sekunden in den Lungen zu halten, spürte sie, wie ihr schwindlig wurde. Aber das war ein guter Schwindel. Einer, der den anderen vergessen machte.

»Hier ist keiner schuld, weil einer verreckt. Wenn's jemanden gibt, dann suche den in Berlin oder Wien. In Sankt Petersburg oder Paris. Da sitzen die, die uns in diesen verdammten Krieg geschickt haben.«

Sie sah ihn schockiert an. Seine Worte waren der pure Verrat, wusste er das denn nicht? Aber ihn schien das nicht zu kümmern, er rauchte weiter und zeigte mit seiner Zigarette auf ihren Stock. »Wie ist das passiert?«

»Lange Geschichte.« So lang wie ihr Leben, aber sie wollte nicht darüber reden. Es ging hier keinen was an.

»Vermutlich genauso eine, die du nicht erzählen willst wie die, was du hier zu suchen hast. Als Frau. Fräulein gar.«

Sie starrte ihn an, er lachte rau. »Was denn? Die guten Umgangsformen wirst du nicht haben, weil du im Schweinekoben aufgewachsen bist.«

»Nicht ganz. Meine Eltern haben eine Wurstfabrik.«

Hatten, fügte sie in Gedanken hinzu.

»Ah, also ein gutbürgerlicher Stall, aus dem du da kommst. Dachte ich's mir.« Gespielt ernst lüpfte er den Helm. »Joachim von Werder, stets zu Diensten.«

»Ein Adeliger, der nur Sanitätsdienst macht?«

Er grinste. »Lange Geschichte.«

Das entlockte ihr ein Lächeln.

»Kannst ja doch fröhlich. Also? Nach wem suchst du?«

Sie tastete in der Tasche ihres Mantels, fand den Brief, daneben das Foto, das sie vom Nachttisch seiner Mutter genommen hatte. »Matthias Krüger. Kennen Sie ihn?«

Er nahm sich Zeit, schaute sich die Fotografie lange an, drehte sie um. Sie brauchte keinen Blick darauf werfen, sie kannte dieses Bild nur zu gut, selbst in ihren Träumen tauchte es immer wieder auf. Trotzdem machte es sie nervös, wenn ein Fremder es hielt, und sie atmete auf, als er es zurückgab.

»Noch nie von ihm gehört. Könnte mich umhören oder die anderen fragen. Was ist mit ihm? Bist du seine Liebste?«

Sie spürte, wie sie rot wurde. »Eine Freundin.«

»*Seine* Freundin?«

Machte das denn einen Unterschied? Reichte nicht, dass sie hier war, um zu beweisen, wie unverbrüchlich sie Matthias verbunden war?

Sie schwieg verbissen.

»Wirst mir schon mehr geben müssen, wenn ich nach ihm suchen soll. Oder willst du selbst da raus?«

Entsetzt schüttelte sie den Kopf. Ihr reichte schon das, was sie hier erlebte, zehn oder zwölf Kilometer hinter der Frontlinie.

»Er soll irgendwo hier draußen sein?«

»Zumindest haben wir im Sommer das letzte Mal von ihm gehört, da war er hier.«

Joachim von Werder lachte rau. »Das muss nichts heißen. Weißt du, oder?«

Sie nickte, zog trotzig an der Zigarette. »Mehr hab ich nun mal nicht.«

Er überlegte, dann traf er eine Entscheidung und warf den aufgerauchten Stummel in eine Pfütze.

»Wie heißt du?«

Sie sog den Rauch ihrer Zigarette tief ein, genoss dieses Schwindelgefühl und nahm all ihren Mut zusammen. »Sag ihm, dass Leni Wittmann hier ist. Sag ihm, es geht um seine Mutter.«

Joachim nickte. Er wollte schon gehen, doch dann nahm er das Päckchen mit den Zigaretten aus der Brusttasche, überlegte kurz, teilte schließlich die darin enthaltene Menge in zwei und gab ihr die eine Hälfte, zusammen mit einem Streichholzbriefchen. »Wirst du brauchen, bis ich zurück bin«, sagte er nur.

»Danke«, erwiderte sie, mehr nicht. Dabei war sie froh, dass er ihr etwas ließ, das die Schmerzen dämpfte. Dass sie sich nicht gänzlich verloren fühlte.

Sie hoffte, es würde nicht zu lange dauern.

Nach dieser Nacht folgte ein Tag, eine weitere Nacht, noch ein Tag. Joachim hatte ihr gesagt, sie solle hier warten, er werde irgendwann zurückkommen. »Ich höre mich um«, das war das

Letzte, was sie von ihm gehört hatte, bevor er auf den Lastwagen gesprungen und davongebraust war. Sie hatte dem Laster nachgesehen, in der Dunkelheit gelauscht, bis das Motorengeräusch verklungen war und nur noch die Verletzten ihr Gesellschaft leisteten, die keine Gesellschaft war. Denn vor allem brauchten sie Lenis Hilfe, weil sie starben oder nicht starben, beides war eine Qual.

Leni tat, was sie konnte, aber viel war das nicht. Sie gab den Wachen zu trinken, deckte die Schlafenden wieder zu, sie kühlte hier eine fiebernde Stirn und hielt dort die Hand von einem, den der Albtraum gerade näher zur anderen Seite zog. Sie hatte viel Zeit, so ganz allein mit diesen Männern, die für Kaiser, Gott, und Vaterland in einen Krieg gezogen waren, von dem sie nicht wusste, ob einer von den dreien das gewollt haben konnte. Gott ganz bestimmt nicht, jedenfalls nicht der Gott, wie sie ihn verstand.

In der dritten Nacht, die sie allein mit den Männern war, starben zwei von ihnen. Sie wusste zeitweise nicht, ob sie lachen oder weinen sollte, und weil ihr nichts Besseres einfiel, sang sie für die beiden. Sang auch für diejenigen, die wach lagen und hörten, wie einer der beiden Sterbenden sich quälte. Der andere schlief ein und wachte einfach nicht mehr auf.

Es gab so weniges, was sie verstand. Warum war sie hier allein? Hatte man dieses kleine Lazarett vergessen, war es in der deutschen Gründlichkeit verloren gegangen? Und wenn das so war, was sollte sie noch tun, was konnte sie überhaupt tun? Sie hatte Brot und ein bisschen Fleisch in Dosen, denn hinten im Stall war eine kleine Vorratskammer, wo jemand neben einer jämmerlichen Kiste mit Verbandszeug auch ein paar Vorräte abgestellt hatte. Sie verteilte das Essen, so gut es eben ging, das Wasser wurde knapp, sie wusste nicht, wie sie an neues kommen sollte. Das bereitete ihr die meiste Sorge, neben der Frage, was mit den Toten geschah, wenn nicht bald jemand kam.

Am Morgen saß sie vor dem Stall auf einem Findling, sie

rauchte die letzte Zigarette, inzwischen kratzte da nichts mehr im Hals, und ihr wurde nur deshalb schwindelig, weil sie seit vorgestern nichts mehr gegessen hatte.

Und dann rumpelte der Lastwagen heran. Joachim stieg aus, ihr war vor drei Tagen gar nicht aufgefallen, wie groß er war. Bestimmt an die eins neunzig. Hinter ihm sprang einer von der Ladefläche, der kleiner war, dünner als in ihrer Erinnerung, aber das waren sie wohl alle nach vier Wintern mit Kriegsrationen, selbst sie, obwohl sie an den Fleischtöpfen lebte.

Stumm kam er auf sie zu, seine Arme hingen schlaff an seinen Seiten herunter. Er starrte sie aus Augen an, die tief umschattet waren. In seinem leeren Blick sah sie, was der Krieg mit den Soldaten hier draußen machte. Sie sah es in seinem Gesicht, das ihr so vertraut war. Das Blau seiner Augen, selbst das war verblasst.

»Leni«, sagte er.

Stumm reichte sie ihm die halb aufgerauchte Zigarette, und er zog daran wie ein Ertrinkender, der nach Luft schnappt. Joachim ging in den Stall, die anderen Männer vom Sanitätsdienst folgten ihm. Leni rückte ein Stück beiseite, sie klopfte auf den Stein, und Matthias setzte sich neben sie. Ihre Schultern berührten sich, und kurz durchzuckte sie der Gedanke, wie schön sich das anfühlte, wie lange sie sich danach gesehnt hatte, so neben ihm zu sitzen. Einfach nur beisammen sein, davon hatte sie geträumt.

»Von Werder sagt, es geht um meine Mutter.« Matthias räusperte sich.

»Sie stirbt, Matthias.«

Die Friedlichkeit des Moments verflog, zurück blieb nur dieses Gefühl der Leere, das sie selbst schon seit Wochen verspürte. Das er jetzt mit voller Wucht abbekam. Aber was hatte er denn gedacht? Bestimmt nicht, dass sie aus purer Abenteuerlust viele Hunderte Kilometer durch das Reich gereist war.

»Du hättest schreiben können.«

»Das habe ich. Seit August. Es kam keine Antwort. Ich musste es versuchen. Sie …«

Er stand auf, und ihr wurde kalt, weil dort, wo vorhin noch sein kratziger Armeemantel an ihren drückte, jetzt nichts mehr war als die Oktoberkälte.

»Ich kann hier nicht weg, Leni. Siehst du das nicht? Schon der Gedanke …« Er senkte die Stimme, Joachim von Werder kam gerade aus dem Stall, die Stirn umwölkt, der Blick so müde. »Selbst wenn ich wollte. Sie erschießen mich, wenn ich das versuche, Leni. Fahnenflucht. Landesverrat.«

Sie zog den Brief aus der Tasche, zerknittert von den vielen Nachtstunden, die sie auf ihm gelegen hatte. »Das hier hat sie für dich geschrieben. Sie wollte, dass du es liest.«

Neben ihnen wurden die Leichen aus dem Stall geschleppt. Sie luden die Toten auf den Lastwagen, Joachim von Werder schaute zu ihnen rüber. Matthias hielt den Brief in der Hand, als wüsste er nicht, ob er für ihn bestimmt war, blickte zum Laster und zurück.

»Wir müssen wieder los.«

»Und was wird aus mir?«, fragte sie.

Vor allem: Was wird aus den Soldaten, die hier zum Sterben abgeladen werden? Aber das sagte sie nicht.

Joachim von Werder kam rüber. Er steckte sich eine Zigarette an. »Können wir?«, fragte er.

»Wohin bringen Sie die Toten?«

Er zuckte mit den Schultern. »Weiter weg von der Front. Willst du mit?«

Sie drehte sich zum Kuhstall um. Zu den Verletzten, die niemanden hatten. Keiner von ihnen wäre in der Lage, sich zu versorgen – geschweige denn die anderthalb Dutzend anderen Verwundeten.

»Und was ist mit den Verletzten?«

»Wir holen sie, sobald wir können.«

»Wann wird das sein?«

Matthias mischte sich ein. »Du kannst nicht hierbleiben, Lene.«

Lene. Sie lächelte ihn müde an. Wenig fehlte und sie hätte ihm die Hand auf die Wange gelegt, aber sie spürte Joachims Blick, der ihr auch seltsam vertraut war. Und das nur, weil er der Erste gewesen war, der sie hier angesprochen hatte. Lag das an ihrer Einsamkeit? Den Wochen unterwegs, in denen sie vermieden hatte, mit irgendwem zu sprechen? Umtrieben von der Furcht, man könnte in ihr die junge Frau erkennen, die sich in einem gestohlenen Armeemantel zur Front durchschlug.

Sie blickte zum Stalltor, dahinter die Pritschen und Lager auf dem nackten Boden. Dann sah sie Matthias an. Er schien ihren Blick richtig zu deuten, denn er seufzte. »Lene«, sagte er. Resigniert.

»Wir können sie doch nicht alleinlassen«, sagte sie leise.

»In zwei Tagen holen wir sie«, versprach Joachim. Zwei Tage, das war für die Männer dort drinnen eine Ewigkeit. Diese Zeit war selbst ihr schon endlos vorgekommen, obwohl sie ständig was zu tun hatte.

Matthias wandte sich an Joachim, er salutierte. »Bitte um Erlaubnis, bis zum nächsten Krankentransport die Verletzten vor Ort zu versorgen.«

»Krüger, Sie wissen genauso gut wie ich, dass ich nicht befugt bin …«

»Bitte«, flüsterte Leni. »Ich schaffe das nicht allein.«

Die beiden Männer blickten einander lange an. Schließlich nickte Joachim von Werder.

»Erlaubnis erteilt.«

Matthias zögerte. Ihm lag noch etwas auf dem Herzen. »Wir brauchen Vorräte.«

»Wir haben nichts, das wissen Sie, Krüger.«

Beide Männer schwiegen einen Moment. Dann seufzte Joachim von Werder. »Ich habe keine Ahnung, welcher Idiot auf die Idee gekommen ist, hier ein provisorisches Lazarett aufzuschlagen, ohne es mit Personal zu versorgen«, sagte er und legte Matthias eine Hand auf die Schulter. »Darum werden wir schauen, was wir aus dem Lastwagen entbehren können. Danach sind Sie bis zum Eintreffen von Verstärkung auf sich angewiesen.«

Leni stand daneben und hörte zu. Bevor er aber ging, wandte sich Joachim von Werder noch einmal an sie. »Bist du Krankenschwester?«, fragte er.

Vor drei Tagen hatte ihn das nicht interessiert, dachte sie. »Etwas in der Art«, antwortete sie stattdessen.

Er nickte. »Das dachte ich mir schon. Frauen wie dich können wir in den großen Lazaretten brauchen. Kannst gut zupacken und schreckst scheinbar auch vor Blutungen nicht zurück.« Er blickte demonstrativ zum Stalltor, hinter dem ihr einige stark blutende Verletzungen begegnet waren in den vergangenen Tagen. »Wenn du also später nicht direkt heimwillst, wüsste ich eines hinter der Front, wo du sicher wärst. Wo man dich brauchen kann.«

»Ich habe daheim Verpflichtungen.«

»Ja, das verstehe ich gut.«

Damit war das Thema für ihn erledigt.

Matthias stand hinter ihr, als der Lastwagen davonrollte. Er legte eine Hand auf ihre Schulter. »Da sind wir also«, sagte er leise.

Sie schluckte. All ihre Hoffnungen, rasch mit ihm heimkehren zu können, waren zerschlagen. Sie hatte ihn gefunden, er lebte, er war gesund, soweit man das sein konnte in diesem lausigen Krieg. Aber von hier aus ging es nicht weiter.

Nun ja, was hatte sie sich denn auch gedacht? Seit über vier Jahren herrschte dieser brutale Krieg. Sie hatte mit eigenen Augen gesehen, wie sehr die wenigen Männer, die vorzeitig heimkehren durften, von den Schlachten versehrt waren. Wen es nicht so arg erwischte, den flickte man notdürftig zusammen und schickte ihn so schnell wie möglich zurück in die Schützengräben.

»Deine Mutter …«

»Nein«, sagte er fest. »Lass uns nicht mehr von meiner Mutter reden.«

Er drehte sich um und ging zum Lazarett. Leni folgte ihm, sie vergrub die Hände nur kurz in den Manteltaschen und ballte sie zu Fäusten.

Wenn der Krieg bald vorbei wäre … Aber nein, sie machte sich nichts vor. Der Krieg wäre irgendwann vorbei, ja.

Für Matthias und seine Mutter wäre es dann aber zu spät.

Erster Teil

Juli 1928

Die flirrende Hitze über dem Dorfplatz weckte in Leni Erinnerungen an ihre Kindheit. An jene glücklichen Tage, als sie mit ihren Geschwistern und Freunden barfuß die Allee vom Haus ihrer Eltern heruntergerannt waren, um am Brunnen zu plantschen, bis die alte Gret kam und sie verscheuchte.

Sie roch den Staub wie damals und wusste, dies war ihre Heimat. Eine Mischung aus diesem Kratzen im Hals, dem Kitzeln in der Nase, vom Kuhmist und in der Sonne glänzenden Spelzen vom Korn, das die Bauern gemeinschaftlich auf dem Dorfplatz droschen, bevor es in die Säcke gekehrt und zur Mühle gefahren wurde.

Leni bemerkte, wie sich klein und schwitzig die Hand ihrer Tochter in ihre schob. »Mami?«, hörte sie sie fragen. »Mami, wer sind die Leute da? Wieso starren die uns so an?«

Sie schluckte. In Maries Fragen lag etwas verborgen, das in ihr eine Saite zum Klingen brachte, von der sie gedacht hatte, sie wäre längst verstummt. Und sie hätte gern eine Antwort darauf gewusst, die ihrer Tochter die Befürchtung nahm, sie könnten hier nicht willkommen sein.

Etwas schwerfällig hockte Leni sich hin, sie legte den Arm um die Fünfjährige und drückte sie fest an sich.

»Das sind alles unsere Freunde. Sie wissen es nur noch nicht. Wir müssen uns erst ein bisschen besser kennenlernen.«

Maries dunkelblonde Zöpfe kitzelten ihre Wange, als die Kleine ihr Gesicht an das ihrer Mutter schmiegte. Marie schlang die Ärmchen um Lenis Hals. Sie gerieten ins Wanken, fast wäre Leni mit dem Hintern voran im Staub gelandet. Nur mit Mühe stützte sie sich mit einer Hand ab, ihr Fuß war einfach weggeknickt.

»Pass auf«, flüsterte sie nur, und Marie verstand. So wie sie immer verstand. *Lauf nicht so schnell vor, Mami kann dir nicht folgen. Gib acht an der Straße, die Autos und Fuhrwerke sind zu schnell. Bleib an der Hand, wenn wir unterwegs sind.* Dabei war Marie ein fröhliches Kind, ein Wildfang mit großem Bewegungsdrang. Leni lächelte. Den hatte sie von ihrem Vater, ganz eindeutig.

Ihre Erinnerung war ein trügerisches Bild, verschwommen und kaum mehr erkennbar. Was rückblickend so strahlend schön war, weshalb sie ihrer Rückkehr schon seit Wochen entgegengefiebert hatte, entsprang letztlich ihrem manchmal allzu illusorischen Optimismus. *Wenn ich mich nur an die schönen Dinge erinnere, werden mir auch nur schöne Dinge widerfahren. Wenn ich vergesse, wie es auch sein konnte, dann glaube ich irgendwann diesem Zerrbild der Vergangenheit.*

»Wohin gehen wir?«

Leni richtete sich wieder auf. Sie zog sich dabei mühsam an ihrem Gehstock hoch, weil sie sich nicht auf die schmalen Schultern ihrer Tochter stützen wollte.

»Zuerst gehen wir nach Hause zu unserer Familie.« Sie straffte die Schultern. Schaute an den Leuten vorbei, die sich hinten an der Dorfstraße zusammengefunden hatten und die Köpfe zusammensteckten. Zwei kleine Kinder drängten sich an eine alte Frau, die Leni nicht auf Anhieb erkannte. Aber das musste nichts heißen. Vielleicht waren sie zugezogen. Und sie selbst war lange nicht hier gewesen.

Zwei Männer standen bei der alten Frau. Die kannte sie: Hans und Peter, sie waren Brüder. Hans im Glück der eine, Pech-Peter der andere. Zwillinge, drei Jahre älter als Leni, wenn sie sich recht entsann. Der vom Glück geküsste hatte einen blonden Schopf, dessen Haaransatz allerdings schon zurückwich. Peters Haare hingegen waren so pechschwarz wie der Name, mit dem das Dorf ihn verspottete, weil er als Zweiter aus dem Bauch der Mutter gekommen war. »Wenn man in eine Meyer-Familie geboren werden will, dann doch nicht als Zweiter«, pflegte ihre Mutter zu sagen. »Und dann auch noch wenige Minuten nach dem Ersten!«

Die beiden ließen Leni und ihre Tochter nicht aus den Augen. Vielleicht war es ein Fehler gewesen, nach Bockhorst zurückzukehren.

»Wer ist unsere Familie?«

Leni lächelte. Sie liebte Maries unerschöpfliche Neugier. Kein Tag verging, an dem sie ihr nicht Löcher in den Bauch fragte. Sie stupste gegen Maries Näschen. »Deine Omimi, dein Opi und deine Tanten. Deine Onkel Fritz und Carl und deine Cousins und Cousinen.«

Marie kaute am Ende ihres Zopfs herum. Sanft zog Leni ihr die Haare aus dem Mund. Sie rückte die Riemen des Rucksacks gerade, den sie sich auf den Rücken geschnallt hatte. Sie schwitzte unter der Kostümjacke, schwere Wolle, die sie über der Bluse trug. Der Rock war ebenso dick, beides hatte nicht mehr in den Rucksack gepasst. Den Rest ihres Gepäcks, zwei Schrankkoffer, hatte sie nachschicken lassen, aber für die kühlen, regnerischen Tage, die Ende Juli immer kamen, hatte sie das Kostüm unbedingt mitnehmen wollen. Zumal es das beste war, das sie besaß. Und nun war der Rocksaum staubig von ihrem Fußmarsch vom Bahnhof hierher. Über eine Stunde durch die pralle Sonne, die Luft war stickig. Am Horizont türmten sich die Gewitterwolken, doch sie blieben in der Ferne, eine baldige Abkühlung war nicht in Sicht.

Sie gingen die Dorfstraße entlang, vorbei an den Meyer-Brüdern und der Alten mit den Kindern. »Guten Tag«, sagte Leni höflich, ihr schlug das Herz bis zum Hals und Marie umklammerte ihre Hand fester als zuvor.

»Schau an, Wittmanns Leni.« Hans machte einen Schritt nach vorn, er streckte ihr die Hand hin. »Auch mal wieder zu Besuch?«

Leni blieb stehen. Sie wechselte den Gehstock von rechts nach links, damit sie ihm die Hand geben konnte. Dafür musste sie aber Maries Hand loslassen, die sich sogleich noch mehr an ihren Rock drängte. »Hans Meyer zu Bentdorf. Schön, dich zu sehen. Geht's der Familie gut?«

Er zuckte mit den Schultern. »Gut, was heißt schon gut?«

Peter beäugte sie nur, die Alte sagte auch nichts. Offenbar hatten sie Hans zum Wortführer auserkoren.

»Was bringt dich her? Dachte, du wärst für alle Zeiten in Berlin.«

»Ich bin zurück«, sagte sie. Durchatmen, Schultern straffen, ruhiger Blick. Sie wusste, dass sie das konnte. Von klein auf hatte sie gelernt, mit Sticheleien zu leben, und sogar damit, von den anderen Kindern in ihrem Alter ausgeschlossen zu werden. Wenn es wieder passierte, wäre sie bereit dafür. »Ich werde die Arztpraxis im Dorf übernehmen.«

Hans lachte. »Du? Wieso das denn? Kannst dich doch ins gemachte Nest setzen drüben auf dem Gutshof deiner Mutter.«

»Weil ich mich nicht ins gemachte Nest setzen will.« Sie nahm den Stock wieder in die rechte Hand, die Linke ruhte auf Maries Schulter. »Muss aber jeder wissen, wie er das haben möchte.«

Seine Stirn umwölkte sich vor unterdrücktem Ärger. Seit Jahrhunderten gehörte ein Großteil der fruchtbaren Äcker ringsum Bockhorst den Meyers zu Bentdorf. Sie besaßen das stolze Bauernhaus am Rand des Dorfes mit eigenem Backhaus, großem Gemüsegarten und Obstplantage. Aber Leni ließ sich davon nicht beeindrucken. Sie wusste, der glückliche Hans war nur ein bellender Köter, vor dem brauchte sie keine Angst haben. Zu sehr hatte ihm der Vater seit frühester Kindheit mit dem Rohrstock eingebläut, dass er seine von Gott gegebene Stellung im Dorf niemals als eine betrachten durfte, die ihn über andere erhob. Hart arbeiten hatten sie dafür müssen.

Vielleicht hatte es da sein pechschwarzer Bruder doch etwas besser getroffen – dem war der Vater mit etwas weniger Strenge begegnet. Leni hielt nicht viel von Prügelstrafen. Ein notwendiges Übel bei manchen Jungs, hatte ihre Mutter immer behauptet. Und dann Leni, die ihre Brüder und die Schwestern immer zu Unfug angestiftet hatte, weil sie selbst nicht so konnte, davor verschont. Bringt eh nix, hatte Regine Wittmann dann gemurmelt und den Teppichklopfer hinter der Stubentür gelassen, während der Vater mit ihrem Bruder Fritz nach draußen ging und ihm eine verpasste, weil er wieder die Kühe auf dem Schlachthof mit der Zwille scheu gemacht hatte.

»Davon wird das Fleisch nicht besser!«, hatte er dann gebrummt, aber Einsicht durfte man von einem Neunjährigen, der sich von seiner sechsjährigen Schwester aufstacheln ließ, wohl nicht erwarten.

Leni schob Marie ein Stückchen voran. »Komm«, sagte sie leise, und die Kleine ging weiter. Vorbei an der alten Frau, die das Kopftuch tief in die Stirn gebunden trug und Leni von unten herauf verstohlen musterte. Vorbei auch an den beiden Kleinkindern, denen der grünliche Rotz aus den Nasen lief. Die Alte fing Lenis Blick auf, sie zog ein Taschentuch unter der Schürze hervor. »Komm her«, bellte sie das größere Kind an, ein Knabe von vielleicht vier Jahren, der sich gehorsam den Schnodder aus dem Gesicht wischen ließ. Die kleine Schwester, wohl kaum älter als zwei und auf pummeligen Beinchen unterwegs, die Füße leicht nach innen gebogen, protestierte mit großem Geheul, als sie danach an der Reihe war.

Leni blieb stehen. Es ging sie nichts an, aber … »Hat sich schon mal ein Arzt die Kleine angeschaut?«

Drei Köpfe zuckten hoch. Die Alte stellte sich sofort schützend vor das Kind, die beiden Männer hielten die Arme verschränkt vor der Brust, unmerklich schoben sie sich nach vorne. Dass sie auch nie den Mund halten konnte! Aber nein, was sie sah, musste sie ansprechen, das war schon immer so gewesen. Statt dass sie erst mit ihrer Mutter redete, sich nach der Familie Meyer zu Bentdorf erkundigte, ob es da vielleicht drunter und drüber ging, ob die Mutter der beiden Kinder fort war oder ob es dieser nicht gut ging. Wenn bei den Kindern etwas nicht stimmte, dann lag oft auch bei der Mutter etwas im Argen, so ihre Beobachtung. »Vergesst es«, sagte sie.

»Was soll mit ihr nicht in Ordnung sein?«, fragte Hans herausfordernd.

»Nichts.« Rachitis, dachte sie. Gut möglich, obwohl sie doch hier draußen jeden Tag herumflitzen konnte. Aber vielleicht war sie nicht genug an der frischen Luft. »Solange sie ihren Lebertran nimmt, ist alles gut.«

Anspannung lag in der Luft. Ihr vorlautes Mundwerk hatte Leni wieder mal in Schwierigkeiten gebracht. In Berlin hatte sie gut hingepasst – die koddrige Berliner Schnauze war sogar noch extremer und hatte offenbar auf sie abgefärbt. Hier im Westfälischen, wo man eher maulfaul war und die Angelegenheiten des Nachbarn einen so ungefähr gar nichts angingen, musste Leni sie sich aber schleunigst abgewöhnen. Sonst würde sie bald in einer leeren Dorfpraxis sitzen, weil niemand zu der neuen Doktorin wollte, die bevormundete einen ja nur.

Als hätte sie nicht schon genug zu bedenken.

»Na, bestimmt ist alles bestens«, sagte sie und erzwang ein Lächeln, um das Gespräch zu beenden. Sie ging weiter und blickte sich nicht noch mal um.

»Mami, wer waren die?«

»Das waren unsere Nachbarn«, erklärte sie nach kurzem Nachdenken, weil ihr nichts Besseres einfiel. Zumal der Meyerhof tatsächlich der nächstgelegene war, wenn man vom Gutshaus Richtung Dorf ging.

»Darf ich mit den Kindern spielen?«

»Na, mal sehen.« Sie umfasste Maries Hand fester. Gehörten die Kinder zu Hans oder zu Peter? Sie würde ihre Mutter auch danach fragen.

Eine Viertelstunde später blieb Leni an der Kastanienallee stehen, die schnurgerade bis zum Gutshaus führte. Sie entdeckte hinter dem dunklen Grün der Bäume die hellgelbe Fassade des weitläufigen Gebäudes, und es fühlte sich an, als hätte jemand ein breites Band um ihr Herz geschnürt und festgezurrt. »Das ist das Haus deiner Omimi«, sagte sie leise.

»Werden wir dort auch wohnen, Mami?«, fragte Marie nach kurzem Schweigen.

Der Wind frischte auf und fuhr durch die Äste, die sich wild bogen und neigten. Die Hitze blies ihr in das verschwitzte Gesicht. In der Ferne war endlich das erlösende Grollen zu hören, das Gewitter nahte.

»Ich weiß es nicht, Marie. Ich weiß es wirklich nicht.«

»Warum habt ihr nicht telegraphiert?«, fragte ihre Mutter, als Leni und ihre Tochter vor ihr standen.

Leni war zu erschöpft, sich mit ihr zu streiten, sie sagte nur: »Hab ich doch. Es kam wohl nicht rechtzeitig an.« Dabei hatte sie das Telegramm schon vor drei Tagen auf dem Postamt aufgegeben.

»Na, kommt erst mal rein. Seid ihr den ganzen Weg vom Bahnhof gelaufen?«

»Nein. Ein Bauer nahm uns mit, er kam von Borgholzhausen und wollte Richtung Versmold. Das letzte Stück sind wir dann gelaufen.«

Ihre Mutter schnaubte. Sie führte sie durch die Eingangshalle linker Hand die Stufen zur Küche herunter, in der die Mamsell stand und Brotteig knetete.

»Hilda? Bring uns Eiswasser und Schnittchen in den Salon. Wollt ihr euch vorher frisch machen?«

Leni zögerte, dann aber nickte sie, denn es würde Marie guttun, wenn sie noch ein paar Minuten mit ihr allein hatte. Schon jetzt merkte sie, wie sich ihr Kind immer mehr an sie drängte, bis sie fast in ihrem Rock verschwand.

»Ihr könnt das Parkzimmer haben.«

Ihre Mutter gab sich einen Ruck, sie ging voran und bog dann ab Richtung Speisezimmer, dahinter erstreckten sich ihr Arbeitszimmer, der Wintergarten, der Salon. »Du kennst ja den Weg.«

Lenis Stock klopfte auf den Holzstufen der geschwungenen Freitreppe, die mehr noch als die hohen Räume im Erdgeschoss von der Größe vergangener Zeiten erzählte. Tock, tock, tock. Auf halber Höhe blieb Leni auf dem Treppenabsatz stehen. Marie kletterte voran, sie wartete oben im stickigen Dämmerlicht des Flurs. Ein Hausmädchen schob sich an Leni vorbei und murmelte etwas. Sie verschwand im Parkzimmer, das mit den grünen Tapeten mit Blümchenmuster und den schweren Walnussmöbeln meist als Gästezimmer genutzt wurde. Die Tür stand offen, das Hausmädchen schlug die Decken zurück. »Das Kind kann im alten Kinderzimmer schlafen«, sagte sie.

Leni spürte Maries Zittern. »Meine Tochter schläft vorerst bei mir«, sagte sie, legte beruhigend die Hand auf die kleine Schulter.

»Wie Sie meinen, Fräulein Wittmann.« Das Mädchen pusselte weiter im Zimmer, zog die Vorhänge auf, der Staub tanzte im gelben Licht vor den Fenstern. Sie riss auch die Fenster auf, die heiße Luft von draußen vermengte sich mit der abgestandenen im Zimmer.

Dann verschwand das Dienstmädchen wieder auf der Treppe, ihre Schritte waren kaum zu hören.

Frieda, fiel es Leni ein. So hieß das Mädchen. War schon seit den letzten Kriegstagen bei ihrer Familie, als …

Nein, nein. Den Gedanken an *diese* Zeit ertrug sie nur schwer und schob ihn weit von sich. Alles, was damals geschehen war, all die Ereignisse, die sich überschlugen, bevor sie dann im Oktober tagelang in jenem Kuhstall an der deutsch-französischen Grenze gestrandet war, wo Zeit überhaupt keine Bedeutung mehr zu haben schien …

Sie hatte verdrängt, was jene Tage mit ihr gemacht hatten. Wie viel von ihren Erlebnissen jener Zeit sich tief in ihr verwurzelt hatten, so tief, dass sie jetzt erst mal Luft holen musste, bevor sie Maries Hand nahm und das Zimmer betrat.

Leni war nun nicht mehr so froh und voller Zuversicht wie nur einige Stunden zuvor. Den ersten Dämpfer hatte sie ja bereits bei ihrer Begegnung mit den Meyer-Brüdern bekommen. Ach, könnte sie Marie doch nur versprechen, dass alles gut werden würde! Auf einmal schien es keine so gute Idee mehr zu sein wie noch vor wenigen Wochen in Berlin, als sie dachte, es wäre das Richtige – heimkehren, ihren Platz in der Dorfgemeinschaft einfordern, der ihr als Tochter der Fleischfabrikantin Wittmann definitiv zustand.

Hatte sie zu viel verlangt?

Und wie oft musste sie Marie versichern, dass sie keine Angst haben musste, bis sie es sich selbst glaubte?

»Da bist du also wieder.«

Sie fuhr herum. Aus dem Schatten des Flurs tauchte eine große, schlanke Gestalt auf. Leni schrie auf, sie humpelte auf ihre jüngere Schwester Hanni zu, die sie juchzend in die Arme schloss und sogar ein Stück vom Boden hob. Auf Armeslänge hielten sie einander fest, forschten im Gesicht der anderen.

»Wie ist es dir ergangen?«, fragte Leni schließlich.

Hanni lachte. »Das sollte ich dich fragen. Hast dich einfach seit so vielen Jahren hier nicht blicken lassen.«

»Ich hatte Gründe«, sagte sie ausweichend.

Hannis Blick blieb an Marie hängen, die inzwischen auf dem Bett saß und mit ihren Beinen baumelte. Die Strümpfe waren verrutscht und staubig vom langen Fußmarsch.

»Das sehe ich«, sagte Hanni leise.

»Das ist Marie.« Leni schluckte. Noch immer fiel es ihr schwer, für ihre Tochter einzustehen.

»Hat Mama davon gewusst?«

Wusste unsere Mutter, dass du ein uneheliches Kind hast?

»Anfangs nicht. Und später wollte sie nichts davon hören. Aber lass uns lieber von etwas anderem reden.« Bitte, flehte sie in Gedanken. Nicht vor Marie. Später wäre genug Zeit, sich zu erklären.

»Natürlich.«

»Nun sag schon. Wie geht's dir?«, versuchte Leni das Gesprächsthema von sich abzuwenden.

Sie wuchtete endlich – endlich! – den schweren Rucksack von den Schultern, stellte ihn auf einem Stuhl ab und begann auszupacken.

»Hätte schlimmer sein können. Seit letztem Jahr bin ich Lehrerin in der hiesigen Dorfschule.« Hanni hatte sich zu Marie aufs Bett gesetzt. Lenis Tochter beäugte ihre Tante neugierig und lächelte schüchtern, als Hanni ihrer Nase einen kleinen Stupser verpasste.

»Glückwunsch«, sagte Leni leise. Lehrerin – das hatte ihre jüngste Schwester sich immer gewünscht. »Aber nicht für alle Zeit!«, hatte sie lachend betont, schließlich durften nur unverheiratete Frauen Lehrerin sein. In den Jahren zuvor hatte sie in einer Schule in Osnabrück unterrichtet, bis die Stelle hier frei wurde und man sie ihr anbot, erzählte Hanni. Schließlich gehörte sie zum Dorf.

Das alles wusste Leni bereits, weil ihre Mutter es in einem ihrer monatlichen Briefe geschrieben hatte, die eher an Bulletins erinnerten und alles Wissenswerte über die große Familie berichteten. Leni erinnerte sich noch an die genaue Formulierung ihrer Mutter, denn sie hatte lange auf diesen Worten herumgekaut.

Hanni ist wieder daheim. Die Stelle in der Dorfschule wurde diesen Sommer frei. Sie ist nicht glücklich damit, aber wer ist das schon, wenn nur eine der drei Töchter verheiratet ist.

Die Praxis vom Dorfarzt steht zum Verkauf. Es brächte sicher einige Schwierigkeiten für dich mit sich – vor allem müsstest du dich irgendwann erklären, falls du das Kind *mitbringen willst, wovon ich ausgehe, stur wie du bist. Da ich bei dir nicht sehe, dass du in naher Zukunft – oder überhaupt irgendwann – in den Stand der Ehe einzutreten gedenkst, kann ich dich beim Kauf unterstüt-*

zen, damit du später auch ein Auskommen ohne deine Familie hast. Betrachte es als Teil deines Erbes, das ich dir ohnehin irgendwann ausgezahlt hätte.

So war ihre Mutter. Sie verbarg ihr gutes Herz hinter wirtschaftlichen Interessen und Mutmaßungen darüber, was andere Menschen wollten oder brauchten.

Hanni fingerte ein Zigarettenetui aus der Rocktasche, sie klappte es auf und entnahm eine Zigarette. Leni stützte sich auf den Stock, als ihre Schwester ans Fenster trat. Sie war müde nach dem langen Fußmarsch und hätte Hanni gern weggeschickt, damit Marie und sie sich einrichten konnten, bevor ihre Mutter nach ihrer Anwesenheit verlangte.

Hanni verstand, was Leni von ihr wollte. Der Rauch flog hinauf ins Blätterdach vor dem Fenster. Erst dann fragte sie beiläufig: »Dein Freund wollte nicht hierher mitkommen?«

Welcher Freund?, hätte Leni am liebsten gefragt. Aber sie hielt den Mund. Eines hatte sie in den letzten zehn Jahren gelernt, manches Mal auf die schmerzhafte Art – es war ihrer Familie gegenüber immer besser, nicht zu viel preiszugeben.

Darum nahm sie Hanni nur die Zigarette aus der Hand und drückte sie auf dem Fensterbrett aus.

Ihre Schwester zog lediglich die Augenbrauen hoch, sagte aber nichts. Manchmal war ein Schweigen aber auch eine Form von Gespräch, und sie standen einfach für ein, zwei Minuten beisammen, sagten nichts und warteten.

Draußen in dem parkähnlichen Garten erklang ein Rufen, dann liefen drei Doggen vom Haus hinaus über die gepflegte Rasenfläche. Leni beugte sich vor.

»Manches ändert sich nie«, meinte sie.

»Vater und die Doggen? Stimmt, das wird sich nie ändern.« Hanni lächelte. »Weißt du noch, damals im Krieg? Als er immer Dosenfleisch für seine Hunde abgezwackt hat, und als die Kontrolleure vom Heer kamen, hat Mutter immer behauptet, wir hätten keine Hunde.«

Leni musste grinsen. »Der Major trat vor der Haustür in einen Haufen von Apollo.«

»Aber er konnte nichts sagen, schließlich hatte er selbst die Arme voll mit Fleisch in Dosen.«

Die Kriegsjahre ... Natürlich erinnerte Leni sich daran. Doch bevor Hanni noch eine Erinnerung ausgraben konnte, erklärte sie: »Ich habe Matthias wiedergesehen.« Sie sagte nicht, wann und wo. Hanni spitzte die Lippen, ihr Blick zuckte zur Zigarette, die halb aufgeraucht auf dem Fensterbrett lag. Leni warf den Stummel aus dem Fenster. Sie hasste es, ihrer Schwester wehzutun, aber nur durch die Erwähnung von Matthias konnte sie Hanni zum Schweigen bringen.

Hanni blickte zum Bett, wo Marie still saß und ihre staubigen Strümpfe betrachtete. Sah sie, was Leni sah? Oder sah sie die Ähnlichkeit mit ihrer eigenen Familie, die kirschroten, vollen Lippen und das helle, verwaschene Blau der Augen, das bei Marie noch fast kornblumig war?

»Ach ja, Matthias.« Hannis Hand steckte in der Tasche ihres Rocks, vermutlich zur Faust geballt oder fest um das Etui mit den Zigaretten geschlossen. »Hat Mama dir versprochen, die Praxis zu kaufen, damit du zurückkommst?«

Leni nickte.

»Sie haben sonst keinen gefunden«, erzählte Hanni. »Seit zwei Jahren suchte Dr. Köster wohl schon einen Nachfolger. Als Mama kam und ein Angebot machte, war er froh, dass in Zukunft überhaupt noch ein Arzt hier sein wird. Da nimmt er auch eine Ärztin in Kauf, die mit einem unehelichen Kind auftaucht.«

Sie wusste, dass Hanni sie damit nur ebenso verletzen wollte wie sie ihre Schwester wenige Augenblicke zuvor. Aber sie lächelte alle bösen Worte weg.

»Ich bin jedenfalls froh, wieder hier zu sein.« Sie löste sich vom Fenster, vom Blick über den Park.

»Sei dir da mal nicht so sicher. Das Leben hier ist ... anders.

Jedenfalls anders als in der Stadt. Berlin ist ja eine völlig fremde Welt, wenn man vom Dorf kommt.«

»Das Dorf ist ebenso fremd, wenn man aus Berlin kommt«, sagte Leni. Wieder hob ihre Schwester die Augenbrauen, stumme Verblüffung über das, was Leni da nur durch die Blume sagte. Dass sie nämlich in Berlin mehr zu Hause war als in diesem westfälischen Kaff, in dem sie gemeinsam aufgewachsen waren.

»Komm, Marie.« Leni streckte die Hand aus, ihre Tochter sprang vom Bett und stellte sich neben sie. Ihre kleine schwitzige Hand in Lenis. Wie ein Anker, der sie am Boden hielt. »Ich zeige dir das Haus.«

»Wie lange werdet ihr hier wohnen?«, rief Hanni ihr nach. Leni blieb in der Zimmertür stehen, drehte sich aber nicht um. »Ich glaube nicht, dass Mutter es auf Dauer mit euch hier aushält.«

Die Worte im Rücken, wie kleine Dolche. Maries Händchen war kalt und klamm. Genau so, wie sie sich gerade fühlte.

Sie hatte das verdient. Hätte sie Matthias mal nicht erwähnt und ihre Schwester damit an die Zeit erinnert, als Hanni für ein paar Wochen bei Leni in Berlin gewohnt hatte. Damals, 1921. Als Hanni sich Hals über Kopf in Matthias verliebt hatte. So sehr, dass nach seinem Korb ihre Wut über seine Abweisung auf Leni abstrahlte und Hanni so feindselig wurde, dass Leni es kaum ausgehalten hatte. Sie war erleichtert gewesen, als Hanni nach Westfalen zurückkehrte und sich nicht mehr bei ihr meldete.

»Wir werden sicher eine Lösung finden. Komm, Marie. Deine Omimi wartet bestimmt schon unten im Salon auf uns.«

Sie fühlte sich schlecht, wie immer, wenn sie auf solche Wortgefechte einging, wenn sie sich wehrte, weil es anders nicht ging. Aber sie war hier genauso zu Hause wie Hanni, sie hatte jedes Recht, hier zu wohnen.

August 1910

In dem engen Flur saß sie auf einem Stuhl vor dem Sprechzimmer und versuchte, sich nicht die Angst anmerken zu lassen. Aber sie war erst neun, und sie wusste nicht, was genau hinter dieser Tür geschah. Oder doch, sie wusste es wohl, weil es meist mit Schmerzen verbunden war. Aber jedes Mal war es anders. Daher rührte die Angst. Sie konnte es nicht einschätzen.

Immer, wenn ihre Mutter morgens verkündete »Heute geht's zum Arzt, Helene«, spürte sie diese Furcht, die sich kalt in ihrem Bauch ballte, und jedes Mal wollte sie danach wegrennen, so schnell es ihre Füße erlaubten. Aber da fing es ja an. Der eine Fuß, der trug sie kaum, und mit dem anderen konnte sie gar nichts anfangen, der war nur ein lebloser Klumpen Fleisch, der in Schienen gequetscht und in Schuhe gezwängt wurde. Das Einzige, was dieser krumme Fuß vermochte, war Schmerzen bereiten, mehr Schmerzen, als sie aushalten wollte.

»Keiner will Schmerzen aushalten, jetzt sei still«, mehr hatte ihre Mutter dazu inzwischen nicht mehr zu sagen. Deshalb war Leni froh, dass meist ihr lieber Papi mit ihr zum Arzt ging und nicht die gestrenge Mutter. »Ich habe zu tun, dein Vater kümmert sich.« Wie viel Verachtung in diesen Worten lag. *Dein Vater, der Nichtsnutz, er wird sich um dich und deinen kaputten Fuß kümmern, da passt ihr ja prima zusammen.*

Dr. Köster kam aus dem Behandlungszimmer, dicht hinter einem Bauern, der seine Mütze tief in die Stirn zog und ohne ein Wort nach draußen verschwand. Lenis Vater stand auf, sie erhob sich ebenfalls und suchte seine Hand. Er drückte sie ganz sanft und schob sie dann vor sich her in das kleine Behandlungszimmer.

»Morgen, Herr Wittmann. Na, Leni? Wie geht's dir heute?« Dr. Köster kniff sie in die Wange, sie hätte sich am liebsten hinter ihrem Vater versteckt. Der Arzt war schon alt, mindestens fünfundvierzig, und sie mochte ihn nicht. Wie seine kalten Hände an ihr herumdrückten, und er immer nur murmelte und nie direkt mit ihr sprach.

Das Behandlungszimmer war klein, verraucht und selbst jetzt im Hochsommer von einer Deckenlampe beleuchtet, weil das Efeu draußen fast vollständig über die beiden kleinen Fenster gewuchert war. Dr. Köster schob Leni zu der Patientenliege. Ihr Vater half ihr hinauf, dann zog sie das Bein an und versuchte, den Schuh vom Fuß zu schieben. Dr. Köster saß untätig hinter dem wuchtigen Schreibtisch aus dunklem Holz, er rauchte und hustete, als ginge ihn all dies nichts an.

Dann war es geschafft, und ihr nackter, krummer Fuß hing neben dem gesunden herab. Dr. Köster trat an die Liege, ihr Vater machte einen Schritt zurück. Das war der unangenehmste Moment dieser Besuche beim Arzt. Wenn seine nikotingelben Finger den deformierten Knöchel umfassten, er den Fuß hin und her drehte und ihr die schwitzige Kälte seiner Hände bis ins Rückgrat kroch.

»Hm«, machte Dr. Köster. Er machte immer nur »hm«, wenn er ihren Fuß untersuchte, viel mehr hatte er meist nicht dazu zu sagen. »Das ist … interessant.«

Sie wusste, was er meinte, und darum kniff sie die Augen zusammen. In gewisser Weise fürchtete sie, was als Nächstes kam.

»Ist der Fuß wieder schlimmer geworden?«, fragte ihr Papi.

»Tja, wissen Sie …« Als Dr. Köster den Fuß hin und her drehte, schossen ihr Tränen in die Augen. »Schon schlimmer. Aber nicht so schlimm, dass man nichts dagegen tun könnte. Allerdings bin ich nicht der Experte dafür. Da müssen Sie nach Osnabrück ins Krankenhaus. Dort kann man Ihrer Tochter hoffentlich helfen.«

Sprich mit mir, dachte sie. *Ein einziges Mal nur. Ich bin nicht mehr drei, man kann auch mit mir reden.*

Sie wusste selbst, das würde nicht geschehen, denn Dr. Köster sprach immer nur mit ihren Eltern.

»Sehen Sie, die Krümmung ist besser geworden. Aber gut wird's im Leben nicht. Ihre Tochter wird wachsen. Irgendwann werden allein orthopädische Schuhe nicht reichen, sie wird ihr Leben lang am Stock gehen.«

»Aber sie wird gehen«, bekräftigte ihr Papi.

»Das müssen die Experten entscheiden.« Der Arzt wiegte den Kopf hin und her. Stand auf, ließ endlich ihren Fuß los. Leni atmete auf. Das Schlimmste war vorerst überstanden.

»Schaffst du das?«, fragte Papi, als sie wieder auf der Straße standen. Leni nahm seine Hand, und so spazierten sie das kurze Stück zum Dorfladen. »Im Krankenhaus, meine ich.«

»Ist ja nicht das erste Mal«, murmelte sie.

Er drückte ihre Hand. »Nein, ich weiß. Aber du wirst viel allein sein dort. Darum frage ich.«

Komisch, dachte sie. Mutter fragte sie nie, ob es ihr etwas ausmachte. Das Alleinsein, wochenlang in einem Krankenzimmer mit fremden Kindern, fremden Ärzten und Schwestern. Zugleich wusste sie, dass die Wochen im Krankenhaus das Beste waren, was ihr hätte passieren können. Fort von zu Hause, wo sie sich immer beobachtet fühlte. Im Krankenhaus durfte sie in ihrem eigenen Tempo lernen, sie bekam die Aufgaben zugewiesen und konnte still nacharbeiten, statt sich mit den anderen Kindern ins Klassenzimmer der Dorfschule zu zwängen, wo der Lehrer sich vor allem um die älteren Mädchen kümmerte, weil die dem jungen Mann schöne Augen machten. Dafür hatte Leni kein Verständnis, aber sie war ja noch klein, hieß es immer. Im Herbst würde ihre ältere Schwester Lisabeth aufs Gymnasium in der Stadt gehen, das hatte der Dorflehrer ihrer Mutter empfohlen, weil sie so ein schlauer Kopf war.

»Ich bin ja nicht allein.«

»Nein, ich weiß. Ich werde dich besuchen, sooft es geht.«

Ihr Vater legte den Arm um ihre Schulter, drückte sie kurz an sich. Manche Dinge im Leben verstand Leni nicht. Warum ihr Vater mit ihr zum Arzt ging und nicht ihre Mutter, die sich lieber um die Fabrik kümmerte. War es doch bei anderen Familien nicht so. Auch warum ihr Vater sich um sie sorgte, wenn sie krank wurde, verstand sie nicht. Als sie davon erzählt hatte, dass ihr der Papi die Wadenwickel machte, hatte Hans Meyer zu Bentdorf sie ausgelacht, weil Väter so etwas nicht machen dürften. Das hatte sie gekränkt, denn natürlich durfte ihr Papi alles machen, wer sollte das denn sonst übernehmen? Die Mamsell etwa?

»Na, deine Mutti natürlich!«, hatte er gebrüllt. Er hatte sich gar nicht mehr eingekriegt vor Lachen.

Aber davon verstand er nichts. Ihre Mutter war dafür nicht geschaffen, das sagte sie selbst immer wieder. Sie schien ganz froh darüber, dass Lenis Papi sich ihrer annahm, während sie Abend für Abend im Arbeitszimmer über den Büchern hockte und rechnete.

»Wird Mama mich auch besuchen?«, fragte Leni leise.

Papi drückte ihre Hand. Er seufzte, wie so oft. »Ich weiß es nicht, Leni«, sagte er ruhig.

Also nicht.

Sie schluckte schwer und redete sich ein, es dürfte ihr doch nichts ausmachen, solange ihr Papi kam und sie nicht allein war.

Trotzdem. Ihre Mutter würde ihr fehlen.

Juli 1928

Düster war es in dem kleinen Zimmer. Durch das Fenster fiel kaum genug Licht, dass sie am Schreibtisch sitzend lesen konnte, was ihr Vorgänger auf die Patientenakten geschrieben hatte, die sich nun vor ihr stapelten. Sie stand auf, suchte nach einem Lichtschalter, fand ihn neben der Tür. Für einen Moment leuchtete die Glühbirne auf, doch nur Sekunden später brannte sie mit einem leisen Knall durch, die Dunkelheit kehrte zurück. Leni verbiss sich einen Fluch.

»Was ist denn, Mami?«

Auf der Patientenliege saß Marie. Sie wusste nicht, wohin sonst mit ihrem Kind, deshalb nahm sie es eben überall mit hin. Bei ihrer Mutter wollte sie es nicht lassen – zumal ihre Mutter es auch nicht bei sich haben wollte, vermutete sie – und bei der Mamsell in der Gutsküche wollte Marie nicht allein bleiben, dafür war ihr alles noch zu neu und fremd. Was Leni auch verstand; die Veränderungen der letzten Wochen waren für ihre Tochter einfach noch zu viel. Sie trat zu Marie, küsste sie auf den Scheitel und seufzte. »Ach«, sagte sie dann fröhlich. »Hier ist alles nur etwas staubig und abgenutzt. Ich denke, wir sollten erst mal den Staubwedel schwingen und gründlich lüften.«

Und eine Liste schreiben, was sie noch alles kaufen musste, dachte sie. Stifte, Glühbirne, Papier … Im Grunde fehlte es an allem. Eigentlich bräuchte sie auch einen neuen Schreibtisch, denn dieser war verschrammt und alt, außerdem hatte sie keine guten Erinnerungen daran, wie sie früher mit ihrem Vater hier gesessen hatte. Wie der Arzt sie dabei über den Rand seiner

Brille angesehen hatte, während er immer wieder etwas in die Akte schrieb. Wie er nicht mit ihr sprach.

Sie verließ das kleine Behandlungszimmer. Diese Hilflosigkeit hatte sie vergessen. Tief in ihrem Innern vergraben. Sie hatte geahnt, dass ihre Rückkehr nicht leicht werden würde, doch seit sie gestern Nachmittag von ihrer Mutter umarmt worden war, fühlte sich einfach alles an, als wäre sie fehl am Platz.

Nein. Du musst dir nur erst deinen Platz erkämpfen. Und du weißt, wie das geht. Du machst das nicht zum ersten Mal.

Vor dem Behandlungsraum standen im Flur drei Stühle nebeneinander, einer wackelig, bei einem die Sitzfläche aus Flechtwerk durchbrochen, beim dritten fehlte die Lehne. Offenbar hatte der alte Dorfarzt Dr. Köster, bevor er die Praxis verließ, seinen Sperrmüll hier abgeladen und die guten Stühle mitgenommen. Oder es war wirklich all die Jahre so desolat gewesen und ihre Erinnerung spielte Leni einen Streich.

»Mama?« Marie zupfte an ihrem Ärmel.

»Was ist denn, mein Schatz?« Mühsam ging sie auf die Knie, denn sie wusste aus Erfahrung, was auch immer ihre kleine Tochter gerade auf dem Herzen hatte, fiel ihr leichter zu sagen, wenn sie sich dabei mit ihr auf Augenhöhe befand.

»Warum sind wir hier, Mama?«

»Ach, mein Herz.« Sie schloss Marie in die Arme. »Weil wir einen Platz brauchen, wo wir leben können.«

»Aber warum hier, Mama?«

»Schau, hier lebt unsere Familie. Meine Mama – deine Omimi – und mein Papi.«

»Es gefällt mir hier nicht.« Marie zog die Stirn kraus, sie machte sich los und verschränkte die Arme vor der Brust. »Warum können wir nicht weiter in Berlin bei Florian wohnen?«

Leni seufzte. Sie war nicht bereit für dieses Gespräch mit ihrer Tochter. Noch nicht. Wer wusste schon, ob sie es je sein würde?

Weil es zwischen uns Differenzen gibt, die niemand überwinden kann. Darum nicht.

Stattdessen antwortete sie: »Du weißt doch, dass Florian nicht dein Papa ist?«

»Na klar.« Eifrig nickte die Kleine. »Papa ist verschwunden, als ich noch ganz klein war. Aber Florian hat immer auf uns aufgepasst, nicht wahr?«

Das stimmt, dachte Leni.

»Ich glaube, wir können jetzt ganz gut allein auf uns aufpassen.« Sie nahm Maries Hand. »Also, wenn ich früher zum Arzt ging, hat mein Vater mir danach im Dorfladen Lakritze gekauft. Was meinst du – wollen wir schauen, ob es die dort noch gibt?«

Sofort hellte sich Maries Miene auf, denn Lakritze liebte sie ebenso sehr wie Leni. »Aber nur wenn du mir versprichst …«

Sie sprach nicht weiter.

»Was soll ich dir versprechen?«

»Dass du mir mehr erzählst. Warum wir hier sind und nicht woanders.«

»Versprochen«, sagte Leni und richtete sich auf. Sie wusste zwar noch nicht, wie genau sie es anstellen sollte – aber früher oder später musste Marie die Wahrheit erfahren.

»Guten Tag.« Ein paar Glöckchen über der Ladentür, die nicht fröhlich bimmelten, sondern nur müde klapperten. Ein langer Ladentisch aus Holz, dahinter die alte Frenzel, die stand schon solange Leni denken konnte da.

Als sie Leni nun erkannte, huschte ein Lächeln über ihr faltiges, gebräuntes Gesicht, sie fuhr sich über die weißen Haare, als müsste sie kontrollieren, ob die Nadeln den strengen Knoten im Nacken noch gebändigt hielten.

»Schau an, das Fräulein Wittmann«, murmelte sie. »Hab schon gehört, dass Sie wieder im Lande sind.«

»Aber für Sie bin ich doch immer noch die Leni«, sagte Leni leise. Sie trat an den Verkaufstisch. Auf dem Regal dahinter standen die Artikel nebeneinander aufgereiht, und Leni entdeckte sofort das Glas mit den Lakritzen. »Geben Sie uns von dem Lakritz? Wie früher für ’nen Groschen.«

Frau Frenzel lächelte, gerade so, als hätte Leni damit einen Bann gebrochen. Sie zog eine kleine, braune Dreieckstüte unter dem Tisch hervor, drehte sich um und begann, die Tüte zu füllen. »Magste Lakritze so gern wie deine Mama?«, fragte sie Marie.

Lenis Tochter nickte stumm, sie drängte sich etwas näher an Leni.

»Schüchtern ist sie.«

»Das hat sie auch von mir.« Leni lächelte, sie zog eine Münze aus ihrer Geldbörse, legte sie auf den Tisch. Die Papiertüte gab sie Marie, die sich sofort ein Lakritz in den Mund steckte. »Schmecken die so gut wie früher, mh?«

»Magst du eins probieren, Mami?«

Leni nahm ein Stück Lakritz, rund und hart. Der Geschmack erinnerte sie tatsächlich an ihre Kindheit, sofort stand sie wieder mit ihrem Papi in diesem Laden, direkt nach einem jener zahllosen Arztbesuche … Vermutlich bildete sie sich das nur ein, aber ihr linker Fuß schmerzte auch direkt wieder. Leni atmete tief durch.

»Ich war vorhin in der Praxis«, fing sie an.

»Die hat schon lange zu. Will keiner mehr machen.«

Oh. Offensichtlich hatte es sich noch nicht herumgesprochen, dass Leni die Praxis übernehmen würde. Das erstaunte Leni. Dass ihre Mutter ihre Pläne nicht an die große Glocke hängte, nun gut, das verstand sie vielleicht noch. Sie hätte aber darauf wetten können, dass diese Nachricht, nachdem sie gestern den beiden Meyer-Brüdern begegnet war, schnell die Runde machte.

Die Glöckchen über der Tür schepperten. »Tach auch«, hörte sie eine dunkle Stimme in ihrem Rücken. Leni drehte sich um. Peter Meyer zu Bentdorf stand hinter ihr, er hatte die Türklinke noch in der Hand und schien zu überlegen, ob er nicht lieber direkt wieder gehen sollte.

»Tach, Peter.« Die alte Frenzel schien aufzuleben, kaum dass sie ihn sah. »Hab deine Sachen hinten stehen, die hol ich mal.« Sie verschwand hinter dem Vorhang aus fadenscheinigem Leinenstoff, mit dem das Lager vom Verkaufsraum getrennt war.

Peter trat beiseite, als Leni und Marie den Laden verlassen wollten. Er hielt ihnen die Tür auf.

»Auf Wiedersehen«, rief sie über die Schulter, und auch Marie murmelte etwas, das mit viel Liebe dafür durchgehen konnte. Und die Liebe dazu, die hatte Leni; sie wusste, ihr Kind zu Höflichkeit oder gutem Benehmen zu drängen, würde auf keinen Fall zum erwünschten Ergebnis führen, sondern Marie nur noch mehr einschüchtern. Ob das den Leuten nun passte oder nicht.

»Danke«, sagte sie an Peter gewandt, als sie sich durch die Tür schob und die zwei steilen Stufen davor hinabstieg. Ihr Fuß schmerzte mehr als sonst; der Wetterumschwung machte ihr mal wieder zu schaffen, er zog und zerrte an den Narben. Oder war es doch die Erinnerung an ihre früheren Arztbesuche?

»Du wirst es schwer haben, wenn du hier schon so anfängst.«

Sie drehte sich zu Peter herum. Er hatte die Mütze vom Kopf gezogen, strich sich über die schwarzen Haare.

»Wie fange ich denn hier an?«, wollte sie wissen.

Er zeigte mit der Mütze auf Marie. »Bringst ihr keine Manieren bei. Aber das macht man wohl so im fernen Berlin.«

Leni biss sich auf die Wangeninnenseite. Es ging ihn überhaupt nichts an, wie sie irgendwas »anfing« oder wem sie »Manieren« beibrachte oder nicht. Aber sie wusste, wenn sie sich jetzt zu einem biestigen Kommentar hinreißen ließ, würde das bereits am Abend das ganze Dorf wissen – auch ihre Mutter, denn es würde durch den Kücheneingang und über die Dienstboten bis in den Salon der Wittmanns vordringen.

Nur deshalb hielt sie den Mund. Weil sie keine Lust hatte, mit ihrer Mutter genau diese Diskussion zu führen. Was sich »gehörte« oder nicht, womit man die Achtung der Leute gewann oder sie gegen sich aufbrachte.

Letztlich, dachte sie, ist doch alles nur Politik. Wenn sie sich danebenbenahm, fiel es auf ihre Eltern zurück. Das war immer schon so gewesen, und jetzt galt es wohl noch mehr als früher.

»Ich brauche jemanden, der für mich arbeitet«, sagte sie unvermittelt. Sie dachte an das Arzthaus mit dem Efeu, dem Dreck in allen Ecken und den alten Möbeln, morschen Stufen und von den Wänden blätternden Tapetenbahnen. »Weißt du wen?«

Peter trat aus dem Dorfladen, die Tür rappelte hinter ihm ins Schloss. Er stand auf der obersten Stufe, sie mit Marie unten auf der Straße.

»Wofür?«

»Dies und das. Drüben in der Arztpraxis gibt's einiges zu tun. Das Efeu von der Fassade holen. Die Räume streichen. Die alten Möbel wegschaffen und neue rein.«

»Stimmt das also? Dass du unser neuer Doktor wirst?« Er stieg die Stufen hinab. Leni stützte sich auf ihren Stock. Verflixt, hätte sie heute früh nur was gegen die Schmerzen genommen.

»Das stimmt.«

»Du bist so 'ne richtige Ärztin? Mit Diplom und allem?«

Sie lächelte nachsichtig. »Staatsexamen und Promotion, ja.«

»Hui. Dachte, das wäre nur Aufschneiderei. Oder dass dein Mann der Arzt ist und du nur … na ja.«

Nur die Frau des Arztes, na klar. Das hatte sie schon verstanden. Aber Leni lächelte nur. »Ich bin die neue Ärztin«, sagte sie ganz ruhig. »Also, weißt du wen, der mir helfen kann?«

»Im Moment haben die meisten gut zu tun. Erntezeit.«

»Ja, ich weiß. Aber vielleicht hörst du was. Ich bin morgens jetzt immer dort, alles ausräumen, so weit das geht.«

Er starrte auf ihr Bein, sagte aber nichts.

Früher war sie von den anderen Dorfkinder verspottet worden, weil sie nicht mit ihnen rennen, springen, auf Bäume klettern konnte. Bücher waren ihr damals ein Trost gewesen, denn Bücher lesen, das durfte sie daheim machen, so viel sie wollte.

Wenn sie las, musste sich niemand sorgen, dass sie sich selbst überschätzte oder andere sie ärgerten.

»Wird nicht besser davon, dass du es anstarrst.«

Er löste den Blick, sah ihr ins Gesicht. Sie dachte, er wollte vielleicht noch was sagen, aber dann tippte er sich an die Schläfe. »Ich hör mich um. Bis bald mal.«

»Die Kleine, die gestern bei euch war«, rief sie ihm nach. »Deine Nichte?«

Er blieb stehen, die Türklinke wieder in der Hand. Hinter dem Schaufenster bemerkte Leni eine Bewegung. Frau Frenzel war zurück, mit einem Pappkarton, in dem sich wohl die Bestellung von Peter befand.

Er nickte. »Britta.«

»Sie könnte Rachitis haben. Sag das deinem Bruder. Er kann gerne mit ihr in meine Praxis kommen, jederzeit.«

Peter schnaubte. »Deine Praxis. Euch gehört 'ne ganze Menge hier im Dorf, was? Erst die Schule, jetzt die Praxis. Was als Nächstes? Wollt ihr uns von unserm Grund jagen, um eine zweite Konservenfabrik zu bauen?«

Leni sagte dazu nichts, weil sie auch gar nicht wusste, worüber er da sprach.

Aber Peter konnte es nicht auf sich beruhen lassen.

»Deine Mutter«, fügte er hinzu.

»Das habe ich mir schon gedacht«, erwiderte sie kühl.

»Sie reißt hier alles an sich, bis ihr auch noch das letzte Weizenkorn, der letzte Strohhalm gehört. Das ist hier los. Und nun die Arztpraxis. Wer nicht spurt, dem verweigert sie die Behandlung, oder wie?«

Ach, daher wehte der Wind.

Glaubte Peter wirklich, dass sie sich so von ihrer Mutter herumschubsen ließ und nicht für sich und ihre Patienten einstand?

Sie holte tief Luft, wollte schon etwas erwidern. Doch Peter war schneller.

»Na ja, vielleicht weiß ich wen für dich. Ich schicke ihn dir. Morgen früh?«

»Das wäre gut, ja.«

»Na dann.« Er nickte noch mal. Sie wandte sich ab und lief mit Marie an der Hand die Hauptstraße des Dorfes entlang. Ein Pferdefuhrwerk rumpelte vorbei, sie trat an den Rinnstein und ließ es vorbei. Als sie in den Weg einbogen, der zum Gutshaus führte, fragte Marie: »Mama, was meint der Mann?«

»Womit?«, fragte sie zerstreut. In Gedanken war sie bei der Praxis. Bei den Schränken mit den alten Krankenakten. Ob ihre wohl auch noch irgendwo verstaubte? Wollte sie überhaupt lesen, was Dr. Köster vor einer halben Ewigkeit zu ihrem Fuß geschrieben hatte?

»Dass uns alles gehört. Weil uns gehört doch gar nichts, oder Mama?«

»Ach, mein Vögelchen.« Leni blieb stehen. Sie vergaß allzu schnell, dass ihre Tochter vieles von dem, was um sie herum passierte, noch gar nicht begreifen konnte. Dafür war sie einfach viel zu klein … Leni musste nur daran denken, wie sie gewesen war, mit neun, zehn Jahren, als sie so oft ins Krankenhaus musste wegen ihrem Fuß. All die Stunden, die sie einsam in einem großen Bett mit weißem Laken und klumpigem Kissen lag, und der einzige Trost der Familie die Briefe ihres Papis und die Bücher waren. »Ich kann leider nicht jeden Tag bei dir sein«, sagte er bei seinen allzu seltenen Besuchen. Da hatte ihr auch niemand was erklärt, und wäre Matthias nicht gewesen, Matthias und seine Mutter Anne, um genau zu sein … Sie wäre verloren gewesen. Und hier stand nun ihre Tochter, längst nicht der Kinderstube entwachsen, noch ein Jahr Freiheit, bevor sie zur Schule ging, und sie verstand nicht, was ihre Mama da tat, was sie redete. Natürlich nicht.

»Nein, uns gehört es nicht.« Sie strich über die Haare ihrer kleinen Tochter. »Aber deiner Omimi gehört eine ganze Menge. Die Fabrik, zum Beispiel. Auch ein paar Wiesen und Äcker.

Aber im Dorf ist das meiste im Besitz der Familie von Peter. Und daran wird sich auch nichts ändern.«

»Warum sagt der schwarze Mann dann so was?«

»Manchmal fürchten wir uns vor Veränderung. Und er denkt vielleicht, es verändert sich was, wenn wir jetzt hier sind.«

»Aber es wird doch alles gut?«

»Ja, Liebes. Das verspreche ich dir.« Sie hätte gern noch etwas hinzugefügt. Dass Marie sich nicht fürchten sollte. Dass sie weiterhin mit allen Fragen zu ihr kommen konnte. Aber Leni wusste, Marie würde schon mit der Sprache herausrücken, wenn ihr etwas nicht behagte.

»Und nun lass uns heimgehen. Ich möchte mit deinem Opi reden.«

Vielleicht hatte ihr Vater ja Antworten auf die Fragen, die sich ihr gerade stellten.

September 1910

»Dies sind unsere modernsten Krankensäle.«

Der gestärkte, weiße Rock über dem grauen Kleid der Schwesternuniform raschelte laut, während die Krankenschwester zügig voranging. So schnell, dass Leni ihr nicht folgen konnte, und ihr Papa mit der Reisetasche in der Hand stehen bleiben musste, bis sie aufholte. Er legte ihr die Hand auf die Schulter. »Geht's?«, erkundigte er sich, und Leni nickte tapfer. Natürlich, irgendwie ging es immer. Sie humpelte weiter und versuchte, den Schmerz zu ignorieren.

Ihr Fuß war, wie der Rest von ihr, gewachsen und hatte damit alles, was man zuvor durch Operationen und Stützschuhe erreicht hatte, zunichtegemacht. Darum war sie hier, nach einigen Jahren, in denen sie Ruhe gehabt hatte.

Leni erinnerte sich nicht an das letzte Mal, weil sie damals noch zu klein gewesen war, und was sich anfühlte, als sollte es ein Segen sein, war jetzt das Gegenteil, denn sie wünschte, sie könnte besser einschätzen, was sie erwartete.

Sie durchquerten den Krankensaal. Langsam. Aus den Betten blickten große Augen zu ihnen hoch, einige der Kinder waren kaum älter als drei Jahre. Andere schon deutlich größer, einer sah schon aus, als gehörte er eher auf die Erwachsenenstation. Er steckte in einem Gipsverband, der seinen kompletten Oberkörper und den rechten Arm fixierte. Seine Miene war finster, und Leni wandte rasch den Blick ab.

»Wie Sie sehen, kann Ihre Tochter durch diese hübschen Vorhänge etwas Privatsphäre bekommen.« Die Krankenschwester schien gänzlich unbeeindruckt von dem, was sich hinter ihrem

Rücken abspielte. Schwungvoll riss sie einen Vorhang beiseite, mit dem ein Krankenbett vom nächsten getrennt war. Jede Nische bot genug Platz für das Bett, einen Nachttisch mit einer Schüssel Wasser nebst Krug und sonst nichts.

»Wo soll ich denn meine Sachen lassen?«, flüsterte Leni ihrem Papa zu.

Die Schwester hatte ihre Frage gehört. Sie zog eine Kiste unter dem Bett hervor. »Hier ist genug Platz«, erklärte sie. »Sonst gibt es auch einen Schrank drüben an der Wand.«

Sie sah sich die Nische an. Wenig Tageslicht, dachte sie. Und was geschah abends, wenn es dunkel wurde? Jetzt im September wurden die Tage kürzer, und sie lag so oft noch nachts wach und las, weil der Schmerz sie nicht schlafen ließ. Wie sollte das hier gehen?

Ihr Vater stellte Fragen, während Leni sich probeweise aufs Bett setzte.

»Die Operation ist in den nächsten Tagen. Also, die erste.« Jetzt lächelte die Schwester doch, es war ein freundliches Lächeln, das aber auch irgendwie gezwungen wirkte. »Alles Weitere wird der Arzt mit Ihnen besprechen, Herr Wittmann.«

Manche Betten waren leer. Leni hätte gern gefragt, warum sie nicht das direkt am Fenster haben durfte, damit sie wenigstens auf den Park mit den alten Ulmen schauen konnte. Aber sie blieb stumm.

»Na, was meinst du?«, fragte ihr Vater leise, nachdem die Schwester verschwunden war. »Kannst du es hier aushalten?«

Sie sah die hohen Decken, die weißen Vorhänge, die neue Waschschüssel auf dem ebenso neuen Nachttisch, das Bett mit dem weichen Kissen. All diese Dinge – und sie sehnte sich doch nur nach daheim. »Wie lange soll ich denn hierbleiben?«, fragte sie und fürchtete die Antwort.

»So lange, bis es deinem Fuß besser geht. Das kann leider niemand so genau sagen, außer den Ärzten.«

»Und die kümmern sich um den Fuß? Und das Bein?«

»Sie sind darauf spezialisiert. Vielleicht findest du ja Freundinnen hier, du wirst nicht die Einzige sein, deren Fuß so kaputt ist.« Ihr Papa setzte sich zu Leni auf die Bettkante. »Schau, und am Wochenende besuche ich dich. Ich komme so oft her, wie es geht.«

Sie dachte an zu Hause. An die Hunde, um die ihr Vater sich kümmerte, an seine Arbeit auf dem Gutshof, die er machte, auch an die Mama, die vermutlich jetzt in ihrem kleinen Salon am Sekretär saß und Briefe schrieb. »Ob Mama mir mal schreibt?«

»Bestimmt«, versprach er. Seine Hand strich über ihren Rücken, fast ein wenig hilflos.

Sie warteten.

Die Angst schnürte ihr die Brust ab, aber solange ihr Papa neben ihr saß, glaubte Leni, sie könnte sie bewältigen.

Die erste Nacht im Krankenhaus war fürchterlich. Leni konnte nicht einschlafen. Die Matratze war härter als die daheim, die Geräusche aus den anderen Alkoven klangen unheimlich, es war zu dunkel und viel zu kalt unter der dünnen Decke, die bei jeder Bewegung raschelte. Sie lag mit weit aufgerissenen Augen wach, während zwei Betten weiter der Junge im Gipskorsett vor Schmerzen stöhnte.

Irgendwann war sie so müde, dass sie noch mehr zitterte. Sie wäre gern aufgestanden und hätte aus dem Koffer unter ihrem Bett die Jacke geholt, die Omi ihr gestrickt hatte. Aber als sie sich gerade aufsetzte, quietschten ihre Bettfedern so unfassbar laut.

»Ruhe da«, brüllte ein Junge, und sofort schob sie die Füße zurück unter die Bettdecke. Sie musste gegen die Tränen ankämpfen.

Im Bett neben ihr weinte ein kleines Kind. Zwischen den Schluchzern hörte sie »Mama, Mama«. Leni musste schlucken. Das war zu viel für sie. Mit beiden Händen hielt sie sich die Ohren zu und kniff die Augen ganz fest zusammen. Nichts hören, nichts sehen.

Ein Luftzug, als die Bettdecke so abrupt weggezogen wurde, dass sie nicht schnell genug danach greifen konnte. Leni riss die Augen auf, nahm die Hände herunter. Am Fußende des Betts eine Gestalt, nicht groß, nicht klein, irgendwo zwischen einem Erwachsenem und einem Kind. Leni schrie auf.

»Psssst!«, machte der am Fußende. Ein Junge, aber nicht der im Gipsverband. Leni zog die Beine an und den Saum ihres dicken Baumwollnachthemds bis zu den nackten Füßen herunter. Ihr Bein schmerzte von der Bewegung, ihre Hände bedeckten die Füße. Doch der Junge hatte bereits entdeckt, was sie zu verbergen versuchte.

»Was hast du denn da?«, fragte er.

»Geht dich nichts an«, fauchte sie.

Er hob einen Stab hoch und drückte darauf herum. Leni kniff die Augen zu, als plötzlich grelles Licht sie blendete.

»Was ist das?«, flüsterte sie. »Mach das aus, es tut mir in den Augen weh.«

»Eine Taschenlampe«, erklärte er.

Ihre Neugier war geweckt. »Zeig her.«

Er knipste das Licht wieder aus. »Nee. Die geb ich nicht her.«

»Wer bist du eigentlich?« Das kurze Aufflackern hatte ihr zumindest verraten, dass er ein paar Jahre älter war als sie – und kein Krankenhaushemd trug, sondern einen Pullover, darunter eine dunkle Hose. Also kein anderer Patient, den sie bei ihrer Ankunft übersehen hatte.

Aber wieso lief er einfach so mitten in der Nacht durch den Krankensaal?

»Geht dich gar nichts an.«

Eine Bewegung an der Tür, das Licht aus dem Flur fiel wie ein goldener, langer Keil in den Raum. »Matthias?«, flüsterte jemand.

Eine Frauenstimme.

Lenis Gast am Fußende legte den Zeigefinger an seine Lippen. Sei leise! Dabei lächelte er verschwörerisch, und bevor Leni reagieren konnte, tauchte er neben ihrem Bett ab. Sie hörte, wie er sich auf dem Bauch unter das Bett schob. Ihr Koffer scharrte über den Boden.

Die Schritte der Frau näherten sich, begleitet vom Rascheln ihrer gestärkten Schwesternuniform. Sie ging die Bettenreihe ab, strich hier und da über eine Decke. Trat in die Nische nebenan, in der vorhin das Kind geweint hatte. Leni hörte, wie sie leise redete, das Kind antwortete mit ebenso leiser Stimme. Leni hielt die Luft an. Wenn die Schwester bis zu ihr vordrang, würde sie bestimmt den Jungen finden …

Da tauchte sie schon am Fußende auf. Leni konnte im fahlen Licht von der Tür nicht allzu viel erkennen, doch sie sah, dass die Krankenschwester ein freundliches Gesicht hatte, und ihr Blick war gütig und voller Mitgefühl. »Nanu, haben wir einen neuen Gast?«, fragte sie leise. »Kannst du nicht schlafen?«

Es klapperte, als sie das Brett mit der Krankenakte vom Fußende nahm und es ins Licht hielt. »Helene Wittmann, ja?«

»Leni«, flüsterte sie.

Ein warmes Lächeln. »Leni also.« Die Schwester kam um das Bett herum. Sie stopfte die Decke fest. »Ist dir kalt? Ich kann dir noch eine Wolldecke holen, ja?«

Leni nickte stumm. Sie lauschte, als die Schritte verklangen. »Sie ist weg«, flüsterte sie.

Der Junge unter ihrem Bett rührte sich nicht. War er da unten eingeschlafen, oder was? Sie wuchtete sich zur Seite, schaute über den Rand der Matratze unters Bett. Da lag er auf dem Rücken, die röhrenförmige Taschenlampe – was für ein Wort! Was für ein Ding auch, davon hatte sie zwar mal gehört, aber bisher nur selten eine gesehen – fest an die Brust gedrückt. Seinen Gesichtsausdruck konnte sie erst nicht deuten, aber er knipste die Lampe wieder an, und da sah sie, wie er grinste. Als hätte er der Krankenschwester soeben einen Streich gespielt.

»Verrat mich nicht, ja?«, wisperte er. Dann erlosch sein Licht wieder, und sie hörte bereits die Schritte der Schwester zurückkommen.

»Brauchst du sonst noch etwas, Herzchen?«, fragte sie fürsorglich und breitete die Wolldecke über dem Bett aus. Sie setzte sich sogar zu Leni auf die Bettkante und streckte beide Hände aus, so dass Leni ihre hineinlegen konnte. »Deine Finger sind ja eiskalt! Ich schaue mal, ob ich dir eine warme Milch mit Honig bringen kann. Dann kann ich immer am besten schlafen.«

»Ich … hab Angst«, flüsterte Leni.

»Weil alles so ungewohnt ist? So neu und fremd?«

Leni nickte.

»Das gibt sich bald, Herzchen. Du bist ein tapferes, großes Mädchen. Ist doch nicht das erste Mal im Krankenhaus?«

Stumm schüttelte Leni den Kopf. Doch dann fiel ihr etwas ein. »Daran kann ich mich gar nicht erinnern.«

Nur verschwommen an einige Dinge, von denen sie aber nicht wusste, ob man sie ihr nicht einfach nur oft genug erzählt hatte.

»Das kann ein Segen sein.« Die Schwester holte eine Armbanduhr aus ihrer Brusttasche, sie legte zwei Finger an Lenis Handgelenk, blickte auf das Ziffernblatt, zählte stumm. Nickte zufrieden, stand auf und vermerkte etwas auf dem Krankenblatt.

»Gibt es hier … Geister?«, traute Leni sich zu fragen. Sie bemerkte unter dem Bett eine Bewegung, dann drückte etwas von unten gegen ihren Rücken. Die Taschenlampe vielleicht.

»Geister? Ach, nur die gutmütigen, die einen nicht erschrecken, sondern Geschichten erzählen. Die sind harmlos.« Die Krankenschwester lächelte aufmunternd. »Ich bin übrigens Anne. Eine der Nachtschwestern, das wirst du dir schon gedacht haben, hm?«

»Sind Sie jede Nacht da?« Mit einer Schwester Anne ließ sich jede Nacht aushalten.

»Bewahre, nein. Eine Woche im Wechsel mit meiner Kollegin. Manchmal muss auch ich schlafen.« Sie wandte sich zum

Gehen. Doch dann fiel ihr offenbar noch etwas ein. »Matthias, kommst du?«

Einen Moment lang war es still, dann geriet das Bett in Bewegung. Der Junge schob sich darunter hervor. Er stand auf und knipste die Taschenlampe an.

»Lass das«, sagte die Schwester streng. Plötzlich war sie gar nicht mehr so lieb und sanftmütig wie zuvor zu Leni. »Geh rüber in die Küche und hol Leni eine warme Milch mit Honig. Und dann ins Bett mit dir. Du sollst nicht nachts hier herumschleichen.«

»Ja, Mama.«

Mama? Hatte er Schwester Anne gerade seine Mama genannt?

Sie zauste dem Jungen den Schopf. Dafür musste sie sich ein bisschen recken, er war schon etwas größer als sie. Dann flüsterte sie ein »Gute Nacht« in Lenis Richtung und ließ sie allein. Nebenan hörte Leni, wie sie mit dem Kleinkind redete, doch es antwortete schon nicht mehr. Auch endlich eingeschlafen.

Es dauerte drei Tage, bis sie Matthias wiedersah. Diesmal geschah es beim Abendessen, als Schwester Anne die Speisen verteilte. Sie fütterte den Jungen im Gipsverband. Klaus hieß er, hatte Leni inzwischen erfahren. Kam aus einem Dorf weiter im Norden, war bei der Ernte vom Heuboden gefallen und hatte sich das Kreuz und den Arm gebrochen. Ob er wieder gehen würde, wusste keiner.

Dann war da Lore, das kleine Mädchen nebenan, das sich nachts in den Schlaf weinte. Sie erholte sich von einer Blinddarmoperation. Und ganz vorne an der Tür noch der siebenjährige Eugen, er hatte im väterlichen Schuppen von einem Lösungsmittel getrunken. Ihm ging es richtig schlecht, ständig musste er sich übergeben.

Insgesamt war der Krankensaal mit seinen zwanzig Betten alles andere als ausgelastet. Aber das tat Leni gut; sie musste sich nun nicht länger Sorgen machen, die anderen könnten sie ärgern. Lore ohnehin nicht, Eugen war zu sehr mit sich selbst beschäftigt und Klaus konnte sich gar nicht rühren.

Jeden Abend, wenn sie nicht einschlafen konnte, weil ihr kalt war oder weil sie Angst hatte oder Lore sich wieder in den Schlaf weinte, kam Schwester Anne. Sie war so gewiss wie der nächste Morgen, ihre Hände voller Trost, ihre Stimme so wärmend wie die Wolldecke und die Honigmilch, mit der sie Leni in den Schlaf begleitete. Aber der freche Junge, von dem Leni so wenig gesehen hatte im Dunkeln der Nacht – er blieb für ein paar Tage fort.

Dafür kamen die Ärzte. Sie standen in ihren weißen Kitteln, die zugeknöpft waren bis zum Hals, um das Bett und hörten dem Älteste von ihnen zu, weil er sich auch am besten auskannte. Am ersten Morgen verbog er Lenis Fuß in alle Richtungen, wies die Kollegen darauf hin, dass ja bisher mit der konservativen Methode nichts erreicht worden sei.

Leni beschloss, sich das Wort zu merken, das kannte sie nämlich nicht. Konservativ.

Die Herren Ärzte beratschlagten, welche Methode nun die beste sei, und wieder fielen Worte, mit denen Leni nichts anfangen konnte. Astragalektomie? Eine Schultze-Apparatur solle zum Einsatz kommen? Der Älteste war der Wortführer. Mit dem weißen Haarkranz und der Hakennase erinnerte er sie an einen Weißkopfseeadler, von dem sie eine Zeichnung in ihrem Tierlexikon gesehen hatte, er drehte so lange an ihrem Fuß und machte »hmhm« oder »nun ja«, ohne sich darum zu scheren, dass sie vor Schmerz wimmerte und ihr Tränen über das Gesicht liefen. Endlich ließ er von ihr ab. »Das wird nur mit einer Operation zu richten sein. Danach viele Wochen in der Schiene, eventuell auch Monate.« Die anderen nickten, und Leni hätte gern gewusst, was genau das hieß. Also die Operation, nun ja, darunter konnte sie sich ja schon kaum was vorstellen, aber die Schiene?

Sie versuchte es zuerst mit der Schwester, die ihr das Mittagessen brachte. »Was wird denn bei so einer Operation gemacht?«, wollte Leni wissen.

»Ach, das wissen die Herren Doktoren schon am besten, mein Kind.« Sie streichelte ihr mütterlich die Wange. »Iss jetzt, damit du für den Eingriff morgen bei Kräften bist.«

Morgen schon. Davon war bisher nicht die Rede gewesen, und ein Schreck fuhr ihr in die Glieder. Morgen sollte sie operiert werden? Aber wie denn? Und wo war ihr Papi? Vielleicht konnte er ja mit dem Arzt reden und ihm eventuell ein paar Antworten entlocken, die Leni diese lähmende Angst nahmen. Das Tablett ließ sie sowohl am Mittag als auch abends fast unberührt zurückgehen. Schwester Anne schnalzte mit der Zunge, das konnte keine Pflegekraft gut haben, wenn die kleinen Patienten das Essen stehen ließen. Dabei war es sogar recht lecker.

Schwester Anne stellte ein Glas mit warmer Honigmilch auf den Nachttisch, breitete Lenis Wolldecke über ihre Beine aus. Sie ging dabei so behutsam vor, dass sie Lenis Fuß erst gar nicht berührte. Das tat ihr gut – dass da jemand war, die auch auf diese kleinen Dinge achtete.

»Magst du mir erzählen, was los ist?«, fragte Schwester Anne und setzte sich zu ihr.

»Morgen halt«, flüsterte Leni. »Die Operation.«

»Ja. Was ist damit?«, fragte die Schwester mitfühlend. »Machst dir Sorgen, hm?«

Leni nickte stumm. Sie spürte, wie ihr schon wieder Tränen in die Augen stiegen. Oh, wie sehr sie Mama und Papa gerade vermisste!

»Brauchst du nicht. Du bekommst eine Narkose. Davon schläfst du ganz fest und merkst nichts davon, was die Ärzte mit deinem Fuß machen.«

»Und dann? Tut es danach auch weh?«

Am Zögern der Schwester merkte Leni, wie es sein würde. Schmerzfrei jedenfalls nicht.

»Dagegen haben wir was«, versicherte sie Leni. »Und dann kannst du bald mit deinen Brüdern und Schwestern auf Bäume klettern, ist das nicht toll?«

Leni schüttelte den Kopf. Auf Bäume klettern? Herrje, niemals! Sie war zufrieden, wenn sie in dem Liegestuhl darunter ruhte, ein Buch auf ihrem Bauch, den Blick in die Baumkronen gerichtet, wo Rudolf und Lisabeth herumturnten und ihr von diesen Ausflügen Pflaumen oder die saftigste Birne mitbrachten.

»Hast du Geschwister?«

»Zwei Brüder, drei Schwestern«, sagte Leni nicht ohne Stolz.

»Das ist schön.«

»Sie auch?«

Schwester Anne war von der Frage überrascht. »Geschwister? Nein, leider nicht. Wir sind ganz allein.«

Mit wir, das hatte Leni schon begriffen, meinte sie Matthias und sich. Auch nach reiflichem Nachdenken wusste Leni nicht, was sie davon hielt. Ein Junge, der nachts durchs Krankenhaus schlich? Der andere Kinder mit seiner Taschenlampe erschreckte, sich unter den Betten versteckte? War so etwas denn erlaubt?

»Ist Ihr Sohn deshalb nachts hier?«

Schwester Anne zögerte. »Auch, ja.« Sie schien noch etwas sagen zu wollen. Aber dann stand sie auf, zog die Wolldecke noch einmal glatt. »Trink deine Milch, bevor sie kalt wird. Heute darfst du noch etwas lesen, aber wenn ich wiederkomme, geht das Licht aus.«

Sie ging. Lore schlief bereits tief und fest. Sie hatte sich wohl daran gewöhnt, dass niemand da war, wenn sie weinte.

Nachdem Leni das Milchglas geleert hatte, nahm sie das Buch vom Nachttisch – »Herzblättchens Zeitvertreib«, hübsche, kurze Geschichten und Gedichte. Das Buch hatte ihr Lisabeth zum Abschied zugesteckt, obwohl sie sehr pingelig mit ihren Büchern war. Wie lieb, dass sie Leni dieses überlassen hatte für die lange Zeit im Krankenhaus. Sie seufzte wohlig, knautschte das Kissen zurecht und schlug die erste Seite auf. Für einen winzigen Moment war die morgige Operation vergessen.

»Pssst!«

Am Fußende leuchtete die Taschenlampe auf. Leni erschrak. »Wie lang stehst du schon so da?«, wollte sie wissen.

»Lang genug, um zu wissen, dass du eine lausige Spionin abgeben würdest«, erklärte Matthias. »Du hast mich überhaupt nicht bemerkt!«

»Vielleicht wollte ich dich ja nicht bemerken«, gab sie spitz zurück.

Er schnaubte und knipste seine Taschenlampe aus. »Rück mal«, flüsterte er, und bevor sie wusste, wie ihr geschah, rutschte er schon auf ihr Bett. Das Buch glitt ihr aus den Händen und polterte auf den Linoleumboden.

»Verflixt!«, fluchte sie leise.

Er unterdrückte ein Kichern.

»Was denn?«, wollte sie wissen.

»Siehst gar nicht aus, als könntest du fluchen.«

Sie versetzte ihm einen Rippenstoß. Matthias griff sich an die Seite, verzog gespielt schmerzvoll das Gesicht und kippte auf seiner Seite vom Bett. Dumpf schlug er auf. Sofort beugte sie sich über die Bettkante.

»Ist dir was passiert?«

»Nee!« Er verdrehte die Augen. Dann kletterte er zurück aufs Bett. Sie lagen dicht nebeneinander auf der Matratze, und Leni wusste nicht, was sie sagen oder machen sollte. »Deine Mama ist nett«, sagte sie schließlich, ihr fiel nichts Besseres ein.

Matthias schnaubte. »Das sagen alle. Hast du nichts Interessanteres zu bieten?«

Sie holte tief Luft. »Morgen wird bei mir eine Astralektomie gemacht. Glaube ich.«

»Es heißt Astragalektomie.« Aber sie merkte an seinem Tonfall, dass sie sein Interesse geweckt hatte.

»Weißt du, was das ist?« Vielleicht war Matthias ja etwas auskunftsfreudiger.

»Klar weiß ich das.« Er verschränkte die Arme hinter dem Kopf, gab sich weltgewandt, allwissend. »Soll ich's dir erzählen?

Ist echt gruselig. Mit Blut und gebrochenen Knochen und so. Und danach eitert es, und du kannst wochenlang nicht aus dem Bett aufstehen.«

Leni zögerte. Doch dann flüsterte sie: »Erzähl.« Weil sie es wirklich gern wissen wollte. Wenn sie den genauen Ablauf kannte, fiel es ihr vielleicht leichter, das Unvermeidliche anzunehmen.

Juli 1928

Nach ihrer Rückkehr aus dem Dorf blieb keine Zeit für ein Gespräch mit ihrem Vater, denn der Tisch im Speisezimmer war bereits gedeckt, und Leni wusste, ihre Mutter hasste Unpünktlichkeit. Auch gestern hatte sie den Vater nicht richtig begrüßen können; bis spät in die Nacht war er unterwegs gewesen.

Schlag zwölf rauschte ihre Mutter ins Speisezimmer, setzte sich neben den für Lenis Vater reservierten Stuhl ans Kopfende und ließ den Blick über die versammelten Haushaltsmitglieder gleiten – nur Leni und Marie waren pünktlich. »Wo steckt Hanni?«, fragte Lenis Mutter.

Da trat auch ihr Vater ein. Er war etwas älter als Regine Wittmann, die Haare ergraut, der Walrossbart ebenso. Er rieb sich über den leicht gewölbten Bauch. »Ah, feiner Braten unter der Woche. Womit haben wir das verdient?«

»Deine Tochter ist wieder da, falls du es nicht bemerkt hast.«

Er beugte sich zu ihrer Mutter und gab ihr einen dicken Schmatzer auf die Wange, den sie reflexartig abwehrte. »Weiß ich doch, mein altes Mädchen. Und sie hat noch das Mariechen mitgebracht, kleiner Augenstern.«

Er zwinkerte Marie zu, die kicherte und fast unter dem Tisch abtauchte, so peinlich war ihr das. Sie knüllte das gestärkte, weiße Tischtuch mit beiden Händen. Sanft zog Leni das Tuch aus ihrem Griff und machte »pst«.

»Rudolf, bitte. Man sollte meinen …« Lenis Mutter verstummte wieder.

»Nichts sollte man meinen, außer man weiß es.«

Er sank auf den Stuhl am Kopfende. Schon kam Frieda mit

der Bratenplatte ins Wohnzimmer. Dichtauf folgte Grit mit Salzkartoffeln und grünen Bohnen.

»Ich mag keine Bohnen, Mami«, piepste es neben Leni.

»Wir essen, was auf den Tisch kommt«, erklärte Lenis Mutter scharf. »Wo kämen wir denn da hin?«

Leni blickte ihre Mutter über den Tisch hinweg an, sagte aber nichts. Sie legte nur Marie beruhigend die Hand auf den Arm.

»Lass drauf, was du nicht magst«, kam es von ihrem Vater. »Das kriegen dann die Hunde.«

»Rudolf!«

Die Tür schwang erneut auf. Hanni schlüpfte auf den freien Stuhl neben ihrer Mutter, sie zwinkerte Marie zu, die ihr direkt gegenübersaß.

»Wo kommst du denn so spät her, Fräulein?«, wollte Regine Wittmann wissen.

»Na, von meinem Schreibtisch, natürlich. Unterrichtsvorbereitung.« Ohne auf den tadelnden Unterton oder die steile Falte zwischen den Augen ihrer Mutter zu reagieren, schaufelte Hanni Bohnen und Kartoffeln auf ihren Teller.

»Du gibst dir zu viel Mühe mit diesen Bauerntrampeln. Was erwartest du denn von ihnen?«

»Ich erwarte nichts. Ich erhoffe mir allenfalls, dass da mal ein kluger Kopf dabei ist, so wie früher Lisabeth einer war oder Leni.«

Dazu sagte ihre Mutter nichts. Hanni wandte sich an Leni.

»Wann wird Marie denn eingeschult?«

»Nächstes Frühjahr erst.«

»Das ist gut.«

Was auch immer das zu bedeuten hatte, dachte Leni. Sie zögerte, doch dann wandte sie sich an ihren Vater. »Im Dorf bin ich Peter Meyer zu Bentdorf begegnet. Er sagte irgendwas darüber, dass wir uns alles unter den Nagel reißen würden. Weißt du, was er meint?«

Ihre Mutter schnaubte. »War klar«, kommentierte sie.

»Lass gut sein, Regine«, gab sich ihr Vater friedfertig.

»So ist es doch immer schon gewesen«, schimpfte Lenis Mutter los. »Immer sind die anderen schuld, für die Bentdorfs musste das so sein. Auf die Idee, dass sie sich ihr Nest selbst richten, ist noch keiner von denen gekommen.«

»Also?«, fragte Leni. Doch ihre Eltern kniffen beide die Lippen zusammen, von ihnen würde sie wohl nichts erfahren. Jedenfalls nicht am Mittagstisch. Vielleicht später im Gespräch mit ihrem Papa, wenn er die Doggen fütterte und sie ihm dabei zur Hand ging.

Aber nach dem Mittagessen verabschiedete sich ihr Vater hastig, er habe zu tun; eine seiner Hündinnen sei trächtig, er rechnete jeden Moment mit der Geburt. Leni blieb mit Marie und ihrer Mutter im Speisezimmer zurück; Hanni war bereits in ihr Zimmer zurückgekehrt.

Lenis Mutter informierte sie derweil, dass ihre Nichte, die »kleine Sophie«, und Lenis jüngster Bruder Carl im Moment bei der Verwandtschaft in Bielefeld urlaubten, sie aber wohl zum Wochenende zurückerwartet wurden.

Leni sagte darauf nichts. Sie merkte, wie die Erwähnung ihrer Nichte sie schmerzte.

»Was ist?«, fragte ihre Mutter.

»Ach, es ist nichts.«

Auch Lenis Mutter wirkte seltsam getroffen, dafür dass sie sonst immer gänzlich ungerührt schien von allem, was um sie herum geschah. Ihre Finger trommelten auf dem Tischtuch, während Frieda abräumte und fragte, ob es noch ein Kaffee sein dürfe.

»Ja, gerne«, sagte Leni.

Ihr Mutter nickte nur knapp. Sie starrte aus dem Fenster, kaute auf den Worten herum, bis sie seufzte und es endlich aussprach.

»Hätte er sich mal so viele Sorgen um mich gemacht, als ich in den Wehen lag.« Sie redete natürlich von ihrem Mann, der sich um die werdende Doggenmutter kümmerte. »Sieben Kinder habe ich ihm geschenkt, und weißt du, wo er jedes Mal war?«

»Nun?«, hakte Leni nach, als ihre Mutter nicht weitersprach. Es war vielleicht kein Tischgespräch, auch keins, das man vor einem kleinen Kind führen sollte, aber manchmal setzte sich selbst ihre Mutter über die Konventionen hinweg, wenn ihr etwas allzu sehr auf die Seele drückte.

»Na, in der Kneipe natürlich. Hat sich mit dem Dorfvolk betrunken, bis der alte Paulsen oder ein Knecht kam und ihm die frohe Kunde von der Geburt überbrachte. Er hat's nicht im Haus ausgehalten, hat er behauptet. Als wäre die Geburt für einen Mann so anstrengend.«

»Vielleicht war er zu sehr um dich in Sorge«, versuchte Leni sich an einer Erklärung.

»Das glaub mal! So nah standen wir uns nie, dass es dafür gereicht hätte. Er hatte seine Doggen, ich hatte meine Wurstfabrik. So war das nämlich.«

Leni sagte dazu nichts. Aber sie dachte, dass es schon bezeichnend war, wie ihre Mutter freimütig einräumte, dass kein Elternteil sich wirklich für das Wohl der Kinder interessiert hatte, die zumeist von den Dienstmädchen großgezogen worden waren. Ihr Vater hatte sich gekümmert, aber das hatte er bei Leni auch nur aufgrund der besonderen Umstände getan.

»Na, wir können dann wohl froh sein, dass wir alle noch am Leben sind«, bemerkte sie.

»Was soll das nun wieder heißen? Wir haben euch immer geliebt.«

Ja, dachte Leni. Aber manchmal reicht das allein nicht.

Leni wusste nicht, mit wem sie gerechnet hatte. Aber als zwei Tage später Peter Meyer zu Bentdorf vor der kleinen Arztpraxis erschien, die Mütze vom Kopf zog und ihr erklärte, er werde für sie arbeiten, wenn denn das Geld stimmte, nickte sie nur. Sie versuchte, ihre Überraschung zu verbergen, denn ein Meyer zu

Bentdorf, hätte sie gedacht, hatte es doch nicht nötig, sich die Hände schmutzig zu machen.

»Das Efeu zuerst?«, fragte er. »Danach den Zaun?«

Sie stand auf der Stufe zur Eingangstür, zog das Schultertuch enger um sich, denn es war gekommen wie von ihr prophezeit – ein paar kühle Tage, die bereits nach Herbst schmeckten. Hinter ihr Marie. Sobald jemand Fremdes in der Nähe war, zog sich ihr Kind hinter sie zurück.

»Mach, was du schaffst.«

Mit Marie ging sie ins Behandlungszimmer, sie zogen die Schubladen der Aktenschränke heraus, und Leni blätterte durch die Patientenakten. Manche waren so alt, dass sie diese direkt auf den Stapel legte, den sie später im Garten verbrennen wollte. Das kleine, schwarze Kreuz oben rechts auf dem Deckblatt, meist mit einem Datum, verriet ihr, dass diese Patienten wohl nicht mehr in ihre Sprechstunde kommen würden.

Bei einigen anderen war es nicht so leicht zu ermitteln. Sie waren schon ein paar Jahre nicht mehr in der Praxis gewesen, aber teilweise waren sie so jung, es hätte Leni das Herz gebrochen, für sie ein Kreuz zu malen. Eine Akte fiel ihr in die Hände, die sie ganz schnell wieder schloss, kaum dass sie den Namen auf dem Deckel entziffert hatte. Sie zögerte. Dann legte sie sie auf den Stapel derer, die bleiben durften, obwohl sie vom Schicksal der Patientin wusste.

Dr. Köster hatte nicht die größte Sorgfalt bei der Sortierung seiner Krankenakten walten lassen, und als Leni zwei Stunden später inmitten der Papierberge hockte und aufsah, weil jemand an den Türrahmen klopfte, hatte sie das dumpfe Gefühl, sie würde das hier niemals schaffen.

»Bin auf der Rückseite fertig, soweit das ohne Leiter ging. Die bringe ich morgen mit für den Rest. Würde jetzt vorn weitermachen, wollte aber nicht stören.«

»Nein, nein, du störst nicht.«

Peter trat ein. Dabei musste er den Kopf einziehen, weil der

Türstock so niedrig war. Leni stand auf. Sie sah sich nach Marie um. Ach, da hockte sie unter dem Schreibtisch mit ihrer Puppe und spielte ganz versunken.

»Im Garten ist auch einiges zu tun. Und willst du oben einziehen? Dann muss das Dach gemacht werden, hab ich gesehen. Und wie's drin aussieht, weiß ich auch nicht, der alte Arzt hat hier schon eine Weile nicht mehr gewohnt.«

Leni zögerte. Darüber hatte sie bisher nicht nachgedacht. Wollte sie im kleinen Arzthaus wohnen? Unweit der Kirche und dem Dorfplatz? Bei den Menschen also, die zu ihr kommen würden?

Bisher war sie davon ausgegangen, dass sie draußen auf dem Gut blieb. Im Parkzimmer. Aber dort hatte sie das Gefühl, nur Gast zu sein, eine Durchreisende, Besucherin in dem Haus, in dem sie aufgewachsen war.

»Wir können ja mal schauen, wie es da oben aussieht.«

Bisher hatte sie nur das Behandlungszimmer betreten. Jetzt ging sie voran, Peter machte ihr Platz. Hinten im Flur die Treppe zu den Wohnräumen, links die Tür zur Wohnstube, rechts ging es zur Küche und hinaus in den Hof zum Abort. Die Stufen der Treppe waren krumm und schief. Auf halber Höhe hielt Leni inne, sie spürte Peter hinter sich, zu dicht. Er machte einen Schritt nach unten, während sie die letzten Stufen hinaufsah.

Treppen waren bis heute schwierig für sie.

»Da kann man auch was machen«, bemerkte Peter hinter ihrem Rücken.

»Wie bitte?«

»Mit den Treppenstufen. Einzelne austauschen. Alle mit Teppich belegen, damit du nicht wegrutschst.« Er nickte zu dem Stock in ihrer Hand.

»Ja, danke.«

Sie umfasste den Knauf fester und stieg nach oben. Verbissen zog sie sich am Geländer hoch. Niemals wollte sie sich eine Blöße geben, vor niemandem! Aber Peter hatte gesehen, wie sie sich quälte.

Oben gab es zwei kleine Schlafzimmer und ein drittes Zimmerchen im Giebel. Kaum Möbel, keine Bilder an den Wänden, ein Regal im dritten Zimmer neben einem verschlissenen Sessel, im Schlafzimmer ein uraltes Bett. Die Teppiche fadenscheinig, den Dielenboden hatte irgendwann jemand dunkel gestrichen, der Lack platzte ab. Fußleisten, die einfach abgefallen waren.

Hier wäre also eine Menge zu tun.

»Tapezieren, die Böden abschleifen, neue Fußleisten.« Peter schob sich an ihr vorbei, ohne sie zu berühren. »Neue Möbel wirst du auch brauchen, die baue ich dir, wenn du willst.«

»Warum?«

Er zuckte mit den Schultern. »Hab gerade nichts Besseres zu tun.«

»Musst du nicht auf dem Hof deiner Eltern helfen? Gerade ist Erntezeit.«

Peter bückte sich. Er ruckelte an einer Fußleiste, die sogleich abfiel. Wütend warf er die Holzlatte beiseite. »Pfusch, nichts als Pfusch«, murmelte er.

Leni hätte ihn gern gefragt, was genau auf dem Meyerhof im Argen lag, dass Peter sich nicht länger dort einbrachte. Oder wieso er sich ausgerechnet um das alte Arzthaus verdient machen wollte. Aber sie biss sich auf die Zunge. Manches ging sie nichts an. Außerdem: Peter stellte ihr auch keine Fragen. Warum sie mit Kind, aber ohne Mann aus Berlin heimkehrte. Warum sie überhaupt wieder hier war. Warum sie Ärztin geworden war.

Letzteres wäre immerhin eine ganz amüsante Geschichte. Damals, 1910. Als sie im Krankenhaus lag und Matthias dachte, er könnte sie mit den Gruselgeschichten über die bevorstehende Operation ängstigen. Das Gegenteil war der Fall. Sie hatte an seinen Lippen gehangen, hatte alles wissen wollen. Und danach war sie beruhigt eingeschlafen. Sie wusste, was sie erwartete. Das war tausendmal besser als die Ungewissheit zuvor. Und es übte eine seltsame Faszination auf sie aus. Die Ärzte wollten also die Knochen in ihrem Fuß brechen und ihn anschließend neu ausrichten, damit er anschließend anders zusammenwuchs? Und dann sollte sie weniger Schmerzen haben, eventuell sogar ganz normal laufen können? Das klang so aufregend! Sie wäre am liebsten bei der Operation hellwach gewesen.

Aber diese Erinnerung schmerzte auch. Sie musste an den dunklen Wuschelkopf denken, der nachts am Fußende ihres Betts auftauchte. An seine frechen Sprüche. Daran, wie er sie mit der Taschenlampe blendete. Aber auch, wie er ihr Bücher brachte und über Nacht die Taschenlampe ließ, obwohl sie dann die halbe Nacht heimlich las und am Morgen die Batterien leer waren. Sie musste ihren Papa beim nächsten Besuch bitten, ihr welche mitzubringen, was dieser mit hochgezogenen Augenbrauen kommentierte. Aber sie sagte nicht, wofür sie die Batterien brauchte, weil sie es Matthias versprochen hatte.

Matthias …

Sie vermisste ihn.

Leni trat ans Fenster, das blind vom Fliegendreck und Staub war. Der Garten hinter dem Haus war verwildert, eine grüne Hölle. Bis dort jemand sitzen konnte, gab es noch viel zu tun.

»Ich muss erst schauen, wie viel Geld ich dafür habe«, hörte sie sich sagen.

»Mach dir darum mal keinen Kopf. Wenn du das Material bezahlst, reicht das für den Anfang.«

Sie schüttelte den Kopf. »Das will ich aber nicht. Du sollst schon dafür bezahlt werden.«

»Na gut.« Er überlegte. »Fünfundzwanzig Reichsmark für die Woche?«

»Das ist zu wenig«, widersprach sie.

»Für mich ist es aber genug. Kannst uns ja was zu essen mitbringen, wenn du auch hier bist.«

Leni zögerte. Er redete mit ihr, als wüsste er alles über sie. Darüber, wie ihr Leben in den vergangenen Jahren verlaufen war.

Ihr fiel schwer, sich vorzustellen, wie Peter, Marie und sie ein Picknick machten, egal ob nun draußen vor dem Haus oder in der Küche. Falsch fühlte sich das an, und das nicht nur, weil sie eine unverheiratete Frau war und er ein Mann.

»Überleg's dir. Ich mach's gerne. Drüben würde ich ja auch kein Geld kriegen, wenn ich mitarbeite.«

Drüben, damit meinte er den Hof seines Bruders.

»Das wusste ich nicht«, sagte Leni. »Ich hätte gedacht …«

Peter schnaubte. »Was, dass mein feiner Zwillingsbruder«, das Wort sprach er mit größter Abscheu aus, »mir wenigstens Geld dafür gibt, dass ich mich auf seinem Hof buckle? Vergiss es. Hans ist so eigennützig, dem fällt nicht mal auf, dass mir was zustünde. Für ihn war immer klar: alles seins. Ich gehör wohl dazu, wie der alte Schrank in der Küche und die Ackergäule vor dem Pflug.«

Darauf wusste Leni nichts zu sagen. Peter war auch noch nicht fertig.

»Wenn ich ein Knecht wäre, hätte ich mehr Rechte, der bekommt den halben Sonnabend frei und den Sonntag noch dazu. Aber nee, ich bin nur der dumme Bruder, dem kann er auch noch nach dem Kirchgang was zu tun geben, ich werde ja doch nie verschwinden, so ohne Frau. Wer will schon einen, der schon bei der Geburt zu wenig Ehrgeiz hatte?«

»Also gut«, sagte Leni. Sie traf eine Entscheidung. »Du kannst dich um Haus und Garten kümmern. Die Rechnungen für die Baustoffe gehen an mich, aber nicht ans Gutshaus, sondern an diese Adresse. Und wir müssen noch mal über deinen Lohn reden.«

Der Hoffnungsschimmer, der kurz in seinen Augen aufgeblitzt war, wollte schon wieder schwinden.

»Es ist wirklich zu wenig, Peter. Ich kann dir nicht das zahlen, was für einen Landarbeiter angemessen wäre. Aber zweiunddreißig Reichsmark sollte ich hinbekommen.«

»Gut.« Er nickte erleichtert.

Sie reichte ihm die Hand. Peter schlug ein.

»Dann mache ich mich an die Arbeit. Morgen bringe ich die Sense für den Garten mit.«

Er polterte die Treppe herunter. Leni schritt langsam die Räume ab. Zwei Schlafzimmer, das dritte könnte Gästezimmer oder Bibliothek werden. Sie setzte sich auf den alten Sessel, spürte die Federn unter ihrem Hintern und verzog das Gesicht.

Unter dem Fenster könnte ein Schreibtisch stehen ... Wenn das Efeu vor den Fenstern entfernt war, könnte sie auf den Garten blicken, wenn sie dort saß und Briefe schrieb. Ein Zimmer bekäme Marie. Das andere wäre ihr Schlafzimmer, es bot auch genug Platz für ein großes Bett. Marie schlief immer noch am liebsten bei ihr, das wollte sie dem kleinen Mädchen auch nicht verbieten, so lange es diese Nähe brauchte. Ihre Mutter hatte darüber schon die Nase gerümpft: »Bei uns hat's das nicht gegeben.«

Das hatte Leni unkommentiert gelassen, denn ja, für sie wäre als kleines Kind manches leichter gewesen, wenn sie nachts bei ihren Eltern hätte Schutz suchen können, weil Albträume sie heimsuchten. Aber das hatte es nicht gegeben, basta.

Vielleicht war es besser, wenn sie ins kleine Arzthaus zog. Komisch, dass sie bisher nicht darüber hatte nachdenken wollen. Ganz, als wäre ein eigenes Zuhause nach all den Jahren in den Haushalten anderer Menschen, in denen sie mal mehr, mal weniger heimisch geworden war, zu absurd. Ankommen, sich im eigenen Leben einrichten, als gäbe es nicht mehr diese Sehnsucht nach einem Leben mit anderen Menschen.

Mit *einem* anderen Menschen.

Leni seufzte. Ein letzter Blick auf die vergilbten Tapeten, auf den schmutzigen Teppich und die abblätternde Farbe auf den Dielenbrettern. Dann verließ sie das kleine Zimmer und stieg die Treppe herunter. Daran würde sie sich gewöhnen, wie an jede andere Treppe in ihrem Leben.

Sie konnte nicht aufhören, an ihn zu denken. Dabei war er nie hier, in diesem Haus, gewesen. Trotzdem kam es ihr so vor, als würde jeder Winkel, jedes Flüstern in den Wipfeln der Bäume ihr davon erzählen, wie es früher gewesen war.

Früher, als Matthias noch Teil ihres Lebens war.

Nahm man es genau, hatte er ihren Weg hierher vorherbestimmt. Sie lächelte wehmütig. Damals, als sie noch Kinder waren …

»Mami? Maaaamiii!«

»Ich komme, mein Schatz!«

Sie beeilte sich. Marie stand in der Tür zum Behandlungszimmer, die Puppe fest an sich gedrückt. Es war eine teure Puppe, die ihr jemand in Berlin geschenkt hatte.

Berlin war so fern. Dieser Jemand auch. Sie waren im Streit auseinandergegangen; Leni wünschte, es wäre nicht so gewesen. Ach, sie wünschte so viel.

Sie schüttelte all diese Gedanken ab, denn für Melancholie war nun kein Platz.

»Mami, ich hab Hunger!«

»Na, komm. Ich hab noch Äpfel im Korb. Und dann gehen wir heim zur Omimi, die Mamsell hat uns bestimmt was vom Mittagessen aufgehoben.«

September 1910

Nach der Operation hatten sie ihr das Bett direkt am Fenster gegeben, und als Leni am nächsten Morgen aufwachte und sah, was mit ihrem Bein passiert war, verstand sie auch, weshalb keiner der seltenen Besucher im Krankensaal das hier sehen sollte.

Ihr Fuß war in eine Schiene gespannt worden, die von mehreren Schnüren in verschiedene Richtungen gezogen wurde – und damit auch an ihrem Fuß zerrte. Sie spürte, wo die Schnitte gemacht worden waren, sie spürte auch in der Tiefe des Gewebes einen anderen, dumpfen Schmerz. Dort hatten sie vermutlich den Knochen gebrochen.

Sie hätte sich das gern genauer angesehen, aber zum einen lag ein Tuch über der Apparatur und ihrem nackten Fuß, zum anderen konnte sie sich kaum ohne Hilfe aufsetzen. Selbst das tat höllisch weh, wenn die Tagschwester kam und ihr bei der Morgentoilette zur Hand ging.

Gestern war sie nach der Operation zu müde gewesen, ganz beduselt von der Narkose und den Schmerzmitteln, die man ihr verabreicht hatte, weil sie sich stöhnend hin und her warf, als die Schiene angelegt wurde. Das hatte man nämlich nicht unter Betäubung gemacht, und sie jammerte dabei wohl so viel, dass der Arzt ihr eine Morphinspritze gab. Sie hatte daraufhin die ganze Nacht und noch einen Teil des Vormittags verschlafen.

Abgesehen von den Schmerzen ging es ihr aber gut.

Auf dem Nachttisch lag ein Päckchen, das sie sich von der Schwester geben ließ – in braunes Papier gewickelt, ein Zettelchen steckte darin. Ihr Herz klopfte aufgeregt. Hatten ihre Eltern etwa an sie gedacht und ihr eine Überraschung zukommen lassen für den Tag nach der Operation?

Aber nein.

Ich dachte, du willst mal was Spannendes lesen. – Matthias

Das Buch war von Karl May: »Durch die Wüste«. Komischer Titel, dachte sie, aber dann schlug sie den Roman auf und begann zu lesen. Bald vergaß sie alles um sich herum – die anderen Kinder, den schmerzenden Fuß, die Apparatur, die an ihr zog und zerrte. Irgendwann sollte sie damit wieder laufen können. Richtig laufen, wie alle anderen Kinder auch. Im Moment schien das schwer vorstellbar.

Am Nachmittag kamen ihre Eltern zu Besuch. Hatten sie also doch von Lenis Operation erfahren und waren direkt hergekommen, sobald sie sich von dem Eingriff erholt hatte. Das versöhnte Leni ein bisschen. Ihre Mutter wurde blass um die Nase, als sie Leni im Krankenhausbett liegen sah, und ihr Papa legte auf ihr gesundes Bein eine Schachtel mit Lakritzbonbons und ein Buch.

»Ach, Liebes!« Mama umarmte sie. Dann setzte sie sich auf einen Stuhl, den Papa rasch herbeiholte, sie nahm Lenis Hand und streichelte ihren Handrücken mit der anderen Hand, immer und immer wieder, bis Leni ihr die Hand am liebsten entzogen hätte, weil es fast schon wehtat. »Hast du denn alles gut überstanden?«

»Ja«, behauptete Leni. Was würde es denn bringen, ihrer Mutter von den Schmerzen zu erzählen? Oder von der Angst, die sie im Vorfeld ausgestanden hatte? Genau, gar nichts würde das bringen.

Sie wusste nicht so genau, warum sie auf ihre Eltern böse war. Lag es daran, dass beide ihr vorher nicht alles gesagt hatten? Denn das hatten sie nicht. Was jetzt mit ihrem Fuß passiert war, hätte sie sich in ihren schlimmsten Albträumen nicht ausmalen können. Zugleich übte dieser chirurgische Eingriff eine große Faszination auf sie aus. Das also machten Ärzte im Krankenhaus? Sie schnitten Kinder auf, holten ein entzündetes Organ heraus, sie brachen Knochen, richteten Brüche, sie steckten die Köpfe zusammen und diskutierten über das richtige Vorgehen. Denn so viel hatte sie begriffen: Das Kollegium der Weißkittel, das sich um den Chefarzt scharte, schwor auf seine Meinung, er war im Gegenzug bereit, andere Meinungen anzuhören, verwarf diese allerdings alsbald. So hatte sie es vor ein paar Tagen bei einem Kind beobachtet, das mit einem zerfetzten Arm eingeliefert wurde und bei dem ein Kollege zur Amputation riet.

»Wir könnten aber auch hier und hier nähen«, sagte der weißhaarige Arzt mit den leicht wässrigen Augen und zeigte mit einem Stift auf die Stellen am Arm, »und so versuchen, zumindest einen Teil der Mobilität zu erhalten.«

Was alles möglich war! Sie wollte unbedingt mehr wissen. Als Matthias an diesem Abend neben ihr aufs Bett glitt, erklärte sie rundheraus: »Du musst mir mehr Bücher besorgen.«

»Klar. Bist du mit dem ersten schon durch?«

»Ach, das.« Sie strich über den Leinenband des Abenteuerromans. Die Lektüre gefiel ihr, keine Frage. Eine ganz andere Welt. »Nein, ich brauche medizinische Bücher. Wie man Menschen aufschneidet und so.«

Matthias starrte sie von der Seite an. »Äh«, machte er. »So was habe ich aber nicht zu Hause im Regal.«

»Oh.« Sie spürte, wie Enttäuschung sich in ihr regte. Aber natürlich, er hatte nur Zugriff auf die heimische Bibliothek.

»Aber vielleicht finde ich was bei meiner Mama. Sie hat viele Bücher über Krankenpflege, noch aus ihrer Zeit, als sie anfing hier zu lernen.«

»Steht da auch was über Operationen drin?«, fragte Leni hoffnungsvoll.

»Ich schaue nach«, versprach er.

Zwei Nächte später kam er wieder, ungeduldig von ihr erwartet. Er legte drei Bücher auf ihre Bettdecke, dabei geriet das Tuch über der Apparatur in Bewegung, und kurz zog Leni scharf die

Luft ein, denn heute war kein guter Tag gewesen; die Schmerzen machten sie fast verrückt. Sie hatte keine Schmerzmittel mehr bekommen, weil sie sich nicht traute, danach zu fragen.

Neugierig befingerte Leni die drei Bände. Das dickste hieß »Die moderne Schwester«, dann waren noch zwei weitere schmale Hefte dabei, in denen es um die Pflege von Patienten ging. Eines bezog sich speziell auf die Arbeit im Nachtdienst.

»Das ist alles?« Sie schlug ein Lehrbuch auf. Überflog das Inhaltsverzeichnis. Ließ es enttäuscht wieder sinken.

Kein Wort über Operationen. Oder doch, da war ein Kapitel … Sie blätterte zu der Seite und las.

Die Rolle der Schwester bei einer Operation ist vor allem die der Dienenden. Sie reicht dem Chirurg die Instrumente, hält das Tablett vor, auf dem Tupfer, Nahtgut, Skalpelle und dergleichen von ihr im Vorfeld steril ausgelegt wurden …

Leni seufzte.

»Mehr hatte meine Mutter nicht.« Matthias bemerkte ihre Enttäuschung. Er überlegte. Dann fiel ihm etwas ein, und seine Miene hellte sich auf.

»Aber ich weiß, wo ich mehr bekomme.«

»Echt?«

Er nickte. »Muss es aber morgen früh zurückbringen.«

Leni riss die Augen auf. »Woher …«

»Das willst du nicht wissen«, unterbrach er sie. »Also. Soll ich?«

Sie nickte, bevor sie es sich noch anders überlegte. Matthias sprang vom Bett. Lautlos verschwand er hinter dem nächsten Vorhang. Sie wartete. Das Licht über ihrem Bett brannte noch.

»Kannst du nicht schlafen?«

Sie schrak zusammen. Matthias' Mutter tauchte auf. Sie brachte ein Glas mit warmer Honigmilch.

»Mein Fuß tut weh.« Bei ihr traute Leni sich, was zu sagen.

»Hm. Hast du das bei der Visite gesagt?«

Leni schüttelte stumm den Kopf. Sie beobachtete Schwester

Anne, die an das Bett trat und auf ihrem Krankenblatt die Einträge überflog.

»Ich bringe dir was. Dann kannst du auch leichter Schlaf finden. Wo steckt Matthias? Sonst hängt er doch immer bei dir herum und hält dich vom Schlafen ab.« Sie unterstrich ihre Worte mit einem nachsichtigen Lächeln.

»Ich weiß nicht. Er wollte noch mal weg.«

»Er soll auch gleich schlafen gehen. Sagst du ihm das?«

Leni nickte, obwohl beide wussten, dass er an den Abenden, an denen er seine Mutter begleitete, lange bei Leni am Bett saß, weil sie kein Ende fanden. Sie redeten über alles, was ihnen einfiel. Über die Welt da draußen, die Leni so sehr fehlte. Über die besten Lakritzbonbons, über Karl May und darüber, was er in der Schule lernte, während sie an manchen Tagen gar nichts lernte, hier in ihrem Krankenhausbett, weil sie sich vor lauter Schmerzen nicht konzentrieren konnte. Wenn sie wieder daheim war, konnte sie das nachholen, redete Leni sich ein. Bisher hatte sie immer gute Noten gehabt.

»Muss ich noch lange hierbleiben?«, fragte sie plötzlich. Denn der Gedanke, dass diese Zeit bald vorbei sein würde, bereitete ihr gleichermaßen Sorge und Freude. Heim zu ihrer Familie, das stellte sie sich schön vor. Es hieße aber auch, sich von Matthias zu verabschieden, und vermutlich würde sie danach nie mehr von ihm hören.

Schwester Anne sah sie an, schien zu überlegen, welche Antwort sie Leni zumuten konnte. »Es wird noch eine Weile dauern«, sagte sie schließlich und zeigte dann auf die Apparatur, die Lenis Bein umschloss und Tag und Nacht an ihrem Fuß zerrte. »Diese Maschine braucht Zeit, damit es gut wird.«

»Nur noch Tage? Oder eher … Wochen?«

»Vielleicht Monate. Aber Weihnachten bist du bestimmt wieder daheim.«

Weihnachten … Das waren noch drei Monate. Wenn Schwester Anne in so großen Zeiträumen dachte, konnte Leni das auch.

Das Heimweh schmerzte sie, aber so lange Matthias noch zu ihr kommen durfte, hielt sie das aus.

»Und nun trink deine Milch, bevor sie kalt wird.«

Leni wartete. Es dauerte noch ein paar Minuten, bis Matthias zurückkam. Er legte ein Buch auf ihr Bett, nicht dicker und schwerer als die davor. »Hier. Da drin findest du was.«

Auf dem Einband stand »Klinisches Wörterbuch«, darunter »Die Kunstausdrücke der Medizin«. Leni schlug es auf. Es war tatsächlich eine Art Lexikon, in dem eine Vielzahl von Begriffen, die sie noch nie gehört hatte, in knappen Worten erklärt wurden. Matthias setzte sich zu ihr aufs Bett, sie rückte ein wenig beiseite, und gemeinsam lasen sie in dem Buch.

Desikation *lat.* Austrocknung.

Sie blätterte weiter.

Kardiothymie LILIENSTEIN nervöse Beschwerden als Folge organischer Herzleiden, besonders bei Kompensationsstörungen.

Sie verstand kaum etwas von dem, was sie da las. Aber sie würde so gerne! Leni folgte jedem Querverweis, sie blätterte hin und her, während Matthias zufrieden neben ihr saß. Seine Beine ruhten dicht an der Apparatur, die ihren Fuß quälend langsam verdrehte, bis er irgendwann richtig war, bis alles so zusammenwuchs, dass sie ohne Beschwerde laufen konnte. Sie hoffte so sehr, dass es wirklich so kam.

Diese Nacht war die erste von vielen, in denen Matthias und sie Seite an Seite auf ihrem Bett saßen und gemeinsam lasen, sein Arm auf dem Kissen hinter ihrem Rücken. Keine Umarmung, aber so etwas ähnliches, eine Nähe, die ihr guttat. In diesen Nächten spürte Leni zwei Sehnsüchte in sich erwachen. Die zur Medizin und die zu diesem Jungen, der immer wieder zu ihr kam und ihr Bücher brachte, über die sie sich stundenlang beugte, bis ihre Augen brannten und sie vor Müdigkeit kaum mehr geradeaus sehen konnte.

August 1928

»*Was* willst du?«

Die Stimme ihrer Mutter, so scharf wie ein Messer. Sofort fühlte Leni, wie sie wieder Kind wurde, trotz ihrer gestandenen siebenundzwanzig Jahre. Obwohl sie promovierte Ärztin war, selbst ein Kind großzog – allein! – und wusste, was sie wollte.

Leni hielt den Blick auf ihren Teller gesenkt. Schweineschnitzel mit gelben Butterbohnen und Salzkartoffeln mit Petersilie. Ihr Lieblingsessen, vor allem die Bohnen. Aber der entsetzte Ausruf ihrer Mutter verdarb ihr auf der Stelle den Appetit, und sie legte die Gabel auf das weiße Leinentischtuch und die Hände in den Schoß.

»Es kann euch wohl kaum überraschen, dass Marie und ich unseren eigenen Haushalt führen wollen.«

Ihre Mutter machte »pfffft«. Dann wandte sie sich an Lenis Vater. »Hast du das gehört, Rudolf? Einen eigenen Haushalt will sie führen. Wie soll das gehen?«

»Ich kann doch kaum bis in alle Ewigkeit im Parkzimmer …« Leni verstummte. Sie begriff, worum es ihrer Mutter ging. Worum es ihr schon immer gegangen war.

Der Ruf der Familie Wittmann stand über allem anderen. Es mochte in Ordnung sein, wenn die ledige Tochter mit einem unehelichen Kind zurück in das elterliche Gutshaus zog und morgens in die Dorfpraxis ging oder vom jungen Paulsen hingefahren wurde. Aber dass sie mitten im Dorf lebte, wo jeder ihre Schande sehen konnte …

»Leni.« Die Stimme ihres Vaters. Ganz ruhig. Er blickte sie über den Tisch hinweg an. Sie hatte diesen Tag bewusst für ihre

Eröffnung gewählt, dass sie ins Dorf ziehen wollte. Hanni war über Mittag bei einer Freundin in Siedinghausen, die kleine Sophie und Carl noch in Bielefeld, sie hatten den Aufenthalt dort verlängert. Leni hatte den Verdacht, dass ihre Mutter die Finger im Spiel hatte; sie mochte es nicht, wenn das Haus zu voll war. Schon früher hatte sie die Kinder lieber nach Bielefeld zu ihrem Schwager geschickt.

Ein Grund mehr, weshalb Leni ausziehen wollte.

»Du hast immer einen Platz hier bei uns.«

»Das weiß ich doch, Papa.«

Wenn es nach deiner Frau geht, eben nicht. Auch wenn sie etwas anderes behauptet.

»Trotzdem willst du fort?«

»Ich war doch auch die letzten Jahre nicht hier. Und ich bin ausgezeichnet zurechtgekommen.«

Wieder schnaubte ihre Mutter. Leni blickte sie scharf von der Seite an.

»Gut zurechtgekommen? Sieh dich doch an, mit deinem kaputten Fuß und dem unehelichen Kind. Nennst du das gut zurechtkommen in Berlin?«

»Ja, das bin ich sehr wohl! Denn ich habe trotz des kaputten Fußes mein Studium absolviert, habe stundenlang in der Pathologie gestanden und …« Sie bremste sich, bevor sie »Leichen seziert« hinzufügen konnte. Marie saß neben ihr und aß mit erstaunlich gutem Appetit die Bohnen; sie hatte sich inzwischen an die neue Kost gewöhnt. Doch es gab Themen, die waren nun mal nicht für Kinderohren bestimmt. »… und mich als Ärztin approbiert, ohne dass ihr für mich da wart, als ich euch am meisten gebraucht habe!«

Oh, sie war wütend. Richtig aufgebracht. Zu gut erinnerte sie sich, wie sie ihre Mutter damals um Hilfe gebeten hatte, als sie mit Marie schwanger wurde. Das Einzige, was sie damals als Antwort bekam, war ein knapper Brief. Die Worte konnte Leni bis heute auswendig, so oft hatte sie diese gelesen.

Wenn das Erste, was du in Berlin zuwege bringst, diese Schwierigkeiten sind, können wir nicht länger für dich aufkommen. Kümmere dich um das Problem. Das wird dir ja wohl in Berlin möglich sein. Andernfalls werden dein Vater und ich sämtliche Zahlungen an dich einstellen.

Es hatte lange gedauert, bis Leni diesen Vertrauensbruch verwunden hatte. Und erst jetzt, nach ihrer Rückkehr, hatte sie begriffen, dass ihre Mutter niemandem von Marie erzählt hatte, obwohl Leni in ihren Briefen regelmäßig von dem kleinen Mädchen und seinen Fortschritten berichtete.

»Und bevor du weitersprichst, Mutter, habe ich eine Bitte: Lass es nicht an Marie aus. Sie trifft an alledem keine Schuld.«

Einen Moment lang war es still am Tisch. Maries Glas klirrte leise gegen ihren Teller, als sie es nahm und trank. Leni streichelte ihr leicht über den Scheitel.

»Also, das Arzthaus«, sagte ihr Vater, gerade so, als habe ihr Ausbruch nicht stattgefunden. »Muss da nicht viel gemacht werden?«

»Ich habe Hilfe.«

»Von wem denn?«

»Peter Meyer zu Bentdorf hat sich angeboten.«

Ihre Mutter stand mit einem Ruck auf. »Nein!«, rief sie erbost. »Den lässt du nicht an das Haus, das ich dir gekauft habe, Helene!«

»Was ist an ihm denn so falsch, dass du ihm so wenig gesonnen bist? Er wollte nicht mal viel Geld dafür, macht's ordentlich und ist fleißig.«

»Soll das heißen, du lässt ihn schon für dich arbeiten?«

Das Entsetzen ihrer Mutter kannte keine Grenzen.

»Regine, bitte. Reg dich nicht so auf. Du weißt, was Dr. Köster gesagt hat.«

»Ich darf mich so viel aufregen, wie ich will! Was habe ich falsch gemacht? Sag es mir, Leni. Warum musst du alles mit den Füßen treten, was ich aufgebaut habe? Warum ausgerechnet der schwarze Peter?«

»Moment. Was hat Dr. Köster gesagt?«

Doch keiner ihrer Eltern antwortete. Sie funkelten einander nur über den Tisch hinweg an, als würden sie stumm einen Kampf miteinander austragen, mit dem Leni nichts zu tun hatte.

»Ist es jetzt wieder gut?«, fragte ihr Vater leise.

Ihre Mutter sank auf den Stuhl. Ihr Gesicht, das vorhin krebsrot geworden war, kehrte nur langsam zu seiner gewohnten Farbe zurück. Leni beobachtete ihre Mutter scharf. Bluthochdruck? Ein schwaches Herz? Beides war möglich.

Sie dachte an die Krankenakten in der Praxis. Bisher war ihr der Name ihrer Mutter nicht untergekommen. Zufall oder Absicht?

Leni stellte sich vor, wie ihre Mutter die Praxis kaufte. Wie Dr. Köster ihr die Hand schüttelte, sie ihm den Scheck überreichte und er ihr im Gegenzug ihre Patientenakte aushändigte, als Teil einer Abmachung. So war ihre Mutter. Als Besitzerin einer Wurstwaren- und Konservenfabrik durfte ihrer Ansicht nach niemand auch nur *ahnen*, dass sie krank sein könnte.

Hatte sie auch deshalb Leni zur neuen Dorfärztin gemacht? Damit niemand davon erfuhr? Denn ihre eigene Tochter hätte sie sicher besser im Griff als einen neuen, unbekannten Arzt. So die Logik ihrer Mutter. An den hippokratischen Eid verschwendete sie wohl keinen Gedanken. Oder die Schweigepflicht, an die Leni und jeder andere Arzt sich gebunden fühlte. Nein, ihre Mutter misstraute jedem – es sei denn, sie hatte denjenigen auf die eine oder andere Art in der Hand.

Und vielleicht war das ihr Problem mit den zu Bentdorfs – die ließen sich von keinem was sagen, weil sie nach den Maßstäben im Dorf selbst wohlhabend waren.

»Mama. Sag mir, was Dr. Köster bei dir festgestellt hat. Bitte.«

»Ach, das ist doch nichts.«

»Ein schwaches Herz ist nicht nichts«, murmelte Lenis Papa. Er machte sich wieder über sein Schnitzel her.

Also hatte sie mit ihrer Vermutung recht gehabt. Leni atmete tief durch. »Wie schlimm ist es?«, fragte sie leise.

»Nicht so schlimm, dass du dir jetzt Sorgen machen müsstest«, sagte ihre Mutter scharf.

»Papa?« Sie ließ ihre Mutter nicht aus den Augen. Deren Kopf ruckte hoch, sie blitzte ihren Mann über den Tisch hinweg wütend an. »Wage es nicht«, zischte Lenis Mutter.

»Keine Aufregung«, sagte Lenis Vater. »Und sie soll ihre Tabletten nehmen.«

Von den Tabletten hatte Leni bisher nichts gehört oder gesehen, aber das musste nichts heißen. Schon immer war ihre Mutter gut darin gewesen, ihre privaten Belange für sich zu behalten. Leni hatte mit dreizehn, als sie ihre erste Blutung bekam, darüber mehr aus den medizinischen Lehrbüchern gewusst, die sie sich zu jedem Geburtstag und zu Weihnachten wünschte, als von ihrer Mutter. Erst später begriff sie, dass das Unwohlsein, mit dem ihre Mutter sich alle paar Wochen für ein, zwei Tage in ihren Salon zurückzog, alle Vorhänge schloss und mit einem feuchten Waschlappen auf der Stirn und einer Wärmflasche auf dem Unterleib im Dunkeln ruhte, mit diesem Frauenleiden zusammenhing.

»Lass es jetzt gut sein«, kam es nun von Lenis Mutter. Sie seufzte, legte das Besteck auf ihren Teller und griff nach dem Glöckchen, das bei den Mahlzeiten vor ihr auf dem Tisch stand. Auf das Bimmeln eilte sogleich das Dienstmädchen herbei.

»Bringen Sie uns Wein.«

»Jawohl, Frau Wittmann.« Falls dieser Wunsch das Mädchen überraschte, hatte es sich erstaunlich gut im Griff. Erst als sich die Tür hinter ihr schloss, räusperte sich Lenis Vater.

»Du weißt, du sollst keinen Alkohol trinken.«

»Und du weißt, dass ich keine Besserwisser mag.«

Ungerührt nahm Lenis Mutter das Besteck wieder in die Hand. Sie füllte ihren Teller auf und aß weiter. Das Thema war für sie erledigt.

»Wenn du ausziehen willst, werde ich auch die Zahlungen an dich einstellen.«

»Ach, Mutter.« Leni seufzte. Als könnte man mit Geld alles lösen.

Ein halbes Jahr nach Maries Geburt hatte Lenis Mutter wieder begonnen, ihr Geld zu schicken. *Bist halt eine Wittmann, so stur wie du bist. Ich bin weiterhin nicht damit einverstanden, wie du dein Leben führst.*

Doch Regine Wittmann sah an Leni vorbei zu ihrer Enkelin, die im Verlauf des Gesprächs immer mehr auf ihrem Stuhl herumrutschte und nur noch auf ihrem Teller herumstocherte. Marie verstand vielleicht nicht, was gerade vor sich ging, aber sie spürte die Spannung zwischen den drei Erwachsenen.

»Schmeckt es dir nicht, Marie? Hier wird immer noch gegessen, was auf den Tisch kommt. Wenn du mit deiner Mama ausgezogen bist, könnt ihr das ja gerne machen, wie ihr wollt, aber noch müsst ihr euch an unsere Regeln halten.«

»Mutter.« Nur mühsam unterdrückte Leni die Wut, die wieder in ihr aufflammte. Sie legte den Arm schützend um Marie, die fast anfing zu weinen. »Lass auf dem Teller, was du nicht magst. Zum Nachtisch gibt es Birnenkompott.«

Ihre Mutter kniff die Lippen zusammen. »Bei uns hätte es das früher nicht gegeben. Nachtisch, wenn das Kind den Teller nicht leer isst.«

»Stimmt«, gab Leni trocken zurück. »Darum war ich ja lieber im Krankenhaus. Da gab's das nämlich, damit die Kinder überhaupt was gegessen haben. Aber davon weißt du nichts, weil du mich ja nie besucht hast.«

»Helene …«

»Nein, Papa. Das muss ich auch mal sagen dürfen. Ihr hattet damals eure Erziehungsmethoden, und ich habe das ausgehalten, keine Frage. Wochenlang allein in einem Krankenhausbett, ohne dass ihr mich besucht habt. Klar, es ist ein weiter Weg von Bockhorst nach Osnabrück, aber ich war doch noch so klein!

Zum Glück haben sich andere Menschen dort um mich gekümmert.«

Besteck klirrte auf einen Teller. Leni sah auf. Ihre Mutter funkelte sie wütend an. »Du …«

»Regine, bitte.«

»Wie kannst du nur so undankbar sein? Was habe ich dir getan? Ich habe immer alles für dich gemacht, habe sogar diese grässliche Anne Krüger hergeholt, als sie krank wurde, ich habe …«

Leni straffte die Schultern. Dies war eine Auseinandersetzung, mit der sie schon viel früher gerechnet hätte. Aber nichts von dem, was nun ausgesprochen werden *musste*, war für die Ohren ihrer Tochter bestimmt.

Zum Glück kam in diesem Moment das Dienstmädchen mit dem Wein. Sie verteilte die Gläser, goss ein und wollte schon mit einem Knicks verschwinden.

»Marie, magst du mit der Grit in die Küche gehen? Da hat die Mamsell bestimmt auch noch einen Kakao für dich.« Marie nickte. Tapferes, kleines Mädchen. Sie rutschte vom Stuhl, und Grit legte mitfühlend einen Arm um die schmalen Schultern des Kinds.

»Na komm, vielleicht hat die Mamsell auch noch was anderes in ihrer Speisekammer für dich.«

Leni atmete auf. Das Personal würde sich gut um Marie kümmern.

Die Tür fiel hinter den beiden zu. Es war still und stickig im Speisezimmer. Leni wäre am liebsten aufgestanden und hätte die Fenster weit aufgerissen.

»Ich bin nicht undankbar«, sagte Leni leise. »Ihr habt mir viel ermöglicht. Habt mir das Studium erlaubt, als ich schon nicht mehr zu hoffen wagte. Aber damals, als ich nach dieser Operation im Krankenhaus lag … Das war eine schwere Zeit. Sie hat mich geprägt.«

»Wir hatten viel zu tun. Die neue Fabrik war gerade erst eröffnet, auch dein Vater war täglich im Einsatz. Das war wichtig für uns.«

Leni nickte. Natürlich, das wusste sie alles. 1910 hatten ihre Eltern mit der Produktion von Fleischkonserven im großen Stil begonnen. Ein neues Feld für alle Beteiligten, aber was einst in einer großen Scheune auf dem alten Hof begann, sollte der Familie einen bescheidenen Wohlstand bringen – und mit Ausbruch des Krieges sogar einen gewissen Reichtum, als die Nachfrage nach haltbaren Lebensmitteln für die Front stieg, bevor es im dritten Kriegsjahr immer schwieriger wurde, die Fabrik zu unterhalten. Es war die Idee ihrer Mutter gewesen, sich auf diesem Feld zu betätigen, und ihr Vater machte eben mit, weil er immer schon mitgemacht hatte, was seine Frau anfing. Schon bald hatten sie sich einen veritablen Kundenstamm aufgebaut, zudem lieferten die Bauern von den umliegenden Höfen und auch teilweise aus den Nachbarorten und von weiter weg ihre Schweine in die Schlachterei. Sie vergrößerten die Produktion, die ehemalige Scheune wurde zum Schlachthaus, daneben wurde eine Fabrik gebaut. Ein Schandfleck am Dorfrand, so hatten manche geschimpft. Bis der Krieg kam, denn da freute sich jeder im Dorf, dass Lenis Mutter für »ihre Leute« was abzwackte und einen Teil des Lohns mit Fleischkonserven beglich. Dass die Frauen überhaupt arbeiten konnten, während die Männer an der Front waren. Das half allen Dorfbewohnern, und sie betonte gern, dass man es nur ihr verdankte, wenn Bockhorst besser als manch andere Dörfer durch die Kriegsjahre und den Hungerwinter danach gekommen war.

»Trotzdem«, setzte Leni an. »Ich hätte euch auch gebraucht.«

»Wir haben dir alles ermöglicht, Helene.« Ihre Mutter hatte nun wieder diesen Blick, der durch Leni hindurchging, als wäre sie gar nicht da. Als würde sie ihre Tochter gar nicht sehen. »Du wolltest Ärztin werden? Auch das haben wir möglich gemacht.«

»Ja, vielen Dank auch«, gab Leni zurück. »Ich musste hart genug dafür kämpfen.«

»Jetzt ist es aber genug!« Ihre Mutter knallte das Besteck auf den Teller. »Wir haben dir nie das Gefühl gegeben, du wärst anders als deine Geschwister. Ihr wart für uns immer gleich, egal ob Junge oder Mädchen.«

»Von wegen. Ich war die Lahme, die immer hinterherhinkte.«

Für die man nicht viel tun musste, denn: Sie war ja lahm, die fand entweder einen zum Heiraten oder blieb eben ihr Leben lang bei den Eltern und konnte sich im Alter um sie kümmern. Leni sprach es nicht aus, aber bis zu jenem schicksalhaften Herbst 1918 hatte zumindest ihre Mutter so gedacht, davon war sie überzeugt.

Zehn Jahre hatten die Wunden nicht verheilen lassen, die jene Monate rings um das Kriegsende in ihre Seele hinterlassen hatte. Bevor sie sich gänzlich vergaß, legte sie ihr Besteck neben den Teller, benutzte die Serviette, legte sie ebenfalls auf den Tisch und stand auf. »Ich bin fertig, Mutter«, sagte sie leise.

»Wann ziehst du aus?«

Es klang inzwischen fast wie ein Befehl. Was vor einer halben Stunde noch undenkbar erschien, hatte im Verlauf dieses Streits eine Dynamik gewonnen, der Leni sich gern entziehen würde.

Aber sie war nun mal auch die Tochter ihrer Mutter. Mindestens genauso stur. Vor allem aber wollte sie niemals von irgendwem ausgehalten werden. Zu oft in ihrem Leben hatte es Situationen gegeben, in denen sie sich gar nicht gegen diese Form von Abhängigkeit hatte wehren können. Und nun, da sie versuchte, auf eigenen Füßen zu stehen, konnte es ihrer Mutter offenbar nicht schnell genug gehen.

»Keine Angst. Ich werde sogleich mit dem Packen beginnen.«

Sie verließ das Speisezimmer, stieg mühsam die Treppe hoch und verharrte auf dem Absatz. Ihr Vater kam aus dem Speisezimmer, er blieb unten stehen. Sagte nichts, blickte nur zu ihr hoch.

Leni drehte den Kopf weg. »Manchmal ist es nicht schön, wenn man …« Sie verstummte.

Er trat näher. »Nun?«

»Wenn man heimkommt. Und man hofft, es hätte sich etwas geändert. Wenn man dann feststellt, es ist nach so vielen Jahren immer noch wie früher …« Sie atmete tief durch.

Ihr Vater zog die Brille aus der Brusttasche seines Jacketts. Er setzte sie auf, seine Finger tippten auf das Buch, das er in der Hand hielt. »Wenn du was brauchst …«

»Ich weiß, Papa. Dich habe ich damit auch nicht gemeint.«

Sie seufzte. Lächelte ihrem Vater zu, ehe sie die letzten Stufen in Angriff nahm.

Nicht zum ersten Mal kam Leni der Verdacht, dass ihre Mutter zwischen ihm und Leni stand, ihm stets noch mehr Aufgaben übertrug, die er als pflichtbewusster Ehemann übernahm, nur damit er in letzter Konsequenz keine Zeit für die lahme Tochter hatte. Aber vielleicht bildete sie sich das auch nur ein.

Man musste das Herz härten gegen das Leben und gegen die anderen Menschen, die einem sonst zu viel abverlangten und das bisschen Energie raubten, das man für sich selbst beiseiteschaffte. So dachte wohl ihre Mutter. Jeder sollte lernen, selbst zurechtzukommen in der Welt, ohne sich auf andere zu verlassen.

Aber auch ihre Mutter war nur ein Mensch, auch sie konnte ihr Herz nicht völlig vor den eigenen Kindern verschließen. Darum hatte sie Leni das Studium erlaubt, darum hatte sie auch Hanni zurückgeholt, trotz ihrer Vergangenheit, und sie hatte für Leni die Praxis gekauft. Aber wenn ihre Mutter glaubte, dass Leni ihr deshalb in ewiger Dankbarkeit nie mehr Widerworte gab, hatte sie sich getäuscht.

Sie saß am Schreibtisch im ehemaligen Behandlungsraum und sortierte weiter die Krankenakten, als sie aus dem Flur einen leisen Fluch hörte, dicht gefolgt von einem lauten Poltern, weil jemand im Halbdunkel gegen ihren Schrankkoffer gelaufen war.

Marie hockte wieder unter dem Schreibtisch. Die Fenster waren weit geöffnet, in der abendlichen Stille wehte ein leiser Wind in den Raum. Kühler als in den letzten Tagen, und ein bisschen glaubte Leni schon den Regen zu riechen.

»Welcher Idiot hat diesen Schrank in den Weg gestellt?«

Leni kicherte. Marie grinste, sie zog ihrer Puppe gerade zum hundertsten Mal das Kleidchen an, das Leni erst gestern herausgesucht hatte. Ein weißes Ballkleid mit grüner Bauchschleife und einem weiten Rock, wie gemacht für eine kleine Prinzessin.

»Wir sind hier drüben!«, rief sie, erhob sich vom Stuhl und trat in den Flur. Peter stand vor dem Ungetüm von einem Schrankkoffer, mit dem sie schon so manches Mal umgezogen war. Als sie heute Mittag einen der Pferdeknechte bat, ihn zusammen mit dem kleineren Exemplar zum alten Arzthaus zu fahren, hatte der gebrummt, das sei aber nicht seine Aufgabe. Er fügte sich erst, als Leni ihm wortlos ein paar Reichsmark in die Hand drückte. Leider hatte er nur den größeren Koffer hergebracht und sich geweigert, ihn weiter als bis in den Flur zu bringen. Sie vermutete, er erhoffte sich einen zweiten Geldschein von ihr, aber darauf fiel sie nicht herein. Sie zahlte ihm das versprochene Geld und schickte ihn fort, in der stillen Hoffnung, Peter würde sie unterstützen.

»Guten Abend«, begrüßte sie ihn.

»Kein guter Abend«, brummte er und rieb sich das Schienbein. Rings um ihn lagen auf dem Boden verstreut einige Rollen Tapete, ein paar Päckchen, Pinsel und andere Utensilien. Offenbar hatte er sich mit alledem hoch beladen auf dem Weg ins Haus befunden und deshalb ihren Schrankkoffer übersehen.

»Hast dir wehgetan?«

»Geht schon. Und was ist das hier? Möbel kann ich noch nicht brauchen, solange ich renoviere.«

»Mein Koffer«, sagte sie nur.

»Aha. Und was soll ich damit? Behalt ihn doch lieber drüben auf dem Gut, bis du herziehst.«

»Da sind aber meine Kleider drin, und ich geh nicht zurück ins Haus meiner Eltern.«

Er bückte sich und sammelte die Sachen auf. Hielt in der Bewegung inne, legte dann behutsam ein Päckchen Tapetenkleister in den Eimer und richtete sich auf. »So ist das also«, sagte er.

»Wie denn?«, wollte sie wissen.

Peter zuckte mit den Schultern. »Keine Ahnung. Aber hier ist doch kein Platz. Hast kein Bettzeug und nichts da drin, nehme ich an? Fürs Kind ist das auch noch kein rechter Ort.«

Das Kind, dachte Leni, ist da am rechten Ort, wo ich bin, das ist schon immer so gewesen. Sie widersprach ihm aber nicht. Hatte sie doch selbst gemerkt, wie wenig durchdacht ihr Auszug gewesen war. Marie war verwirrt. »Gehen wir nie mehr zur Omimi?«, fragte sie, als wäre sie dort bereits nach der kurzen Zeit so sehr verwurzelt, dass sie sich nichts anderes mehr vorstellen konnte als ein Leben bei ihrer Großmutter.

Peter hatte recht. Sie besaß kein Bettzeug, und das, was da oben im Bett noch lag, taugte kaum, dass man darin noch hätte schlafen können. Würde das Bettgestell Marie und sie überhaupt noch halten oder mitten in der Nacht unter ihrem Gewicht zusammenbrechen? Eine Nacht auf dem nackten Fußboden mochte im August noch angehen, doch schon in wenigen Wochen wäre auch das zu kühl. Sie brauchten eine Lösung, und zwar schnell.

»Kommt ihr eben mit zu uns.«

Peter sagte das so entschieden, als gäbe es keine andere Möglichkeit als diese. Leni schüttelte den Kopf. »Das geht nicht.«

»Natürlich geht das. Du willst nur nicht, weil du denkst, du wärst eben was Besseres.«

Sie starrte ihn empört an. Er hat keine Ahnung, dachte Leni. Er wusste nicht, woher sie kam. Wie sie in Berlin jahrelang gelebt hatte. Woher auch? Niemand hier wusste das. Alle dachten, sie wäre nicht nur mit dem goldenen Löffel im Mund groß geworden – auch das stimmte ja nicht –, sondern sie hätte sich auch in den Jahren fern der Heimat vom Geld ihrer Eltern ein schönes Leben in Berlin gemacht.

Wie es hier wohl gewesen war, anno 1923? Hatten sie hier auch gehungert? Wohl kaum. Wer in der Landwirtschaft arbeitete, kannte entbehrungsreiche Winter und wusste, dass man hart arbeiten musste fürs eigene Auskommen, aber gerade die etwas wohlhabenderen Bauern mit ihrem Gemüsegarten, mit den Hühnern und Schweinen im Stall dürften die Zeit der Hyperinflation zumindest ohne Hunger überstanden haben.

Leni hatte in jenem Herbst einen Säugling zu versorgen, und zu ihrer ständigen Angst, dass Marie nicht satt wurde, kam auch immer wieder die Sorge, woher sie das nächste Brot bekam und ob sie es sich überhaupt würde leisten können. Das Geld, das ihre Mutter damals schickte, war schon nichts mehr wert, wenn es zwei Tage später in Berlin ankam.

»Ich bin nichts Besseres«, erklärte sie. Trotzdem konnte sie sein Angebot nicht annehmen.

Er kaute auf ihrer Weigerung herum, traf dann eine Entscheidung. »Ich schau mal, was ich für euch tun kann«, sagte er und verließ das Haus.

Sie blieb im Flur stehen, vor sich der hohe Schatten ihres Koffers. Dann schloss sie die Haustür. Marie rief nach ihr. Manches, dachte Leni, würde sich wohl nie ändern.

Dieses Unwohlsein, wenn ihr jemand half – das würde vielleicht für immer bleiben.

Oktober 1910

»Heute ist mein Geburtstag.«

Matthias kam mit einem Grinsen in den Krankensaal. Leni hatte schon auf ihn gewartet. Ungeduldig, seit drei Tagen. So lange war er nicht aufgetaucht.

Jetzt bekam sie einen kleinen Schreck. »Oh, und ich habe kein Geschenk!«, jammerte sie.

»Macht nichts.« Hinter dem Rücken zauberte er einen Teller hervor, auf dem zwei Stücke krümeliger Sandkuchen mit Zuckerguss lagen. »Hat meine Mama gebacken.«

Er setzte sich zu ihr aufs Bett, so selbstverständlich, als wäre das nun mal sein Platz.

»Wie alt bist du geworden?«, fragte Leni.

»Vierzehn.« Er brach ein Stück vom Kuchen ab, stopfte ihn sich in den Mund und hielt Leni den Teller hin. »Mh, der ist echt lecker.«

»Ich bin erst neun.« Sie war ein bisschen schockiert.

»Ich weiß.« Er zeigte auf das Krankenblatt. »Steht da vorne.«

»Aber wieso …« Sie sprach nicht weiter.

Wieso gab sich ein Vierzehnjähriger mit ihr ab? Sie hatte sich bisher keine Gedanken darüber gemacht. Sie hatte ihn auf zwölf geschätzt. Wohl weil ihr älterer Bruder Fritz mit zwölf schon so ein Riese war.

Matthias zuckte mit den Schultern. »Du bist hart im Nehmen. Und schlau bist du auch.« Er dachte nach. »Meine Mama hat mich allein großgezogen. Ich war hier … schon immer. Hab in einem Bett im Pausenraum geschlafen. In den letzten Jahren war ich dann abends oft unterwegs, auch wenn das keiner mag.

Mache ich trotzdem, und ich tu ja keinem was. Ich kenne das nur so. Und allein war ich oft. Nun nicht mehr.«

Er versetzte ihr einen leichten Rippenstoß.

»Das war übrigens ein Kompliment. Du bist schwer in Ordnung, Lene.«

»Leni«, murmelte sie.

»Ja, echt? Ich dachte immer, es heißt Lene.«

Er grinste sie von der Seite an. Sie lachte und wusste gar nicht, warum. Matthias hielt ihr den Teller hin, und gemeinsam stopften sie sich mit dem Kuchen voll, der so würzig und weich war, dass er ihnen im Mund zerschmolz.

Noch viele Jahre später würde es so sein, dass sie den Geschmack von Aniskuchen untrennbar mit Matthias verband. Dass sie weinen musste, wenn sie welchen aß und er nicht bei ihr war.

Wenn man sie dann fragte, wann sie sich in ihn verliebt hatte, würde sie sagen: »An seinem vierzehnten Geburtstag«, so unwahrscheinlich das auch klingen mochte. Sie war neun! Aber seit jenem Abend wusste sie, dass es für sie nur diesen einen Jungen geben würde, ihr ganzes Leben lang.

August 1928

Die Stille, die keine war.

Leni lag auf dem Rücken, die Hände auf dem Bauch gefaltet, die Augen hielt sie geschlossen. Und sie lauschte, doch durch das offene Fenster drang nur das Wispern des Regens, der seit dem Morgengrauen fiel.

Die erste Nacht im eigenen Haus. Sie hatte sich das ganz anders vorgestellt.

Neben ihr lag ihre kleine Tochter. Marie schlief ganz ruhig, und Leni ließ sie. Gestern Abend hatte sich die Kleine in den Schlaf geweint, als sie merkte, dass ihr Kuschelhase bei dem überstürzten Aufbruch zurückgeblieben war. Leni musste sie lange trösten, sogar herumtragen wie ein kleines Baby, bevor sie zur Ruhe fand.

Sie machte das, obwohl sie in ihrem Hinterkopf dabei immer wieder die mahnende Stimme ihrer Mutter hörte. Verwöhn das Kind nicht so. Kein Wunder, dass es nicht im eigenen Bett schläft. Du musst deine Tochter fürs Leben stärken, darfst sie nicht so verziehen.

Sie ist noch so klein, hätte Leni erwidert. Wie soll sie denn mit den Fährnissen des Lebens zurechtkommen, wenn sie nicht mal bei mir Trost findet? Ich bin doch die einzige Konstante für sie.

Auch etwas, das ihr Sorgen bereitete. Denn was, wenn ihr etwas passierte? Wenn sie einen Unfall hatte, krank wurde … Natürlich, ihre Mutter würde Marie zu sich nehmen. Aber die Vorstellung, wie ihr Kind unter der emotionalen Kälte dieser Frau leiden musste …

Sie schob sich leise vom Bett herunter und schlich zur Treppe.

Aus dem Erdgeschoss glaubte sie, ein Geräusch zu hören. Sie kehrte ins Schlafzimmer zurück, zog das Nachthemd über den Kopf und stand nur im Schlüpfer vor dem Stuhl mit ihren Kleidungsstücken.

Tritte auf den Stufen. Sie erstarrte mitten in der Bewegung, dann streifte sie sich rasch den Büstenhalter über und griff nach dem Rock.

»Hallo?«

Das war Peters Stimme.

»Wir schlafen noch«, sagte sie. Er wartete draußen in dem kleinen Flur, die Schlafzimmertür war angelehnt. Spähte er etwa durch den Türspalt und sah sie da halb bekleidet und zerzaust? Oder hielt er den Blick abgewandt, während er mit ihr sprach?

»Das wusste ich nicht. Ich hab euch Frühstück mitgebracht.«

»Das ist lieb, danke. Ich komme gleich runter.«

Sie wartete. Doch er blieb stehen, als wollte er noch etwas sagen.

»Sonst noch was?«, fragte sie scharf.

»Nee.«

Seine Schritte auf dem Weg nach unten. Leni atmete auf.

Auch deshalb ging es so nicht weiter. Peter Meyer zu Bentdorf nahm sich da eine Freiheit heraus, das hätte er bei einer verheirateten Frau nie gemacht. Da hätte er unten gewartet oder wäre wieder verschwunden, wenn sie auf sein Klopfen nicht reagierte. In den vergangenen Wochen hatte sich durch die häufigen Begegnungen eine Vertrautheit entwickelt. Eine von der Sorte, die durch Gewohnheit entstand. Nicht durch Gefühle. Aber diese Gewohnheit war es, die ihn jetzt Grenzen überschreiten ließ.

Wieder drängte sich ihr die Erinnerung auf. An Berlin. An ihr Leben dort. Die hübsche Villa im Grunewald, die Wohnung in der Luisenstraße, in der sie in den letzten Jahren zusammen mit Marie und Florian gewohnt hatte.

Aber dies war ein Leben, in das sie nicht zurückkehren konnte.

Es gab gute Gründe dafür. Nicht nur, weil Leni hier ein neues Leben hatte.

Sie lief nach unten. In der Küche stand ein Korb, darin waren Brot, Eier, Schinken und in Papier gewickelt ein Stück Butter. Das Frühstück, das Peter ihnen gebracht hatte. Alles vom Hof seines Bruders, vermutete sie.

Leni traf eine Entscheidung. Ihr war nicht nach Schinkenbrot.

»Mama, was machen wir?« Marie trippelte neben ihr her. Sie waren einkaufen gegangen; im Dorfladen hatte Leni fast alles bekommen, was sie brauchte.

»Wir lassen heute die Arbeit liegen und backen Kuchen.« Leni trug den Korb über dem Arm, darin die Zutaten fürs Backen und noch ein paar Dinge mehr, die sie in der Küche brauchen könnte. Im Dorfladen hatte man erstaunt auf sie reagiert; hatte sich wohl noch nicht herumgesprochen, dass sie nun im Arzthaus wohnte.

Würde schnell genug passieren, dachte Leni.

Die Küche war bisher nicht ihre Priorität gewesen, und das rächte sich nun, denn während sie am liebsten direkt mit dem Backen begonnen hätte, musste sie erst aufräumen und das, was noch in den Schränken war, auf Tauglichkeit prüfen. Immerhin fand sie neben einer Rührschüssel auch eine alte Springform. Eine Kastenform wäre natürlich besser, aber so würde es schon gehen.

Marie half ihr. Butter und Zucker schaumig rühren, Eier dazu, anschließend Mehl und Anis. Schon der Geruch war so intensiv, dass Leni einen Moment Pause brauchte. Sie trat vor die Küchentür. Dort befand sich seitlich vom Haus ein kleiner Küchengarten, der völlig überwuchert war. Irgendwo hinter dem Haus hörte sie Peter – das regelmäßige Witsch-witsch der Sense, die durch das hohe Gras fuhr. Offenbar hatte er sich nach der morgendlichen Begegnung etwas gesucht, das ihnen beiden mehr Abstand bot.

Leni bückte sich und zupfte einen Stängel wild wuchernde Petersilie ab. Sie biss die Blätter ab und kaute. Nächstes Frühjahr, beschloss sie, würde sie sich auch um das Gärtchen kümmern. Bestimmt konnte Peter ihr ein paar Tipps geben. Oder sie fragte Hanni.

Sie kehrte in die Küche zurück. Marie half ihr beim Backen, und als sie anderthalb Stunden später den fertigen Kuchen aus dem Ofenrohr zogen, hörte sie Peter im Flur poltern.

»Das riecht hier aber lecker«, meinte er.

»Aniskuchen«, sagte sie nur. »Gibt's heute Nachmittag für alle.« Sie zögerte. »Danke noch mal für das Frühstück.«

»Das war doch nichts. Wenn du noch mal was brauchst, sag einfach Bescheid.« Er gab sich einen Ruck. »Das heute früh … Ich wollte dir nicht zu nahetreten. Also …«

»Schon gut.«

Nichts war gut. Aber das ging Peter nichts an.

»Mami, schmeckt dir der Kuchen nicht?«

»Ach, Marie …« Leni zog ihre Tochter an sich, sie legte den Arm um das kleine Mädchen, das sich vertrauensvoll an sie schmiegte. Sie saßen auf der kleinen Bank neben der Küchentür, den Kuchen aßen sie von der Hand. Und beim ersten Bissen wusste Leni wieder, warum sie seit Jahren keinen Aniskuchen mehr gegessen hatte. Zu sehr erinnerte es sie an das, was sie verloren hatte.

Wen sie verloren hatte.

Wo steckst du, Matthias?, wollte sie fragen. Aber da gab es niemanden. Seine Mutter war schon lange tot, und Matthias selbst war vor Jahren aus ihrem Leben verschwunden. Geblieben war die Sehnsucht, nagend und schmerzhaft, gegen die war kein Kraut in ihrem Küchengärtchen gewachsen, und Aniskuchen half dagegen auch nicht. Im Gegenteil.

Aber das hatte sie wohl schon heute früh geahnt, als sie den Entschluss fasste, mit diesem Kuchen den Beginn ihres neuen

Lebensabschnitts zu feiern. Dumme Idee. Sie hätte sich denken können, dass der würzige Geschmack sie nach so vielen Jahren überwältigen würde.

Außerdem schmeckte der Kuchen nicht. Er war nicht fluffig, sondern klebrig und fast klitschig. Vermutlich war er nicht lange genug im Ofen gewesen. Oder – das war noch am Wahrscheinlichsten – sie war einfach keine gute Bäckerin. Anne hatte den Kuchen jedenfalls nach diesem Rezept immer gut hinbekommen.

»Mir schmeckt der Kuchen. Kannst du gern häufiger backen.« Marie nahm noch einen Bissen. Krümel sammelten sich in ihren Mundwinkeln. Leni wischte sie mit einem Finger weg. Das war Marie. Sie mochte Fremden gegenüber schüchtern sein, aber wenn sie jemandem vertraute, blitzte das offene Wesen durch, das Leni von Maries Vater so vertraut war.

»Ich bin so froh, dass ich dich habe.«

»Aber jetzt nicht mehr weinen, Mama. Wir haben Kuchen. Und schau mal, die Sonne scheint.«

Leni atmete tief durch. Dieses Kind!, dachte sie. In den ersten fünf Jahren seines Lebens hatte es schon so viel erlebt, aber es saß auf dieser wackligen Holzbank, baumelte mit den nackten, braun gebrannten Beinen und verputzte ein riesiges Stück Kuchen, als wäre dieser Moment das Beste, was ihm je passiert war. Und als gebe es die Vergangenheit einfach nicht.

Aber die Vergangenheit blieb. Sie verfolgte Leni wie ein Schatten. Tagsüber sah sie nichts davon. Sie scherzte mit Peter, der ihren Kuchen lobte und ihr eine Kaffeemühle versprach, damit sie ihm nicht mehr Pfefferminztee servierte, für den Marie im Garten frische Minze gepflückt hatte. Offenbar war auch etwas Baldrian dazwischengeraten, denn alle drei fühlten eine wohlige Mattigkeit am Nachmittag, und Peter verabschiedete sich früh. Leni räumte das Geschirr in die Küche, erhitzte Wasser auf dem Herd und machte den Abwasch, während Marie draußen spielte. Wenn sie länger nichts von Marie hörte, brauchte sie nur zur offenen Küchentür gehen. Und da war ihre Tochter: Das dunkelblonde Haar fiel ihr ins Gesicht, weil sie sich nur ungern Zöpfe flechten ließ, und Leni es irgendwann aufgegeben hatte, mehr als ein Haarband zu verwenden. Sie hockte auf den Fersen und tippte einen Käfer mit einem dünnen Zweig an, damit er ihr nicht davonkrabbelte. So vertieft in ihr Spiel, dass sie Leni nicht bemerkte.

Dieser Anblick war es, der ihr das Herz einschnürte, dass sie kaum mehr Luft bekam. Marie ähnelte ihr, das sagte jeder, sie war ihr wie aus dem Gesicht geschnitten. Wenn Leni alte Fotos von sich als Kind ansah – damals hatte die Familie alle zwei bis drei Jahre Fotos machen lassen –, erkannte sie dort ganz viel Marie. Oder eben ganz viel von sich in ihrer Tochter. Aber Marie war klein und schmal, fast zu dünn. Damit erinnerte sie eher an jenen dreizehnjährigen Jungen, den Leni vor fast achtzehn Jahren kennengelernt hatte. Der ihr Bücher und Aniskuchen brachte. Erst Karl May, dann aber jeden Abend ein anderes medizinisches Fachbuch, in dem sie andächtig blätterte. Sie saugte jede Information auf wie ein ausgetrockneter Schwamm. Konnte besser schlafen, wenn sie ihren Kopf mit Wörtern fütterte, die keinen Sinn ergaben, aber eine unglaubliche Faszination auf sie ausübten.

Aber nicht nur die Medizin ließ sie jene einsame Wochen im Krankenhausbett heil überstehen. Matthias war ihr Freund geworden. Und später, jedes Mal, wenn sie wieder ins Krankenhaus musste, war er zur Stelle. Nicht mehr nachts, denn als der Chefarzt merkte, dass seine Bücher immer wieder auf Wanderschaft gingen, verbot er Matthias die Nächte im Klinikum. Aber während der Besuchsstunden war er immer wieder bei ihr. Oder schickte Briefe und Bücher über seine Mutter Anne.

War das wirklich schon so lange her?

Nach dem Abendessen war dieses Gefühl der Sehnsucht und Überforderung am schlimmsten. Leni merkte die Müdigkeit. Sie war den ganzen Tag auf den Beinen gewesen, und auch das rächte sich; ihr Fuß schmerzte. Bei ihren Eltern hätte sie sich nun in die Bibliothek gesetzt, einen Roman gelesen oder mit ihrem Vater über das Weltgeschehen geplaudert. Aber hier war sie allein. Zu viel Raum für Gedanken, Erinnerungen, für all das, was ihr fehlte. Die Schatten in den Zimmerecken wagten sich hervor, und mit ihnen jene Geister der Vergangenheit, die Leni niemals zu sich gerufen hätte.

Als Marie schon schlief, ging Leni noch mal nach unten. Sie wollte etwas in den Krankenakten nachsehen. Etwas, von dem sie wusste, dass es hier sein musste.

Und dann fand sie es. Ganz hinten in einem Aktenschrank, fast so, als hätte jemand es verstecken wollen. **WITTMANN, Helene** stand auf dem Aktendeckel. Sie drückte die Akte an sich, ihr Herz schlug laut. Das Blut rauschte in ihren Ohren.

Wollte sie das wirklich? Sich auf die Vergangenheit einlassen, einen Blick auf die Untersuchungsberichte werfen, die Dr. Köster hier versammelt hatte?

Komisch. Die Akte war ziemlich dünn. Sogar die von ihrem Vater, die sie beiseitegelegt hatte, ohne hineinzusehen, war dicker gewesen.

Aber noch etwas anderes hinderte sie daran, sofort in die Krankenakte zu schauen. Sie zog den Stuhl hinter dem Schreibtisch heran, räumte die Papierstapel herunter, die sie dort beim Sortieren abgelegt hatte. Dann legte sie die Akte vor sich auf den Schreibtisch. Ihre Finger strichen über den Einband. Rissig vom Alter, eine Stelle war geklebt.

Sie hatte Angst vor dem, was sie darin lesen würde. Ihre Kindheit war immer überschattet worden. Von Bemerkungen der Erwachsenen. »Aus der wird eh nichts«, das war der Tenor gewesen. Wer wollte schon eine mit kaputtem Fuß heiraten, die taugte nur zum Rumsitzen und hübsch aussehen. Und unter ihren Geschwistern war Hanni immer die Hübsche gewesen.

Nein, nicht Hanni war die Hübsche gewesen. Sophie.

Auch dieser Gedanke kam angeflogen, sie wehrte ihn mit

einem Kopfschütteln ab. Nicht alles auf einmal, dachte Leni. Wenn sie nun auch noch anfing, über Sophie zu grübeln, würde sie heute Abend bestimmt nicht mit heilem Herzen ins Bett gehen. Aber wann hatte sie das schon zuletzt getan …

Früher war das möglich gewesen. In einer Zeit, die so fern schien, dass Leni sich manchmal gar nicht mehr daran erinnern wollte.

Damals, als Sophie noch lebte.

Doch Leni wollte nicht länger über die Vergangenheit grübeln. Denn die war geschehen und vorbei, es gab kein Zurück.

Sie schlug ihre Akte auf und begann zu lesen.

Erst waren da all diese erschreckenden Details, die sie fast nicht ertrug. Sie schimpfte leise vor sich hin. Aber da stand es, schon ganz zu Beginn.

Der Säugling hat einen deformierten Fuß links. (Klumpfuß) Wird nie laufen können.

Leni hätte am liebsten gelacht. Aber stattdessen stand sie noch mal auf, ging in die Küche und holte aus dem Schrank eins der fleckigen Wassergläser. In der Vorratskammer hatte sie eine Kiste Wein entdeckt, sie entkorkte eine Flasche und goss das Glas randvoll.

»Wird nie laufen können«, murmelte sie.

Ihre Eltern hatten sich damit nicht zufriedengegeben. Sie waren mit Leni zu anderen Ärzten gegangen, bis schließlich einer sagte, natürlich könne man da etwas machen. Was verstand ein Dorfarzt schon von der Korrektur eines Klumpfußes? Und Leni hatte noch Glück gehabt; sie wusste, dass es andere Kinder ärger traf. Bei denen waren beide Füße verkrüppelt, und sie mussten noch mehr Operationen über sich ergehen lassen. Manchmal gelang es auch nicht, diesen Kindern zu helfen.

Aber hier saß sie. Lief herum. Der Gehstock war ihr ständiger Begleiter, und auch die Schmerzen gehörten zu ihr. An manchen Tagen war es schlimmer als an anderen.

Aber sie lebte. Und das war nicht selbstverständlich.

Leni wusste, es war nicht besonders schlau, wenn sie allein über den Unterlagen brütete und dazu Wein trank. Wieder kroch die Vergangenheit aus ihrer Ecke hervor, und diesmal ließ sie sich nicht so einfach verjagen.

Was in dieser Akte fehlte, waren vor allem die Krankenhausaufenthalte. Die Wochen, teils Monate in einem weiß lackierten Bett weit weg von zu Hause. Was das mit ihr angerichtet hatte. Wie sie dort Freundschaften schloss und dann wieder verlor …

Sie klappte die Akte zu, denn sie wusste, dass sie in dieser Nacht keinen Schlaf finden würde, wenn ihre Gedanken erst mal diesen Weg einschlugen.

Matthias.

Wann immer sie an ihn dachte, versuchte sie, all ihre Erinnerungen an ihn weit von sich zu schieben. Nur nicht zu viel Platz für ihn lassen. Schließlich hatte sie in seinem Leben auch keinen Platz, oder? Warum sonst war er vor viereinhalb Jahren wieder verschwunden, fast, als hätte es ihn nie gegeben? Die Hauptstadt hatte ihn verschluckt. Und das konnte nur so sein, weil er nicht mehr gefunden werden *wollte*, weil ihm der Gedanke missfiel, wie sie ihr Leben führte. Dass sie Ziele hatte und dieses Kind – das alles. Es passte ihm nicht. Das hatte er ihr unmissverständlich zu verstehen gegeben.

Aber dann war da auch die andere Seite ihrer Erinnerungen. Jene dunklen Nachtstunden, viel zu selten und kostbar. In denen sie in seinen Armen gelegen hatte. Er ihr alles erzählt hatte und sie ihm. Von seinem Leben ohne sie, das er selbst als wertlos bezeichnete. »Ohne dich geht es nicht, Lene.« Seine Worte, sie dachte sich das doch nicht aus oder bog es sich zurecht, damit es zu ihrer Sehnsucht passte.

Leni schenkte noch etwas Wein nach. Die Jahre nach dem Krieg. Als er mehr fort als da war. Als sie immerzu auf ihn hatte warten müssen … Sein letztes Verschwinden hatte ihr eins deutlich gemacht: Sie durfte nicht länger warten, musste ihr Leben in die Hand nehmen und es ohne ihn führen. Ohne dass sie darin immer einen Platz für ihn freihielt.

Aber in diesem Haus, diesem neuen Leben – da wäre der Platz. Und Peters Verhalten zeigte Leni, dass sie klare Grenzen ziehen müsste, damit in Zukunft genau solche Situationen nicht mehr passierten. Dass ein Mann dachte, sie wäre irgendwie zu haben. Denn das war sie nicht.

Nur für diesen einen.

Sie wüsste ja nicht mal, wo sie anfangen sollte, nach ihm zu suchen. Berlin, ja. Dort waren sie sich zuletzt begegnet, bevor er in einer dunklen Winternacht Anfang 1924 verschwunden war. Damals hatte sich der Abschied nicht so endgültig angefühlt, wie er später offenbar sein sollte.

Sie wüsste, wen sie fragen könnte. Es gab genug Menschen in Berlin, die ihr auch jetzt noch helfen würden, obwohl Leni ihnen bei ihrer Heimkehr ins Westfälische einfach den Rücken zugewandt hatte.

Sie dachte an Marie, die oben im Bett lag und schlief. Dieses kleine Mädchen brauchte mehr als ihre Mutter. Sie sollte ihren Vater kennenlernen, bevor es zu spät war.

Schon einmal hatte Leni ihn fast verloren.

Sie saß für ein paar Minuten – oder Stunden, so genau wusste sie das später nicht mehr – einfach an diesem Schreibtisch. Sie starrte in die Dunkelheit jenseits des kleinen Lichtkreises, den die Schreibtischlampe warf. Was in Berlin für sie eine Selbstverständlichkeit war, empfand sie hier als Luxus. Strom. Helles Licht am Abend. Sie wusste, in den meisten Bauernhäusern saß man jetzt bei Kerzenlicht oder war längst schlafen gegangen.

Was nur hatte sie dazu getrieben, in dieses Leben zurückzukehren?

Aber sie kannte die Antwort.

Schließlich zog sie aus der obersten Schublade eine Mappe, in der sie ihr Briefpapier verwahrte. Der Briefkopf zeigte noch die

Berliner Adresse. Mit dem Füller strich sie die Adresse durch und schrieb die neue darunter.

Dann nahm sie noch einen Schluck Wein und fing an zu schreiben.

Lieber Florian, sicher wunderst du dich, von mir zu hören, nachdem ich mit Marie so überstürzt aufgebrochen bin. Es tut mir leid, wenn ich dir Kummer bereitet habe. In den letzten Wochen ist viel geschehen, und ich hoffe sehr, dass du mir bei einer Frage helfen kannst, die mir keine Ruhe lässt …

»Bitte, Florian«, flüsterte sie. »Bitte sag mir, dass du weißt, wo er ist.«

Februar 1913

»Sophie, Sophie!«

Leni winkte ihrer Schwester. Sie saß im Klinikgarten in ihrem Rollstuhl. Es war ein kühler, wenngleich sonniger Tag Ende Februar. Wenn man sich anstrengte und das winterblasse Gesicht Richtung Sonne hielt, glaubte man schon, etwas Wärme zu spüren. Dennoch war sie dick eingepackt in ihren Mantel, trug eine Wollmütze auf dem Kopf und eine Decke über den Beinen.

Dieser kleine Ausflug tat ihr gut nach den letzten Monaten, und um dieser Freude noch eine weitere hinzuzufügen, war ihre Schwester zum ersten Mal seit Wochen den weiten Weg aus Bockhorst zu ihr gekommen.

»Arme Leni, lassen sie dich hier draußen frieren?«

Leni lachte. »Nein, das wollte ich so. Aber wir können gern reingehen, wenn es dir zu kalt ist.« Sie klappte das Buch zu, löste die Bremse und ließ sich von ihrer Schwester Richtung Klinikgebäude schieben. »Geht es daheim allen gut?«

»Mama lässt grüßen. Sie hat keine Zeit. Stell dir vor, die Fabrik ist schon wieder zu klein geworden.«

Leni lächelte nachsichtig. Sophie war ihrer Mutter von den vier Töchtern am ähnlichsten; sie hatte ein Talent für Zahlen, sie dachte wirtschaftlich. Schon jetzt war sie mit ihren neunzehn Jahren dafür auserkoren, eines Tages den Familienbetrieb zu übernehmen. Obwohl es ja eigentlich noch Fritz und Rudolf gab, die beiden Brüder. Der älteste war schon zum Studium geschickt worden. Jura natürlich, das war etwas, das Lenis Mutter mit Stolz erfüllte. Der erste Wittmann, der studierte. Und die Töchter sollten dieselbe Chance bekommen, wenn sie mit dem Gymnasium fertig waren. Bei Sophie würde es dieses Jahr so weit sein.

»Hast du mit Mama auch über mich geredet?«

Nun ja. Fast alle Töchter.

»Hab ich.« Sophie keuchte, sie schob den Rollstuhl die Rampe am Eingang hoch. Danach links zu den Krankensälen. Dort angekommen half sie Leni aus dem Stuhl aufs Bett, nahm Mantel und Mütze ab, brachte den Rollstuhl in die Ecke, faltete die Wolldecke zusammen und legte sie in den Schrank. Alles Ablenkungsmanöver, das merkte Leni an der Gewissenhaftigkeit ihrer Schwester. Bloß nicht zu schnell fertig sein, vielleicht hatte Leni bis dahin ja ihre Frage vergessen.

»Sophie.«

Hatte sie natürlich nicht, denn diese Frage war wichtig. In zwei Jahren wäre sie mit der Volksschule fertig. Sie war immer eine gute Schülerin gewesen, obwohl sie so viel Zeit im Krankenhaus lag. Vielleicht auch gerade deswegen, denn am besten vertrieb immer noch das Lernen die Langeweile.

»Mama hält nichts davon«, sagte Sophie schließlich. Sie setzte sich auf die Bettkante. Leni hatte die Füße wieder unter die Decke geschoben. Sie fröstelte jetzt mehr als vorhin im Garten, obwohl in der Ecke nah an ihrem Bett ein kleiner Holzofen stand, der Tag und Nacht eine wohlige Wärme verbreitete. »Sie meint, die Realschule soll dir doch reichen. Das Gymnasium …«

»Das Gymnasium ist nichts für lahme Enten wie mich«, vollendete Leni den Satz. Sie lächelte. Traurig, aber tapfer, so wie sie es immer versuchte, den Enttäuschungen zu begegnen, die ihre Familie für sie bereithielt. Vor allem ihre Mutter.

Aber das sagte sie lieber nicht zu laut, denn Sophie mochte keine Kritik an der Frau Mama. Natürlich nicht. Schließlich war sie Mamas Liebling.

»Aber was soll dann aus mir werden?«

»Na, eine Ärztin jedenfalls nicht. Wie soll das auch gehen?

Wer vertraut denn einer Ärztin, die nicht mal selbst einen heilen Fuß hat?«

»Weil sich ja jeder Arzt selbst operiert, richtig?«, fragte Leni. Sie war fassungslos.

»Mama meint, du könntest doch Krankenschwester werden. Das wäre vielleicht etwas für dich? Die werden doch immer gebraucht.«

Leni verschränkte die Arme vor der Brust. Das war so typisch für ihre Mutter; sie kam nicht persönlich vorbei, sondern schickte Sophie, damit diese Leni erklärte, was möglich war und was nicht. Sophie dachte wohl, sie sei erwachsen.

»Ich will studieren. Als Krankenschwester leere ich nur Bettpfannen und mache Verbände, dabei werde ich mich zu Tode langweilen. Außerdem ist es eine körperlich anstrengende Arbeit.« Nicht, dass sie diese Arbeit scheute. Aber wenn sie schon nicht Ärztin sein konnte, wie sollte sie dann als Schwester Patienten pflegen? Schwer heben? Das hielte ihr Fuß doch gar nicht aus.

»Dann musst du dir etwas anderes überlegen. Wenn du zur Realschule gehst, ist ja auch noch etwas Zeit, bis du dich entscheiden musst.«

Leni schwieg verbissen. Sie hätte ihre Schwester am liebsten weggeschickt. Andererseits war sie um jede Ablenkung vom langweiligen Krankenhausalltag froh, und sie freute sich über Nachrichten von zu Hause.

»Nun ja. Ich hab dir auch was mitgebracht. Aus dem Dorfladen.«

Aus ihrer Tasche zauberte Sophie eine kleine Schachtel hervor. Darin waren Pralinen, sechzehn Stück. Fein nebeneinander angeordnet. »Die hatten sie diese Woche. Hübsch, nicht wahr?«

Leni nickte. Die Enttäuschung schmeckte süß. Sie mochte keine Schokolade, noch nie. Lakritz. Darüber hätte sie sich jetzt gefreut. Aber ihre Schwester hatte das entweder vergessen oder es interessierte sie einfach nicht.

»Jedenfalls freuen wir uns alle, wenn du bald wieder heimkommst. Wie lange dauert das wohl noch?«

»Zwei Wochen, sagt Dr. Fischer.«

»Ach, die gehen bestimmt auch schnell herum.«

Sicher. So schnell wie die letzten acht. Oder die unzähligen Wochen der letzten zweieinhalb Jahre, die Leni in diesem Krankensaal gelegen hatte. Leni wechselte rasch das Thema. »Hast du mir die Bücher mitgebracht?«

»Ach, natürlich. Aber irgendwann musst du mir mal sagen, was du damit willst. Ein ›Atlas der Physiologie‹?«

»Lernen«, murmelte Leni.

»Aber das müsst ihr doch in der Schule nicht lernen? Wir mussten das damals nicht können. Ist der neue Lehrer so streng?«

Leni schüttelte den Kopf. Begierig streckte sie die Hände nach den Büchern aus, die Sophie aus der Tasche zog. Der »Atlas der Physiologie« war das wichtigste Werk. Seit Matthias sie nicht mehr bei jeder sich bietenden Gelegenheit mit den entwendeten Schätzen aus dem Büro des Chefarztes versorgen konnte, musste sie eben andere Quellen auftun.

»War auch nicht so leicht zu bekommen. Ich musste an eine Fachbuchhandlung in Berlin schreiben, kannst du dir das vorstellen?«

Leni hörte nur mit halbem Ohr hin. Andächtig strichen ihre Finger über den Leineneinband mit Goldprägedruck. »Mama weiß nichts davon, oder?«, fragte sie.

»Natürlich nicht. Hab ich dir doch versprochen.« Sophie seufzte theatralisch. Und als Leni nicht schnell genug darauf reagierte, schob sie nach: »Du hältst dich auch an deinen Teil der Vereinbarung?«

»Was? Oh, ja.« Leni beugte sich zum Nachttisch. Sie zog die Schublade auf. »Was haben die Bücher gekostet?« Dabei wusste sie es ganz genau.

»Siebzehn Reichsmark plus Porto. Also neunzehn insgesamt.«

Leni zog dreißig Reichsmark aus ihrer kleinen Geldbörse. Das war viel Geld für eine knapp Zwölfjährige – auch für eine, die aus gutem Hause stammte. Aber seit zwei Jahren hatte sie ihrem Vater ein kleines Taschengeld abgetrotzt, das er ihr pünktlich zum Monatsersten auszahlte. Kleinere Beträge darüber hinaus verdiente sie sich gelegentlich dazu, wenn sie daheim war und ihn bei seiner Doggenzucht unterstützte. Sie hätte ihm auch ohne Bezahlung geholfen, aber Leni wusste, dass Sophie und Lisabeth von ihrer Mutter auch oft Geld zugesteckt bekamen. Gerade, wenn ein gemeinsamer Ausflug nach Bielefeld anstand, wo ihre Schwestern das Geld im Kaufhaus Alsberg am Jahnplatz für neue Hüte und Kleider ausgaben. Mama ließ ihnen da freie Hand, aber wenn Leni mal darum bat, dass ihr jemand ein paar Bücher aus der Pfefferschen Buchhandlung am Alten Markt mitbrachte, bekam sie nur zu hören, dass keiner sich mit ihrer Literatur kaputt schleppen wollte.

»Fünf bekomme ich aber zurück«, sagte sie streng, als Sophie das Geld in ihre Tasche stopfte.

»Klar. Sobald du wieder daheim bist.«

Also nie. Aber Leni hatte es aufgegeben, sich über solche Dinge aufzuregen. Sie hätte auch das Doppelte für die Bücher bezahlt.

Sie wollte gerade noch etwas sagen, als an der Tür des Krankensaals eine Bewegung entstand, die sich wie Wellen durch den ganzen Raum fortsetzte. Die anderen Kinder in ihren Betten, die zumeist schlapp und müde dagelegen hatten, richteten sich auf. Ein Kichern, ein Lachen sogar. Dann Schritte, die an den Betten entlang zu Lenis Bett unterwegs waren. Sie kannte diese Schritte. Konnte sie ebenso erkennen wie die von Dr. Fischer oder den Krankenschwestern.

»Wo ist denn meine beste Freundin?« Der Vorhang wurde zurückgerissen, und da stand er. Matthias.

Er war seit ihrer ersten Begegnung gewachsen, inzwischen war er ein Hüne von knapp einem Meter neunzig, die Schultern waren breit, der Brustkorb kräftig und muskulös. Auch seine

Stimme war inzwischen die eines Mannes. Nichts erinnerte mehr an den Vierzehnjährigen, der zu seinem Geburtstag Aniskuchen mitbrachte und mit Leni stundenlang auf dem Bett lag und mit ihr die Anatomiebücher anschaute, obwohl er selbst sagte, dass ihn das »nicht die Bohne« interessierte.

»Oh.« Sophie stand abrupt auf. Ihre Hand ging zum Hut, als müsste sie überprüfen, ob er noch hübsch auf ihrem Kopf saß, so groß und überladen wie ein Sarg. Ihre Augen maßen Matthias von Kopf bis Fuß.

»Guten Tag«, sagte er in ihre Richtung, dann wandte er sich direkt an Leni. »Du hattest recht. Mein Lehrmeister ist ein Schinder. Er treibt die Kleinen so sehr an, dass sie sich abends in den Schlaf weinen. Ich kann das nicht länger hinnehmen.«

»Das ist Matthias Krüger«, stellte Leni ihn vor.

»Sophie Wittmann.« Die beiden gaben sich die Hand. Leni musste sich ein Kichern verkneifen, denn ihre Schwester, die zuerst von Matthias' Auftreten beeindruckt gewesen war, schien nun höchst irritiert zu sein, weil er über sie hinwegsah, als gäbe es sie in ihrem hübschen Kostüm und mit dem dazu passenden pflaumenfarbenen Hut nicht. Und dann schürzte sie die Lippen. Das kannte Leni schon von ihrer Mutter; Missbilligung, die sie nur zeigte, wenn jemand in ihren Augen weit unter ihr stand.

»Ich wollte ohnehin gerade gehen, sonst verpasse ich meinen Zug.«

Leni hätte sie gern gebeten, noch etwas zu bleiben. Immerhin war sie nur eine halbe Stunde da gewesen. Dafür die weite Anreise? Andererseits hatte sie ja, was sie wollte – die neuen Bücher –, und sie wüsste auch nicht, was Sophie und sie noch zu besprechen hätten. »Grüß die Eltern lieb von mir.«

»Sie werden sich melden.« Sophie blickte noch einmal über die Schulter, bevor sie den Krankensaal verließ. Ganz, als könnte sie nicht glauben, dass Leni sich mit einem *Lehrling* abgab. Lehrling wofür überhaupt?

Leni wusste schon, was ihre Schwester daheim berichten würde.

Da wäre so ein abgerissener junger Mann, der sich bei ihr herumtrieb. So was ging ja mal gar nicht! Ob die Eltern da nichts unternehmen könnten.

»Und? Was hast'n da?«

Matthias setzte sich zu ihr aufs Bett. Leni hielt immer noch die Bücher auf dem Schoß und zeigte sie ihm nun. Er runzelte die Stirn.

»Immer noch dieser Medizinkram«, meckerte er.

»Besser als nur von Liebknecht zu schwärmen«, neckte sie ihn.

»Liebknecht ist ein sehr kluger Mann.«

»Davon verstehe ich nichts«, gab sie zu.

»Du willst es nur nicht verstehen. Denn es ist doch ganz einfach. Es kann nicht sein, dass nur eine Handvoll Menschen alles besitzen, während die Arbeiter in den Fabriken dieser Leute für einen Hungerlohn schuften.«

Leni hielt lieber den Mund. Denn ja, irgendwie verstand sie schon, was Matthias meinte. Wenn es danach ginge, war ihre Familie für ihn der Klassenfeind. In der Wurstwarenfabrik ihrer Mutter arbeiteten Dutzende Männer und einige Frauen. Aber war es nicht besser für diese Leute, wenn sie Arbeit hatten, statt keine zu haben?

»Ich will nicht streiten«, sagte sie.

»Ich doch auch nicht.«

Seine Besuche waren seltener geworden. Als Leni ihn mal fragte, warum er ausgerechnet Schuster werden wollte, hatte er nur mit den Schultern gezuckt. »Ist eine Arbeit wie jede andere auch«, lautete sein lapidarer Kommentar. Ihn interessierte nicht, womit er die Tage verbrachte. Der Schuster zahlte ihm ein kleines Lehrgeld, nun im letzten Lehrjahr. Und die Abende verbrachte er ohnehin bei seinem Verein der Lehrlinge oder er las heimlich den *Vorwärts*. Darum hatte er so wenig Zeit für sie.

Aber einmal die Woche kam er. Und sosehr sie sich zwischen diesen Begegnungen nach ihm sehnte, manches Mal mit Herzklopfen an ihn dachte – so einfach war's dann, sobald er da war.

Sie konnte sich das auch nur so erklären, dass sie sich ernsthaft in ihn verguckt hatte. Und weil sie allzu deutlich die Stimme ihrer Mutter hören konnte (»Ausgerechnet ein Schusterlehrling! Als ob dir dein Fuß allein nicht schon genug Probleme bereitet!«), hatte sie daheim auch bisher vermieden, von dieser Freundschaft zu erzählen.

Nun aber war es also raus. Brühwarm würde Sophie am Abendbrottisch erzählen, dass sie einen Freund hatte. Noch dazu einen, der nicht *angemessen* war für die Familie.

Dabei kümmerte es die Familie – mit Ausnahme ihres Vaters – sonst nie, was Leni trieb. Oder mit wem sie befreundet war. Reichte ihnen denn nicht, dass sie außer Matthias keine Freunde hatte?

»Oh, ich hab dir was mitgebracht.« Er zog eine Tüte aus seiner dicken Winterjacke. Leni griff hinein – und lächelte breit.

»Lakritz!«, rief sie.

»Natürlich Lakritz.« Matthias lachte über ihre Begeisterung. »Nie würde ich es wagen, dir Schokolade mitzubringen.«

Ihr Lächeln verschwand. Matthias blickte zum Nachttisch, wo die Pralinenschachtel lag.

»Die waren bestimmt teuer«, meinte er.

»Ich mag sie trotzdem nicht.«

»Du bist ganz schön streng mit deinen Leuten.«

Sie verschränkte die Arme. Was wollte er? Herkommen und streiten? Dafür war ihr die Zeit mit ihm zu kostbar.

»Meine Leute interessieren sich ja auch nicht für mich«, erklärte sie mit kaum unterdrückter Wut. »Sie schenken mir Pralinen und lassen mich ansonsten allein. Deine Besuche bedeuten mir mehr als die meiner Mama oder meiner Schwestern.«

»Du hast wenigstens Familie.«

Es hätte nicht viel gefehlt, und Leni hätte die Augen verdreht. Manchmal war Matthias in letzter Zeit so … bissig. Es würde auch nichts bringen, wenn sie ihn darauf hinwies, wie viel Glück er mit seiner Mama hatte. Anne war für Leni fast wie eine Ersatzmutter, ihre Nachtmama, die über sie wachte, wann immer sie Dienst im Krankenhaus hatte.

Matthias seufzte und stupste sie mit dem Ellenbogen in die Rippen. »Hab's nicht so gemeint«, murmelte er.

»Schon gut«, sagte sie. »Deine Mama ist eben so viel herzlicher.« Erst durch Schwester Annes Umgang mit ihrem Sohn hatte Leni begriffen, dass Eltern auch anders sein konnten. Dass sie auch auf jedes ihrer Kinder mit derselben Liebe und einem grundlegenden Wohlwollen hinabschauen konnten, ohne auf sie herabzusehen. Und ja, diesen Unterschied begriff sie sehr wohl.

»Lass uns nicht streiten. Dafür ist unsere Zeit zu kostbar.« Matthias knuffte sie noch mal. »Also los, zeig mal. Anatomiebücher? Gibt's da auch was Ekliges drin zu sehen?«

Leni wählte eines der Bücher aus und schlug es auf. Sie zeigte ihm die Tafeln mit Knochengerüsten, mit der Darstellung von Nervenbahnen, Blutbahnen und sogar dem Querschnitt einer Schwangeren.

»Meine Mutter bekommt noch ein Baby«, sagte sie unvermittelt. »Sie ist über vierzig, aber nun kommt im Sommer noch ein Kind. Ich glaube …« Sie biss sich auf die Unterlippe.

Sie war überzeugt, dass dieses Kind nicht gewollt war. Die Jüngste, Hanni, war schon acht. Bevor Leni ins Krankenhaus ging, hatte ihre Mutter die ganze Zeit mehr oder weniger von Übelkeit geplagt im Bett gelegen und die Leitung der Fabrik weitgehend Lenis Papa überlassen. Das musste ihr schwergefallen sein, sie hatte so gern alles unter Kontrolle.

»Noch ein Geschwisterchen. Freust du dich?«

Sie zuckte mit den Schultern. Sie wusste es nicht.

»Es ist halt ein Baby. Damit kann ich nicht viel anfangen.«

»Oh, warst du schon mal drüben auf der Wöchnerinnenstation?« Matthias richtete sich auf, und Leni dachte, dass es komisch war. Ein Junge an der Schwelle zum Erwachsenen, der glänzende Augen bekam, wenn er von Babys sprach.

»Willst du etwa Kinder?«

Er zuckte mit den Schultern. »Will das nicht jeder?« Und weil Leni nicht sofort antwortete, hakte er nach. »Du etwa nicht?«

Sie war noch nicht ganz zwölf. Woher sollte sie das denn wissen? »Hab ich nicht drüber nachgedacht«, gab sie zu.

»Was willst du denn machen? Nach der Volksschule?«

»Abitur«, sagte sie sofort. »Und dann will ich Medizin studieren.«

Matthias lachte, aber gutmütig. Er stibitzte noch ein Lakritz aus der Tüte. »Medizin studieren, ja? Also nicht brav daheim hocken und Kinder großziehen?«

Sie zeigte auf ihren Fuß, der wieder mal in einem Gipsverband steckte. »Wer will denn so eine Lahme? Meine Mama hat schon recht. Aber Medizin lässt sie mich auch nicht studieren. Krankenschwester wie deine Mama, mehr erlaubt sie mir nicht.« Sie seufzte.

»Und dein Papa? Was sagt der dazu?«

Ihr Papa würde Leni natürlich alles ermöglichen, was ging. Aber nichts ging, wenn ihre Mama es nicht wollte.

»Papa sagt nichts dazu. Das geht ihn ja nichts an.«

»Wenn ich eine Tochter hätte, würde ich alles dafür tun, um ihre Träume zu verwirklichen«, meinte Matthias. »Auch wenn sie Medizin studieren will.«

»So, würdest du, ja?« Ihr brannte noch eine Bemerkung auf der Zunge, doch die behielt sie für sich. Sie fürchtete sich ein bisschen vor seiner Reaktion. Für ihn waren sie nur Freunde, da war kein Platz für das, wovon sie immer in den Liebesromanen las, die Sophie und Mama ihr mitbrachten.

»Ich muss jetzt leider wieder los. Heute Abend ist Sitzung im Lehrlingsverein. Ich bin Schriftführer.« Sichtlich stolz hüpfte er vom Bett. »Bist du nächste Woche noch hier?«

»Wie in all den Wochen zuvor.«

Er tippte sich an eine unsichtbare Mütze, und dann verschwand er so schnell, wie er gekommen war, ein fröhliches Liedchen pfiff er, das in der Ferne verklang. Leni lehnte sich zurück, sie naschte noch ein Lakritz, bevor sie die Tüte in die Schublade ihres Nachtschranks steckte. Davon würde sie in den kommenden Tagen zehren. Dass er an sie gedacht hatte. Lakritz mitbrachte statt Schokolade.

Diese kleine Schwärmerei sollte ihr doch erlaubt sein – sie hatte ja nicht viel anderes in diesem Krankensaal, im Bett direkt am Fenster, das man ihr freihielt oder freiräumte, sobald sie in das Krankenhaus kam. Den Blick auf die Ulmen vor dem Fenster kannte sie zu jeder Jahreszeit, und vermutlich würde sie hier noch liegen, wenn Matthias längst seine Lehre abgeschlossen hatte und in einer Fabrik arbeiten ging, weil kein Schustermeister dieser Tage einen Gesellen übernahm. Wer wusste schon, wohin es ihn dann zog – und danach würden sie sich kaum mehr wiedersehen.

Die gute Laune dieses Tages hatte sie sich mit ihrer Grübelei selbst verdorben. Leni drehte sich auf die Seite, und ihre Tränen versickerten im Bezug ihres Kopfkissens, als sie sich leise in einen Schlaf weinte, aus dem sie erst zum Abendessen wieder aufwachte.

August 1928

Der erste Patient kam vor der Praxisöffnung zu Leni.

Natürlich hatte es sich mittlerweile herumgesprochen, dass Leni Wittmann im Arzthaus wohnte, und mancher Dorfbewohner hatte in den vergangenen Wochen gelegentlich angehalten, wenn sie abends in ihrem Gemüsegärtchen die Pflanzen goss oder Unkraut zupfte.

An diesem Abend unterhielt sie sich dabei leise mit Marie, die auf der Stufe zur Küche saß und ihrer Puppe ein neues Kleidchen anzog, das Hanni ihr zusammen mit einem kleinen Pappkoffer mit anderen alten Spielsachen mitgebracht hatte.

»Tach, Doktor Wittmann.«

Leni blickte überrascht auf. Der da über den alten Zaun aus Haselruten schaute, war niemand Geringeres als Gustav Meyer zu Bentdorf.

»'N Abend?« Es klang fast wie eine Frage. Leni fasste sich. Sie stellte die Gießkanne ab und kam an den Zaun.

»Hab gehört, du bist wieder im Lande und übernimmst vom alten Doktor.«

Sie verschränkte die Arme vor der Brust. Merkte selbst, wie abwehrend das wirken musste und ließ sie wieder etwas lockerer herunterhängen. »Stimmt, das werde ich. Die Praxis wird hoffentlich bald von der Krankenkasse zugelassen.«

»Hm«, machte er. »Du kannst dir nicht schon vorher mal was ansehen?«

Sie zögerte.

Natürlich könnte sie das. Sie war eine approbierte Ärztin. Aber ohne Zulassung müsste sie ihn um Bezahlung bitten oder kostenlos behandeln. Beides fiele ihr schwer. Aber Geld war für den Großbauern nun wirklich kein Problem.

Sie atmete tief durch. Verbuch's unter Reklame, dachte sie.

»Na, dann komm mal vorn rum, ich lass dich rein.«

Sie sagte Marie Bescheid. Die Kleine nickte nur. Sie summte leise vor sich hin, war schon wieder ganz in ihrer eigenen Welt versunken. Wie so oft.

Manchmal bereitete Leni das Verhalten ihrer Tochter Sorge.

Aber nun schob sie diesen Gedanken beiseite. Sie ließ Gustav Meyer zu Bentdorf herein, zeigte auf den Behandlungsraum und folgte ihm.

Hier war inzwischen alles hergerichtet und wartete auf die Eröffnung der Praxis. Sogar der Metallschrank in der Ecke, in dem sie Verbandsmaterial und einen Grundstock an Medikamenten vorhalten wollte, damit nicht jeder Patient ins nahe gelegene Versmold zur Apotheke fahren musste. Sie holte ihre Arzttasche unter dem Tisch hervor.

»Nun? Wo drückt denn der Schuh?«

Der alte Meyer zu Bentdorf lachte. »Das trifft's ganz gut, Doktor. Aber ich nehme an, mit kaputten Füßen wirst du dich auskennen.« Er beugte sich vor, mühsam schnürte er den Schuh auf und ächzte, als er Schuh und Strumpf abstreifte. Mit beiden Armen hob er das Bein hoch und legte den Fuß auf der Schreibtischplatte ab. Er schnaufte. »Da drückt er. Seit Monaten nun schon.«

Leni ließ sich von der etwas unkonventionellen Präsentation des erkrankten Fußes nicht schrecken. Sie stand auf, richtete die Schreibtischlampe auf den Fuß und betrachtete ihn erst in aller Ruhe, bevor sie fragte, ob sie ihn anfassen durfte. Der alte Bauer nickte widerstrebend. Sie drehte den Fuß hin und her, dabei war schon auf den ersten Blick ersichtlich, dass hier etwas nicht stimmte. Der große Zeh war dunkel verfärbt, als würde er nicht richtig durchblutet werden.

Sie nahm ein Instrument aus ihrer Tasche und berührte damit behutsam den Zeh. »Tut das weh?«

»Nee, gar nicht. Sollte es?« Er runzelte die Stirn, als würde er sich jetzt doch Sorgen machen. »Bin eigentlich nur hier, weil meine Martha meinte, ich soll dich mal draufgucken lassen. Ich hab ja dieses Dibitis oder wie das heißt.«

»Diabetes …«, sagte Leni leise. »Hat Dr. Köster etwas verschrieben? Insulin zum Beispiel?«

Er schnaubte. »Was soll das helfen? Nee, das Zeug kann ich ja besser an die Schweine verfüttern, statt es einzunehmen.«

Also hatte der Arzt etwas verordnet, das der alte Bauer dann aber nicht genommen hatte. Das war typisch für Patienten, die den Ernst der Lage nicht begriffen hatten.

Leni bekam allmählich eine Ahnung davon, warum Gustav Meyer zu Bentdorf so spät zu ihr gekommen war. Fast zu spät! Aber wenn er schon mit den Anweisungen ihres Vorgängers seine Probleme hatte, würde er sich von Leni wohl erst recht nichts sagen lassen. Hier musste sie mit viel Feingefühl vorgehen.

»Seit wann hast du diese Stelle am Fuß?«

»Das? Ach, schon länger. Muss beim Heuen passiert sein, da habe ich mir oben auf dem Heuboden wohl den Zeh angestoßen. Hab's erst am Samstag drauf beim Baden bemerkt.«

Das ließ Leni unkommentiert. Aber es fügte sich in die Diagnose ein. Viele Patienten mit Diabetes entwickelten eine sogenannte Neuropathie, bei der sie die äußeren Extremitäten nicht mehr so gut spürten. Wenn sie sich dann eine Verletzung zuzogen oder zu enge Schuhe trugen – oder beides – konnte dies zu einer Verschlimmerung führen. Manchmal führte dies dazu, dass in letzter Konsequenz ein Fuß amputiert werden musste.

Leni hoffte, dass sie dem alten Bauern dieses Schicksal ersparen konnte. Aber zuerst musste sie dafür sorgen, dass die Wunde am großen Zeh abheilen konnte.

»Das muss ich reinigen und verbinden. Und danach müssen wir mal ein ernstes Wort über deinen Diabetes reden.«

Er zog den Fuß vom Tisch und verschränkte die Arme vor der

Brust. Gustav Meyer zu Bentdorf war eher klein gewachsen, aber er war kräftig und konnte vermutlich trotz seines Alters noch ordentlich auf dem Hof mit anpacken. Leni schätzte ihn auf Ende fünfzig. Sein Bauch war wie ein Fass, das die Arme kaum umspannen konnten.

»Das lass mal schön bleiben. Ist ja keine Krankheit zum Tode.« Er ächzte, als er sich nach der Socke bückte.

»Das kann es aber werden«, sagte Leni leise.

Er hielt inne. »Mh«, machte er.

»Und ich nehme an, du wirst noch etwas länger leben wollen. Die Enkelkinder aufwachsen sehen.«

Wieder kam von ihm nur ein Brummen. Die graue Wollsocke hatte er wieder vor sich auf den Tisch gelegt. Leni kommentierte das nicht, wenngleich sie eine vermutlich schon die ganze Woche getragene Socke ziemlich unappetitlich fand. Zumindest auf ihrem Schreibtisch.

»Also?«

»Ja nun. Mach, was du zu tun hast.«

Sie lächelte. Hoffte, dass in ihrem Lächeln Aufmunterung und eine stille Freude mitschwang und er es nicht als triumphierend empfand.

Eine halbe Stunde später verabschiedete Gustav Meyer zu Bentdorf sich mit einem Handschlag von Leni. »Bist ein gutes Mädel«, meinte er. »Ich geb nichts drauf, was die anderen im Dorf sagen.«

Also wurde doch geredet. Natürlich.

Sie wischte sich die Hände an einem sauberen Tuch ab, bevor sie einschlug. »Danke.« Ihr fiel etwas ein, das ihr seit Wochen keine Ruhe ließ. »Wenn du magst, schick doch mal deinen Sohn mit den beiden Enkelkindern vorbei.«

Sofort war das Leutselige, Zufriedene verschwunden. »Wieso?«, fragte er argwöhnisch.

Leni holte tief Luft. »Bei deiner Enkeltochter. Der Kleinen.

Da vermute ich eine Rachitis. Das ist nichts Schlimmes, wenn man es früh genug behandelt.«

»Pah. Sie kriegt ihren Lebertran, da kann sie doch keine Rachitis kriegen.«

»Bitte«, sagte Leni leise. »Lass sie mich ansehen.«

Er zuckte mit den Schultern. »Kann ich Hans sagen. Erfreut wird er nicht sein«, presste er hervor, als fiele ihm jedes einzelne Wort schwer. »Ist bei uns anders als früher, seit die Schwiegertochter da ist.«

Er ging, die Tür fiel leise hinter ihm zu.

Leni blieb zurück. Packte alles wieder zusammen. Ihre Hand strich über den Verschluss der Ledertasche, die sie nun schon so lange begleitete.

Matthias hatte sie ihr geschenkt. Damals, als sie beide noch nicht wussten, was der Krieg, was das ganze Leben mit ihnen machen würde. Er musste dafür einen großen Teil seines Lehrlingsgehalts gespart haben, mehr vermutlich als das, was er bei seiner Mutter als Kostgeld abgab. Leni hatte damals so wütend auf dieses Geschenk reagiert, weil sie nicht verstand, was er ihr damit sagen wollte.

Und nun war die Tasche hier, Matthias aber nicht.

Immer noch war keine Antwort von Florian gekommen. Sie sagte sich, dass er Zeit brauchen würde, wenn er Nachforschungen anstellte. *Falls* er überhaupt Nachforschungen betrieb, denn sie würde es verstehen, wenn er ihren Brief zerriss und in den Kamin warf.

Aber so war Florian nicht. Und sie hoffte, hoffte mit jedem Tag, dass irgendwann doch eine Antwort von ihm kommen würde.

Das Leder der Tasche war glatt, gut gepflegt. Weil sie es regelmäßig putzte und mit der Sattelseife einölte, die sie nur zu diesem Zweck gekauft hatte.

Leise, nackte Fußtapser auf dem Fliesenboden im Flur. Dann Maries Stimme. »Mama? Ich bin müde. Darf ich ins Bett?«

»Natürlich, mein Schatz.« Sie stand auf, warf die benutzten Instrumente zu den Resten der verwendeten Verbandwatte in die Metallschale. Später, wenn Marie schlief, würde sie ihre chirurgischen Instrumente abkochen und zurück in das Etui räumen.

Sie hoffte, dass Gustav Meyer zu Bentdorf sich an ihre Anweisungen hielt und in drei Tagen zum Verbandswechsel zurückkam. Sie hoffte auch, dass sie alles richtig gemacht hatte …

Unsinn, schimpfte sie in Gedanken mit sich. Natürlich habe ich alles richtig gemacht. Ich habe schließlich gelernt, wie man eine Wunde säubert und einen Verband anlegt. Und zwar nicht erst im Studium.

Sie löschte das Licht und folgte Marie nach oben.

Drei Tage später kam der Brief. Zur Mittagsstunde klapperte der Briefschlitz in der Haustür, Leni wäre am liebsten direkt hingelaufen. Aber vor ihr auf der Behandlungsliege saß der alte Meyer zu Bentdorf, der brav zum Verbandswechsel erschienen war. So konnte sie die Post erst holen, nachdem sie ihn verabschiedet hatte und er die Dorfstraße entlanghumpelte.

Dass er überhaupt gekommen war, hatte Leni überrascht. Noch mehr aber seine netten Worte. »Ist schon besser geworden. Glaub ich.« Denn so richtig viel spürte er immer noch nicht im Fuß, und Leni hatte ihm schon bei seinem ersten Besuch erklärt, dass dies wohl auch so bleiben würde. Er müsse auch aufgrund der Diabetes weiterhin gut aufpassen und täglich die Füße untersuchen, ob er sich erneut eine Verletzung zugezogen hatte, ohne es zu merken.

Das hatte er ihr versprochen.

Nun stand sie im Flur. Der Brief aus Berlin war ganz dünn, mehr als ein Blatt mochte nicht im Umschlag sein. Aber es war eine Nachricht von Florian, das erkannte sie sofort an der Handschrift.

»Mama? Mama!«

Sie zuckte zusammen, steckte den Umschlag in die Rocktasche und wandte sich ihrer Tochter zu. Während sie den alten

Meyerbauern behandelt hatte, war Marie in der Küche geblieben und hatte mit ihren Wachsmalstiften ein buntes Bild gemalt. Jetzt hielt sie das Bild mit beiden Händen hoch.

»Das ist aber hübsch geworden.« Sie ging in die Hocke, ließ sich von Marie alles zeigen. Für einen winzigen Moment wurde sie von ihren Gefühlen überwältigt. Von der Liebe zu ihrer Tochter, von der Sehnsucht nach anderen Menschen. Trauer, weil sie so allein waren. Aus dem Gutshaus hatten sie seit Wochen nichts gehört, bis auf Hannis Besuch vor Kurzem, und da hatte Lenis Schwester kein Wort über die Eltern verloren. Oder darüber, ob jemand sie vermisste.

Ob Marie jemanden vermisste? Früher in Berlin, da waren immer auch andere Kinder gewesen, mit denen sie hatte spielen können, während Leni ihrem Studium und später der Arbeit nachging.

Sie ließ sich von Marie das Bild erklären, das sie selbst, ihre Mama und im Hintergrund das neue Haus mit Garten zeigte. Besonders groß waren die Stockrosen im Garten.

»Magst du Blumen?«, fragte Leni. Ihre Tochter nickte stumm. Leni beschloss, für Marie im kommenden Frühjahr ein Eckchen im Garten freizuhalten, wo sie eigene Blumen aussäen konnte. Vielleicht bekam sie auch ein paar Krokuszwiebeln, die sie schon in ein paar Wochen einbuddeln konnten.

Marie hatte genug von ihrer Mama, sie lief zurück in die Küche, kletterte auf die Holzbank und fing das nächste Bild an. Leni blieb im Flur stehen. Sie hörte ihr kleines Mädchen summen. Sie tastete nach dem Umschlag, zog ihn aus der Rocktasche und riss ihn auf. Atmete noch einmal tief durch, bevor sie den Brief auseinanderfaltete.

Sie las ihn gegen die Wand gelehnt, als suchte sie Halt.

Meine liebe Leni,

was für eine Überraschung, von dir zu hören! Ich habe schon befürchtet, du wirst dich nimmermehr melden. Uns geht es gut, doch wir vermissen euch. Noch immer fragen meine Eltern gele-

gentlich, ob ich deine Gründe verstehe, weshalb du heimwolltest ins Westfälische. Ich verstehe es wohl, doch macht es das für keinen von uns leichter.

Auf deine Frage habe ich keine befriedigende Antwort. Nach Erkundigungen kann ich zumindest sagen, dass er seit seiner Inhaftierung im Januar 1924 …

Leni ließ das Blatt sinken. Inhaftierung? Ihr wurde schwarz vor Augen, das Blut rauschte in ihren Ohren, plötzlich wurden ihr die Knie ganz weich. Welche Inhaftierung? Was hatte er bloß angestellt …?

Aber sie ahnte es schon. Als Sozialist war einer auch in der Weimarer Zeit stets der Gefahr ausgesetzt, als Kommunist verleumdet zu werden, und dann war das Zuchthaus nicht weit. Oder hatte er sich etwas anderes zuschulden kommen lassen?

Rasch las sie weiter.

… im Strafgefängnis Tegel wohl inzwischen wieder auf freiem Fuß ist. Danach aber verliert sich seine Spur in den Hinterhöfen der Berliner Arbeitersiedlungen. Du wirst besser wissen, wo man nach ihm suchen kann, du warst damals doch bei ihm.

Nun hoffe ich, recht bald wieder von dir zu hören, meine liebe Leni. Wir vermissen dich und Marie hier schmerzlich und wünschen dir nur das Allerbeste. Grüß dein kleines Mädchen von uns, versprichst du das?

Mit besten Grüßen
Dein Freund Florian

Sie zerknüllte den Brief. Entfaltete ihn dann wieder und strich ihn glatt. Komisch, dachte sie. Selbst nach so vielen Jahren schaffte Florian es, in ihr das Gefühl zu wecken, als wäre er nie mehr als nur ein Freund gewesen. Der verschmähte Liebste, das war er, wenn man es genau nahm. Aber sofort war er zur Stelle und hilfsbereit wie eh und je.

Sie vermisste ihn so sehr.

Interessant auch, dass er Matthias' Namen kein einziges Mal ausschrieb. Interessant – aber typisch Florian. Er hatte schon immer verstanden, mehr *zwischen* den Zeilen zu sagen.

Sie legte den Brief im Behandlungszimmer auf den Schreibtisch. Dann ging sie auf die Suche nach Marie. Sie wollte ihre Tochter fest an sich drücken, wollte sich vergewissern, dass nicht alles in ihrem Leben nur ein Traum gewesen war. Dieses Kind war real, es verankerte sie mit der Vergangenheit, die inzwischen hinter einer Wand aus Erinnerungen verschüttet wurde.

Matthias wiedersehen. Das war ihr sehnlichster Wunsch. Aber seit diesem Brief ahnte sie: Er würde ihr nicht so schnell erfüllt werden.

Mai 1914

»Matthias, Matthias!« Leni sprang auf dem Kutschbock auf und nieder, so dass Paulsen, der alte Kutscher, missmutig brummte.

»Nu setz dich ma hin, Kröte«, murrte er.

Nur widerstrebend sank sie auf den Kutschbock zurück. Die beiden braunen Oldenburger Warmblüter vor der Kutsche bewiesen nicht zum ersten Mal an diesem recht warmen Maitag ihre Geduld – weder Lenis aufgeregtes Geplapper auf dem Weg zum Bahnhof noch das Schnaufen der Dampflok, die soeben lärmend vor dem roten Backsteinbau zum Stehen kam, hatte sie aus der Ruhe gebracht.

Matthias stand bereits auf dem Trittbrett des letzten Waggons und ruderte wild mit dem Arm.

»Das isser?«, fragte Paulsen. Leni nickte. Das Herz schlug ihr bis zum Hals, denn du meine Sterne, wie aufgeregt konnte ein junges Mädchen sein, wenn sie von ihrem besten Freund Besuch bekam?

Monatelang hatte sie ihre Mutter bearbeitet, bis sie schließlich in einem schwachen Moment die Erlaubnis gab – ja, Leni durfte ihren Freund Matthias fürs Wochenende einladen. Er durfte drei Tage bleiben.

Für Leni ging damit der größte Wunsch in Erfüllung. Sogar zu ihrem Geburtstag im März hatte sie nur diesen einen gehabt. »Matthias soll uns besuchen!« Sie wollte, dass ihre Familie ihn kennenlernte. Dass sie aufhörten, Leni seinetwegen aufzuziehen.

Am Schlimmsten waren Hanni und Lisabeth. »Der ist bestimmt so lahm wie du«, neckten sie Leni. »Oder nein, ich weiß es – er ist blind!« Sie hatten sich schier ausgeschüttet vor Lachen, als könnte einer, der sehen konnte, sich auf keinen Fall mit Leni abgeben. Dann würde er ja sofort bemerken, dass sie eine lahme Ente war mit ihrem verkrüppelten Fuß.

Leni sprang behände vom Kutschbock. »Vorsicht!«, rief der alte Paulsen noch. Sie zog den Gehstock aus dem Fußraum, wo er während der Fahrt gelegen hatte. Der würde wohl in Zukunft für immer zu ihr gehören, denn seit ihrem letzten Aufenthalt im Krankenhaus in Osnabrück waren schon über acht Monate ins Land gezogen, und ihre Eltern meinten, es sei auch kein weiterer geplant. »Dr. Fischer sagt, du bist austherapiert«, sagte ihre Mutter auf Nachfragen nur. Das hieß im Klartext – so viel verstand Leni inzwischen von der Medizin –, dass der Arzt nichts mehr für sie und ihren Fuß tun konnte. Es würde nun so bleiben. Etwas krumm, immer wieder mit Schmerzen, vor allem dort, wo die Narben sich über den Fußrücken und das Gelenk zogen. Die Monate in diversen Streckapparaturen fühlten sich manchmal so vergebens an. Dabei wusste Leni, dass es ohne die Behandlungen vermutlich viel schlimmer wäre.

Für ihre Mutter machte es keinen Unterschied, ob Leni nun ein bisschen lahm war oder etwas mehr. Lahm war lahm, und es war in den Augen von Regine Wittmann gleichzusetzen mit »beschädigt«. Wie eine Konservendose, die angeschlagen wurde. Solche Exemplare aus der Fabrik kamen immer kistenweise in die Gutshausküche, wo die Mamsell die Fleischkonserven entweder verbrauchte oder gelegentlich an die Knechte und Mägde auf dem Hof verschenkte, wenn sie wusste, dass sie Bedarf hatten.

Seit Leni begonnen hatte, um Matthias' Besuch zu bitten, war ein stummer Kampf mit ihrer Mutter daraus erwachsen, bis diese schließlich mit folgenden Worten nachgab: »Na, für dich wird sich eh keiner interessieren, der seine fünf Sinne beisammenhat, dann kann's eben auch ein Schustergeselle sein.«

Als wäre das mit Matthias und ihr mehr als nur eine Freundschaft. Das würde es bestimmt nie sein, schlicht, weil er so viel älter war als sie.

Jetzt lief sie ihm entgegen. Er sprang vom Trittbrett, zog seine Tasche herunter und warf diese direkt in den Staub, denn er breitete schon die Arme aus. Leni zögerte nur einen Moment, dann flog sie in seine Umarmung. Sie fühlte sich federleicht, sie hätte weinen und lachen können in diesem Moment, auf den sie so lange hatte warten müssen. Bis zum letzten Augenblick hatte sie gefürchtet – ja, was? Dass er nicht kommen würde wie versprochen? Dabei hatte er gestern sogar noch seine Ankunftszeit telegraphiert, das erste Telegramm ihres Lebens, abgesehen von den alljährlichen Glückwunschtelegrammen, die ihre Omi aus Bremen schickte.

Einen Moment blieben sie so stehen, und für Leni fühlte es sich so an, als wollte Matthias sie zerdrücken. »Guten Tag«, flüsterte sie schließlich, als sie merkte, es könnte schon zu lange gehen. Sie dachte vor allem an den alten Paulsen. Der war zwar kein Schwätzer, aber vielleicht verlor er doch ein Wort darüber, wie Leni und ihr Freund sich begrüßten.

Leni schob sich etwas von Matthias weg. Er räusperte sich, als würde er es auch gerade ziemlich merkwürdig finden, dass ein siebzehnjähriger junger Mann einen dreizehnjährigen Backfisch umarmte.

Paulsen guckte demonstrativ in die andere Richtung, und auf dem Bahnsteig war außer ihnen keiner.

»Komm«, sagte Leni. Sie streckte die Hand nach ihm aus. Matthias bückte sich nach der Tasche. Er hob auch Lenis Stock auf, den sie bei der Umarmung einfach losgelassen hatte.

»Seit wann hast du den?«, fragte er.

Sie zuckte unbehaglich mit den Schultern. »Seit meine Mutter mich aufgegeben hat?«

Sie gingen zur Kutsche. Matthias begrüßte den alten Paulsen freundlich, der tippte nur schweigend an seine Hanseatenmütze.

Leni und Matthias kletterten hinten in die Kutsche, und sie saßen kaum auf der Polsterbank, da schnalzte Paulsen mit der Zunge, und die beiden Kutschpferde setzten sich gemächlich in Bewegung.

Leni hätte sich gern bei Matthias untergehakt, weil sich das richtig angefühlt hätte. Stattdessen legte sie die Hände in den Schoß.

»Die Fahrt verlief ruhig?«, erkundigte sie sich.

Er lachte. »Im Ernst, Leni? Du willst mit mir über die Zugfahrt reden?«

Da wurde sie etwas rot, denn natürlich wollte sie mit ihm über alles andere reden, nur nicht über eine etwa einstündige Zugfahrt. Sie wollte alles erfahren, was er in den letzten acht Monaten getan hatte. Seit sie sich vor fast vier Jahren kennengelernt hatten, waren sie nie so lange voneinander getrennt gewesen, und Leni hatte das Gefühl, ohne ihn zu ertrinken.

Und dieses Glück, dieses unendliche Glück, dass er nun da war, wurde nur getrübt von dem Wissen, dass er in drei Tagen schon wieder abreisen musste.

»Heute Abend gibt es Spargel«, platzte es aus ihr heraus. »Magst du Spargel?«

Matthias schüttelte lächelnd den Kopf. »Zu teuer«, sagte er.

»Oh.« Natürlich. Seine Mutter und er kannten Spargel vermutlich gar nicht. Das edle Gemüse kam auch bei ihrer Familie während der Saison nur zu besonderen Anlässen auf den Tisch.

»Dazu gibt's immer Rührei und Schnippelschinken. Und Butter zu den Kartoffeln.« Schon beim Gedanken daran lief Leni das Wasser im Mund zusammen. Oh, sie liebte Spargel! Insgeheim hoffte sie, dass Matthias ihn auch mögen würde. Einfach, weil sie wollte, dass ihm alles gefiel, was sie so sehr genoss.

»Das klingt lecker.« Er grinste. »Ich bin aber nicht zum Essen hergekommen.«

Leni kicherte. Sie blickte beiseite. Die Kutsche ratterte nun die lange Allee Richtung Bockhorst entlang. Die Sonne flimmerte durch das helle Blätterdach. Es wehte ein ganz leichter, warmer Wind.

»Magst du auch Waldmeister?«

Er lachte. »Kannst du denn nur ans Essen denken?«

Nein. Im Grunde dachte sie vor allem darüber nach, wie gut es sich anfühlte. Matthias und sie nebeneinander in der Kutsche. Aber statt mit ihm über alles Mögliche zu reden – seine Arbeit, seine Freizeit, all die Dinge, über die er ihr in den Briefen zuletzt erzählt hatte –, wich sie auf möglichst belanglose Themen aus. Der alte Paulsen bekam da vorn auf dem Kutschbock richtige Spitzohren vom Lauschen. Wetter, Mahlzeiten, das war sicheres Terrain.

»Sieh mal, die Pferde.« Sie zeigte auf eine Koppel, an der sie nun vorbeikamen. Dort grasten einige Stuten mit ihren Fohlen.

»Gehören die auch euch?«

»Nee, die gehören einem Freiherr von und zu. Der hat sein Gestüt da vorn und züchtet irgendwelche Pferde fürs Vergnügen.«

Matthias starrte fasziniert zu den Stuten hinüber, die meisten waren Füchse oder alle Schattierungen von Braunen, ein Apfelschimmel war dabei mit einem rabenschwarzen Fohlen. »Die werden nicht auf den Feldern eingesetzt?«

Auweia. Auch das Thema schien nicht ohne Tücken zu sein, dabei hatte Leni gedacht, was könnte denn an Reitpferden schon so verfänglich sein? Aber sie merkte an seiner Reaktion, dass sie wohl nur wenig vom Leben wusste. Definitiv weniger als er.

Den Rest der Fahrt schwiegen sie, gelegentlich lächelten sie einander von der Seite an, als wollten sie sich vergewissern, dass der andere ihnen nicht böse war. Der alte Paulsen lenkte gerade die Kutsche in die Allee, an deren Ende gelblich das Gutshaus zwischen dem von den roten Kastanienkerzen durchsetzten Grün aufschimmerte, als Matthias plötzlich ihre Hand nahm.

»Ich bin froh, dass ich hier sein darf«, sagte er und drückte ihre Hand.

Sie erwiderte die Berührung. Und in diesem Moment begriff

sie etwas Elementares. Etwas, das für eine Dreizehnjährige fast zu groß war, um es zu begreifen, trotzdem war dieser Gedanke da und half ihr, die kommenden Tage zu überstehen. Nicht nur das – sie zu genießen.

Er war ihretwegen gekommen. Nicht, um sich von ihrer Familie beeindrucken zu lassen, schon gar nicht von ihren Verhältnissen. Von denen hatte er sicher vorher schon geahnt, dass sie so ganz anders waren als seine eigenen. Zwischen ihnen war eine Kluft, und sie war nicht durch die Tatsache entstanden, dass sie noch ein halbes Kind war und er auf der Schwelle zum Mannsein stand. Es war die gesellschaftliche Grenze zwischen dem Habenichts und der Tochter aus gutem, bürgerlichem Hause. Nie zuvor hatte Leni die so bewusst wahrgenommen wie bei dieser Kutschfahrt. Und sie nahm sich fest vor, soweit es ihr möglich war, ihn diese nie wieder so sehr spüren zu lassen.

»Und ich freue mich so, dass du da bist«, sagte sie.

Bereits beim Abendessen hätte Leni fast ihre Beherrschung verloren, denn ihre Mutter, die natürlich nichts von Lenis Vorsatz wusste, nahm wie gewohnt kein Blatt vor den Mund. Und so dauerte es gerade mal bis zum Servieren der Spargelcremesuppe, zu der ein »spritziger Weißer« gereicht wurde, wie ihr Vater jovial in Matthias' Richtung bemerkte, dass sie ihn in die Mangel nahm.

Leni umklammerte den Stiel ihres Weinglases, denn zur Feier des Tages hatte auch sie eine stark verdünnte Weinschorle bekommen, die erste ihres Lebens.

»Sie sind also Schustergeselle.« Ihre Mutter sah Matthias über ihr Weinglas hinweg an, taxierte den jungen Mann, den ihre zweitjüngste Tochter da angeschleppt hatte. Sophie und Lisabeth kicherten, während Leni knallrot wurde. Ihre Schwestern waren heute Mittag aus Bielefeld zurückgekommen – Lisabeth wohnte dort beim Onkel und besuchte die Cecilienschule, sie kam jedes Wochenende heim. Sophie war die ganze vergangene Woche in Bremen gewesen. Bei ihrem Verlobten.

Papa winkte derweil dem Dienstmädchen, er brauchte mehr Wein.

»Ja, der bin ich.«

»Sind Sie denn aktuell in Arbeit?« Sie hob die Augenbrauen, als würde es sie aber schon sehr überraschen, wenn so ein junger Kerl Arbeit hatte.

»Nach meiner Lehre bekam ich eine Anstellung in einer Fabrik.«

»Aha. Ein Auskommen hat man damit aber nicht.«

»Mama«, murmelte Leni.

»Ach, Leni. Davon verstehst du nichts, wenn sich Erwachsene unterhalten«, gab ihre Mutter zurück. Sie wandte sich wieder an Matthias. »Meine Tochter hat ja einiges von Ihnen erzählt. Sie sind also befreundet.«

Es klang, als wäre diese Freundschaft etwas Anrüchiges, etwas Verdorbenes.

Lenis Papa blickte auf, doch bevor er intervenieren konnte, hatte Matthias sein Besteck neben den Teller gelegt. Seine Tischmanieren konnten es nicht sein, die Lenis Mutter gegen ihn aufbrachten.

»Ich wüsste nicht, was mein Auskommen mit unserer Freundschaft zu tun hat«, sagte er. Doch statt den Blick zu senken, schaute er Lenis Mutter an. Nicht herausfordernd, sondern ruhig, so, als könnte er für sich einstehen.

Leni spürte einen unerklärlichen Stolz auf ihn.

»Nun …« Ihre Mutter wechselte einen Blick mit dem Vater. »Wir, also mein Mann und ich fragen uns eben, was Sie von unserer Tochter wollen.«

Lenis Herz schlug ihr bis zum Hals. Sie wusste nicht, was sie sich wünschen sollte. Dass er ihren Eltern sagte, dass er Leni liebte und immer für sie da sein wollte? Dass er sogar, dies nur als kleiner Ausblick in die Zukunft, um Lenis Hand anzuhalten gedenke, sobald die Zeit geboten war? Oder sollte er sich in Zurückhaltung üben, genau das leugnen, was sie sich so sehr erhoffte – nämlich, dass er genauso Gefühle für sie entwickelt hatte wie sie für ihn.

»Leni und ich kennen uns nun schon seit einigen Jahren«, erklärte Matthias gefasst. Er klang so ruhig, so … ja, erwachsen! »Damals war sie neun und ich dreizehn. Falls Sie, Frau Wittmann, glauben, dass ein Dreizehnjähriger bereits so umtriebig sein kann, dass er einem Kind jahrelang eine Freundschaft vorgaukelt, muss ich sagen: So war das nicht. Ich hatte sonst niemanden, und sie war im Krankenhaus sehr einsam und froh um einen Spielkameraden. Sie ist mir bis heute eine wunderbare Freundin und sehr ans Herz gewachsen. Das ist alles.«

»Alles, soso.«

»Regine …«

Lenis Vater versuchte, seine Frau zu bremsen.

»Nein, das möchte ich nun schon genau wissen. Warum hat so ein Bursche Interesse an unserer Tochter? Ist es des Geldes wegen? Glauben Sie, hier ist etwas zu holen?«

»Mama.«

Lenis Gesicht brannte vor Scham. Sie wäre am liebsten aufgesprungen und hätte mit Matthias an der Hand das Speisezimmer verlassen. Ihre Schwestern verbargen ihre Gesichter hinter Gleichgültigkeit, aber Leni wusste, die drei lauschten angestrengt auf jedes Wort. Fritz mit den sandblonden Haaren und der Knollennase schien hingegen von dem ganzen Gespräch gar nichts mitzubekommen. Der Sechzehnjährige löffelte seinen Teller leer und griff, wohl auch weil seine Mutter kurz nicht aufpasste, noch einmal in den Brotkorb.

Selten hatte Leni sich in ihrer Familie so einsam gefühlt.

Ihre Mutter hielt inne. Sie musterte erst Leni, dann Matthias, der neben ihr saß. Dann schien es, als würde sie bei den beiden etwas erkennen, das ihr den Wind aus den Segeln nahm.

»Nun. Ich erwarte jedenfalls, dass Sie sich in unserem Haus *anständig* benehmen.«

Matthias blickte auf. Kein Zorn funkelte in seinem Blick, er war ganz ruhig. »Darauf können Sie sich verlassen, Madame.«

Ihre Mutter nickte knapp. Damit schien das Thema für sie erledigt zu sein.

Für Matthias war es das aber ganz und gar nicht.

»Deine Mutter hält mich für einen Taugenichts und Erbschleicher.«

»Das glaube ich nicht.«

»Natürlich musst du sie verteidigen. Sie ist deine Mutter.«

Nach dem Abendessen waren sie in den Wintergarten gegangen. Dort lagen zwei von Vaters Doggen und warteten auf den abendlichen Spaziergang durch den Park und den angrenzenden Wald. Leni und Matthias saßen in zwei Korbstühlen, weit genug voneinander entfernt, dass niemand auf die Idee kommen könnte, dass sie einander ungebührlich nah kamen. Die Worte ihrer Mutter hallten in Leni noch nach. Und sie ahnte – wenn es zu einer Situation kam, in der Matthias und sie sich nicht »anständig« benahmen, würde er auf direktem Weg von Paulsen zum Bahnhof kutschiert und in den Haller Willem gesetzt werden.

»Meine Mutter hätte dich kaum eingeladen, wenn …«

Sie wurden von Lenis Papa unterbrochen, der mit einer Strickjacke über dem Hemd und den beiden Hundeleinen in der Hand in den Wintergarten kam. »Kommt ihr mit? Die beiden wollen noch eine Runde drehen.«

Matthias blickte sie fragend an. Leni nickte. Die Spaziergänge mit ihrem Papa durch den Park und das angrenzende Wäldchen genoss sie sehr. Papa hatte es nie eilig, er passte sich ihrem Tempo an. Zu schnell geriet sie manchmal in die Versuchung, sich auf den lahmen Fuß herauszureden und deshalb nur im Haus zu hocken. Dabei behinderte er sie im Alltag gar nicht so sehr, und die Spaziergänge taten ihr gut.

Sie liefen über die Parkwege, Papa vorweg, die Hunde schlugen sich ins Gebüsch und scheuchten eine Ente auf. Erst ein scharfer Pfiff von Lenis Vater brachte sie zurück. Matthias ging neben ihr, die Hände hinter dem Rücken verschränkt, den Kopf ein wenig zu ihr geneigt. Er wirkte sehr ernst. Als wäre alles, was er von ihrem Leben sah, wie ein Besuch in einer anderen Welt.

»Wir müssen dir sehr … fremd vorkommen«, sagte Leni irgendwann, als ihr sein Schweigen zu viel wurde.

»Wohl wahr. Ihr seid so darauf bedacht, euren Reichtum zu sichern …«

»Das ist nicht wahr«, protestierte sie.

»Na, mh. Du vielleicht nicht. Aber deine Eltern? Schau sie dir an. Wie stolz sie sind auf ihren Gutshof und auf ihre Fleischfabrik, auf ihren Park und die Hundezucht, auf die Kutschpferde und das Land, das ihnen gehört. Wer sorgt dafür, dass das Getreide im Sommer von den Feldern kommt? Dass Rüben und Kartoffeln im Herbst aufgeklaubt werden? Wer macht das Feuerholz für den Kamin im Winter? Wer bringt die Saat aus und eggt die Felder? Deine Eltern jedenfalls nicht. Die machen sich nicht die Hände schmutzig.«

»Dafür gibt es die Kötter.«

Matthias schnaubte. »Ja, sicher. Tagelöhner, die ihr nur einbestellt, wenn ihr Arbeit für sie habt. Denen ihr einen Hungerlohn dafür zahlt, dass sie ihr eigenes Stückchen Pachtgrund in der Zeit im Stich lassen. Auf ihren Feldern verregnet dann die Ernte oder das Heu verfault, während sie eures einbringen. Das ist nicht gerecht, Leni.«

So hatte sie darüber bisher nicht nachgedacht. Es war eben eine Ordnung, in die sie hineingeboren worden war und von der sie dachte, sie würde immer so bleiben. Weil sie gut war, oder nicht? Die Tagelöhner konnten sich was dazuverdienen, und ihre Eltern konnten ihre Felder bewirtschaften lassen.

»Meine Mutter hat viele Arbeitsplätze in ihrer Fabrik geschaffen.«

Matthias schüttelte nur den Kopf. Traurig, traurig, liebe Leni, schien sein Blick zu sagen, wie du glaubst, dass deine Eltern Gutes tun, nur weil sie *irgendwas* tun.

»Als Schustergeselle würde ich allemal mehr verdienen als in einer Fabrik«, sagte er.

»Dann arbeite doch als Geselle.«

»Da gibt mir aber keiner Arbeit. Wusstest du, dass es Fabriken gibt, die Schuhe herstellen? Mit fünfzig, hundert Arbeitern, die den ganzen Tag nichts anderes machen als ein Schustergeselle? Dabei bekommen sie deutlich weniger Geld. Zu wenig, um ein gutes Leben zu haben. Ein Schuster will nur Lehrlinge, vielleicht noch einen Gesellen dazu, der auf das junge Kroppzeug aufpasst und ihnen was beibringt. Es ist eine schlechte Welt für die Gerechtigkeit.«

»Aber ist denn genug da, dass alle so leben könnten wie wir?«

Matthias antwortete nicht. Musste er auch gar nicht, denn Leni kam selbst drauf. Es gab ihre Eltern im Dorf, mit viel Grund und der Fleischkonservenfabrik. Dazu noch den Meyerhof, auf dem einige junge Leute sich als Knechte und Mägde verdingt hatten. Und dann die vielen, vielen Kleinbauern, die ihre Arbeitskraft zur Verfügung stellten, wann immer sie gebraucht wurden.

Die Verwaltung des Gutshofs lag in der Hand ihres Vaters, während ihre Mutter seit jeher die Konservenfabrik führte. Es war dereinst ihr Geld gewesen, das investiert wurde, das Erbe ihrer hanseatischen Familie. Den genauen Hintergrund kannte Leni nicht, sie wusste nur, ihre Eltern trennten da sehr genau in »deins« und »meins«. Als wären sie nicht verheiratet, sondern allenfalls eine Zweckgemeinschaft. Auch das war natürlich nur auf das Drängen ihrer Mutter geschehen, wie sollte es anders sein.

»Meine Familie müsste mit weniger auskommen, dann hätten alle etwas mehr«, überlegte sie.

Ein leises Lächeln umspielte seinen Mundwinkel.

»Wenn du das schon verstehst – warum nicht auch alle anderen?«

»Ich weiß nicht.«

»Ich sag's dir: Weil diejenigen, die bestimmen, auch diejenigen sind, die was abgeben müssten. Im Kaiserreich bestimmt der Adel, ob nun von Geburt geadelt oder durch dicke Bankkonten. Und du kannst dir denken, wie schwer es für den Einzelnen ist, in diese Kreise aufzusteigen.«

Lenis Papa hatte inzwischen das Wäldchen erreicht. Hohe Nadelbäume, unter denen ein breiter Weg zu den Feldern und Wiesen dahinter führte. Der Weg war weich gepolstert von Fichtennadeln, und das Laufen fiel ihr hier leichter. Lästig waren nur die Bremsen, die zu dieser Tageszeit ihre Chance witterten. Leni schlug nach einer.

Die Hunde mit ihrem dunklen Fell waren zwischen den Bäumen kaum mehr auszumachen. Auch Papa war weit voraus und drehte sich nicht zu Leni und Matthias um. Vielleicht war es ihm egal, vielleicht aber wollte er den beiden einfach etwas Zeit allein ermöglichen, fern von der Familie. Leni hinterfragte es nicht. Sie war einfach froh, weil sie nun wieder dieses Gefühl hatte, das sie aus dem Krankenhaus kannte. Jedes Mal, wenn Matthias sie besuchen kam, war es sofort wieder da. Als wäre sie selbst an einem Ort angekommen, an dem sie so absolut sie selbst sein konnte, ohne sich einen Schritt bewegen zu müssen. Matthias war dieser Platz. Neben ihm zu sein, gab ihr das Gefühl, genau richtig zu sein. Für ein junges Mädchen, das von ihrer Familie stets vermittelt bekam, dass sie fehlerhaft war und ihr Makel sie außen vor ließ, war dies wie ein Heimkommen.

»Wie geht es deiner Mama?«, erkundigte sie sich.

»Sie ist wohlauf und lässt grüßen. Sie hat auch nach dir gefragt. Ob du noch mal kommst.«

Leni klopfte auf den Oberschenkel unter dem dunkelblauen Marinerock. »Das bleibt jetzt so, hat Dr. Fischer gesagt. Oder na ja, viel könne man da nicht mehr verbessern. Allenfalls Kosmetisches, so waren seine Worte. Also muss ich wohl mit den Narben leben.« Und etwas leiser fügte sie hinzu: »Und falls ich mal einen Mann finde, der auch.«

»Ach, bestimmt findest du einen.« Er klang überzeugt. Leni schaute ihn von der Seite an, doch Matthias wich ihrem Blick aus.

Ich hätte gern, dass du dieser Mann bist, dachte sie. Es auszusprechen, wagte sie nicht, aus Angst, er könnte sie auslachen. Wer war sie denn? Keine vierzehn Jahre alt, nächstes Jahr, dann wäre sie mit der Volksschule fertig und konfirmiert. Was danach kam, wusste sie nicht. Die weiterführende Schule in Bielefeld jedenfalls nicht, wenn es nach ihren Eltern ging. Vielleicht später ein Pensionat für höhere Töchter, wo sie dann sticken lernte oder andere Fertigkeiten, die ihr bei der Führung eines Haushalts mit Familie helfen sollten. Einer Familie, die sie eh nie haben würde, denn wer interessierte sich schon für eine junge Frau mit Klumpfuß?

Ihre Mutter würde sagen: Einer, der kein Geld hat, dem könnte man das schon schmackhaft machen. Aber er müsste eben auch für ihre Mutter aus den richtigen Kreisen kommen. Gehobenes Bürgertum, ein junger Jurist, ein mittelloser Kaufmannssohn, das wäre alles denkbar.

Ein Schustergeselle jedenfalls nicht.

Matthias blieb stehen. Er bückte sich und las einen Fichtenzapfen auf, der von der Sonnenwärme aufgesprungen war, so dass die einzelnen Samen leicht herausgezupft werden konnten.

»Ich gehe nach Berlin«, sagte er und rupfte mehrere auf einmal heraus. »Nächsten Monat.«

Leni spürte, wie ihr Mund trocken wurde. Berlin, das war ganz schön weit weg. Mit der Bahn wäre man den ganzen Tag unterwegs, das wusste sie. Ihre Mutter fuhr gelegentlich nach Berlin, geschäftlich, hieß es immer.

»Warum?«, fragte sie schließlich.

»Weil es in Berlin Arbeit gibt.« Er zuckte mit den Schultern, als wäre das doch offensichtlich. »Außerdem ist dort das politische Leben. Wenn wir etwas bewegen wollen, müssen die Sozialdemokraten zusammenstehen und in Berlin aufpassen, damit nicht die anderen Parteien dem Kaiser hörig in einen Krieg folgen, den dieser schon seit Jahren mit seiner Außenpolitik befeuert.«

Das klang ein bisschen so wie die Bemerkungen, die ihr Vater gelegentlich hinter der Morgenzeitung von sich gab, aber Leni verstand zu wenig davon. »Und die haben auf dich gewartet?«, fragte sie zweifelnd.

»Jeder kann etwas bewegen, wenn er will. Wenn er es nicht versucht, hat er schon verloren«, widersprach Matthias. »Auch du könntest das.«

»Ich? Quatsch. Ich bin nur 'ne lahme Ente.«

Ernst schüttelte er den Kopf. »Du solltest damit aufhören, Lene.«

Sie erschauderte. Nur Matthias nannte sie Lene. Das gefiel ihr.

»Womit aufhören?«

»Du reduzierst dich auf diesen kaputten Fuß. Dabei hast du so viel mehr zu bieten.« Sein Blick, so ernst und auf ihr Gesicht gerichtet. Leni hatte das Gefühl, als würde er sie wirklich *sehen*. Ja, als wäre er der erste Mensch, der sie sah, der begriff, wie viel Potenzial sie hatte.

»Du bist witzig. Talentiert. Neugierig. Erwähnte ich, wie viel du über Medizin weißt? Belesen …«, zählte er auf. »Und hübsch bist du auch, wenn ich das so sagen darf«, fügte er hinzu.

»Oh«, machte sie.

In der Ferne hörte sie ihren Vater nach seinen Hunden pfeifen.

»Ich bin froh, dass wir uns noch mal sehen. Also, bevor ich nicht mehr hier bin.« Matthias warf den Zapfen weg, er prallte gegen einen Baum. »Wird schwierig, wenn ich erst in Berlin lebe.«

»Ach so.« Also war sein Besuch eher ein Abschied und nicht der Beginn von etwas Neuem, anderem? Nichts, das über die Freundschaft hinausging?

Der Zauber des Augenblicks war verflogen, und Leni versuchte, sich ihre Enttäuschung nicht anmerken zu lassen.

»Schreibst du mir weiterhin?«

»Ja, natürlich.« Aber sie fragte sich zugleich, welchen Sinn das hatte. Warum sollte er an ihren Briefen Interesse haben? Würde er überhaupt noch antworten, wenn der Moloch der Hauptstadt sich erst seiner bemächtigte und er zwischen der Arbeit und seinem politischen Wirken keine Zeit mehr für das kleine Mädchen vom Bockhorster Gut hatte, das ihm sehnsuchtsvolle Briefe schrieb?

Leni schluckte schwer. Sie hoffte auf ein Wunder, ein Versprechen von ihm. Dass er sagte, er mache das nur, weil in Berlin deutlich besseres Geld zu verdienen war, weil er sich zum Meister hocharbeiten wollte, weil er mehr sein wollte, damit er auch in den Augen ihrer Mutter standesgemäß wäre. Damit sie dann, in ein paar Jahren – wenn sie endlich alt genug wäre –, heiraten konnten. Sein Bekenntnis zu ihr, zu diesen unaussprechlichen Gefühlen, von denen sie so viel in ihren Groschenheften gelesen hatte. War das Liebe?

Ja, wenn es nach ihr ginge, schon. Weil sie sich nichts Schöneres, nichts Erhebenderes vorstellen konnte als die Nähe zu ihm.

Aber in diesem Moment blieb Matthias stumm, das erhoffte Bekenntnis zu ihr blieb aus. Und Leni nahm es hin, wie sie alles im Leben hinnahm.

Zwei Tage später schlichen sie sich nach dem Abendessen fort, und Matthias half Leni die steile Leiter zum Heuboden hoch. »Das schaffst du!«, rief er. Mehr nicht. Er blieb hinter ihr, während sie mühsam den linken Fuß nachzog und eine Sprosse nach der nächsten erklomm.

Oben ließen sie sich ins Heu fallen, und dann zog Matthias aus der Innentasche seiner Jacke ein leicht zerknautschtes Päckchen hervor. In eine Stoffserviette gewickelt zauberte er zwei faustgroße Stücke Aniskuchen hervor.

»Unser Abschiedskuchen.«

»Woher hast du den denn?«, quiekte Leni begeistert. Er gab ihr die Serviette, und Leni breitete sie auf einem Heuballen zwischen ihnen aus.

»Ich habe mich mit eurer Mamsell gut gestellt und sie gebeten, ihn nach dem Rezept meiner Mama zu backen. Mir hat sie es nämlich verraten.« Matthias zwinkerte ihr zu.

»Und unsere Mamsell kennt es jetzt auch?«

Leni biss in ihr Stück. Sie schloss verzückt die Augen. Ah, diese Süße und dazu der herbe Anisgeschmack … Sie konnte von diesem Kuchen einfach nicht genug kriegen. Sie sah sich schon in den kommenden Monaten der Mamsell in den Ohren liegen, damit die ihr Aniskuchen backte – jedes Mal, wenn sie wieder von Liebeskummer gepackt wurde.

»Ich werde sie jetzt leider töten müssen.« Matthias nickte ernst. »Tut mir sehr leid. Sie war echt nützlich.«

»Spinner.« Sie knuffte ihn. Ach, es war schön, mit ihm diese letzten Stunden allein zu verbringen. Im Laufe der vergangenen Tage hatten Matthias und sie sich immer mehr Freiheiten erkämpft, und nach der anfänglichen Skepsis ihrer Mama hatte wohl ihr Papa ein gutes Wort für Leni und Matthias eingelegt, denn bisher waren sie unbehelligt geblieben, egal wie weit sie ihre Kreise um den Gutshof zogen. Und hier oben auf dem Heuboden waren sie gänzlich ungestört. Nur eine Katzenmutter kam von irgendwoher und trug eins ihrer getigerten Jungtiere im Maul. Vermutlich auf dem Weg ins nächste Nest mit ihrem Nachwuchs, bevor der Wiesenmauser wieder ein paar Mäuschen drunten im Kuhstall fing.

»Darf ich wiederkommen?«, fragte Matthias plötzlich. Er rückte etwas näher, so dass sein rechtes Bein ihr linkes berührte.

Leni zuckte zusammen. Seit heute früh schmerzte der Fuß, ein Wetterumschwung kündigte sich an.

Sofort rückte er wieder ab. »Entschuldige«, murmelte er.

»Nein, nein!« Sie griff nach seinem Arm. »Ich bin blöd, verzeih. Es liegt anderes Wetter in der Luft, da ist mein Fuß immer so …« Sie fand kein richtiges Wort.

»Empfindsam?«

»Ja. Ich mag es dann gar nicht … berührt zu werden.«

»Okay. Ich dachte schon …«

»Was dachtest du?«, hakte sie behutsam nach, als Matthias nicht weitersprach. Er starrte auf das Kuchenstück in seiner Hand, legte es auf die Serviette und wischte die klebrigen Hände an seiner Hose ab.

»Nun ja. Ich war auf das hier nicht vorbereitet.« Mit einer ausgreifenden Armbewegung umfasste er die Scheune, die Stallungen, das Gutshaus, Wälder, Wiesen und Äcker. »Dass euch all das gehört. Und ich habe nichts und …«

»Hör auf«, wisperte Leni. »Sag das nicht immer.«

Er stockte. Musste grinsen. »Dass ich ein Habenichts bin, meinst du?«

»Du hast mich.«

Ihr Herz hämmerte in der Brust.

»Wenn du willst«, fügte sie hinzu.

Er sah sie an. Nachdenklich, zweifelnd, und fast bereute sie schon, dass sie einfach so damit herausgeplatzt war. Dann nickte Matthias langsam.

»Stimmt«, sagte er leise. »Und darüber bin ich sehr froh.«

Er biss in seinen Kuchen. »Aber glaub ja nicht, dass ich dir jetzt was von meinem Stück abgebe«, neckte er sie.

Leni schaute auf das Stück in ihrer Hand. »Nicht nötig«, sagte sie leise. Sie würde auch ihres teilen, wenn es einen Unterschied machen würde. Wenn Matthias dann weniger von dem Gefühl geplagt werden würde, dass die Welt ihn abhängte und ihr alles in den Schoß warf.

Schweigend aßen sie ihren Kuchen, Schulter an Schulter. Nur gelegentlich schauten sie sich von der Seite an, und jedes Mal, wenn das passierte, spürte Leni dieses warme Kribbeln. Hier gehörst du hin, sagte dieses Kribbeln ihr, und am meisten freute sie daran, dass Matthias so ähnlich empfand, denn sonst wäre er nicht hier. Mit Aniskuchen.

September 1928

Leni blickte sich in dem Behandlungsraum um.

Alles war an seinem Platz. Die Liege hatte einen neuen Lederbezug, die Stühle waren ebenfalls ausgebessert worden. Dem wuchtigen Schreibtisch, der in eine Ecke vor dem Medikamentenschrank gequetscht stand, hatte eine Extraportion Möbelpolitur gereicht, nachdem sie ihn vollständig abgeräumt und geputzt hatte. Die Akten im zweiten Schrank waren sortiert, der Teppich unter den beiden Besuchsstühlen war ausgeklopft und strahlte wieder in seinen vertrauten Farben. Das Efeu vor den Fenstern war weit genug zurückgeschnitten, dass Licht hereindrang, und dass sie letztes Wochenende auch alle drei Fenster geputzt hatte, tat ein Übriges. Gerade standen zwei Fenster offen, die frische Morgenluft roch bereits nach Herbst. Leni zog die Strickjacke enger um ihre Schultern. Sie trat vom Behandlungszimmer in den kleinen Flur. Der vordere Bereich direkt neben der Tür wirkte ordentlich, die vier Stühle in einer Reihe stachen sofort ins Auge, weil sie unterschiedlich waren; dafür hatte ihr Geld nicht gereicht. Oder nein, gereicht hätte es schon, aber sie wusste nicht, wie schnell sich die Praxis füllen würde, wann sie erste Einnahmen hatte, darum blieb sie lieber vorsichtig.

Ein Poltern an der Hintertür ließ sie herumfahren. »Du bist's nur«, sagte sie. Peter trat ein, er trug die Arme voll Feuerholz, das er in die Küche brachte.

Auch so ein Grund, weshalb das Geld knapper war als ihr guttat. Sie hatte es mit Bedacht ausgegeben in den vergangenen Wochen, manche Dinge mussten eben vor dem Herbst gemacht werden – das Dach reparieren, ein zweites Bett anschaffen, die Tapeten und der Fußboden im Obergeschoss. Alles Dinge, um die Peter sich gekümmert hatte, und sie war ihm einen fairen Lohn schuldig. Aber nun war das Nötigste erledigt. Heute war sein letzter Tag.

Morgen eröffnete offiziell die Praxis.

Sie hatte wenig Hoffnung auf einen steten Strom von Patienten, denn nicht mal Peters Vater war in den letzten Tagen noch gekommen. Dabei hatte sie ihn einbestellt, damit sie den Verband wechseln und die Heilung seines Zehs überwachen konnte. Darauf angesprochen hatte Peter nur mit den Schultern gezuckt. »Ist sein Fuß«, meinte er lapidar.

Peter kam nun mit leeren Händen aus der Küche. »Ich könnte noch mal die Wiese mähen«, schlug er vor. »Oder im Garten was ernten. Dr. Köster hat ja scheinbar noch zwei Reihen Kartoffeln gepflanzt im Frühjahr.«

Leni schüttelte den Kopf. »Danke, aber ich schaffe das auch alleine.«

Peter kam langsam näher. »Das weiß ich«, sagte er leise. »Du kommst klar. Aber das musst du nicht. Das … wollte ich dir noch sagen.«

Sie atmete tief ein und aus. Sah über seine Schulter hinweg zur offenen Hintertür. Irgendwo da draußen im Garten spielte Marie wieder. Leni hatte ihr eine angeschlagene Emailschüssel aus der Küche gegeben, in der sie draußen nun matschte und Gräsersuppe kochte.

Peter folgte ihrem Blick zu dem kleinen Mädchen, das sich anfangs vor Peter immer versteckt hatte, vorzugsweise hinter Lenis Röcken. Inzwischen nahm sie ihn kaum mehr wahr, er gehörte zum Inventar wie die Stühle im Flur.

»Ich komme klar«, wiederholte sie seine Worte, und weil das so abweisend klang, fügte sie hinzu: »Danke für alles. Du warst der Einzige, der mir das Gefühl gegeben hat, dass ich hier willkommen bin.«

Er zuckte mit den Schultern. »Sind halt beide Außenseiter. Jeder auf seine Art.«

»Du doch nicht. Als Sohn des Meyer …«

»… kann man auch ganz schön allein dastehen. Hans hat alles, ich hab nichts. Also, na ja. Ein Häuschen drüben am Wald und ein paar Morgen drum herum, aber das ist zum Leben zu wenig, zum Sterben zu viel. Hab schon überlegt, bei deiner Mutter in der Fabrik anzufragen, ob sie Arbeit für mich hat.«

»Dann mach das.«

»Kannst du für mich ein gutes Wort einlegen?«

Ah, daher also wehte der Wind. Leni seufzte. »Meine Mutter und ich … Das würde dir eher schaden als nutzen. Sie hatte immer schon die Auffassung …« Nein. Das würde sie Peter nun gewiss nicht auf die Nase binden. Es ging ihn nämlich gar nichts an, dass in den Augen ihrer Mutter Lenis Verhältnis zu Männern immer etwas zu leichtfertig gewesen war.

»Geh zu meinem Vater. Er kann sie sicher überzeugen.« Leni zögerte. »Ich dachte immer, in deiner Familie sei für alle gesorgt …«

»Es hat sich viel geändert in den letzten Jahren.« Peter inspizierte seine dreckigen Fingernägel. »Seit Hans verheiratet ist … Meine Eltern wohnen jetzt im Altenhaus. Das war ja zu erwarten. Aber Teresa will auch sonst niemanden im Haus haben, obwohl Hans nichts dagegen hätte, wenn ich bleibe.«

Aha, die Schwägerin war's also. Mutter des rachitischen Mädchens.

»Wie ist sie so?«

»Teresa? Ein Biest, könnte man sagen. Aber eigentlich ist sie vor allem eine Löwin. Für ihre Familie tut sie alles. Nur bin ich für sie nicht Familie, und die Eltern auch nicht.«

Leni nickte. So etwas hörte man ja oft. Dass die Schwiegertochter sich durchsetzte, damit sie nicht von den Alten untergebuttert wurde. Vielleicht schoss diese Teresa übers Ziel hinaus, vielleicht aber tat sie auch das Richtige damit. So gut kannte

Leni den alten Gustav und seine Frau Martha nicht, dass sie sich ein Urteil erlauben könnte.

Doch die Sorge um das kleine Mädchen war immer noch da.

»Lässt sie mit sich reden? Ich frage für deine Nichte.«

»Versuchen kannst du's ja mal. Zumal du Vater mit seinem Fuß geholfen hast. Er spricht in den höchsten Tönen von dir.«

»Und darauf hört sie?«

»Sie mag uns. Glaube ich. Nur nicht in ihrem Haus.« Peter zuckte mit den Schultern. »Ich versteh's ja auch nicht. Also, ich mach noch die Wiese, dann bin ich weg.«

»Danke, Peter. Das Geld leg ich dir in der Küche unter die Schüssel. Weißt du ja.«

Er nickte, und dann ging er nach draußen. Leni trug den Korb mit Wäsche hoch, die sie vorhin im Garten abgenommen hatte, bevor Peter kam. Wie ihre Unterwäsche im Wind flatterte, war nun nichts, das er sehen sollte. Ein bisschen war sie ja immer noch Tochter ihrer Mutter.

»Mama? Was machen wir, wenn nie einer kommt?«

Leni schloss die Haustür ab, dreimal drehte sie den Schlüssel. Sie hielt einen Moment inne und versuchte, sich zu sammeln. Dann drehte sie sich zu Marie um. Das kleine Mädchen saß auf einem der Stühle im Flur, die Beine angezogen und kaute auf einer Strähne. Leni trat zu ihr und zog sanft an ihrem Haar. »Das weiß ich nicht. Aber irgendwann kommt schon jemand, ganz bestimmt.«

Der zweite Tag ohne Patienten. Am ersten hatte sie sich noch eingeredet, das sei kein Grund zur Sorge, es müsse ja nicht sofort das Wartezimmer voll sein. Musste sich ja auch erst herumsprechen, dass die Ärztin geöffnet hatte. Obwohl – sie hatte extra eine Notiz an das »Haller Kreisblatt« geschickt, dass es nun in Bockhorst wieder eine Ärztin gab.

Kurz erlaubte sie sich eine Vorstellung, so schrecklich und gar nicht mal abwegig. Wie sie in einigen Monaten, wenn ihr Erspartes aufgebraucht war, wieder mit gepackten Koffern vor dem Gutshaus stand und ihre Eltern bat, sie aufzunehmen.

Dann gäbe es kein Zurück mehr, das wusste Leni. Danach ließe ihre Mutter sie niemals wieder auf eigenen Füßen stehen. Und Leni hätte vermutlich auch nicht mehr die Kraft, um irgendwas zu kämpfen. Sie würde nachgeben und sich im Parkzimmer verkriechen.

Aber sie wollte noch nicht aufgeben.

»Morgen machen wir wieder auf. Vielleicht kommt ja jemand.«

Sonst machte sie drüben auf dem Meyerhof mal einen Hausbesuch beim alten Meyer. Nicht, dass sein Fuß sich noch mehr entzündete und amputiert werden musste.

Amputationen waren Leni verhasst. Vor allem so sinnlose! Sie erinnerte sich nicht gern an die Zeit der letzten Kriegstage, als sie …

Nein. Nicht jetzt.

Lange hatte sie es geschafft, *diese* Tür fest verschlossen zu halten, weil dahinter so viele Schrecken lauerten – aber auch so manch Schönes, das sie schmerzlich daran gemahnte, wie viel sie seither verloren hatte.

»Komm, mein Schatz. Heute Abend mache ich uns Grießbrei mit Kirschkompott, und danach lese ich dir so lange vor, bis einem von uns beiden die Augen zufallen, ja?«

Marie sollte nicht leiden. Nicht unter Lenis Ängsten, nicht unter diesen Lebensumständen. Es fühlte sich an, als wären sie vom Rest der Welt isoliert, als wollte niemand etwas mit ihnen zu schaffen haben. Und als würden sie sich immer mehr von den Menschen entfernen, je länger sie in diesem Haus lebten. Dabei hoffte Leni auf das Gegenteil. Ab nächstem Frühjahr würde Marie zur Schule gehen, aber es wäre wohl besser, wenn sie schon vorher Freundschaften schließen konnte. Nur mit wem? Die meisten anderen Kinder halfen sommers auf den Feldern und gingen winters in die Schule. Oder saßen in der warmen Stube und lernten das Stricken. Was nicht schlimm war, denn meist waren Geschwister da, mit denen sie sich die Zeit vertreiben konnten.

Marie hatte nichts von alledem.

Und Leni wünschte es ihr so sehr. Irgendwann … ja, irgendwann sollte Marie auch Freundschaften schließen, die Bestand haben durften. Diese Seelennähe, die keine Worte brauchte.

Nur die Verluste, die Leni deshalb hatte ertragen müssen, die wünschte sie ihr nicht. Die wünschte sie nicht mal ihrem ärgsten Feind.

ZWISCHENSPIEL

Oktober 1918

Da waren sie also. Zwei junge Menschen, beide kaum bewandert in der Pflege von Verletzten, in einem alten Kuhstall, bei dem es durchs Dach regnete und der nicht mal genug Pritschen für all die Soldaten mit ihren schwärenden Wunden bot. Wenn sie versuchten, diese Männer zu retten, starben sie ihnen unter den Händen weg. Wenn sie nichts taten, starben sie auch, und Leni wusste in den meisten Fällen nicht, ob es besser war, *irgendwas* zu tun oder einfach zu warten, bis das Leiden ein Ende hatte. Ihnen die Stirn zu kühlen und die Hand zu halten, bis es vorbei war, schien ihr gnädiger, als mit dem dreckigen OP-Besteck, das der junge von Werder ihr dagelassen hatte, in den Wunden zu stochern oder gar die Gliedmaßen zu amputieren.

Sie fühlte sich so hilflos wie nie in ihrem Leben.

Am ersten Abend nach der Abfahrt von Werders saßen sie in der offenen Tür. Wieder Regen, ein Wolkenbruch prasselte auf den verlassenen Hof nieder. Das Bauernhaus war nur eine Ruine, der Stall daher die beste Option für die Nacht. Matthias lehnte am Türstock und rauchte, sie hockte auf einem umgedrehten Blecheimer, das linke Bein weit von sich gestreckt. Den Wetterumschwung hatte sie diesmal kaum gemerkt, der Fuß hatte seit Tagen schon geschmerzt, weil sie zu viel gelaufen war.

Er gab ihr die Zigarette, die Spitze glomm in der Dunkelheit auf, als sie daran zog. Das Kratzen im Hals, der Husten, dann ging es wieder und sie gab ihm die Zigarette zurück. Matthias schüttelte den Kopf. »Wirst es brauchen«, sagte er. »Mir jedenfalls hilft es, konzentriert zu bleiben. Ein bisschen die Angst zu verdrängen. Aber da ist Alkohol besser.«

»Wie hast du das nur vier Jahre hier ausgehalten …«

Er lachte auf. »Gar nicht habe ich das ausgehalten. Keiner hält das aus. Wir lassen es nur über uns ergehen.«

»Und wie lässt man es über sich ergehen?«

»Schwer.« Er zündete sich noch eine Zigarette an. Schloss für einen Moment die Augen, atmete den Rauch langsam aus. Leni beobachtete ihn. Er hatte sich mit dem Krieg verändert. Dass vier Jahre so tiefe Spuren in einem jungen Menschen hinterlassen konnten, hatte sie nicht gewusst.

Seine dunklen Augen, die sie einst so sehr geliebt hatte – dieses unfassbar dunkle Blau –, hatten einen Schatten bekommen, wie ein grauer Schleier, den jemand darüber gezogen hatte. Seine Haut war bleich, die Ringe unter den Augen fast schwarz. Er trug das dunkle Haar raspelkurz. Darauf angesprochen hatte er ihr nur erklärt: »Ist besser. Wegen der Läuse.«

Dünn war er geworden. Neben ihm fühlte Leni sich manchmal richtiggehend fett – hatte sie doch die letzten Jahre mehr oder weniger gut genährt an den Fleischtöpfen des elterlichen Gutshofs verbringen dürfen. Ihre Mutter musste zwar einen Großteil der Konservenproduktion zu Festpreisen an Regierungsstellen verkaufen, weil seit Ausbruch des Krieges die Preise für die meisten Lebensmittel diktiert wurden. Aber sie behielt immer genug für ihre Leute zurück, und wer bei ihnen auf dem Feld half, wurde nun mit Wurstwaren bezahlt und nicht mit Papiergeld, das man genauso gut in den Ofen hätte stopfen können, weil es nichts wert war – denn zu kaufen gab's kaum was. Und selbst Lenis Familie hatte im Rübenwinter den Mangel gespürt. Ihre Mutter hatte lieber Vorsicht walten lassen, man konnte ja nicht wissen, wie lange das alles noch so ging.

Matthias fuhr sich mit der Hand über den kurz geschnittenen Schopf. Sie beobachtete ihn. Spürte die Schrecken, die er gesehen hatte, allein in seinen Bewegungen. Sie spürte das auch nachts, wenn sie sich für ein paar Stunden nebeneinander hinlegten und schliefen. Wenn er unruhig wurde, war sie sofort hellwach. Sie schlief wenig in diesen Tagen.

Vermutlich sah sie nach wenigen Wochen auch schon so zerstört aus wie er nach all den Jahren.

Eigentlich sollte sie das nicht: Sich Gedanken um ihr Aussehen machen. Aber für ihn wäre sie gerne hübsch. Sie war siebzehn, und wenn eine gute Fee erschiene und ihr einen Wunsch gewährte, wüsste sie schon, was sie wollte: zurück in jenem Sommer 1914 sein. Vor dem Attentat von Sarajevo. Vor den Wochen, in denen es im Land brodelte, in denen immer häufiger vom Krieg die Rede war, weil der deutsche Kaiser in unverbrüchlicher Nibelungentreue an Österreich-Ungarns Seite stand.

Jene Zeit, als sie mit Matthias auf dem Heuboden saß, diese letzten Stunden vor seiner Abreise. Ein paar Wochen später stand es in allen Zeitungen – Mord in Sarajevo, kommt jetzt der Krieg? Da war er schon nach Berlin gezogen, und ihr blieben nur seine Briefe.

Sie hatte das Gefühl, sich seit jenem Morgen, an dem sie sich für all die Jahre von Matthias verabschieden musste – ohne zu ahnen, wie lange sie sich tatsächlich nicht sehen würden –, in einer grauen Welt befunden zu haben, in der nichts strahlte, nichts glänzte. Sie konnte nur zusehen, wie sich vor ihren Augen diese Katastrophe entfaltete. Und wie Matthias in diesen Strudel gerissen wurde, ebenso ihre Brüder Fritz und Rudolf, ihr Vater …

Leni schluchzte auf.

»Hey.« Sofort war Matthias bei ihr, er hockte vor ihr und legte beide Hände auf ihre Wangen. Sie spürte seinen Atem, so dicht war sein Gesicht vor ihrem, und sie hörte dumpf seine Stimme durch das Rauschen in ihren Ohren.

»Leni, Leni …«

Dann nahm er sie in den Arm, und sie ließ sich einfach fallen, er hielt sie fest und wiegte sie wie ein kleines Kind. Sie dachte an alle, die gestorben waren, an ihren Bruder, an Sophie, an Matthias' Mutter, bestimmt war auch sie längst gestorben.

Leni konnte nicht aufhören zu weinen, sie weinte um all die Toten, um all die Versehrten, sie weinte um ihre Jugend, die nicht so war, wie sie es sich erhofft hatte. Sie weinte auch um Matthias, dem die besten Jahre von diesem Krieg genommen worden waren. Der ja noch froh sein konnte, weil er ihm nicht das Leben genommen hatte, aber wer wusste schon, was noch kommen würde. Sie weinte um all die verpassten Chancen, um ihre Zukunft, sie weinte auch um das Leben, das nie wieder so sein würde wie zuvor. Wie konnte es das auch – nach so vielen Toden, nach so vielen Verlusten?

»Ich bin hier«, hörte sie Matthias in der Dunkelheit flüstern, und dann hob sie ihm das Gesicht entgegen. Sie wollte ihn küssen. Den Schmerz vertreiben, der sich so tief in ihrer Brust eingenistet hatte und dort seit Jahren vor sich hin wucherte.

»Matthias«, wisperte sie.

Sein Gesicht so nah an ihrem. Seine Lippen strichen ganz sacht über ihre, als wüsste er nicht, ob er diese Nähe wagen durfte. Leni öffnete leicht den Mund, sie spürte seine Zunge, die sich vorwagte, sie schloss die Augen und seufzte. Er schmeckte nach Tabak, nach dem Haferbrei, den sie als letzte Mahlzeit zu sich genommen hatten, vor allem aber schmeckte er nach sich selbst, und sie wäre fast vom Eimer gefallen, wenn Matthias sie nicht festgehalten hätte. Denn dieser Kuss, der erste Kuss nach all den Jahren, in denen sie sich danach gesehnt hatte, war genauso, wie sie ihn sich immer vorgestellt hatte. Und doch war er so völlig anders, als sie es sich erhofft hatte.

Leni musste lachen, und für einen winzigen Moment verflog der Zauber dieses Moments in all dem Chaos, dem Weltenbrand ringsum sie. Aber dann sah sie in Matthias' Augen. Er lächelte. Warm und voller Zuversicht.

»Meinst du, wir kommen heil hier raus?«, fragte sie.

»Ich werde alles tun, damit *du* heil hier rauskommst.«

Sie lehnte ihre Stirn gegen seine. »Nein«, widersprach sie. »Wir beide. Wir sollen beide heil hier rauskommen.«

Er schloss kurz die Augen. »Ich verspreche es dir«, sagte er dann, sah sie aber nicht an.

Da küssten sie sich noch einmal, bedächtiger. Sie kosteten diesen Moment aus, als versprachen sie einander ein Leben. Wenn all das vorbei war, wenn das Sterben ein Ende hatte.

Leni zündete die Petroleumlampe an. Sie hörte das Husten, irgendwo am Ende des Stalls. Sie schlich auf leisen Sohlen an den Schlafenden vorbei. Mancher sah sie mit wachen, glänzenden Augen an. Sie hastete weiter, dieses Husten, es erinnerte sie an etwas und hatte sie aus ihrem glücklichen Schlaf gerissen. Aus Matthias' Armen, in denen sie eingeschlafen war, nachdem sie stundenlang aneinandergekuschelt unter einer Decke gelegen hatten, bis die Müdigkeit sie immer wieder übermannt hatte.

Pläne hatten sie geschmiedet. Für das Danach. Aber jetzt war da dieses Husten, und mit ihm kehrten die Erinnerungen zurück an einen Kampf, den sie bereits im Spätsommer vergeblich geführt hatte.

Sie folgte dem erstickten Laut und fand den jungen Soldaten. Er war hager und klein, der Bartflaum auf der Oberlippe kaum erblüht. Jünger als sie. Leni hatte in den letzten Tagen häufiger mit ihm gesprochen. Ein kluger, junger Mann aus Kiel, der lieber zur Marine gegangen wäre, nun aber hier gelandet war und mit einem glatten Schulterdurchschuss auf den Weitertransport wartete. Bisher hatte sich die Wunde nicht entzündet, er war einer der wenigen, bei dem sie tatsächlich die Hoffnung hatte, er würde durchkommen. Tagsüber stand er manchmal auf, half bei der Pflege der anderen, brachte ihnen zu trinken oder saß einfach ein bisschen bei ihnen, unterhielt sie mit seinen Geschichten vom Leben daheim.

»Geht es dir gut, Heinrich?«, flüsterte sie ins Dunkel. Sie hob das Licht.

Fiebriger Blick. Dunkle Flecken auf den Wangenknochen. Leni fuhr zurück. Sie keuchte.

Da war es. Das Zeichen jener Krankheit, die Leni von zu Hause kannte.

Sie hatte gedacht, sie wäre nicht mehr hier. Oder nirgends mehr. Aber diese Grippe, sie war heimtückisch, sie schlich sich heran, verbreitete sich unter den jungen Menschen, und wenn man sich gerade in Sicherheit wähnte, brach sie hervor.

Diese dunklen Flecken auf den Wangen hatte Leni schon einmal gesehen. Bei ihrer Schwester Sophie. Keine vierundzwanzig Stunden später war sie tot.

Heinrichs Atem rasselte schrecklich, es klang, als würde er innerlich ertrinken. Leni half ihm, sich aufzurichten. Leise rief sie nach Matthias, doch dieser schlief tief und fest. Sie musste es irgendwie alleine schaffen.

Heinrich beugte sich vom nächsten Hustenanfall geschüttelt nach vorne. Seine Stirn glühte vom Fieber, und als er die Hand ins Licht hielt, die er vor den Mund gehalten hatte, sah Leni darauf dunkle Klumpen Blut.

Es hörte sich nicht nur so an, als würde er ertrinken. Seine Lunge war voller Flüssigkeit. Hätte sie ein Stethoskop zur Hand, könnte sie das Gurgeln und Pfeifen hören, das in ihm brodelte.

Sie atmete tief durch. Dann rief sie erneut nach Matthias. Sie betete insgeheim, dass keiner der anderen Männer sich bei Heinrich angesteckt hatte. Aber die Realität, das ahnte sie, würde anders aussehen. Schon in wenigen Tagen würde in diesem behelfsmäßigen Lazarett eine ganz andere Hölle losbrechen als die, in der sie schon gefangen waren.

Zweiter Teil

August 1914

Die Zeitung wurde jeden Morgen mit der Post gebracht und zumindest an diesem Tag wurde sie direkt von der Mamsell aufs Frühstückstablett zu der Kaffeekanne gelegt, die sie dem Hausherrn nach oben ins Speisezimmer brachte. Die Fensterflügel standen weit offen und ließen die kühle Luft herein, bevor wegen der anhaltenden Sommerhitze wieder alles verrammelt werden musste. Hundstage, Sternschnuppennächte.

»Na, die Brötchen sind ja noch warm, Hilda.« Lenis Vater freute sich darüber. Sie wusste, wie sehr er es liebte, wenn die Butter auf den Brötchenhälften schmolz, bevor er sie mit einem Klecks Erdbeermarmelade vermischte und danach, ungeachtet der Butter an dessen Unterseite, den Löffel wieder in den Marmeladentopf steckte. Hilda fischte jeden Morgen die Butterreste aus der Marmelade, damit nichts verdarb.

Leni bekam ihre Tasse Muckefuck mit viel warmer Milch, dazu aß auch sie ein Brötchen. Ihre Mutter war – wie jeden Morgen – um fünf Uhr aufgestanden, sie bekam das Frühstück deutlich früher serviert und war eine halbe Stunde später schon unterwegs zur Fabrik. Die Arbeiter begrüßte sie jeden Morgen am Tor, als könnten das die Vorarbeiter nicht genauso gut. Aber so war sie nun mal.

Ihre Schwestern und ihr Bruder Fritz waren sonst wo. Leni fragte nicht, sie freute sich einfach, einen Samstagmorgen mit ihrem Papa ganz allein verbringen zu dürfen. Von oben hörte sie noch das Greinen ihres jüngsten Bruders, aber um den würde sich eines der Dienstmädchen kümmern.

»Papa, wusstest du, dass man früher die Syphilis allzu oft mit Lepra verwechselt hat?«, sprudelte es aus ihr heraus.

Papa brummelte hinter seiner Zeitung. »Ja, interessant.«

»Stell dir vor, wie Syphiliskranke damals in einer Leprakolonie isoliert wurden, und sich dann beide Krankheiten unter den Aussätzigen verbreiteten …«

Wieder brummte Papa nur. Sie gab heimlich einen zweiten Löffel Zucker in ihren Muckefuck und rührte schnell um. Nicht mal das Klappern des Löffels in der Zuckerdose lockte ihn hinter dem »Haller Kreisblatt« hervor.

»Papa? Alles in Ordnung?«

»Nichts ist in Ordnung«, murrte er.

Ihr Blick fiel auf die Schlagzeile der Titelseite. »Mobilmachung in Russland – droht der Weltkrieg?«

Sie fröstelte in ihrem dünnen Sommerkleid aus Musselin, schlang die Arme um ihren Oberkörper.

»Papa?«, fragte sie leise. »Papa, kommt jetzt der Krieg?«

Ihre Stimme klang ganz piepsig. Ihr Vater schien zu bemerken, dass sie ihn jetzt brauchte; er faltete die Zeitung zusammen und breitete die Arme aus. »Komm her, Kleines«, meinte er.

Sie stand auf und umrundete den Tisch. Sie durfte sich auf seinen Schoß setzen, obwohl sie dafür doch schon viel zu alt war. Aber in diesem Moment tat es ihr gut, einfach dort zu hocken.

»Ich weiß es nicht«, gab er zu. »Vermutlich schon, ja. Darum werde ich gleich zur Fabrik fahren und mit deiner Mutter reden. Es wird sich einiges ändern.« Er atmete tief durch. »Aber wir haben damit in den letzten Wochen gerechnet. Es befürchtet, das auch. Wir haben uns darauf vorbereitet, verstehst du?«

Leni nickte. Sie kuschelte sich an seine Schulter. Einen winzigen Moment noch mal Kind sein, all die Sorgen von sich schieben dürfen. Bevor das, was sich da mit dieser Schlagzeile abzeichnete, zur Realität wurde.

Es war eine Katastrophe, die sich in den vergangenen Wochen ganz langsam entfaltet hatte. Als würde man einer Passionsblume zusehen, wie sie aufblühte. Das erforderte auch Geduld. Aber nun stand es da, Schwarz auf Weiß. In Russland wurde mobil gemacht. Und was dann? Sicher würde im Deutschen Reich die Reaktion nicht auf sich warten lassen … Lenis Vater war achtundvierzig, ihre Brüder waren knapp siebzehn und zweiundzwanzig.

»Müsst ihr jetzt in den Krieg?«, fragte sie. Die Tränen liefen ihr über die Wangen, ein dicker Kloß in ihrem Hals nahm ihr fast den Atem.

»Das weiß ich nicht, Leni.« Ihr Vater streichelte Lenis Rücken. »Ich hoffe nicht.«

Er konnte es ihr nicht versprechen.

In diesem Moment begriff sie, dass nichts im Leben mehr Bestand haben würde. Dass alles einstürzen konnte.

Sie dachte an Matthias.

Er wurde im Oktober achtzehn, damit wäre er im besten Alter, um zum Kriegsdienst eingezogen zu werden. Ein Schustergeselle wäre sicher entbehrlich daheim, oder nicht? Wichtiger waren vermutlich Bauern und Stahlarbeiter, die Arbeiter in Munitionsfabriken oder anderen kriegswichtigen Industrien.

Aber Stiefel? Die bräuchten Soldaten doch auch. Sie erlaubte sich für einen winzigen Moment, Hoffnung zu schöpfen.

Leni wartete, bis ihr Vater kurz darauf seinen Kaffee ausgetrunken hatte und sich einsilbig verabschiedete. Vermutlich würde er sich direkt auf sein Fahrrad schwingen – sein ganzer Stolz, auch wenn das halbe Dorf über ihn lachte – und zur Wurstfabrik fahren.

Derweil ging Leni nach oben in ihr Zimmer und zog die alte Zigarrenkiste unter ihrem Bett hervor, die sie vor Kurzem ihrem Papa abgetrotzt hatte.

Seit sie sich im Mai voneinander verabschiedet hatten, hatte Matthias ihr dreimal geschrieben – zwei Karten und einen Brief. Die erste Karte kam noch von daheim, sie zeigte Osnabrück und war in den ersten Julitagen abgeschickt worden. Die Worte waren knapp: *Liebe Leni, nun geht es morgen los. Bin bedrückt, was Sarajevo mit uns macht, hoffentlich kein Krieg. Bleib gesund, adieu! Dein Matthias.*

Der Brief dann, zwei Wochen später schon aus Berlin. Er schwärmte von der Hauptstadt, von den Kinos, den Menschen dort. Von seiner Arbeit in einer Fabrik schrieb er wenig *(anstrengend wie befürchtet, das Geld aber reicht grad so fürs Leben*). Viel Raum nahm aber seine Analyse der Ereignisse ein, die sich seit Ende Juni auf der internationalen Bühne abspielten. Leni verstand nur die Hälfte von dem, was er da schrieb; Politik hatte sie noch nie sonderlich interessiert. Aber sie begann nach diesem Brief, die tägliche Zeitung zu lesen. Weil sie Matthias verstehen wollte. Wissen, was ihn bewegte. Und weil sie keine Antworten schreiben wollte wie: »Davon verstehe ich nichts, aber hier auf dem Land merkt man noch nichts von Kriegsangst oder der Begeisterung, die in Berlin offenbar um sich greift.«

Seine letzte Karte. Die Siegessäule auf der Vorderseite, hintendrauf nur wenige Worte. *Liebe Leni, ich habe Angst, dass ein großer Krieg kommt. Angst, dass sie mich einziehen, im Oktober werde ich 18.*

Da hatte sie begriffen, wie nah ihr der Krieg kam. Dass er auch ihre beiden Brüder treffen konnte, den einen früher, den anderen in ein, zwei Jahren dann auch, vielleicht sogar den Vater. Doch dieser hatte ja als Gutsherr auch die Versorgung der Bevölkerung mit Lebensmitteln zu verantworten. Brauchte es da nicht jemanden, der sein Gut bewirtschaftete?

Würde es sich anders anfühlen, wenn Matthias im Krieg war und nicht in Berlin?

Ganz bestimmt.

Sie setzte sich an ihren kleinen Schreibtisch, zog die Briefmappe unter der Tischplatte hervor und legte ihren Füllfederhalter bereit. Ein Blatt Papier. Ein Umschlag. Um das Porto konnte sie ihre Mutter später bitten, die den Brief dann zu der täglichen Post legte, die der Briefträger morgens mitnahm.

Sie starrte auf den weißen Briefbogen und wusste nicht, was sie schreiben sollte.

Lieber Matthias, schrieb sie dann. *Nun gibt es also Krieg. Hast du Angst davor? Ich konnte mir das bisher nur schwer vorstellen, doch mit jedem Tag stehen andere Schrecknisse in der Tageszeitung. Ich begreife, wie wenig ich weiß. Aber ich spüre dieses klamme Gefühl. Das hat keinen Namen, umfasst aber alle, die mir lieb sind. Also auch dich.*

Sie machte eine Pause. Ihr Herz klopfte. Aber da stand es nun, und sie würde den Brief kein zweites Mal beginnen. Sie wollte, dass Matthias es wusste, bevor er in den Krieg ziehen musste. Sie hoffte so sehr, dass es nicht geschah. Dass der Krieg vorbei war, bevor er einberufen wurde.

Ich wünschte, ich könnte dich davor bewahren. Beschützen. Aber das kann ich nicht. So bleibt mir nur, dich um Vorsicht zu bitten, während ich hier auf Nachricht von dir warte.

Adieu, mein liebster … Sie zögerte. *Freund. Ich hoffe, wir hören bald voneinander.*

Deine Freundin Leni.

Rasch gefaltet und zugeklebt, dann die Adresse auf der Vorderseite notiert, die er ihr geschickt hatte. Absender auf die Rückseite, schnell damit in den Postkorb im Arbeitszimmer ihrer Mutter, bevor sie es sich anders überlegte.

Am Nachmittag, als Leni mit Hanni im Salon saß und sie sich gegenseitig die ergreifendsten Stellen in ihren Liebesromanen vorlasen, knallte die Haustür, ihre Mutter rief.

»Kommt her, Kinder, wir müssen reden.«

Sie versammelten sich in der Bibliothek. Mama stand vor dem Kamin. Rudolf war ja nicht da, zum Studium und damit wohl entschuldigt. Sophie, wie immer seit ihrer Verlobung vor einem Monat mit einer kleinen, zarten Handarbeit befasst. Aha, heute also die Monogramme auf den Taschentüchlein. Leni hätte gern über ihre Schwester gelästert, die das alles unbedingt selbst machen wollte, statt es bei einem Weißwäschegeschäft in Bielefeld zu bestellen. Lisabeth mit fleckiger Schürze, weil sie in der Küche aushalf. Hanni und Leni mit ihren Büchern vor der Brust, der kleine Carl krabbelte über den Boden zu seiner Mama. Fritz ganz lässig etwas abseits von seinen Schwestern in einem Sessel, er inspizierte lieber den Dreck unter den Fingernägeln, statt aufmerksam die Frau Mama anzusehen.

»Kinder, es ist Krieg.« Sie ignorierte den Jüngsten. »Deutschland wird mobil machen, und dann dauert es nicht lange, bis wir gegen den Franzosen kämpfen. Es gibt daher ein paar Dinge, die ich von Stund an in diesem Haus nicht mehr dulden werde. Begriffe, die ich nicht mehr hören will.«

Streng. Ein anderes Wort fiel Leni nicht ein. Nichts Liebevolles war in Stimme und Haltung ihrer Mama.

»Ihr nennt mich nun Mutter. Mutti allenfalls, aber nie mehr *Mama*. Das gehört sich nicht. Ebenso ist es mit allem anderen, das französisch klingt. Wir sagen nicht mehr Adieu, sondern Auf Wiedersehen.«

Sie wandte sich mit ernster Miene an Sophie. »Ich fürchte, wenn es zum Krieg kommt, wird deine Hochzeit entweder rascher gefeiert werden oder sie wird auf unbestimmte Zeit verschoben.«

Sophie, die Zarteste von ihnen, mit hellblonden Haaren und farblosen Wimpern auch die Lichte, wurde blass. »Aber Mam…« Sie verstummte.

»Ich werde mich mit der Familie deines Verlobten ins Benehmen setzen. Wenn er einberufen wird, wollen wir euch zumindest noch ein Wochenende in Berlin oder München als gemeinsame Zeit nach der Vermählung schenken.«

Sophie nickte, doch in ihren Augen schwammen Tränen.

»Wir alle müssen uns umstellen«, fuhr die Mutter fort. »Auf jeden einzelnen Deutschen kommt in diesem Krieg eine große Aufgabe zu. Wir werden für die Soldaten stricken und nähen, soweit unsere Zeit es zulässt.« Ihr Blick blieb an dem Buch in Lenis Schoß hängen. »Jede von uns kann einen Beitrag leisten. Die Zeit des Müßiggangs ist vorbei.«

Jede.

Sonst schloss ihre Mutter Leni oft aus. Vieles sei für sie zu anstrengend, zu ermüdend, würde ihr zu viel abverlangen. Aber nein; hier durfte auch Leni sich einbringen. Obwohl Leni stricken hasste wie sonst kaum etwas, fühlte sie eine ungekannte Euphorie. Ich gehöre dazu, dachte sie. Es war ein völlig neues Gefühl.

Zunächst aber mussten Sophies Tränen getrocknet und der kleine Carl von der Sofalehne gepflückt werden. Dieses Brüderchen war ein Sonnenschein, er schaffte es sogar, dass Leni an ihren dunkelsten Tagen lächeln musste.

Gegen den Franzosen kämpfen. Das waren die Worte ihrer Mutter. Aber wie musste man sich »den Franzosen« vorstellen? So wie ihre Mutter ihn skizzierte? Eine finstere Gestalt, die kleine Kinder raubte und die Männer über den Haufen schoss. Der Gegner im Krieg, vermutlich ebenso wie »der Russe«. Leni runzelte die Stirn. Frankreich im Westen, Russland im Osten – das hieße zwei Kriege führen, nicht wahr?

Ein Krieg war schon kaum vorstellbar, aber zwei? Wie sollte das gehen?

»So, und nun könnt ihr euch direkt ans Werk machen. Wenn ich euch in der Fabrik brauche, sage ich Bescheid. Bis dahin könnt ihr Strümpfe und Handschuhe stricken, die Wolle besorge ich uns.« Ihre Mutter wirkte gelöst, beinahe fröhlich. Sie hob ihren Jüngsten hoch, kitzelte ihn am Bauch und verließ dann mit dem kleinen Jungen auf dem Arm den Raum. Zurück blieben ihre vier Töchter und der mittlere Sohn, alle in Gedanken mit ihrem eigenen Kummer beschäftigt. Sophie war bestimmt voller Sorge um ihren Verlobten. Lisabeth wischte sich die Hände an der Schürze ab. »So«, sagte sie. »Dann geh ich wohl mal wieder in die Küche und wecke Bohnen ein. Wenn eine von uns später im Garten hilft, wäre das gut. Vorratshaltung wird nun wichtiger denn je.«

Ach, was sie nun wieder alles wusste. Und Hanni, sie war ein bisschen betrübt, dass die Mußestunden nun vorbei waren und der Handarbeit weichen sollten. Leni hingegen war es im Grunde egal, ob die Lektüre von Liebesromanen oder das Stricken von Socken und Stulpen sie von der Medizin abhielten.

Fritz erhob sich lässig, es war für den Sechzehnjährigen natürlich unter seiner Würde, sich mit den Schwestern über Handarbeit zu unterhalten.

»Wo gehst du hin?«, rief Leni ihm nach.

Er lachte. »Na, was denkst du denn? In den Stall, mein Pferd satteln. Wenn's Krieg gibt, reiten wir den Franzosen über den Haufen und sind im Handumdrehen wieder daheim.«

Ihr fiel etwas ein, und sie erhob sich leichtfüßig. Das wäre doch eine Idee!

Sie lief ihrer Mutter in das Arbeitszimmer nach, das an die Bibliothek grenzte. »Mam... Mutter?«, rief sie.

Regine Wittmann saß am Schreibtisch. Der kleine Carl auf dem Teppich neben ihr, er spielte mit einem Stück Zeitung, das sie ihm gegeben hatte.

»Ja, Leni?« Sie blickte von dem Brief auf, den sie schrieb. Bestimmt die Bestellung der Wolle.

»Kann ich mich auch anderweitig nützlich machen? Ich dachte an Scharpie zupfen oder in einem Lazarett aushelfen, denn du weißt ja, ich stricke so schlecht.«

»Ach, Leni.« Ihre Mutter legte den Füller vor sich ab. Sie seufzte, blickte aus dem Fenster. Draußen hing ein Flirren in der Luft, das vom Sommer, der Hitze, dem Staub von den Feldern, wo seit Tagen der Roggen geschnitten wurde, zeugte. »Muss ich denn für dich immer eine Extrawurst braten? Reicht es dir nicht, mit deinen Schwestern zusammen zu sein in dieser besonderen Zeit? Ihr werdet bestimmt viel Spaß haben.«

Eine Extrawurst? Als ob ... Nie war sie Teil dieser Familie gewesen, nie war sie hier, selbst Weihnachten hatte sie ein Jahr im Krankenhaus verbringen müssen, weil sich eine Operationsnaht entzündet hatte und sie so hoch fieberte, dass die Ärzte um ihr Leben gebangt hatten.

Ihre Mutter sprach weiter, schien gar nicht zu bemerken, wie sehr ihre Worte Leni verletzten. »Du kannst nicht erwarten, dass wir wegen deines Klumpfußes ständig Rücksicht auf dich nehmen.«

»Das will ich doch gar nicht«, murmelte Leni. »Ich dachte nur, Scharpie könnte auch nützlich sein.«

Ihre Mutter atmete tief durch. Sie musterte ihre Tochter, und Leni hatte das Gefühl, als würde ihre Mutter sie zum ersten Mal wirklich *sehen*.

»Also gut«, sagte sie schließlich. »Ich werde sehen, was sich machen lässt. Bis dahin strickst du mit den anderen. Morgens geht ihr zur Schule und macht eure Aufgaben. Dort könnte sich auch einiges ändern, falls einer der Lehrer eingezogen wird. Nachmittags wird gestrickt.«

»Gut, Mutter.«

Leni drehte sich um und verließ das Arbeitszimmer, denn das Gespräch war beendet.

Sie hatte wenig Hoffnung, dass ihre Bitte für die Mutter Priorität haben würde. Es gab genug anderes zu tun. Auch Wichtigeres, ja sicher. Aber Leni sehnte sich so sehr danach, von ihrer Mutter endlich als das gesehen zu werden, was sie war. Kein Mädchen, das in der Handarbeit Zufriedenheit fand, sondern eine an allen medizinischen Belangen interessierte Jugendliche. Wäre sie in einem Lazarett dann nicht besser aufgehoben als im Salon beim Strümpfestricken?

Es wäre dumm von ihr zu denken, dass ihre Mutter sie irgendwann so wahrnehmen würde wie ihre anderen Töchter. Ohne ständig den Klumpfuß in die eine oder andere Richtung bei ihrer Argumentation zu benutzen. Sie hatte keinen Zweifel: Hätte Sophie diesen Wunsch geäußert, hätte ihre Mutter sofort zugestimmt. Auch Hanni hätte sie zumindest angehört, obwohl sie jünger war.

Leni war mehr als ihr Fuß. Aber das begriff niemand. Immer hieß es »Du kannst das nicht wegen deinem Fuß« oder »Wir können doch nicht immer wieder für dich eine Ausnahme machen, nur weil du versehrt bist«.

Leni war müde. Sie wusste, sie war das Kind, ihre Eltern bestimmten über ihr Leben, so war die Ordnung. Wenn eines ihrer älteren Geschwister dagegen aufbegehrte, hatten ihre Eltern es stets auf den Weg zurückgeholt, den sie für es vorgesehen hatten.

Aber wie dieser Weg für Leni aussehen sollte – das hatte ihr bisher keiner verraten.

September 1928

Am dritten Tag saß endlich jemand im Wartebereich der kleinen Dorfpraxis, als Leni sich gerade einen Tee kochen wollte. Diese Besucherin war so lautlos gekommen, dass Leni sie nicht gehört hatte.

Hanni hatte die Hände im Schoß gefaltet, das Hütchen saß keck auf ihrem Kopf und sie musterte Leni prüfend.

»Dachte schon, du kommst gar nicht mehr«, sagte sie tadelnd.

»Du hättest auch einfach klopfen können, die Tür stand ja offen.« Leni zeigte auf ihr Behandlungszimmer.

»Nun bist du ja da. Darf ich eintreten?«

»Ja, natürlich.«

Sie ging voran. Hanni folgte ihr etwas langsamer. Ihr Blick ging hin und her, in alle Ecken. Prüfend und neugierig. Verständlich. Wahrscheinlich hatte Mutter sie geschickt, damit Hanni ihr berichtete, wie es um die Praxis stand.

»Wie geht es euch drüben auf dem Gut?«, erkundigte Leni sich. Sie blieb hinter dem Schreibtisch stehen und wartete, bis Hanni sich setzte. Die trat zuerst ans Fenster, befingerte die Gardinen aus Musselin, fuhr über das Leder der Behandlungsliege und sank endlich auf einen der Stühle vor dem Tisch.

»Gut geht es uns. Nur Mutter fühlt sich krank.«

Sofort war Leni alarmiert. Dass ihre Mutter krank war, kam vor, aber dass sie darüber klagte und sich sogar »krank fühlte«, das war neu. Außerdem dachte sie an die Herzschwäche, die sich bei ihrem letzten Gespräch angedeutet hatte.

»Was hat sie denn? Soll ich mal vorbeikommen und sie untersuchen?«, bot Leni sofort an.

»Ach, du weißt doch, wie sie ist.« Hanni machte eine wegwerfende Handbewegung. »Die Galle zwickt sie immer mal wieder, und in den letzten Wochen wurde es wohl schlimmer.«

»Wenn sie die Galle zwickt, ärgert sie sich nur wieder über eine von uns. Wer ist es diesmal?«

»Na, du natürlich.«

Leni verdrehte die Augen und setzte sich hin.

»Du bist einfach gegangen. Das hat ihr nicht gefallen. Aber sie dachte wohl, du würdest schon zurückkommen, wenn es dir zu viel wird mit einem Kind und ohne Unterstützung. Wo ist sie eigentlich?«

Unsere Mutter weiß nicht, was ich in Berlin alles ganz ohne Hilfe geschafft habe, dachte Leni.

»Marie? Sie spielt im Garten.«

»Geht es ihr gut?«

»Sie vermisst ihre Spielkameraden aus Berlin. Aber ich bin ja da.«

Hanni nickte. »Wann geht sie zur Schule?«

»Kommendes Jahr wollte ich sie hinschicken. Aber darüber haben wir doch schon gesprochen. Willst du nicht erzählen, weshalb du wirklich hier bist? Geht es um Mutter?«

»Nun, natürlich geht es um Mutter.« Wenn man es genau nahm, ging es immer um sie, dachte Leni. »Sie wartete auf deine Heimkehr. Als du dir dann fremde Hilfe geholt hast, und ausgerechnet Meyers Peter, da hat sie sich drei Tage ins Bett gelegt und wollte keinen sehen.«

»Was soll das denn heißen?«, wollte Leni wissen. »Meyers Peter ist doch so gut wie jeder andere auch.«

Hanni schüttelte langsam den Kopf. »Da sieht man's mal, du weißt einfach nichts darüber, was in den letzten Jahren im Dorf geschehen ist.«

»Wie denn auch? Ich war in Berlin von allem abgeschnitten.« Die wöchentlichen Bulletins ihrer Mutter hatten *darüber* jedenfalls kein Wort enthalten.

»Ja, aber warum bist du nicht zurückgekommen? Als du das Kind bekommen hast?«

Leni schwieg. Sie wollte darüber nicht sprechen, aus mehreren Gründen. Ihre Mutter hatte immer eine klare Linie vertreten. Wer vom vorgezeichneten Weg abwich – den Lenis Mutter bestimmte, natürlich! – durfte auch nicht erwarten, dass es von daheim noch irgendwelche Unterstützung gab.

»Du willst es mir also nicht sagen. Wirklich, Leni. Ich hätte gern Verständnis für dich, aber du bist in dieser Sache so verbohrt wie Mama.«

»Wenn die Galle sie zwickt, sollte sie lieber weniger fettig essen, statt zu denken, dass sie sich über uns aufregt«, bemerkte Leni.

»Ja, du weißt natürlich wieder alles besser.« Hanni biss sich auf die Unterlippe. Sie war mit ihren fünfundzwanzig Jahren fast schon ein bisschen altjüngferlich, die Falten neben Mund und Nase waren wie Einkerbungen und auf der Nase selbst waren kleine, geplatzte Äderchen. Leni zog daraus ihre Schlüsse. Vermutlich »zwickte« bei ihrer Schwester gelegentlich die Leber, weil sie es mit dem abendlichen Likör übertrieb. Konnte sie sonst nicht schlafen? So jung und schon so müde vom Leben.

Sind wir das nicht alle?, dachte Leni. Erst waren wir müde vom Krieg, dann vom Hunger, und als wäre das nicht schlimm genug, war es dann die Müdigkeit darüber, sich in unsicheren Zeiten durchzuboxen.

»Jedenfalls meint sie, jetzt sei es langsam mal genug und du sollst nach Hause kommen.«

»Deshalb hat sie dich geschickt.«

Hanni machte eine unwirsche Handbewegung. »Ist doch egal, ob sie selbst kommt oder mich schickt.«

Leni starrte auf den Rezeptblock, der unbeschrieben vor ihr auf dem Schreibtisch lag.

»Sorgt sie dafür, dass keiner zu mir kommt?«, erkundigte sie sich. »Sagt sie den Leuten, sie dürfen nicht zu mir in die Praxis kommen?«

Hanni seufzte. Sie drehte sich um und sah aus dem Fenster, wich bewusst Lenis fragendem Blick aus.

»Du weißt, wie sie ist. Sie hat ihre Methoden«, sagte sie schließlich leise.

»Darum frage ich. Die Praxis ist seit drei Tagen offen, bisher war keiner da außer dem alten Meyer. Und der nur sehr widerwillig.«

»Was hat denn der alte Meyer?«

Leni schüttelte den Kopf. »Darf ich nicht sagen.«

»Ach, dann behalt's für dich. Geht mich ja auch nichts an.«

»Genau.« Dann fiel Leni etwas ein. »Weißt du was über die Schwiegertochter vom alten Meyer?«

»Teresa? Was soll mit ihr sein?«

»Weiß nicht. Lässt sie mit sich reden? Als ich hier ankam, habe ich die kleinen Kinder auf der Straße gesehen. Nicht älter als Marie.«

»Wir haben mit denen nicht viel zu tun. Du weißt, wie sie sind.«

Leni wusste vor allem, wie ihre eigene Familie sein konnte. Aber das sagte sie nicht.

»Die Kleine macht mir Sorgen. Sie wirkte auf mich rachitisch. Darum wollte ich mit der Familie reden.«

»Na dann, viel Glück. Die werden sicher genauso zugänglich sein wie alle anderen Familien im Dorf.«

Also gar nicht.

Leni hatte genug davon. Sie stand auf. »Schön, dass du hier warst.«

Hanni erhob sich ebenfalls. Sie strich über ihren hübschen, jägergrünen Rock. »Ich würde gern auch weiterhin kommen. Als Schwester.«

»Und nicht mehr im Auftrag unserer Mutter?« Leni lächelte traurig.

»Ich bewundere dich«, sagte Hanni unvermittelt. »Dass du einfach weitermachst, ohne dich beirren zu lassen. Du hast unser Zuhause hinter dir gelassen, als ob es dir nichts bedeuten würde.«

»Natürlich bedeutet es mir etwas«, sagte Leni. Sie atmete tief durch. »Denkt Mama das? Dass ihr mir nicht wichtig seid?«

»Sie denkt wohl, du hättest damals eine andere Familie gefunden.«

Leni dachte an Matthias, und auch an seine Mutter. An die Kriegsjahre, in denen sie Anne so nah gewesen war. Die letzten Kriegsmonate. Die allerletzten Kriegstage. Das alles. Jene Zeit, in der sie sich ganz auf sich allein gestellt fühlte. Als die Einsamkeit in ihr die Erkenntnis hatte reifen lassen, dass es niemanden gab, auf den sie sich verlassen konnte. Nur sich selbst.

Und daran hatte sich bis zum heutigen Tage nichts geändert.

»Vielleicht musste ich mir eine andere Familie suchen, um mein Überleben zu sichern. Immer wieder.«

Hanni lächelte traurig. »Du weißt, dass wir das anders sehen. Wir waren immer für dich da. Auch wenn du das lahme Entlein warst.« Sie nickte zu Lenis Gehstock, der am Schreibtisch lehnte.

»Siehst du«, sagte Leni. »Und das war das Problem. Es ging immer nur um diesen vermaledeiten Fuß, nie ging es um mich.«

Sie stand auf und ging zur Tür. Für sie war dieses Gespräch beendet.

Hanni folgte ihr. Als sie in den Flur traten, saß Marie auf einem Stuhl und ließ die Beine baumeln.

»Du kannst Marie gern mal zu uns schicken, damit sie mit der kleinen Sophie spielt.«

Leni erstarrte für einen Moment. Dann nickte sie. »Darüber denke ich mal nach, ja.«

Sie winkte Hanni nach, als ihre Schwester ging. Marie schob

sich neben sie, und Leni legte den anderen Arm um den kleinen, schmalen Körper.

Nein, dachte Leni. Ich werde Marie nicht zu euch schicken, solange ich es irgendwie alleine schaffe.

Und sie schaffte es doch alleine, oder nicht?

November 1914

Leni hörte die Stimmen im Erdgeschoss, vor allem die laute ihrer Mutter.

»Helene!«

Sie blieb liegen. Wenn Mama – nein, Mutter, so sollten sie sie ja nun nennen – unbedingt mit ihr reden wollte, konnte sie herkommen. Alle wussten, dass Leni sich in ihr Zimmer zurückgezogen hatte, seit am frühen Morgen die Post gekommen war.

Es lag nicht an der Postkarte ihrer Cousine Charlotte, die aus Bielefeld schrieb, wo es ihrer Familie wohlerging. Oder an der Tageszeitung, die wieder Berichte von der Front brachte. Schließlich stellte ihr Vater jeden Morgen fest, dass sich nichts getan hatte, seit Wochen brummte er deswegen in seinen Kaffee.

Der Stein des Anstoßes lag vor ihr auf dem Bett. Ein Brief. Nur eine magere Seite, wo sonst gern vier oder fünf kamen, weil Matthias in seinem Enthusiasmus nicht vermochte, sich kurzzufassen.

Diesmal aber irrten nur wenige Buchstaben über die Seite. Man sah, wie er mehrmals den Brief neu aufgenommen hatte, der Schluss war sogar mit Bleistift verfasst.

Liebe Leni, was soll ich sagen? Gerade mal achtzehn, und schon fällt dem Deutschen Reich ein, dass es mich ja gibt, als sie in ihren Büchern nach neuem Kanonenfutter forschten. Ich gehe also in eine verkürzte Grundausbildung, und in sechs Wochen setzt sich unsere Kompanie in Marsch. Nach Osten, nach Westen? Egal, gemordet wird auf allen Seiten.

Wünsch mir Glück, Leni. Ich werde schreiben, weiß aber nicht, ob das, was ich zu sagen habe, gegen die Zensur durchkommt.

Leni, ich vermisse dich. Ich hoffe, ich höre weiterhin von dir, deiner Familie. Schreib mir! Schreib gegen den Wahnsinn an. Sobald ich meinen neuen Standort erfahre, schicke ich dir die Adresse für die Feldpost. Und noch eine Bitte habe ich, zu groß fast, um sie an dich zu richten, aber – könntest du mit meiner Mutter Kontakt halten? Sie sitzt in ihrer winzigen Wohnung in Osnabrück, und ich fürchte, sie wird krank vor Sorge um mich. Sie liest so gern, hast du Bücher, die du mit ihr tauschen kannst? So wie ich dir einst nächtens Bücher brachte?

Für immer der Deine

Matthias

Für immer der Deine. Das hatte er geschrieben. Leni spürte, das war nicht nur der drohende Krieg, der ihn das schreiben ließ. Es war nicht das Spiel eines Achtzehnjährigen, der einem Backfisch etwas vorgaukelte. Dafür war das hier viel zu ernst.

Obwohl ihr Herz doch jubeln müsste – denn sie war die Seine, schon immer gewesen! –, wurde ihr nur die unendliche Macht des Krieges bewusst, der an ihrer Lebenswelt zerrte. Erst holte der Krieg sich ihren älteren Bruder, nun auch Matthias. Bald sicher auch Sophies Ehemann, obwohl Lenis Mutter versuchte, Oskar Billstedt als wichtige Arbeitskraft in ihrer Wurstfabrik zu deklarieren. Und Fritz, der in seinem Enthusiasmus kaum zu bremsen war, hatte sich nur widerwillig im August wieder zur Schule begeben.

Warum konnte ihre Mutter denn nicht auch Matthias helfen?

Weil Matthias Schuhe fertigte, keine Wurst. Er war kein Rechenkünstler, den sie im Kontor einsetzen konnte. Oskar hatte bei seiner Familie im Bremer Teekontor gearbeitet, er war ein schlauer Kopf, und bis man merkte, dass er im Grunde nur die Arbeit übernahm, die sonst Lenis Mutter in den Abendstunden erledigte, mochte es noch etwas dauern. Und spätestens dann müsste er vermutlich ohnehin fort.

Nun ja, dachte Leni. Hieß es nicht, bis Weihnachten sei der

Krieg vorbei? So stand es fast täglich in der Zeitung, als würde es wahr, wenn es nur oft genug gedruckt wurde. Eine merkwürdige Art von Optimismus, das begriff sie langsam. Eine Durchhalteparole.

Krieg, das war so abstrakt. Auch wenn sie wusste, dass ihr Bruder »im Feld stand«, begriff sie nicht, was das wirklich bedeutete. Standen die Soldaten auf einer Wiese und warteten, bis ein Franzose vorbeikam, auf den sie schießen konnten? Sicher nicht. Aus dem Unterricht wusste sie wenig über die Kriege vergangener Zeiten; das wäre Stoff, der ihr erst auf dem Gymnasium begegnet wäre, im Geschichtsunterricht oder wenn sie Latein lernte und alte Texte übertrug.

Sie können sterben oder zumindest schwer verletzt werden, hatte Mutter ihr erklärt. Sterben, das war auch so schwer zu greifen. Natürlich starben Menschen, das gehörte zum Leben dazu, aber bisher hatte Leni das unschätzbare Glück gehabt, dass keiner aus ihrer Familie von ihnen gegangen war. Während ihre Schulkameradinnen ein Geschwisterchen oder einen Großvater verloren, manchmal auch ein Knecht umkam, weil er ins Mähmesser griff und verblutete, erfreuten sich ihre Großeltern in Bremen bester Gesundheit. Die Eltern ihres Vaters wohnten – genauso wie Lisabeth und Fritz – in Bielefeld bei Lenis Onkel, der Kontakt beschränkte sich aktuell auf Briefe. Auch ihnen ging es wohl gut.

Ihre Welt war kleiner geworden, seit der Krieg ausgebrochen war.

»Leni, kommst du? Wir wollen handarbeiten!« Der Ruf ihrer Mutter schallte durchs Haus. Leni seufzte. Sie rollte sich vom Bett, zog die Zigarrenkiste hervor und verstaute Matthias' letzten Brief darin. Dann stand sie auf, strich über ihren Rock – Mutter schimpfte, wenn er zerknittert war – und nahm den Korb mit der halben Socke, an der sie eher lustlos seit zwei Nachmittagen gestrickt hatte.

An der Tür hielt sie inne.

Sie könnte dieses Paar Strümpfe für Matthias stricken und es ihm per Post schicken, zusammen mit einer Dose Wurst und ein paar anderen Leckereien vom Gutshof. Das fiele doch sicher in die von ihrer Mutter angedachte Unterstützung der Soldaten an der Front?

Ihr war etwas leichter ums Herz, als sie die Treppe hinabstieg und sich zu Hanni gesellte, die im Salon auf dem Sofa hockte und stumm die Maschen auf den Nadeln zählte. Ihre Schwester runzelte die Stirn, vermutlich war ihr im Eifer des Strickens wieder eine Masche von der Nadel gefallen.

Leni kramte ihr Strickzeug aus dem Körbchen, sie wickelte den Faden um den Finger und begann leise summend zu stricken. Heute störte es sie nicht, den ganzen Nachmittag mit Wolle und Nadeln zu vertrödeln.

Als ihre Mutter wenig später in den Salon kam, stellte sie zu ihrer Zufriedenheit fest, dass ihre beiden jüngsten Töchter einträchtig beisammensaßen und arbeiteten. Kein Meckern und Jammern von Leni. Und Hanni bekam Lenis Ruhe auch zu spüren, denn sie half der Jüngeren, als ihr wieder eine Masche davonlief.

Sie hatte nicht vergessen, was mit Matthias passiert war. Wie groß die Gefahr war, in der er nun Tag für Tag schwebte. Aber sie begriff, dass sie nicht viel tun konnte, um ihn zu schützen. Warme Socken und Handschuhe waren das Einzige, womit sie ihn unterstützen konnte.

Und die sollte er bekommen.

Leni merkte an diesem Nachmittag: Sie gehörte dazu. Weil sie bereit war, dazuzugehören. Weil sie einfach machte.

Manchmal konnte es so einfach sein.

September 1928

Die zweite Woche ohne Patienten ging zu Ende. Der alte Meyer kam noch zweimal zum Verbandswechsel, danach konnte Leni ihn vorerst als geheilt entlassen. Nicht ohne ihn eindringlich zu ermahnen, er müsse auf jeden Fall täglich seine Füße untersuchen, damit es nicht zu einer erneuten Entzündung kam.

Sie ahnte schon, dass er in einigen Monaten wieder vor ihr stehen würde, dann eben mit einer anderen verschleppten Verletzung. Oder seine Zuckerkrankheit hatte sich bis dahin so verschlechtert, dass sie ihn nur noch ins Krankenhaus in Versmold verweisen konnte, wo man ihm dann den Fuß amputieren musste.

Es war nicht hinnehmbar für sie, wenn das geschah. Sie wusste schließlich, wie es war, wenn man einen Fuß kaum benutzen konnte. Und vielleicht war das auch die Ausrede, die Leni brauchte, als sie sich an diesem kühlen Septembermorgen auf das klapprige Fahrrad schwang, das sie hinten im Schuppen des Arzthauses gefunden hatte. Marie setzte sie auf den Gepäckträger, dann radelte sie los. Es ging erst noch etwas wacklig voran, vor allem weil ihr linker Fuß schwächer war als der rechte. Aber deshalb hatte sie heute früh die Schiene angelegt, die sie im Alltag fast nie trug.

»Mama, tut der Fuß weh?«, hatte Marie gefragt, als Leni die Schnallen schloss.

»Nein, mein Schatz. Ich mache das nur, damit ich mehr Kraft im Fuß habe.«

Verdammt. Ihr kleines Mädchen war eine gute Beobachterin. Zu gut, wenn sie es recht bedachte; denn eigentlich wollte sie alles Unglück, jeden Schmerz von Marie fernhalten. Dass ihr das nicht immer möglich sein würde, wusste sie natürlich. Aber eine Fünfjährige sollte sich keine Gedanken darum machen müssen, ob ihre Mama Schmerzen hatte.

Und es war nicht mal gelogen. Der linke Fuß schmerzte die meiste Zeit nicht. Nur bei Wetterumschwüngen hatte sie Narbenschmerzen, und wenn sie viel lief oder lange auf den Beinen war, merkte sie das abends im Fußgelenk, das ohnehin schon mehr beansprucht wurde, weil der Fuß die Tortur der Operationen und Streckapparaturen offenbar noch ganz gut in Erinnerung hatte. Sie vermied daher alles, was ihr Schmerzen bereiten konnte. Darum auch das Fahrrad – der Weg raus zum Meyerhof und zurück wäre als Spaziergang selbst an einem guten Tag zu weit.

Als sie zehn Minuten später auf den Hof fuhr und eine Schar Gänse aufstöberte, die schnatternd in alle Richtungen davonflog, lachte ihr kleines Mädchen schon wieder. Und Leni lächelte auch.

Der Meyerhof war der größte der Gegend; größer war nur der Gutshof von Lenis Eltern. Neben dem Haupthaus, den Ställen und Scheunen gab es etwas abseits auch ein kleines Fachwerkhaus mit einem Gemüsegarten davor. Der Altensitz, in den sich der alte Meyer mit seiner Frau zurückgezogen hatte, als Hans heiratete und seine Braut zu ihm zog.

Unter den Stockrosen stand vor dem Fenster eine Bank. Auf dieser saß der alte Meyer, den Fuß hochgelagert auf einem umgedrehten Eimer.

Leni sprang vom Fahrrad.

»Na, so lässt's sich aushalten«, rief sie.

»Muss«, erwiderte er.

Gewohnt maulfaul, so kannte sie ihn. Leni hob Marie vom Gepäckträger, die sogleich wieder das machte, was sie immer tat, sobald jemand Fremdes in der Nähe war – sie verbarg ihr Gesicht im langen Rock ihrer Mutter.

»Ich wollte eigentlich mit deiner Schwiegertochter sprechen.«

»Ach. Dachte schon, du kämst wegen dem Peter. Ja nun. Teresa ist drüben in der Milchkammer.« Er zeigte zum Kuhstall. Durch die offene Tür hörte man klappernde Kannen und rauschendes Wasser. »Die Milchmagd ist krank.« Er runzelte die Stirn. »Ist Teresa nicht wohl, dass sie dich einbestellt?«

»Sie hat mich nicht herbestellt. Es geht immer noch um ihre Jüngste.«

»Die Kleine ist mit ihrem Bruder im Schweinestall. Gibt dir keine Ruhe, was? Hab dir schon gesagt, Teresa macht die Dinge auf ihre Art. Muss man nicht mögen, aber sie kümmert sich gut um die Kinder.«

Er richtete sich ein Stück weit auf.

»Mit dem Fuß so weit alles in Ordnung?«, fragte Leni.

»Jaja. Bestens.«

Leni zögerte. »Meinst du, Teresa lässt mal mit sich reden?«

Der alte Meyer wiegte den Kopf. »Mit uns tut sie's nicht, aber eine Ärztin aus der großen Stadt ist vielleicht was anderes.«

Also herrschten doch Spannungen auf dem Hof. Nicht gerade Erfolg versprechend, dachte Leni.

Sie nahm Maries Hand und überquerte den Hof. Vor der Tür zur Milchkammer blieb sie stehen, dann klopfte sie gegen das grün gestrichene Holz. Der Lärm im Innern verstummte.

Teresa Meyer zu Bentdorf war eine junge Frau, schmal und klein. Schwer vorstellbar, wie sie die Milchkannen in den Spülstein wuchtete. Sie musterte Leni, kniff die Augen zusammen.

»Morgen«, sagte sie. »Was gibt's?«

Leni versuchte sich an einem möglichst gewinnenden Lächeln. »Ich bin die neue Dorfärztin. Wollte mich mal vorstellen.« Sie streckte die Hand aus. »Leni Wittmann.«

»Weiß ich wohl. Die Spatzen haben kein anderes Thema gerade.« Sie blickte an Leni vorbei und entdeckte hinter ihr Marie. Sofort wurde ihre Miene weicher, verlor das Mürrische, Abweisende. »Na, und du begleitest deine Mutti wohl überall mit hin?«

Leni spürte Maries Nicken.

»Also, was gibt's? Sie stromern ja nicht umsonst auf den Höfen herum, kann mir schon denken, was Sie wollen. Und ich sag's Ihnen gleich – daraus wird nichts. Zu uns kommt die alte Alma, wenn's so weit ist, das hat sie schon bei den letzten beiden Geburten gemacht, war immer zufrieden mit ihrer Arbeit.«

Dabei streckte sie sich ein wenig. Man konnte es unter den dunklen Röcken nicht sofort erkennen – aber Leni begriff schnell. Die alte Alma war die Hebamme, die wohl so ziemlich jedes Kind im Dorf in den letzten dreißig Jahren auf die Welt geholt hatte. Lenis Mutter hatte sie auch jedes Mal kommen lassen.

»Darum ging's mir auch gar nicht«, beeilte sie sich zu sagen.

»Ach, nicht? Was hat mir der alte Dr. Köster in den Ohren gelegen mit seinem angelesenen Wissen, dass wir lieber ihn holen sollen, weil mein Becken viel zu schmal zum Gebären ist. Hat für die ersten zwei prima gelangt, wird beim dritten auch klappen.«

»Wann ist es denn so weit?«, fragte Leni. Ihr Blick maß abschätzend die leichte Wölbung unter dem Kleid. »Februar?«

»März wohl eher. Ja, mir sieht man's seit dem zweiten schon recht früh an. Dies hier hat's aber besonders eilig mit dem Wachsen.«

»Zwei Kinder haben Sie?«

Teresa nickte.

»Hab vor ein paar Wochen mal die Jüngste gesehen. Zwei Jahre?«

»Im Dezember drei. Was ist mit Britta?«

»Ich habe mich gefragt, ob Sie ihr Lebertran geben.«

Teresa schnaubte. »Lebertran, wozu soll das gut sein?«

»Es verhindert Rachitis«, sagte Leni. »Dazu ist es gut.« Sie trat einen Schritt näher. »Und ich fürchte, Ihre Britta hat rachitische Beine. Das könnte gefährlich werden. Sie kann sich leichter die Knochen brechen oder ihre Gliedmaßen bleiben so krumm. Das wäre für sie ein Leben lang problematisch.«

»Erzählen Sie mir nichts darüber, was für mein Kind ›problematisch‹ ist«, fauchte Teresa. Jetzt war es offenbar mit ihrer Geduld vorbei. Ihr Blick wurde so finster, dass Leni beinahe Angst bekam. »Sie mit Ihrem schlau anstudierten Wissen! Haben doch keine Ahnung, wie das Leben für uns ist. Ich wette, um Ihr Kind hat sich immer jemand gekümmert. Kindermädchen und so, die denken bestimmt an alles, weil sie nicht die Milchmagd ersetzen und beim Pflügen aushelfen müssen.«

Leni musste tief durchatmen, damit sie nichts Falsches sagte. Ihr brannten ein paar bittere Worte auf der Zunge. Aber nicht jetzt. Nicht vor Marie, die sich wieder hinter ihr versteckt hatte. Sie spürte die Kinderhände in ihrem Rock.

»Ich bin hier aufgewachsen. Ich weiß, wie das Leben ist. Wie hart man schuften muss. Wir mussten früher alle bei meiner Mutter in der Wurstfabrik mit anpacken, bis sie zumachen musste im Krieg. Und ich möchte mir Britta nur mal ansehen. Es ist noch nicht zu spät, sie nimmt einfach ihren Lebertran, dann kommt das schon in Ordnung.«

»Ach was!« Teresa stemmte beide Hände in die Hüften. »Geschuftet? Ihr seid doch mit dem goldenen Löffel im Schnabel groß geworden, drüben auf dem Gutshof. Mit euren fetten Wurstpaketen und den fruchtbaren Böden. Ihr habt nicht diesen elenden Sand vor der Haustür, auf dem nicht mal Flachs gut gedeihen will. Ich hab genug über deinesgleichen gehört. Ihr lasst die Arbeiter ackern, zahlt ihnen einen Hungerlohn und sackt die Gewinne ein.« Jetzt war Teresa in Fahrt. »Schickt eure Kinder zur weiterführenden Schule und danach zum Studieren sonst wohin. Als wärt ihr was Besseres.«

Sie hielt inne und wurde ein bisschen rot. Hatte wohl selbst gemerkt, dass sie gerade übers Ziel hinausgeschossen war und Leni einfach geduzt hatte.

»Wir können gern beim Du bleiben«, sagte Leni leise. »Wenn du magst.«

Jetzt war es Teresa, die ordentlich durchschnaufte. »Ich muss was essen«, sagte sie, ging an Leni und Marie vorbei Richtung Haupthaus. »Kommt ihr mit? Es gibt Buttermilch mit Zwieback.«

Das Angebot kam zwar reichlich überraschend – immerhin

hatte Teresa Meyer zu Bentdorf sie gerade noch ziemlich zusammengestaucht –, doch Leni ließ sich nicht zweimal bitten. Sie liebte Buttermilch mit Zwieback, am besten dick mit Zimtzucker bestreut. Marie trippelte hinter ihr über den Hof. Leni blieb stehen und wartete auf ihre Tochter. Sie legte die Hand auf die schmale Schulter. »Alles in Ordnung, mein Schatz?«

Marie nickte tapfer. Selbst wenn nicht alles in Ordnung wäre, würde sie es wohl kaum aussprechen.

Sie folgten Teresa in das dämmrig kühle Gebäude. Auf der Deele lagen Schweine in den Koben und grunzten wohlig. Vorbei an dem speckigen Borstenvieh ging es durch die Tür in die Wohnküche. Teresa stand schon an der Anrichte, sie bröckelte den Zwieback in die Schalen mit Buttermilch. Den Topf mit Zimtzucker stellte sie auf den Tisch, Leni bediente sich daraus und gab Marie etwas mehr von dem braunen, zimtig duftenden Süß. Sie wartete, bis Teresa saß und den ersten Löffel genommen hatte, bevor sie selbst anfing zu essen.

»Guten Appetit«, hörte sie Maries piepsige Stimme.

»Entschuldige, mein Schatz. Dir auch einen guten Appetit.« Leni lächelte ihre Tochter aufmunternd an. Auch Teresa sah Marie wohlwollend an, gerade so, als wäre ein gut erzogenes Kind vielleicht doch ein Hinweis darauf, dass Leni so schlimm nicht sein konnte.

Dabei war Maries gutes Benehmen nichts, von dem Leni glaubte, sie hätte es ihrer kleinen Tochter »beigebracht«. Manche Kinder taten sich wohl einfach leichter damit, wenn man ihnen gewisse Umgangsformen erklärte. Es war auch eine bittersüße Erkenntnis, dass ihr kleines Mädchen sich eher an der Welt der Erwachsenen orientierte und sie nachzuahmen versuchte, statt bei der ersten sich bietenden Gelegenheit mit anderen Kindern in den Güllekump zu springen.

»Jetzt ist's besser.« Teresa hatte ihre Schüssel geleert. Sie stand auf und schaute in die Blechkanne auf dem Herd. »Magst auch einen Muckefuck? Kaffee gibt's grad leider nicht.«

»Gerne.« Leni mochte Muckefuck eh viel lieber. Getreidekaffee mit viel warmer Milch, das war schon in ihrer Jugend das Beste zum Frühstück gewesen.

»Also, die Britta. Die ist gesund, da musst du dir keine Gedanken machen. Sind wir alle hier. Viel an der frischen Luft und so. Nicht wie in der Stadt.«

Leni verkniff sich eine Bemerkung. Sicher wusste Teresa, dass sie die letzten Jahre in Berlin gelebt hatte. Alle Dorfbewohner wussten über sie Bescheid, dafür sorgte schon das Getratsche.

»Jedenfalls – nett, dass du hier warst. Aber wir brauchen keine Ärztin.«

Leni schaute auf ihre Hände. »Dann kann ich wohl bald wieder weg«, sagte sie leise.

»Wieso weg?«

»Wenn keiner in meine Praxis kommt, dann muss ich mir woanders Patienten suchen.« Sie zuckte mit den Schultern. Versuchte noch die Tränen zu verdrängen, die ihr in die Augen stiegen. Dabei sollte Marie sie doch nicht weinen sehen.

Teresa musterte Leni, wie sie dahockte und heulte. Dann stand sie auf, trat an das Küchenbüfett und holte einen Steinkrug und zwei Pintchen heraus.

»Weißt du«, sagte sie und schenkte beide Pintchen bis zum Eichstrich voll, »manchmal gibt's so Tage, da hilft dir nur ein Steinhäger.«

Sie kippte ihren gänzlich unprätentiös, man mochte glauben, sie hätte »so Tage« häufiger. Leni folgte ihrem Beispiel. Der Wacholderschnaps brannte in der Kehle, wärmte den Bauch und vertrieb das Gefühl der Hoffnungslosigkeit auf wundersame Weise.

Sie blieben noch ein wenig und plauderten, doch als die Kinder aus dem Stall kamen und lautstark ihr Mittagessen forderten, verabschiedete Leni sich. Sie hätte gern noch was zu Brittas Beinen gesagt, verkniff es sich aber. Vielleicht beim nächsten Mal. Es war vermutlich besser, wenn sie Teresas Vertrauen schrittweise erwarb.

»Mama? Warum sind wir so allein?«

Kurz vorm Einschlafen. Leni lag neben Marie, die wieder mal nicht zur Ruhe fand und sich hin und her wälzte. Es gab Tage, da störte es Leni gar nicht, da hätte sie stundenlang neben Marie liegen können, in der einen Hand ein Buch, die andere auf dem Rücken ihrer kleinen Tochter, die mit abgewandtem Gesicht auf baldigen Schlaf wartete.

Heute aber wollte sie ihre Ruhe haben. Denn nur in der Einsamkeit konnte sie ungestört weinen.

Leni klappte das Buch zu. »Wir sind doch gar nicht allein.«

Marie setzte sich auf. Das Nachthemd hatte schon Leni früher getragen. Es war an den Armen wieder zu kurz, das Kind war gewachsen. Wo wollte es denn noch hin?

»Aber wir kriegen nie Besuch. Und Omimi hab ich seit Wochen nicht gesehen. Peter kommt auch nicht mehr.«

Leni verstand sie. Ihr war es auch inzwischen zu ruhig.

»Und mein Papa? Wann kommt denn mein Papa zu uns, Mama?«

Jetzt weinte Marie fast. Leni richtete sich auf, sie zog Marie in ihre Arme, wiegte sie hin und her, bis sie sich wieder beruhigt hatte. Flüsterte in ihr Haar. »Scht, bald. Ich verspreche dir, ich suche ihn.«

»Ja, bitte«, schluchzte Marie. »Bitte, Mama. Ich weiß doch gar nichts über ihn. Nur was du erzählst.«

»Möchtest du, dass ich dir mehr von ihm erzähle?«, schlug Leni vor, obwohl sie bereits wieder diesen Kloß im Hals spürte, den sie immer bekam, wenn es um Matthias ging, egal in welchem Zusammenhang. Weil er fehlte. So sehr, als hätte ihr jemand ein Stück vom Herz herausgerissen und es einfach mitgenommen.

Hatte er ja. Irgendwie.

»Ja, bitte. Erzähl mir von Papa.«

Sie kuschelten sich wieder ins Bett, Leni lag auf der Seite, die Beine leicht angezogen, und Marie kuschelte sich eingerollt in diesen Halbmond aus Mamakörper. Leni schloss die Augen, schnupperte. Der Herbst stand vor der Tür, und mit ihm brachten sie andere Gerüche heim. Heute roch das kleine Mädchen nach Fallobst und feuchtem Gras, weil sie nachmittags im Garten gespielt und ihre Puppe mit Grassuppe und gequetschten Äpfeln gefüttert hatte.

»Dein Papa«, begann sie, »hat früher immer eine Taschenlampe bei sich getragen. Nicht, weil er Angst im Dunkeln hatte. Er war der mutigste Junge, den ich kannte.« Sie spürte, wie Marie in ihren Armen ganz weich wurde. Wie die Entspannung sich in ihrem Kinderkörper ausbreitete. »Nachts hat er mich immer im Krankensaal besucht. Ich war damals oft im Krankenhaus, wegen meinem Fuß. Ich wurde operiert und mir war so schrecklich langweilig. Und wann immer er konnte, brachte er mir aus dem Büro des Chefarztes die Anatomiebücher mit, die er aus dem Bücherschrank ›entlieh‹ …«

Schon bald verrieten ihr Maries tiefe Atemzüge, dass ihre Tochter eingeschlafen war. Leni lächelte. Sie erzählte weiter. Vom Aniskuchen am Geburtstag, von Geschenken und Büchern, die er ihr brachte. Es half, wenn sie über Matthias redete. Zwar wurde die Sehnsucht davon schlimmer, aber sie spürte wieder, wer er war, warum sie sich in ihn verliebt hatte und wie sehr sie ihn vermisste.

Das durfte sie niemals vergessen, dachte Leni. Denn sonst würde sie eines Tages vielleicht nicht mehr an den Mann denken, dem sie in mehr als einer Hinsicht ihr Leben verdankte. Und allein diese Vorstellung war noch schwerer ertragbar als all ihre Sehnsüchte.

Dezember 1914

Wie jeden Nachmittag saß Leni nun mit ihren Schwestern im Salon, eine Handarbeit in ihrem Schoß. Die schweren Metallnadeln ließen ihre Handgelenke schmerzen, weil sie viel zu fest strickte. Was sie produzierte, nannte ihre Mutter Brettchen, und schon manches Mal hatte sie alles wieder aufribbeln müssen.

Der graue Feldpostbrief in der Hand ihrer Mutter ließ die Mädchen aufmerken. Das konnte doch nur ein Brief von Bruder Rudolf sein!

Doch Mutter setzte sich nicht wie sonst auf ihren Sessel und las ausgewählte Passagen der Briefe ihres Sohns vor, sondern streckte diesen hier Leni hin. Fast anklagend.

»Da, für dich.«

Leni juchzte. Ein Brief für sie – Matthias hatte ihr endlich geschrieben.

Es war der erste, seit er sich in den Krieg verabschiedet hatte. Ihre Finger zitterten, als sie den Umschlag aufriss. Heraus fiel ein Blatt, eng beschrieben auf beiden Seiten.

Schwarze Balken überzogen die beiden Seiten, machten durch das dünne Papier manches Mal sogar die Rückseite unlesbar.

Die Zensur hatte zugeschlagen.

Leni drehte den Brief ratlos hin und her. Dann begann sie zu lesen. Ihre Mutter saß auf dem Sessel, ließ sie nicht aus den Augen.

Meine liebste Leni, schrieb Matthias, *nun bin ich in* [redacted] *angelangt, direkt an der Front im* [redacted] *des Reichs. Hier wird es nun ernst. Ich hocke in meinem Schützengraben, umklammere das Gewehr und trau mich nicht zu schie-*

ßen, denn der Soldat jenseits der Stacheldrahtrollen ist doch genauso ein Mensch wie ich. Vielleicht teile ich mit ihm mehr als mit denen, die in Berlin das Sagen haben, wer weiß das schon so genau?

Danach wieder eine geschwärzte Passage, aber Leni konnte sich schon denken, was darin stand. Sie kannte Matthias' Meinung zum Krieg, kannte auch seine Meinung zum Kaiser und zum Reich.

»Dein Freund sollte aufpassen, was er schreibt«, bemerkte Mutter von ihrem Sessel, auf dem sie thronte. Sie hatte ebenfalls ein Strickzeug zur Hand genommen, bei dem sie aber seit August nicht über den Schaft der ersten Socke hinausgekommen war. »Immerhin ist nicht der ganze Brief der Zensur zum Opfer gefallen.« Sie lächelte hintergründig.

Leni legte den Brief enttäuscht beiseite. Die zweite Hälfte drehte sich vor allem darum, wie sehr er darunter litt, dass nichts geschah.

Weihnachten zu Hause? Das können wir wohl vergessen, denn unsere Gegner sind wehrhafter, als wir gehofft haben.

Sie hasste diesen Krieg und all seine Einschränkungen. Sie durfte kaum mehr das Haus verlassen, morgens nur zur Schule und sonntags für die Kirche. Alles andere war bis auf Weiteres gestrichen, sogar die Besuche bei Onkel Gerd und Tante Agnes in Bielefeld fanden nicht statt. Lisabeth hatte es gut, dachte Leni. Sie lebte in der Stadt, durfte bestimmt auch weiterhin ins Kino oder mal ins Café Knigge, wenn die Tante sie auf eine Tasse Getreidekaffee und ein Stückchen Kuchen einlud. Aber für Leni lohnte sich ja kein Gymnasium, sie würde doch immer daheimbleiben. Wofür in höhere Bildung investieren bei so einem schwächlichen, kranken Mädchen …

Nur, dass Leni sich nicht krank fühlte. Schwächlich schon gar nicht. Und die Aussicht, ab kommenden Frühjahr nur mit ihrer Mutter und Hanni allein hier zu sein, während Sophie sich entweder hier in Bockhorst oder in Oskars Heimat Bremen voller

Sehnsucht nach ihm verzehrte und jedes Mal melodramatisch seufzte, wenn kein Brief von ihm kam – nein, das ertrug sie nicht. Regine Wittmanns Hoffnung, sie könnte Sophies Mann länger aus dem Krieg heraushalten, war von Oskars Kriegsbegeisterung zunichtegemacht worden. Er hatte sich freiwillig gemeldet, sehr zum Unmut beider Familien und zum Schrecken von Sophie, die nicht verstand, warum er lieber an die Front wollte, statt mit ihr hier draußen zu leben.

Nur Fritz verstand ihn, aber ein kriegsverrückter Sechzehnjähriger war wohl kaum der Richtige, um einzuschätzen, ob es vernünftig war, in diesen Krieg zu ziehen.

Leni merkte, wie die Wut und der Frust über diese Umstände sich wieder in ihr regten. Das Leben sollte nicht so sein. Nicht so, dass sie weggeschlossen war im Gutshaus, auch wenn der Tisch hier noch reichhaltig gedeckt war, was vermutlich in den wenigsten Haushalten der Fall war. Denn inzwischen wurde auch im Dorf immer häufiger die Ernte konfisziert, zuletzt im November die Schweinswürste und Konserven in der Fabrik ihrer Mutter. Sie bekam einen Mindestpreis gezahlt, nicht annähernd das, was sie auf dem freien Markt bekommen hätte. Lenis Mutter hatte einen Anwalt beauftragt zu prüfen, ob diese Konfiszierung rechtmäßig war; sie argwöhnte, dass sich ein paar Offiziere aus der nahen Garnisonsstadt Halle ein wenig was dazuverdienten, indem sie die Wurstkonserven verkauften, anstatt Soldaten an der Front damit zu versorgen.

Derweil hatte Leni das Gefühl, ihr Verstand verkümmere. Keine Theaterbesuche, erst recht kein Ausflug in die große Stadt, und wann sie neue Bücher bekamen, stand in den Sternen. Leni tröstete sich mit den alten Karl-May-Romanen, die inzwischen ganz schiefgelesen waren. Mehr als einmal hatte sie die Einbände schon flicken müssen. Aber diese Geschichten zu lesen, war auch bittersüß – sie spürte dann sofort wieder diese nagende Sehnsucht nach Matthias, die von seinem Brief nun zusätzlich befeuert wurde.

»Leni? Willst du ein wenig vorlesen?«

Mutter klang eindeutig genervt. Sie hatte wieder den kleinen Carl auf dem Arm, der Zähnchen bekam und deshalb ziemlich schlechte Laune hatte. Außerdem war ihre Mutter besorgt. Seit im November auf einmal die Männer von der Behörde auf dem Fabrikhof gestanden hatten und den Abtransport aller Wurstkonserven befohlen hatten, drückte sie die Sorge, was in Zukunft aus ihrem Unternehmen werden sollte.

Leni war erleichtert, weil sie vom Stricken eine Pause bekam. Gerne nahm sie das Buch zur Hand und las in der kommenden Stunde daraus vor – erbauliche Geschichten für die junge Frau, die Mut machten und bei denen ein glückliches Ende garantiert war. Geschichten, in denen der Mann nach dem Krieg gesund zu seinem tapfer ausharrenden Frauchen heimkehrte und sie noch viele Kinder bekamen und im Wohlstand lebten.

Leni mochte diese Geschichten. Sie waren so einfach und verlässlich. Nichts darin erinnerte an die Realität des neuen Lebens, das sich in den vergangenen Monaten entfaltet hatte. Ein Leben, von dem sie im ersten Moment nicht gewusst hatte, was es bedeutete. »Im Krieg mit der Welt«, das klang so unfassbar groß, dass sie diesen Krieg tatsächlich lieber verdrängt hätte. Inzwischen aber beeinflusste er so oft auch ihren behüteten Alltag, dass sie ihn gar nicht mehr ignorieren konnte.

»Nächste Woche fahren wir nach Bielefeld«, verkündete ihre Mutter, nachdem Leni mit dem Vorlesen fertig war. »Wir treffen eure Cousinen, Tante und Onkel und bleiben über Nacht. Weihnachten verbringen wir dann hier.«

»Aber wir sind Weihnachten sonst immer in Bielefeld.« Sofort zog Hanni eine Schnute. Sie liebte die weihnachtliche Tradition, bei der die Kinder am Tag vor Heiligabend gemeinsam mit der Tante erst den Weihnachtsmarkt und im Anschluss ein Puppentheater besuchten. Nach dem Abendbrot las Tante Agnes ihnen vor, während Onkel Gerd und die Eltern ins Stadttheater zu einer Aufführung gingen. Leni hatte schon befürchtet, sie müsse dieses Jahr auf kandierten Apfel und gebrannte Mandeln verzichten, die sie dazu stets knabberten.

»Weihnachten müssen wir hier sein. Bei unseren Leuten.« Ihre Mutter bekam einen harten Zug um den Mund. Leni wusste diese Gefühlsregung nicht zu deuten. War es, weil sich die Mutter tatsächlich um die Menschen sorgte, die in ihrer Fabrik arbeiteten? Oder trieb sie eine andere Sorge zur Weihnachtsfeier aus der Stadt zurück in den heimischen, vertrauten Rahmen?

»Werden unsere Jungs heimkehren?« Das kam von Sophie. Sie umklammerte bei dieser Frage ihren Bauch, als keimte darin ungeborenes Leben. Doch obwohl Oskar und sie letzten Herbst ein paar »wundervolle Flittertage« in Berlin hatten verleben dürfen, hatte sich der von ihr erhoffte Nachwuchs nicht eingestellt.

Die Miene ihrer Mutter umwölkte sich noch mehr. »Das glaube ich nicht«, erwiderte sie knapp. »Dafür müsste der Krieg bis dahin ja zu Ende sein.«

Und das würde er nicht sein. Langsam war das merkwürdige Gefühl der Euphorie, das mit Beginn des Krieges manchen erfasst hatte, einer lähmenden Stille gewichen. Wann immer sich zwei oder drei Erwachsene zusammenfanden, ging es früher oder später um dieses eine Thema. Es schien nichts anderes mehr zu geben als die aktuelle Versorgungslage, die Nachrichten von der Front, die Entwicklungen aus der Hauptstadt.

Seitdem war alles anders. Ihre Mutter war härter geworden. Fast kam es Leni so vor, als ginge es nicht nur darum, mit dem Krieg ein bisschen mehr Geld zu verdienen, sondern eher um die nackte Existenz.

Sophie senkte den Kopf über ihr Strickzeug. Leni musterte sie von der Seite. Sie sah eine Träne von der spitzen Nase ihrer Schwester tropfen. Tröstend streckte sie die Hand aus. Ihre Mutter stand abrupt auf, als könnte sie es keine Sekunde länger im Raum mit ihren Kindern ertragen. »Seid zum Abendbrot pünktlich«, dann war sie fort.

»Ich habe doch nichts Falsches gesagt«, flüsterte Sophie.

»Bestimmt nicht.« Lisabeth rückte näher, sie legte die graue Socke in das Körbchen neben sich. Ihr Arm lag tröstend um Sophies Schultern. »Wir wissen, wie sehr du ihn vermisst.«

»Du hast ja wenigstens noch ein bisschen was vom Leben.« Sophie schniefte. Lisabeth zog ein sauberes Taschentuch aus der Rocktasche und reichte es ihr. »In der Stadt ist bestimmt mehr los als hier draußen.«

»Ach, das ist gar nicht mehr so wie früher«, meinte Lisabeth und seufzte. »Du würdest es auch langweilig finden in Bielefeld. Das Theater ist zu, in den Cafés gibt's nur Rationskuchen und Malzkaffee. Du wärst enttäuscht. Ich bin lieber hier als dort.«

Die Tür ging wieder auf. Mutter stand dort, erneut einen Brief in der Hand, sie rührte sich nicht. Blickte auf ihre Töchter, als suchte sie unter diesen ähnlichen Schöpfen, blond in Schattierungen, Leni rötlich, Sophie hell, Lisabeth dunkel und Hanni weizenblond, den richtigen. Dann winkte sie mit dem Brief Leni heraus. »Kommst du mal, Helene?«

Vier junge Frauen horchten auf; wenn Mutter so sprach, war es wohl was Ernstes.

»Ich komme.« Leni stand auf. Sie spürte, wie ihre Knie zitterten. Sie humpelte hinter ihrer Mutter her.

Sie gingen in das Arbeitszimmer.

»Setz dich.« Ihre Mutter nahm hinter dem wuchtigen Schreibtisch Platz. Sie legte den Brief vor sich auf die Lederunterlage, ihre Finger strichen darüber.

»Ich habe hier gerade einen Brief von einer gewissen Anne Krüger gefunden, der kam auch mit der Post. Ich nehme an, der Name sagt dir etwas?«

Leni senkte den Blick. Sie wusste nicht, wohin das führte, aber leugnen wäre ja zwecklos. Sie nickte. »Sie ist die Mutter von Matthias.«

»Sie schreibt, sie kennt dich aus dem Krankenhaus.«

»Dort war sie meine Nachtschwester.« Bei der Erinnerung konnte Leni nicht anders; ein Lächeln stahl sich auf ihr Gesicht.

»Sie schreibt …« Ihre Mutter seufzte, nahm das Blatt zur Hand, legte es zurück und griff nach ihrer Brille. »Sie bittet uns um Hilfe. Offenbar geht es ihr nicht gut.«

Das klang seltsam. Schließlich müsste Anne Krüger doch als Krankenschwester momentan keine Probleme haben, eine Arbeit zu finden – es gab ja genug Verletzte, die nach einer Erstversorgung in den Frontlazaretten in die Krankenhäuser im Reich verlegt wurden.

»Sie ist erkrankt und kann nicht arbeiten«, fügte ihre Mutter hinzu. »Nun wurde ihr die Wohnung gekündigt und sie weiß nicht, wohin.« Die Finger ihrer Mutter tippten auf den Brief, sie dachte nach. Als wüsste sie nicht, was sie in dieser Situation tun sollte. Ob es überhaupt etwas gab, das sie tun konnten.

Als wartete sie darauf, dass Leni ihr beisprang.

»Was hat sie denn?«, fragte Leni.

»Die Schwindsucht.«

Das Wort dieser Krankheit hing schwer zwischen ihnen in der Luft. Natürlich wusste Leni, was die Schwindsucht war. Sie kannte sogar den medizinischen Fachbegriff – Tuberkulose – und war mit den Symptomen aus ihren Büchern vertraut. Sie wusste, die Krankheit würde früher oder später Schwester Annes Todesurteil sein.

»Sie sagt, sie hat niemanden. Ihr Sohn ist an der Front, so wie unser Rudolf auch. Sie bittet uns um Hilfe. Weil du und Matthias befreundet seid.« Ihre Mutter seufzte wieder. Es schien ihr sichtlich schwerzufallen, auf diese Bitte die angemessene Antwort zu finden. Dabei ging es ihnen hier draußen auf dem Land doch gut.

Hatten sie an ihrem Tisch nicht Platz für eine zusätzliche Esserin?

Leni dachte an das, was sie über Tuberkulose wusste. Eine Lungenkrankheit, die hoch ansteckend war. Sie stellte sich vor, wie Matthias' Mutter zu ihnen zog. Wie Leni und ihre Mutter sich kümmerten. Sie pflegten.

»Wenn wir eine Lösung finden, wird sie natürlich nicht bei uns wohnen«, hörte sie ihre Mutter sagen.

»Natürlich«, sagte Leni automatisch.

»Du wirst sie nur besuchen, wenn ich es erlaube.«

»Ja, Mutter.« Leni senkte den Blick auf ihre Hände.

»Du musst es versprechen, Leni.«

Leni hätte gern widersprochen. Sie hätte gern versichert, dass schon nichts passieren würde. Sie konnte sich doch nicht von Matthias' Mutter fernhalten. Ausgerechnet von Anne, die ihr in mancher Zeit mehr Mama gewesen war als die eigene Mutter. Die ihre Stirn gekühlt, ihr die warme Honigmilch hingestellt und das Licht gelöscht hatte, wenn Leni mal wieder über der Lektüre ihrer Bücher eingeschlafen war.

Aber nun bat Anne um Hilfe, weil sie keine Arbeit mehr hatte, keine Wohnung, keine Zukunft. Wenn Leni sich nicht an die Bedingungen ihrer Mutter hielt, das ahnte sie wohl, würde diese Matthias' Mutter ohne Umschweife wieder fortschicken.

»Ich verspreche es.«

»Gut. Ich gehe davon aus, dass du erwachsen genug bist, dich an dieses Versprechen zu halten.«

Damit war das Gespräch beendet.

Erst später fiel Leni ein, was es hieß, wenn Anne nach Bockhorst zog.

Wenn Matthias aus dem Krieg heimkehrte, würde er zuerst hierherkommen.

Diese Aussicht ließ ihr Herz hüpfen, und die Stricknadeln tanzten an diesem Nachmittag schneller als sonst.

In der Woche nach Weihnachten zog Anne in eine Kate am anderen Ende des Dorfes, die seit Jahren leer stand. Lenis Mutter hatte sie vom Bauer Drolshagen gemietet, früher hatten dort seine Eltern gewohnt und inzwischen war sie so baufällig, sie wäre vermutlich bald in sich zusammengefallen. Aber vor Annes Einzug wurde sie notdürftig instand gesetzt. Für diesen Winter würde es reichen, und die anderen Reparaturen konnte man ja im Sommer vornehmen.

Lenis Mutter packte einen Korb mit Lebensmitteln. Dauerwurst, Fleischkonserven, zehn Eier, frisch gebackenes Brot, Butter und allerlei andere Schätze aus ihrer Vorratskammer. Gemeinsam mit Leni fuhr sie zu dem kleinen Häuschen, das sich im Schatten dreier Kastanien duckte.

Der Leiterwagen stand vor dem Haus, die beiden Kaltblüter davor ließen müde die Köpfe hängen. Zwei junge Männer waren gerade damit beschäftigt, eine eingerollte Matratze vom Wagen zu hieven und ins Haus zu schleppen.

Neben dem Wagen stand eine hagere, alte Frau, das einst dunkle Haar war vollständig ergraut. Sie hielt einen Mantel um die Schultern gerafft, der an ihrem Körper schlotterte, als müsste sie erst in ihn hineinwachsen. Die Augen lagen in tiefen Höhlen, hatten den alten Glanz verloren. Ihre Haut war fahl, die Wangen eingefallen.

Leni näherte sich ihr langsam. Sie spürte ihre Mutter hinter sich, hörte sie ihren Namen sagen. Warnend. Geh nicht zu nah hin, Kind.

»Anne.«

Matthias' Mutter sah sie an, und für einen kurzen, winzigen Moment nur leuchtete die alte Freude in ihren Augen auf.

»Da ist aus der kleinen Leni eine junge Dame geworden.« Ihre Stimme war heiser. Sie räusperte sich, dann musste sie husten. Sofort hielt sie sich ein Taschentuch vor den Mund, wandte sich ab. Leni blieb einige Meter entfernt stehen und wartete. Sie hätte Anne am liebsten in den Arm genommen und sich von ihr umarmen lassen, um so ein bisschen die mütterliche Wärme zu spüren, von der sie so viel geben konnte. Aber das ging nun mal nicht. Da hatte ihre Mutter nicht ganz unrecht.

»Gib ihr schon den Korb.«

Leni humpelte mit dem Korb über dem Arm zu Anne. Stellte ihn vor ihr auf den Boden, er war ganz schön schwer mit den ganzen Leckereien. »Als kleines Willkommensgeschenk«, sagte sie, hielt den Blick dabei gesenkt.

»Das ist lieb von euch. Wie alles, was ihr für mich tut. Ich …« Wieder wurde sie von einem Hustenanfall geschüttelt. Leni musste sich zwingen, nicht vor ihr zurückzuweichen.

»Leni, komm her.« Die schneidende Stimme ihrer Mutter. Leni wusste, dahinter verbarg sich die Angst vor Annes Krankheit.

Anne lächelte traurig. »Geh schon«, sagte sie leise. »Ich trage den Korb gleich selbst ins Haus.«

Leni bezweifelte, dass Anne dafür die Kraft hatte. Doch sie nickte ein letztes Mal. Bevor sie sich umdrehte und ging, sagte sie leise: »Es ist schön, dass du hier bist.«

Annes Lächeln, so wärmend und wohltuend. »Ich bin auch froh, hier sein zu können. Und nun geh. Wir reden später.«

Leni folgte ihrer Mutter die Dorfstraße entlang. Auf Höhe der Kirche drehte sie sich noch einmal um. Anne stand noch immer so da, wie Leni sie zurückgelassen hatte – etwas verloren. Winzig klein. Ein Schatten ihrer selbst.

»Gewöhne dich nicht zu sehr an sie.«

Leni blinzelte überrascht. In der Stimme ihrer Mutter schwang Mitgefühl mit. Sie legte Leni sogar einen Arm um die Schulter – eine zärtliche Geste, die sie normalerweise vermied.

»Du meinst …« Leni sprach es nicht aus. Ihre Mutter drückte sie kurz an sich, so dass Leni über ihre eigenen Füße stolperte und fast gestürzt wäre.

»Es tut mir leid«, murmelte ihre Mutter.

Leni wusste nicht, ob sie ihren Beinahesturz meinte oder die Tatsache, dass Anne zum Sterben hergekommen war – aber das war egal. Dieser kurze Moment des Trosts zeugte von mehr Zuneigung, als sie in all den Jahren von ihr erfahren hatte.

Leni beschloss, diese vier Worte als Universalentschuldigung zu nehmen für alles, was ihr in den vergangenen Jahren von ihrer Mutter zugefügt worden war. All die Einsamkeit im Krankenhaus, wenn sie vergebens auf Mutters Besuche wartete und sich manches Mal in den Schlaf weinte.

Es tut mir leid.

Ihre Mutter ließ sie los. Leni suchte stattdessen ihre Hand, die Finger verschränkten sich miteinander.

»Ist schon in Ordnung, Mama«, murmelte sie.

Diesmal wies sie Leni nicht zurecht, weil sie Mama sagte, sie lächelte nur. Ganz leicht. Als hätte Leni mit dieser Antwort einen winzigen Riss in der himmelhohen Mauer erzeugt, die sie um sich gezogen hatte.

Sie gingen etwas langsamer. Leni redete sich ein, dass sie das nicht wegen ihres kaputten Fußes taten, sondern vielleicht auch weil ihre Mutter diese gemeinsame, friedfertige Zeit etwas in die Länge ziehen wollte.

Eine Pause von all der Verantwortung, die sie trug.

Einmal nur für ein Kind zuständig sein, das immer ein Sorgenkind gewesen war, jetzt aber das Schlimmste überstanden hatte.

Leni hätte gern etwas Kluges gesagt. Etwas Erwachsenes. Doch ihr fiel nur ein, was sie seit Monaten umtrieb, was sie niemals losließ, egal ob sie wach war oder schlief. Denn inzwischen sah sie sich auch in ihren Träumen in der Gutsküche sitzen, wo sie Mirabellen entsteinte, stundenlang. Gestrandet in einem Leben, das sie nicht wollte.

»Mama? Warum darf ich nicht auf das Gymnasium?«

Sie rechnete mit Abweisung. Mit einem resigniert geseufzten »Ach, Leni«, mit einem enttäuschten Blick.

Doch Lenis Mutter blieb stehen. Legte die Hände auf ihre Schultern, blickte sie an, ganz ernst. »Du wirst immer mein Sorgenkind bleiben, auch wenn ich das nicht immer so zeige. Darum nicht. Ich möchte nicht, dass du es mit deiner schwachen Konstitution zusätzlich schwer hast.«

»Aber Mama …«

Jetzt seufzte ihre Mutter doch. Leni wusste nicht genau, ob es nun an der Last des Mutterseins lag oder einfach an Lenis Sturheit.

»Das ist mein letztes Wort. Sieh dir doch an, wie alle Kinder in die Welt ziehen. Bleib du doch wenigstens bei uns.«

Leni dachte an ihre Schwestern. Sobald der Krieg vorbei war, wäre auch Sophie fort, um ihr Leben mit Oskar in Bremen zu beginnen. Davon, dass sie irgendwann die Wurstfabrik übernahm, war im Moment keine Rede mehr; irgendwann, ja sicher, aber eben nicht jetzt sofort. Carl war noch zu klein, aber dass er für immer blieb, war auch eher unwahrscheinlich. Was mit ihren größeren Brüdern wurde, nun ja, das wusste niemand, auch da hatte der Krieg wohl noch ein Wörtchen mitzureden.

»Dieser Krieg …« Ihre Mutter hakte sich bei Leni unter, sie spazierten weiter. »Er wird lange dauern. Und er wird uns allen viel abverlangen. Unser Reich bezieht einen Großteil der Lebensmittel über Importe, hast du das gewusst? Für die Menschen reicht's kaum, und dann verstecken sie alle ihre Futterkartoffeln für die Schweine … Das wird nicht lange gut gehen.«

Leni hatte daran bisher keinen Gedanken verschwendet. »Aber wir haben die Wurstfabrik«, wandte sie ein.

»Ja«, sagte ihre Mutter nachdenklich. »Die haben wir wohl noch.«

Doch sie klang nicht so, als könnte dieser Zustand von Dauer sein.

Oktober 1928

Der Mitarbeiter der Telefongesellschaft kam am Mittwochmorgen. Schon vor Tagen war die Telefonleitung von der Wurstfabrik, die am Rand des Dorfes stand, die zweihundert Meter bis zu der Arztpraxis gezogen worden. Viele erinnerten sich noch, wie Lenis Mutter kurz vor Ausbruch des Krieges sowohl im Gutshaus als auch im Kontor ihrer Fabrik einen Anschluss bekommen hatte; damals kannte man tagelang kein anderes Thema. Inzwischen dürfte so ein Telefon ja nicht mehr so neu sein, immerhin gab's drüben in der Dorfkneipe auch eins.

Und nun also auch bei der neuen Dorfärztin. Wider Erwarten schien dies das Interesse der Dorfbevölkerung zu wecken, denn als Leni am Donnerstag in der Früh mit Marie an der Hand die Treppe hinabstieg und wieder damit rechnete, dass keiner vor der Praxis auf sie wartete, hörte sie aufgeregtes Stimmengemurmel. Durch das Buntglasfenster in der Tür sah sie ein paar Gestalten, die sich offenbar vor dem Häuschen herumdrückten.

»Geh schon mal, mein Schatz.« Leni schob Marie in Richtung Küche. Dann ging sie zur Haustür und schloss auf.

Davor hatte sich ein halbes Dutzend Dorfbewohner versammelt. Zwei alte Frauen standen ganz vorn, die dunklen Kopftücher unterm Kinn verknotet, ein Stricktuch um die Schultern, im Arbeitskleid und derben Schuhen. Sie sahen Leni auffordernd an.

»Guten Morgen«, grüßte Leni sie freundlich. »Möchten Sie schon mal reinkommen?«

»Morgen«, sagte die eine, drängte sich an der anderen vorbei und setzte sich auf den ersten Stuhl. Leni schaute staunend zu, wie sich schon kurz darauf die Patienten in ihrem Flur drängten. Sechs, nein, sieben waren es, obwohl die Praxis offiziell erst in einer halben Stunde öffnete.

»Ich komme gleich«, sagte sie, marschierte in die Küche und brühte rasch einen Muckefuck für Marie und sich auf, schnitt Brot und beschmierte es extra dick mit Butter und Marmelade. Marie saß am Küchentisch und hatte ihre Malsachen rings um sich ausgebreitet. Sie würde sich hier allein beschäftigen, solange Leni in der Praxis war.

Die erste Patientin war Erna Sickendiek, sie schaute sich lange im Behandlungszimmer um, bis ihr Blick am Telefon hängen blieb, das auf dem Schreibtisch stand.

Aha, dachte Leni. Ihre gute Laune schwand so schnell wie sie vorhin gekommen war. Waren alle nur wegen des Telefons gekommen?

»Was fehlt Ihnen denn?«, erkundigte sie sich.

»Müssen Sie damit auch mal wen anrufen?«, erkundigte Erna Sickendiek sich, statt auf die Frage zu antworten.

»Gelegentlich.« Leni versuchte, möglichst ungerührt zu wirken. »Also, hm. Was führt Sie zu mir?«, versuchte sie es ein zweites Mal.

»Hab ja früher drüben bei Ihrer Frau Mutter in der Wurstfabrik gearbeitet. Bevor sie im Krieg umstellen mussten.«

Leni erinnerte sich.

»Jedenfalls, da gab's damals das Telefon im Kontor.«

»Ja.«

Langsam fiel es ihr schwer, die Geduld zu bewahren. War so ein Telefon für die Dorfbevölkerung denn wirklich noch solch eine Sensation?

»Möchten Sie sich rasch frei machen, damit ich Sie untersuchen kann?«

Erna Sickendiek starrte sie an. Dann schniefte sie. Leni zeigte auf den Paravent, hinter dem ein Hocker stand. Ihre Patientin erhob sich nur zögernd.

»Kann ich damit mal wen anrufen?«

Daher wehte also der Wind.

»Gibt es denn drüben in der Kneipe kein Telefon?« Fast jede Dorfkneipe hatte inzwischen eine kleine Telefonnische, in die man sich quetschen konnte, wenn man telefonieren wollte.

»Ja schon. Das kostet aber Geld.«

Leni wartete. Sie lächelte unverbindlich, sagte nichts. Schließlich seufzte Erna Sickendiek und räusperte sich.

»Ich hab da diesen Husten. Dr. Köster sagte immer, der sei nicht so arg. Aber er wird schlimmer. Krieg kaum mehr Luft und meine Brust schmerzt oft vom Husten.«

Leni notierte sich etwas. »Seit wann haben Sie den Husten?«

Erna Sickendiek überlegte. »So seit … letztem Herbst?«

Und da hatte ihr Vorgänger nichts unternommen. Leni tippte mit dem Stift auf die Unterlage. Dann drehte sie sich auf dem Stuhl um und öffnete den Schrank mit den Patientenakten. Sie fand die von Erna Sickendiek und schlug sie auf, während diese hinter dem Paravent verschwand und sich aus ihrem Schultertuch und der Bluse schälte.

»Die Wäsche können Sie anbehalten«, sagte Leni leise. Sie überflog die letzten Eintragungen.

In den vergangenen sechs Monaten, bevor Dr. Köster die Praxis schloss, war Erna Sickendiek viermal wegen Schmerzen in der Brust oder Husten – oder in einem Fall auch beidem – vorstellig geworden. Jedes Mal hatte der Arzt sie wohl gewissenhaft untersucht, aber nichts weiter zu einer Therapie notiert.

Leni runzelte die Stirn. War das Unaufmerksamkeit oder einfach Unfähigkeit? Bei ihr schrillten sämtliche Alarmglocken, spätestens im März hätte sie die Patientin nach der dritten Konsultation in ein Krankenhaus verwiesen, um die Lunge röntgen zu lassen.

Sie seufzte. Dann nahm sie das Stethoskop aus ihrer Arzttasche, die wie jeden Tag neben ihrem Schreibtisch auf ihren ersten Einsatz als Dorfärztin gewartet hatte. Erna Sickendiek saß inzwischen nur in Unterwäsche und Strümpfen auf der Behandlungsliege.

Leni horchte die Patientin mehrfach ab, klopfte dann den Rücken ab. Ihre Besorgnis wuchs, und nach der Untersuchung bat sie Erna Sickendiek, sich wieder anzuziehen. Keine Patientin sollte halb nackt der Ärztin gegenübersitzen, wenn diese ihr die Diagnose mitteilte.

»Also, dieser Husten bereitet mir schon Sorgen«, sagte sie, sobald Erna Sickendiek sich wieder hingesetzt hatte. »Ich würde Sie daher gern an das Krankenhaus in Osnabrück verweisen. Dort kann man Sie genauer untersuchen.«

»Ach, nicht nötig, Fräulein Doktor. Das hat der Dr. Köster auch immer gesagt, aber mal ehrlich, was sollen die mir anderes erzählen als das, was ich nicht eh schon weiß?« Sie machte eine Pause, dachte nach. »Der Tod macht mir keine Angst.«

»Ich könnte dort anrufen, dass man Ihnen einen Termin gibt. Dann müssten Sie nicht so lange warten.« Leni legte den Kopf schief, versuchte es mit ein bisschen Charme und dem Reiz des Telefons. Erna Sickendieks Blick ging zu dem schwarzen Apparat, sie schien ernsthaft darüber nachzudenken.

»Na ja«, sagte sie. »Schaden kann's nicht, oder?«

»Ich rufe dort an. Wenn Sie möchten, sofort.«

Jetzt lächelte ihr Gegenüber. Als hätte sie das große Los in einer Lotterie gezogen.

Leni hätte gern ihren Optimismus geteilt. Sie nahm den Hörer ab. Nach dem Tuten wurde sie mit dem Amt verbunden, sie bat um eine Nummer in Osnabrück, die sie von einem Zettel ablas. »Einen Moment, ich verbinde.« Leni wartete unter den Argusaugen von Frau Sickendiek.

Telefonieren war für sie nichts Besonderes – in Berlin hatte es zu ihren täglichen Verrichtungen gehört und sie hatte auch gar nicht daran gedacht, dass es für einige Dörfler noch so neu sein konnte.

Sie wurde durchgestellt und mit dem zuständigen Arzt verbunden. Leni stellte sich vor und erklärte, sie habe eine Patientin mit Verdacht auf ein Bronchialkarzinom, die sie gern zum Röntgen überweisen wollte. Der Arzt notierte sich ihre Angaben, dann suchte er einen Termin heraus.

»Dr. Wittmann, richtig? Sie haben die Praxis vom alten Dr. Köster übernommen?«

»Ja, richtig.«

»Glückwunsch, Frau Kollegin.« Er klang jovial, fast ein bisschen väterlich herablassend. »Da haben Sie sich ja ins gemachte Nest gesetzt, habe ich gehört.«

Leni verbiss sich eine Bemerkung, denn falls sie ihm in die Parade fuhr, hätte sie in Osnabrück vermutlich schon bald den Ruf als Xanthippe, mindestens aber als komplizierte Kollegin weg. Das wollte sie lieber vermeiden.

»Wie geht's ihm? Habe lange nichts mehr gehört.«

Leni musste zugeben, dass sie das nicht wusste.

»Na, grüßen Sie ihn mal von mir, wenn Sie ihn sehen. Ich weiß, ihm ist's schwergefallen, dass er die Praxis abgeben musste. Aber manchmal geht's nicht anders.«

Nachdenklich legte sie auf. Was hatte er damit sagen wollen? Hatte Dr. Köster nicht verzweifelt nach einem Nachfolger gesucht?

»Sie haben am Donnerstag kommende Woche einen Termin in Osnabrück. Um zehn Uhr dreißig.« Leni schaute auf den Kalender neben der Tür und notierte das Datum auf einem kleinen Zettel. »Melden Sie sich bei Dr. Walther. Er wird sich um alles kümmern.«

Erna Sickendiek beugte sich vor, ihr Hintern hob sich halb von der Sitzfläche. Sie nahm den Zettel und sank wieder auf den Stuhl. Ihre Hände zitterten. »Mein Vater«, sagte sie schließlich.

Leni faltete die Hände auf der Schreibtischunterlage. »Ja«, sagte sie leise. »Was ist mit Ihrem Vater?«

»Bei dem war's auch so. Als er fünfzig war, fing der Husten an, und der Arzt meinte erst, Schwindsucht. Kannste nix machen.

Dann meinte er, das wäre Krebs. Kann man noch viel weniger machen.« Sie blickte auf ihre Hände. »Habe ich Krebs, Fräulein Doktor?«

»Ich weiß es nicht«, gab Leni ehrlich zu. »Es kann schon sein. Aber um das abzuklären, schicke ich Sie nach Osnabrück.« Sie versuchte sich an einem aufmunternden Lächeln. »Könnte Ihnen gefallen. Die haben da sehr große, moderne Apparate, mit denen man Ihren Körper durchleuchten kann. Falls es Krebs ist, erkennt man ihn auf der Röntgenaufnahme.«

Etwas Hoffnungsvolles flackerte in Erna Sickendieks Blick auf. »Meinen Sie, ich darf mir das Bild dann auch ansehen?«

»Bestimmt, wenn Sie Dr. Walther darum bitten.«

Leni führte ihre Patientin aus dem Raum. Sie verabschiedete sich mit einem kräftigen Händedruck. Erna Sickendiek ging nahezu beschwingt aus der Praxis, als hätte sie bekommen, was sie wollte.

Ein Telefonat. Ein Termin im Krankenhaus. Vielleicht eine Röntgenaufnahme, auf der sie sah, was sie umbringen würde. Eine Antwort darauf, wie viel Zeit ihr noch blieb.

Wenig, wenn Leni eine Schätzung abgeben sollte. Dieser Winter würde wahrscheinlich ihr letzter sein.

Den Rest des Vormittags behandelte Leni ihre Patienten. Die meisten waren wirklich nur mit kleinen Wehwehchen gekommen, hatten Fragen zum Telefon gestellt (»Klingelt das oft? Wie klingt es denn, wenn es klingelt? Können Sie damit jedes Telefon anrufen?«) und waren zufrieden mit ihren Medikamenten und Therapieanweisungen von dannen gezogen. Hoffentlich erzählten sie überall, wie gut sie von Leni behandelt worden waren. Dass man gut zum Fräulein Doktor gehen konnte, die war nämlich nett und hatte ein Telefon.

Hätte mir auch jemand sagen können, dachte Leni. Dass ein Telefon die Patienten anlockt und nicht meine medizinische Expertise. Dann hätte ich mir eine Menge Sorgen ersparen können.

Mittags machte sie rasch eine Graupensuppe für Marie und sich. Am Nachmittag kam niemand mehr, und sie nutzte die freie Zeit, um die Krankenakten zu führen und danach mit Marie in den Garten zu gehen. Sie saßen zusammen auf der Bank an der südlichen Hauswand mit Blick auf den Obstgarten. Die Äpfel waren nun reif, sie würde sich bald drum kümmern müssen. Das meiste waren Boskop, die taugten allenfalls für Kuchen oder Apfelmus. Einen Teil wollte sie im Keller einlagern, die verbleibenden schon jetzt einkochen.

»Mama?«

»Ja, mein Schatz.«

Leni konnte sich nur mühsam aus ihrem Gedankenchaos losreißen. So vieles ging ihr im Kopf herum. Was meinte Dr. Walther damit, dass Dr. Köster die Praxis nicht ganz freiwillig aufgegeben hatte? Hatte da ihre Mutter die Finger im Spiel gehabt? Bisher hatte sie es für einen schicksalhaften Zufall gehalten, dass der alte Dorfarzt die Praxis just zu dem Zeitpunkt, in dem sie ihre Zelte in Berlin abgebrochen hatte, aufgegeben hatte.

»Mama, kann ich mal wieder zum Gutshaus? Mit Sophie spielen?«

Ihre Tochter blickte hoffnungsvoll zu Leni auf.

»Aber Sophie ist tagsüber doch in der Schule.« Und wäre die Zehnjährige nicht von ihrer fünfjährigen Cousine genervt? Andererseits war Sophie das einzige Kind, mit dem Marie seit ihrer Rückkehr nach Westfalen Kontakt gehabt hatte, und das war nun auch schon viele Wochen her. Leni legte den Arm um das kleine Mädchen. Sie spürte Maries Einsamkeit, als wäre sie ihre eigene. Nein, es *war* ihre Einsamkeit.

Sie hatten niemanden. Nur einander. Marie und Leni. Leni und Marie. Keine dritte Stimme, niemand drang von außen zu ihnen vor.

»Ich könnte drüben beim Meyerhof fragen, ob du mit den Kindern spielen kannst. Würde dir das gefallen?«

Marie zuckte nur mit den Schultern.

»Ich find's so schön im Gutshaus, Mama. In der Küche bei der Mamsell gibt's immer was zu naschen.«

Leni atmete tief durch. Hier gibt's auch was zu naschen, wollte sie ausrufen. Aber manchmal ging es eben nicht darum, wer den besten Pudding hatte oder wo es die knusprigsten Kekse gab. Marie fehlten die anderen Menschen. Seit Peter nicht mehr jeden Tag kam und irgendwas rings ums Haus erledigte, gab es für Marie nur die Mutter, und vielleicht war das zu wenig. Schließlich war sie selbst im Gutshaus aufgewachsen, im Kreis ihrer Geschwister und stets von der Mamsell und den Dienstmädchen betüdelt.

Gerade sie wusste doch nur zu gut, wie schlimm sich Einsamkeit anfühlte. Aber dass Marie das Zusammenleben mit ihr langweilig finden könnte, der Gedanke war Leni bisher nicht gekommen. Zu froh war sie, ihr Kind bei sich zu haben und für sie beide ein gemeinsames Heim gefunden zu haben. Doch sie erinnerte sich. Wie es damals gewesen war, als sie im Krankenhaus lag und manchmal wochenlang kein Besuch kam. Auch deshalb war die Freundschaft zu Matthias so wertvoll gewesen. Und er war ja auch einige Jahre älter als Leni gewesen, ihn hatte das nie gestört …

»Ich frage die Omimi mal«, sagte Leni. »Ob du gelegentlich nachmittags zu ihnen gehen kannst. Ja? Würde dir das Spaß machen?«

Marie nickte stumm.

Später wieder die Stille im Haus, Marie schlief oben im gemeinsamen Bett. Leni schlich nach unten in das kleine Wohnzimmer, gegenüber der Küche. Dort setzte sie sich aufs Sofa, versuchte sich abzulenken. Beim Lesen, beim Stricken, nichts half, ihre Gedanken huschten über den Flur zum Behandlungszimmer, zu dem Telefon auf ihrem Schreibtisch.

Sie könnte doch …

Nein. Könnte sie nicht.

Dann stand sie auf und ging hinüber. Sie nahm den Hörer ab,

lauschte. »Mit wem kann ich Sie verbinden?«, hörte sie die Stimme vom Fräulein vom Amt.

»Berlin«, hörte sie sich sagen. Sie wartete, nannte Florians Namen, als sie danach gefragt wurde, wartete weiter, bis die Verbindung stand. Und dann hörte sie auf einmal seine dunkle Stimme. Es war, als würde sie augenblicklich in ihr altes Berliner Leben zurückgeworfen, und fast lächelte sie bei der Erinnerung daran. An jenes Leben, aber auch an diesen einen Mann, der sie damals gerettet hatte, als sie selbst es nicht mehr konnte. Sie konnte sich gut vorstellen, wie er in seinem Arbeitszimmer neben dem wuchtigen Schreibtisch stand, es war schon spät, vermutlich hatte er sich schon für die Nacht zurückgezogen und war noch mal aufgestanden, als das Telefon klingelte.

»Leni, bist du das?«

Sie hätte am liebsten geweint. Seine Stimme. Sie hatte ihn so vermisst.

»Ja«, flüsterte sie. »Ich bin's.« Und weil er nichts sagte, räusperte sie sich. »Ich habe dich vermisst, Florian.«

Sie merkte, wie er sich entspannte. »Ach, Leni.« Er klang müde, aber auch irgendwie … froh?

Vermutlich umrundete er nun den Schreibtisch und setzte sich, denn dieses Gespräch könnte länger dauern.

»Ich dich doch auch, Kleines«, hörte sie ihn sagen. Leni schluckte. Sie spürte, wie nah sie den Tränen war, nur weil sie durch das leise Rauschen der Telefonleitung Florians dunkle Stimme hörte.

»Wie geht es Marie? Vermisst sie mich?«

»Na klar vermisst sie dich.« Leni lachte. »Wir vermissen dich beide.«

»Erzähl mir von deinem neuen Leben.«

Und das tat sie. Erst zögerlich, weil sie nicht wusste, wie sich das für Florian anfühlen mochte, wenn sie von einem Leben berichtete, das ohne ihn stattfand. Er, der ihr alles hatte geben wollen – ein Leben in Luxus, seine Liebe, seinen Status. Alles hätte ihr gehören können, er hätte auch Marie angenommen, als wäre sie sein Kind. Doch sie liebte einen Schuster und war zurück in das Dorf gegangen, in dem keiner auf sie wartete.

Nicht mal ihre Familie hatte auf sie gewartet.

Weil sie eine Enttäuschung war. Weil sie erst mit Matthias zusammen war, dann mit Florian lebte, ohne Trauschein. Als wäre das schlimmer als das elende Loch, in dem sie vorher gehockt hatte.

Leni verstand ihre Mutter. Aber sie begriff nicht, warum ein Leben in Armut besser sein sollte als eines bei einem Mann, der nichts verlangte und ihr alles gab, was sie brauchte. Dass auf Florians Seite auch Gefühle mit im Spiel waren, hatte sie von Anfang an gewusst. Und Florian hatte ebenso gewusst, dass er von Leni nicht erwarten durfte, dass sie irgendwann seine Gefühle in gleichem Maße erwidern würde.

Es war die Abmachung zweier Erwachsener gewesen, die einander sehr mochten. Mehr nicht. Er hätte ihr auch eine Wohnung bezahlt, davon war Leni überzeugt. Aber die Jahre in seinem Haus gehörten zu den Besten – vor allem, weil Florian eben war, wie er war.

Und so sprach sie mit ihm an diesem Abend. Zum ersten Mal, seit sie sich vor Monaten von ihm verabschiedet hatte. Er fragte nicht, warum sie gegangen war, und nichts von dem, was er sagte, klang vorwurfsvoll. Er war – wie schon immer – der perfekte Gentleman.

Erst nach über einer Stunde fiel ihr ein, dass das Gespräch ja auf ihre Rechnung ging. Das würde nicht billig werden, ein Ferngespräch quer durch die Republik.

»Eigentlich rufe ich aus einem bestimmten Grund an«, sagte sie als Nächstes.

»Ich weiß.« Sie hörte sein Lächeln. »Ich habe mich schon gefragt, wann du darauf zu sprechen kommst. Aber es ist so schön, mit dir zu plaudern.«

»Ach …« Sie wickelte die Telefonschnur um ihren Finger,

seufzte leise. Wie kam es nur, dass Florian immer das Richtige sagte?

»Du möchtest, dass ich nach ihm suche?«

Leni schluckte. »Kannst du das für mich tun?«

Florian schwieg lange, und sie stellte sich lieber nicht vor, wie die nächsten Einheiten mit seinem Schweigen verstrichen.

»Ich kann sicher bei meinen Freunden Erkundigungen einziehen«, sagte er schließlich. »Aber, Leni … Es ist eine schwierige Zeit. Das weißt du. Er ist Kommunist, war er immer, wird er auch immer bleiben. Er hat sich von dir entfernt. Von uns. War uns nie nahe …«

»Bitte«, unterbrach sie ihn, bevor er zu einer seiner großen Reden ansetzen konnte. Das machte er gern: Reden schwingen, in denen er es auf subtile Weise schaffte, sich zwischen Matthias und Leni zu stellen. Leni verstand ihn. Hatte ihn immer verstanden. Sie stand so unverbrüchlich auf Matthias' Seite, hatte nie einen Zweifel daran gelassen, zu wem sie gehörte.

Nur Matthias … Als er verschwunden war, hatte er alle Brücken hinter sich abgebrochen. Hatte ihr unmissverständlich klargemacht, dass Leni für ihn der Klassenfeind war, mit dem er »niemals paktieren« würde. Und auch, dass sie das immer sein würde, egal was sie machte.

Sie hätte ihn damals gern geschüttelt, als er ihr das erklärte. Hätte ihm diese Flausen aus dem Kopf gerupft, diese Worte von den Lippen geküsst, damit er sie nie wieder sagte. Er hatte sich gegen sie und für seine politische Auffassung entschieden.

Was sollte sich daran denn in den vergangenen Jahren geändert haben?

Doch eine kleine, leise Pflanze der Hoffnung ließ sich einfach nicht ausrotten. Dass er zu ihr zurückkehrte, wenn sie ihm einfach nur mitteilte, dass er in ihrem Haus immer willkommen war. Denn das war er.

»Gut, ich höre mich um. Rufst du mich wieder an?«

Es ging bei dieser Frage nicht nur um Matthias, das wusste

Leni. Florian würde niemals so weit gehen, seine Nachforschungen an Bedingungen zu knüpfen. Es war eher eine leise Bitte. *Rufst du mich wieder an, Leni? Ich höre so gern deine Stimme.*

»Nächsten Donnerstag wieder?«, schlug sie vor.

»Das passt mir gut. Bis dahin, liebe Leni. Pass gut auf dich auf und grüß die kleine Marie von mir.«

Klick. Er hatte aufgelegt, ohne ihre Antwort abzuwarten. Leni legte langsam den Hörer auf die Gabel und lehnte sich zurück. Hatte sie nun einen Fehler begangen oder war dies tatsächlich ihre beste Chance?

Es ging um Matthias. War es immer gegangen. Herrje, wie sehr sie es leid war, um ihn zu kämpfen, um ihr eigenes Glück. Aber sosehr sie es auch versuchte – sie konnte ihn nicht aus ihrem Herzen verbannen, und das nicht nur, weil sie ihn liebte. Er gehörte hierher. An ihre Seite. Als Vater von Marie.

Sie hoffte nur, dass er das auch so sehen würde.

März 1916

Das Ende kam schleichend, doch als Leni an diesem Morgen aufwachte, lag eine schwere Stille über ihrem Elternhaus. Seit Tagen schon war da dieses Schweigen zwischen ihren Eltern, das Leni nicht deuten konnte. Es ging von ihrer Mutter aus, so viel stand fest. Als würde die Last auf ihren Schultern sie nun endgültig niederdrücken.

Heute also war Lenis fünfzehnter Geburtstag. Sie hatte sich nichts gewünscht, denn was sie sich am sehnlichsten wünschte, bekam sie ja doch nicht. Der Krieg würde weitergehen. Ein Ende war nicht abzusehen, das las sie auch aus den Briefen heraus, die nach wie vor von Matthias eintrafen. Immer seltener, und manchmal glaubte sie, eine Hoffnungslosigkeit zwischen den Zeilen zu erspüren, die sie selbst allmählich erfasste.

Sie lag wach in ihrem Bett und lauschte. Schritte irgendwo im Haus, sie glaubte auch, laute Stimmen zu hören, als stritten die Eltern.

Leni wollte sich den Tag davon nicht verderben lassen. Sie stand auf, erledigte rasch ihre Morgentoilette und schlüpfte in das hellblaue Kleid, ihr bestes Kleid, das einzige gute, das sie noch besaß und ihr passte. Als sie einen letzten Blick in den Spiegel warf, musste sie kurz innehalten, denn die junge Frau, die ihr scheu entgegenlächelte, wirkte nicht so, wie sie sich allzu oft fühlte.

Bisher hatte Leni gedacht, sie wäre ihrem Vater genauso ähnlich wie ihrer Mutter. Nun aber war ihr Gesicht schmaler geworden – in ihm sah man die Mutter – und ihr Haar wellte sich und war ein wenig dunkler – auch eindeutig wie bei ihrer Mutter.

Sie war groß geworden. Inzwischen überragte sie die Mutter, reichte fast an den Vater heran mit ihren eins achtundsechzig. Das hatte dazu geführt, dass der Spiegel nun zu niedrig hing – und dass sie im letzten Jahr oft mit Wachstumsschmerzen zu kämpfen hatte. Dr. Köster hätte ihr gern etwas verschrieben, zumal ihr Fuß sie oft nächtelang wachgehalten hatte. Aber es war schwierig, an gute Schmerzmittel heranzukommen. Das meiste ging direkt an die Front, zu den Sanitätern, in die Lazarette. Dorthin, wo es wirklich gebraucht wurde.

Leni hätte es auch gebraucht. Aber sie verstand, dass die Soldaten mit ihren schweren Verwundungen die Schmerzmittel nötiger hatten als sie.

Dünner war sie geworden. Nicht nur durch das Wachstum, sondern auch, weil selbst im Haus ihrer Eltern die Versorgungslage immer schlechter wurde. Sie hatten den großen Gemüsegarten, sie hatten einige Hektar auf Kartoffeln umgestellt, doch letzten Herbst war die Ernte schlecht gewesen. Viele Zentner waren zum Festpreis vom Militär aufgekauft worden, was faktisch einer Enteignung entsprach, und dieses Frühjahr war bisher so verregnet, dass Leni fürchtete, die Setzkartoffeln könnten direkt im Boden vergammeln.

Doch zum Glück hatten sie noch die Wurstwaren, ganze Kartons voll damit. Die hatte ihre Mutter abgezwackt, wann immer es ging. Letztes Jahr hatten sie sogar noch Arbeiter einstellen müssen, was schwer genug war, denn wer nicht an der Front diente, war in kriegswichtigen Industrien beschäftigt, die teilweise bessere Löhne zahlten. Lenis Mutter aber hatte es in ihrer Wurstfabrik nach einem Erlass des Kriegsernährungsamts mit einer wahren Schwemme an Schlachtvieh zu tun bekommen, denn da durch die fehlenden Nahrungsmittelimporte das Futter für die Schweine knapp wurde, hatten die Bauern im Reich insgesamt fünf Millionen Schweine mehr schlachten müssen. Teilweise hatten sie weder genug Salz noch Konservenblech gehabt, um diesen Massen Herr zu werden. Und nun mussten sie auf steigende Preise hoffen, damit sich diese Investition auszahlte.

Derweil aßen sie oft von den Konserven. Leni aber merkte, dass ihr die Dosenwurst nicht mehr so schmeckte wie früher. Sie hätte so gern mal etwas Abwechslung.

Vielleicht gab es ja heute ein frisches Stück Fleisch. Oder ein besonders köstliches Gemüse. Einen Kuchen?

Ja, einen Kuchen. Darüber würde sie sich freuen.

Rasch legte sie noch eine Brosche an, dann schlüpfte sie in ihre Schuhe und lief die Treppe hinunter. Fast so, als gäbe es ihren lahmen Fuß nicht, hüpfte sie von der letzten Stufe und landete vor den Füßen der Mamsell.

»Alles Gute zum Geburtstag, mein Kind!« Die Mamsell drückte Leni so fest an sich, dass es ihr kurz den Atem raubte. »Mensch, noch mal fünfzehn sein, das wär's!«

»So lang ist das bei dir doch gar nicht her«, neckte Leni die alte Hilda. Die drohte ihr mit dem Zeigefinger. Leni lachte und lief zum Frühstückszimmer.

Vor ihrem Platz war der Geburtstagskranz aufgebaut, statt fünfzehn kleinen Kerzen gab's nur ein Lebenslicht. Ein kleiner Kuchen auf der Platte daneben. Und er war sogar schokoliert, da kümmerte es sie nicht, dass er mit Rübenkraut gesüßt und aus Kartoffelmehl gebacken war. Die Geschenke waren drum herum aufgebaut.

Ihr Vater stand auf, legte die Zeitung neben seinen Frühstücksteller und schloss Leni lange in die Arme. »Nun ist auch meine Kleine schon fünfzehn Jahre alt«, murmelte er. Leni schmiegte sich an die väterlich breite Brust, atmete tief ein und ließ sich von ihm halten.

»Bleib so, wie du bist, ja?«

»Versprochen, Papa.«

Fast hätte sie aufgelacht. Das wollte er doch nicht wirklich, oder?

»Wo ist Mutter?«, erkundigte sie sich.

»Musste heute schon ganz früh in die Fabrik. Ein Problem im Lager.«

»Und Sophie?«

»Deine Schwester schläft noch.« Ihr Vater räusperte sich, fast ein bisschen verlegen. Er sprach immer noch höchst ungern über das, was er »Sophies Umstände« nannte. Endlich hatte der Heimatbesuch ihres Ehemanns Oskar zum Jahreswechsel das erwünschte Ergebnis erbracht, und sie war guter Hoffnung. Doch seit Wochen plagte Sophie sich mit schlimmer Übelkeit, sie konnte fast nichts bei sich behalten und blieb tagelang im Bett liegen.

»Carl ist in der Küche, wie immer.«

Leni lächelte. Ihr kleiner Bruder war tatsächlich am liebsten in der Küche, darin ähnelte er seiner Schwester Lisabeth.

»Ich schau gleich nach den beiden.«

»Aber nun pack doch zuerst mal dein Geschenk aus.« Ihr Vater schob das in Papier gewickelte Päckchen noch etwas näher zu ihrem Teller. Leni nahm es, drehte es in den Händen. Ein Buch, schätzte sie. Oh, hatten ihre Eltern etwa den neuen Anatomieatlas gekauft, den sie sich so sehr wünschte?

Nein, dafür war es zu klein. Und als sie das Päckchen auswickelte und ein in roten Stoff gebundenes Buch in der Hand hielt, versuchte sie, nicht allzu enttäuscht zu sein. Die Seiten waren leer, warteten auf ihre Einträge.

»Ein Tagebuch.«

»Deine Mutter meinte, es könnte dir helfen. Wir alle wissen, wie schwer es für dich ist.«

Ihre Eltern hatten keine Ahnung.

Seit einem Jahr hatte sie nun die Volksschule beendet, und kaum ein Tag verging, an dem sie nicht sehnsüchtig an die Cecilienschule in Bielefeld dachte, die für ihre Schwestern offenstand. Aber niemals für sie.

Leni versuchte, sich einzureden, dass es ihr genügte, was sie war. Sie genügte ihren Eltern, wie sie war, oder? Niemand verlangte mehr von ihr als das, was sie in der aktuellen Situation tat.

Herumsitzen. Strümpfe und Handschuhe stricken, immer noch. Die Wolle war inzwischen von recht zweifelhafter Qualität, aber Leni gab nicht auf. Machte ja sonst keiner mehr. Und der nächste Winter kam, da wollte sie nicht, dass ihretwegen die Soldaten froren. Wenn sie schon sonst nichts hatte, dann wenigstens diesen Gedanken.

Sie blickte sich suchend auf dem Tisch um.

Kein Brief von Matthias.

Hatte er sie vergessen? Bestimmt nicht. Wahrscheinlicher war, dass die Post nicht durchgekommen war. Das geschah auch immer häufiger.

Sie schluckte ihre Enttäuschung herunter, bedankte sich beim Vater für das Geschenk und probierte ein Stück Kuchen. Fast ein bisschen zu süß, vielleicht hatte Hilda zu viel Rübensirup und Backkakao hineingetan, um sie über die anderen Dinge hinwegzutrösten.

Nach dem Frühstück besuchte Leni ihre Schwester. Sophie lag im abgedunkelten Schlafzimmer, ein Teller mit ein paar Kanten trockenem Brot auf dem Nachttisch, eine Kanne mit Kamillentee daneben.

»Alles Gute zum Geburtstag, Schwesterchen«, wisperte Sophie.

»Kann ich dir was von Dr. Köster holen?«, fragte Leni.

Sophie schüttelte mit dem Kopf. »Aber vielleicht weiß Anne ja etwas, das hilft. Es geht schon seit Wochen so und wird gar nicht besser …«

Ihre Schwester schloss müde die Augen.

»Ich kann auch die Hebamme fragen …«

»Nein. Frag Anne.«

Leni schlich aus dem Schlafzimmer. Sie besuchte Hilda in der Küche und fragte, ob sie Carl mit ins Dorf nehmen durfte. Ihr kleiner Bruder wackelte ihr entgegen, streckte die Ärmchen nach ihr aus. »Alles Dute!«, krähte er. »Leni alt!«

Lachend hob sie den Zweijährigen hoch. »Ja, deine Schwester

ist jetzt *alt.*« Sie kitzelte ihn an der Nase. Der Kleine wand sich auf ihrem Arm. Sie setzte ihn ab und nahm seine Hand.

Der Weg zu Fuß ins Dorf war für Carl zu lang, darum setzte sie ihn in den Bollerwagen, mit dem Hilda oft beim Dorfkrämer einkaufen ging. Er lachte fröhlich, zeigte und winkte allen Dorfbewohnern, die ihnen unterwegs entgegenkamen.

Im Dorf kamen sie an der Wurstfabrik vorbei. Durch das offene Tor entdeckte sie Arbeiter, die hektisch Kartons voller Wurstwaren auf Wagen packten. Offenbar hatte ihre Mutter eine größere Bestellung bekommen.

Das Häuschen am anderen Ende des Dorfes, in das Anne vor gut einem Jahr eingezogen war, hatte sich seitdem in ein kleines Schmuckkästchen verwandelt. Leni hatte keine Ahnung, wie Anne es geschafft hatte, in dieser Zeit der Kriegswirtschaft frische Farbe für die Gefache zu bekommen. Oder die kleine Bank, die vor dem Haus stand. Im Innern war sie bisher nie gewesen, weil ihre Mutter es verboten hatte. Auch jetzt blieb Leni vor dem Flechtzaun stehen und rief nach Anne.

Sofort tauchte sie in der Tür auf, als hätte sie auf Leni gewartet.

»Oh, das ist ja eine Überraschung! Alles Gute zum Geburtstag, meine Liebe!«

»Danke! Hast du einen Moment Zeit für mich?«

»Für dich immer. Leider ist dein Kuchen noch nicht fertig, er ist gerade im Ofen.«

»Kuchen?« Lenis Herz hüpfte. »Doch nicht etwa …«

»Doch, natürlich Aniskuchen! Weiß ich doch, dass du den am liebsten magst.«

Leni schloss verzückt die Augen.

»Warte, ich hole nur ein paar Kissen, dann können wir uns in den Garten setzen. Und eine Decke.« Sie winkte Carl zu, der versuchte, aus dem Bollerwagen zu klettern.

»Ist es nicht herrlich, dass der Winter endlich vorbei ist?« Als Leni den Bollerwagen vor dem Zaun parkte, war Carl bereits auf Entdeckungsreise im Gemüsebeet gegangen. Leni setzte sich.

Die Sonne wärmte schon ein kleines bisschen, hatte für Ende März erstaunlich viel Kraft.

Anne brachte zwei Becher mit Tee. Sie legte sich eine Decke über die Knie, streckte die Beine aus und schloss kurz die Augen, einfach um die wärmenden Sonnenstrahlen zu genießen. »Das tut gut«, meinte sie.

Leni betrachtete sie von der Seite.

Niemand hätte gedacht, dass Anne auch nur den ersten Kriegswinter übersteht. Aber was auch immer es war – die neue Umgebung, die Fresspakete vom Gutshof, die Gesellschaft der Dorfbewohner –, sie war seit ihrem Einzug immer kräftiger geworden. Nicht genesen – längst nicht, wer wusste schon, ob sie das überhaupt jemals sein würde –, aber zumindest schien sie auf einem guten Weg zu sein. Sie hatte das verlorene Gewicht langsam zurückgewonnen, hatte eine gesunde Gesichtsfarbe, auch wenn sie noch etwas winterblass war. Ihre Wangen, deren Knochen zuvor spitz hervorgetreten waren, waren nun wieder weicher und voller, sie wirkte ganz eins mit sich und ihrem neuen Leben.

»Meine Schwester schickt mich.« Leni stellte den Teebecher auf die Bank zwischen ihnen und sah nach Carl. Er sammelte Steinchen.

»Geht es ihr besser?«

»Leider nein. Sie mag auch nicht mit Dr. Köster reden. Und der Kräutertee, den die Hebamme ihr letztes Mal geschickt hat, hat es nur noch schlimmer gemacht, habe ich das Gefühl.«

»Isst sie denn wenigstens?«

Leni schüttelte den Kopf. »Die Übelkeit plagt sie wohl sehr.«

Anne wiegte den Kopf hin und her. »Viel weiß ich auch nicht darüber«, sagte sie leise. »Aber die ersten drei Monate dürften doch schon rum sein? Den meisten Frauen geht's danach besser.«

Leni rechnete. Oskar war um Weihnachten zu Besuch gewesen.

»Vielleicht ist mit dem Fötus etwas nicht in Ordnung. Das kommt vor.«

»Aber da können wir nicht viel machen, oder?«

Anne schüttelte traurig den Kopf. »Leider nicht. Aber wahrscheinlich ist sie einfach geschwächt, weil sie zu wenig isst. Bring ihr ein Stück Aniskuchen mit, vielleicht mag sie den. Oder gibt es andere Lebensmittel, die sie gerne mag?«

»Dosenwurst schon mal nicht.«

Darüber schmunzelte Anne. »Na, wie ich höre, habt ihr davon im Moment mehr als genug.«

Sie plauderten noch ein wenig, bis Leni sich verabschiedete. Sie sammelte Carl aus dem Beet auf und hob ihn in den Bollerwagen.

»Ach, da fällt mir was ein. Wenn du helfen möchtest.« Anne zog aus der Rocktasche einen zerknitterten Brief. »Drüben in Versmold machen sie ein neues Lazarett auf. Sie suchen Freiwillige.«

Sie gab Leni den Umschlag.

»Ich bin erst fünfzehn«, wandte Leni ein. Sie hatte sich schon zu Beginn des Krieges erkundigt. Erst mit sechzehn durfte sie in einem Lazarett helfen, die Verletzten zu pflegen. Sie sehnte diesen Tag herbei, denn sollte der Krieg so lange dauern – hoffentlich nicht! –, konnte ihre Mutter ihr kaum länger verbieten, sich als Krankenpflegerin zu melden. Und das war ja nun leider Gottes Lenis einzige Möglichkeit, die ihrem heimlichen Traum, als Ärztin zu praktizieren, am nächsten kam.

»Das ist nicht mehr entscheidend. Ich schreibe dir eine Empfehlung, wenn du dort helfen möchtest. Ich würde selbst hingehen, aber ich darf ja nicht.«

Mit der Tuberkulose war es Anne verboten, mit Kranken zu arbeiten. Zu groß war das Risiko, dass sie jemanden ansteckte.

»Ich frag meine Mutter.«

Sie machte sich nicht viel Hoffnung. Ihre Mutter ließ sie schon nicht zur Schule, warum sollte dann ein Lazarett der bessere Ort für eine junge Frau sein?

Aber fragen *musste* sie.

November 1928

»Oller, oller Hilgesmann
de uns wat votellen kann
van Appel un van Buiern,
Nürte sin nich duier.
Goe Luie givt us wat
un lot us nich so lange ston
wie moit non Huisken woiter gon
von huir bit no Köllen
Köllen is ne graute Stadt
do giv us olle Luie wat
klipp – klapp – Reosenblatt
Goe Jungfer giv us wat!«

Leni verteilte Nüsse und kleine Karamellbonbons in den Körben der Kinder, die durchs Dorf zogen, das Hilgesmann-Lied sangen und um ein paar Süßigkeiten baten. Alljährlich an Allerheiligen, so war's der Brauch. In anderen Orten gab's das Martinssingen, aber hier war es der olle Hilgesmann, für den die Kinder den plattdeutschen Vers sangen. Eins trug eine Laterne und alle folgten ihm rasch zum nächsten Haus.

Sie wäre gern mit Marie gelaufen, so wie einige andere Eltern ihre Kleinsten begleiteten. Doch Marie war von Sophie und Carl abgeholt worden, der übers Wochenende daheim war, und gemeinsam liefen sie durchs Dorf. Leni freute sich darüber. Bestimmt würde ihr kleines Mädchen später mit geröteten Wangen und einem Beutel voll mit süßen Birnen und Nüssen heimkommen.

Sie zog sich ins Behandlungszimmer zurück. Der Patientenstrom war bereits wieder versiegt, fast so schnell, wie er vor ein paar Wochen gekommen war. Da blieb nicht viel zu tun. Ein paar Dinge gab's aber noch, die Leni keine Ruhe ließen. Marie wäre bestimmt noch ein Weilchen unterwegs, dieser Moment war so gut wie jeder andere. Sie stand auf, löschte die Lichter und schloss die Haustür hinter sich ab, bevor sie ging.

Die alte Hebamme wohnte in einer kleinen Kate mitten im Dorf, im Schatten der Kirche schmiegte sich das Häuslein an ein größeres, in dem einst ihr Bruder gewohnt hatte, dem die Schmiede gehörte.

Obwohl es erst kurz nach fünf war, wurde es schon dunkel. Ein nasskalter Tag, der nichts Gutes verhieß für die dunklen Monate, die noch vor ihnen lagen.

Leni klopfte und trat einen Schritt zurück. Sie hörte etwas im Innern rumpeln, dann öffnete sich die Tür und Alma Potthoffs spitzes Gesicht schaute durch den Spalt.

»Das Fräulein Doktor«, krächzte sie.

»Guten Abend«, sagte Leni höflich. »Darf ich hereinkommen?«

»Nu, warum nicht.«

Die alte Frau öffnete die Tür gerade weit genug, dass Leni sich hindurchzwängen konnte. In der Kate, die aus nur einem Raum bestand, war es recht finster. Immerhin warm vom Ofen in einer Ecke des Raums. Darüber hingen Kräuter, hinter einem Paravent gab's ein Bett, vermutete Leni. Kommode, Tisch und zwei Stühle. Die alte Potthoff hatte nicht viel.

»Ja, bissken was andres als drüben im Arzthaus«, bemerkte die alte Hebamme. Sie trat an den Herd und stellte den Wasserkessel über die Flamme. »Tee könnt ich Ihnen anbieten.«

»Den nehme ich gern.« Leni wartete, bis Alma Potthoff ihr einen Platz anbot. »Ich komme wegen Teresa Meyer. Sie ist in anderen Umständen.«

Alma Potthoff kicherte. »Sagt man so in der großen Stadt, ja?«

Leni atmete tief durch. Sie hatte ja gewusst, dass dieses Gespräch nicht einfach werden würde, aber sie hoffte immer noch auf Einsicht bei ihrem Gegenüber. Auf eine Lösung für alle Beteiligten.

»Ich war neulich drüben und mache mir Sorgen um sie.«

»Ja, das hat sie mir wohl erzählt.«

»Ach so, hat sie?«

»Lassen Se die Finger von der Teresa, Fräulein Doktor. In der großen Stadt macht man das vielleicht, dass die Ärzte dabei sein dürfen bei 'ner Geburt. Hier ist das nicht so. Wir machen das auf unsere Art. So wie früher.«

Leni senkte den Blick auf ihre eigenen Hände. »An früher erinnere ich mich wohl«, erklärte sie mit leiser Stimme, konnte kaum die Wut in ihr heraushalten.

»Das war nun mal so. Damals.«

»Sie meinen, dass meine Schwester fast verblutet ist? Dass …«

»Passiert.« Alma Potthoff war nicht bereit, sich etwas davon anzunehmen. »Außerdem … Sie hat's doch überlebt, oder nicht?«

Leni stand auf. Sie hatte diesem alten, sturen Weib nichts mehr zu sagen.

»Kommen Sie mir lieber nicht mehr in die Quere!«, rief die ihr nach. Leni zog die Tür mit einem Ruck hinter sich zu und stieg auf ihr Rad. Leichter Nieselregen setzte ein, während sie quer über den Kirchhof radelte und dann in die Allee zum Haus ihrer Eltern einbog. Es war vereinbart worden, dass sie Marie dort abholte, wenn sie vom Hilgesmann-Singen zurückkehrte.

Die Kinder waren noch unterwegs, teilte ihr das Dienstmädchen mit, als es Leni öffnete und ihr Hut und Mantel abnahm. Leni wurde in den Salon gebeten, wo Hanni saß und las.

»Wo sind unsere Eltern?«, fragte Leni beim Eintreten.

»Ich freue mich auch, dich zu sehen.« Hanni legte das Buch beiseite. »Drüben in der Fabrik. Eine Versammlung. Sie wollen investieren.«

»Darin waren sie immer schon gut.«

»Ja, aber was sie vorhaben, ist verrückt. Sollen sie dir selbst erzählen.«

Es dauerte nicht lange, da traten auch die Eltern ein. Leni stand auf. Seit sie die Zimmer über der Praxis bewohnte, hatte sie ihre Mutter gar nicht gesehen, den Vater nur, wenn er gelegentlich sonntags nach der Kirche auf einen Kaffee zu ihr kam. Dann saßen sie auf ihrem Gartenbänkchen und schwiegen ein bisschen. Das konnte er gut, schweigen.

»Kind, du bist doch nicht bei diesem Wetter mit dem Rad unterwegs? Du solltest mal über die Anschaffung eines Autos nachdenken.«

Ihre Mutter umarmte sie zur Begrüßung. Veilchenduft hüllte Leni ein, vermischt mit dem Geruch von Zigaretten und dem Holzfeuer in der Stube.

»Kann ich mir nicht leisten«, erklärte sie fast fröhlich.

»Aber du bist die Ärztin!«

»Erklär das mal den Leuten.«

»Dann lass dir wenigstens von uns helfen. Wir haben gerade ein paar gute Jahre gehabt.«

»Ich hab's schon gehört. Hanni erzählt, ihr wollt die Fabrik erweitern?«

Leni merkte, wie ihre Eltern kurz Blicke wechselten. Das Mädchen brachte auf einem Tablett vier Gläser mit Martini. Leni hob abwehrend die Hand – sie trank keinen Alkohol und hatte nicht vor, damit heute Abend zu beginnen.

»Aber gleich trinkst du doch einen Champagner mit uns? Um auf die neue Fabrik anzustoßen.«

»Eine neue Fabrik?«, erkundigte Leni sich überrascht. »Es klang, als wolltet ihr noch mehr Wurst machen …«

»Ja, eine Kaffeefabrik. Deine Mutter will unsere Verbindung nach Bremen nutzen. Dort hat Oskars Familie gute Beziehungen.« Ihr Vater nahm ein Champagnerglas, er prostete den anderen zu und genehmigte sich einen Schluck. Leni schüttelte den

Kopf, als das Dienstmädchen mit dem Tablett vor ihr stand, doch es schien etwas schwer von Begriff zu sein und wartete, bis sie das verbliebene Glas nahm.

»Jawohl, wir wollen expandieren.« Ihre Mutter setzte sich auf das Sofa neben Hanni. Sie wirkte sehr zufrieden. »Das Dorf wird damit auch weiterwachsen. Drüben auf dem Gelände am Landweg wollen wir Wohnungen bauen.«

Die sie dann an die neuen Arbeiter vermieten konnte. Natürlich zu Preisen, die vor allem die Kasse ihrer Familie füllten. Leni nickte nachdenklich.

»Das kommt auch dir zugute«, fügte ihre Mutter hinzu. »Mehr Patienten.«

»Na ja. Vielleicht kommen dann überhaupt mal Patienten«, sagte sie verbittert.

»Ach, Leni. Du musst Geduld haben mit den Leuten.«

»Aber wieso denn?« Sie hatte keine Lust mehr, sich von ihrer Mutter sagen zu lassen, was sie tun oder lassen sollte. »Für sie bin ich immer noch deine Tochter, und die Praxis wurde von unserem Industriellengeld gekauft. Ich habe mich nach Dr. Köster erkundigt. Er ist jetzt in Bad Rothenfelde, habe ich gehört. Schickere Praxis, viele Kurgäste kommen zu ihm. Er sonnt sich in diesem Reichtum, aber den hat er wohl kaum als Dorfarzt hier in Bockhorst erworben. Du hast ihm die Praxis abgekauft, und ich vermute, du wirst ihm auch die neue in Rothenfelde eingerichtet haben.«

»Das ist nicht wahr«, sagte ihre Mutter leise.

»Ach nein? Was ist dann wahr? Ich weiß es nämlich nicht mehr, Mutter.« Sie stellte das Glas auf ein Tischchen neben ihrem Sessel. »Ich weiß gar nichts. Ich weiß nur, dass mein Leben, seit ich hier bin …« Sie schluckte die Tränen runter.

Ich bin so einsam, dachte sie. Saß da zwischen den anderen Familienmitgliedern und fühlte sich doch allein. Als hätte sie damals, als sie nach Berlin ging, alle Brücken zu ihnen abgerissen. Dabei war es doch ganz anders gewesen. Damals.

Und heute?

Es hatte sich nichts geändert. Sie war im Kreis ihrer Familie immer noch eine Außenseiterin, obwohl ihre Mutter immer so sehr betont hatte, dass Leni ihr liebstes Kind sei.

Bevor sie länger darüber nachdenken konnte, kamen die Kinder zurück. Nass geregnet, mit geröteten Wangen und die Beutel voll mit Äpfeln, Nüssen, Karamellbonbons und Lakritz. Leni schloss Marie in die Arme. Sie spürte den Blick ihrer Mutter, sah sie herausfordernd an. Was denn?, wollte sie rufen. Mein Kind sucht meine Nähe, und ich gebe sie ihr. Daran kann doch nichts falsch sein?

Das Abendessen wurde serviert, sie wechselten ins Speisezimmer. Die Kinder plapperten fröhlich weiter, selbst Marie erzählte begeistert, was sie unterwegs erlebt hatten. »Ich bin in eine Pfütze gefallen!«, sagte sie munter.

»Stimmt gar nicht, der Meyerjunge hat sie geschubst«, berichtete Sophie.

Plötzlich war es am Tisch totenstill.

»Stimmt das?«, fragte Leni leise. »Hat er dich geschubst?«

Marie zuckte mit den Schultern. »Schon irgendwie. Aber er hat's nicht so gemeint.«

Lenis Mutter schnaubte. »Nicht so gemeint, sicher. Hauptsache, sie können uns eins auswischen, diese Pattjacken.«

»Mutter.« Leni funkelte sie über den Tisch hinweg an. Dass ihre Mutter mit den Meyers nicht auskam, war ja nun kein Geheimnis, doch es war auch kein Grund, sich so niveaulos zu geben.

»Ich werde es jedenfalls nicht auf uns sitzen lassen, wenn die schon ihre Kinder gegen uns aufhetzen.« Regine Wittmann stand auf.

»Mutter, nicht.«

Leni erhob sich ebenfalls. Sie baute sich vor ihrer Mutter auf, in ihr war da dieses Tosen und Brausen, als ginge es bei dieser Auseinandersetzung nicht nur um den Großbauern im Dorf. Es war auch ein Machtkampf zwischen ihnen beiden, zwischen Mutter und Tochter. Eine Auseinandersetzung, bei der Leni nur verlieren konnte, das war ihr wohl bewusst. Wenn ihre Mutter die Oberhand behielt, musste sie sich geschlagen geben. Und wenn sie gewann, durfte sie sich vermutlich bis in alle Ewigkeit das Jammern ihrer Mutter anhören, weil ihre Galle zwickte, sobald ihr etwas, das Leni sagte, nicht passte.

Aber es ging hier um *ihre* Tochter, die der kleine Meyer in den Dreck geschubst hatte. Und es war ja nichts passiert. Herrgott, so etwas hatte doch auch in Berlin dazugehört, wenn Marie mit den anderen Kindern aus dem Haus im Hinterhof spielte.

Leni traf eine Entscheidung. »Ich werde mich um die Angelegenheit kümmern.«

»Ach ja, wirst du das. Mit wem willst du da reden? Peter ist wohl kaum der Richtige. Zumal er daheim eh nicht mehr erwünscht ist.«

Leni hob die Augenbrauen, sagte aber nichts. Ihr Vater räusperte sich. Ihm war diese Angelegenheit sichtlich unangenehm. Vor allem, was seine Frau da gerade andeutete – dass Leni dem Bruder des Meyerbauern näherstand, als es sich für eine unverheiratete Frau schickte.

Wenn ihr wüsstet, dachte sie. Wenn ihr wüsstet, wie wenig sich mein Berliner Leben schickte, ihr hättet niemals zugelassen, dass ich nach Hause zurückkehre.

Aber jetzt war der falsche Zeitpunkt, damit anzufangen. Ob es überhaupt je den richtigen geben würde, bezweifelte Leni.

»Ich habe gelegentlich mit Teresa zusammengesessen. Beim nächsten Mal spreche ich es an.«

Streng genommen hatte sie Teresa nur einmal getroffen, aber dies wäre eine gute Möglichkeit, sie ein zweites Mal aufzusuchen, ohne sofort wieder in ihrer Funktion als Ärztin auf der Schwelle zu stehen.

»Nun gut.« Lenis Mutter entspannte sich etwas, und ihr Vater nutzte die Gelegenheit, stand auf und legte den Arm um ihre

Schultern. »Dann lasst uns jetzt diesen Abend feiern. Als Nachtisch haben wir feinsten Kuchen, und ich denke, der Kaffee wird uns heute ganz besonders munden.« Er zwinkerte Leni zu. Lass gut sein, hieß das wohl, und Leni beugte sich seinem Wunsch.

Sie überstand das Abendessen irgendwie, der Kaffee schmeckte so köstlich, dass sie um eine zweite Tasse bat. Vermutlich würde sie diese Nacht keinen Schlaf finden, aber das war Leni inzwischen auch egal. Sie war in Gedanken weit weg, und als sie sich mit Marie verabschiedete, ließ sie es zu, dass ihr Vater den jungen Paulsen bat, sie mit der Kutsche heimzubringen. Nachdem der alte Paulsen kurz nach Kriegsende verstorben war, hatte sein Sohn Paul die Arbeit seines Vaters übernommen. Kutscher konnte er auch einarmig sein, pflegte Lenis Vater zu sagen. Und mit dem Automobil kam er auch erstaunlich gut zurecht, wenngleich er den Zweispänner bevorzugte.

Bei dem sanften Schaukeln auf der Polsterbank hinten in der Kutsche schlief Marie auf ihrem Arm ein.

Der junge Paulsen half ihr aus der Kutsche.

»Den Rest schaffe ich allein«, sagte sie leise. »Danke, Paulsen.«

»Sind 'ne Gute, Fräulein Doktor.«

Sie hatte schon gehen wollen, blieb aber noch mal stehen. »Wie meinen Sie das?«

Er schob die Mütze aus der Stirn. »Wie ich's sage. Mich wundert nur, dass Sie bisher nicht in dem kleinen Haus waren. Sie wissen schon, in dem am anderen Ende vom Dorf, das Ihre Eltern damals gekauft haben. Vor acht Jahren.«

Leni blinzelte. »Ist er denn …«

»Nu, klar is der noch da. Wo soll er denn hin? Bringe ihm einmal in der Woche was aus der Gutsküche. Vermutlich denkt Ihre Mutter, damit sei's getan.«

»Danke, Paulsen. Ich wusste nichts davon.«

Sie hätte dem Mann gern die Hand auf den Arm gelegt, irgendwas getan, um ihm zu zeigen, dass er für sie ein Mensch war und nicht nur der Kutscher ihrer Eltern.

»Geht's Ihnen gut?«, fragte sie spontan. Sie ruckte Marie hoch, die mit den Ärmchen um ihren Hals noch immer fest schlief, den Kopf in ihre Halsbeuge gelegt.

»Schon so weit. Meiner Meta geht's schlecht. Die Augen.«

»Sie kann gern mal in meine Sprechstunde kommen. Das kostet sie auch nichts, es geht über die Krankenversicherung.«

»Das macht sie bestimmt mal.«

Mehr blieb nicht zu sagen, und Leni verabschiedete sich. Sie war enttäuscht. Wenn nicht mal die Frau des Kutschers zu ihr kam, wer denn dann? Das Telefon hatte seinen Reiz allzu schnell verloren, und nachdem sie für ihre erste Patientin eine niederschmetternde Diagnose gestellt hatte, wollte keiner mehr kommen. Sich bei der neuen Dorfärztin direkt mal ein Todesurteil abholen? Nein, danke.

Marie wachte nicht auf, als Leni sie ins Bett legte und ihr die Stiefel auszog. Sie hatte das Kind auf die Tagesdecke gelegt. Die dreckverklebten Knie hätte sie ihr gern gewaschen, aber das musste wohl bis morgen warten.

Am liebsten hätte sie sich danebengelegt, so erschöpft war sie auf einmal. Zugleich ganz schrecklich aufgedreht vom zugegebenermaßen köstlichen Kaffee, den ihre Mutter in ihrer neuen Fabrik bald abpacken und verkaufen wollte.

Sie ging nach unten, setzte sich an den Schreibtisch und ließ sich mit der Berliner Nummer verbinden, die ihr inzwischen so leicht über die Lippen ging.

Florian hob nach dem zweiten Klingeln ab.

»Leni, so eine Überraschung.«

»Lügner«, sagte sie zärtlich. »Heute ist doch Donnerstag.«

Seit sie ihn vor ein paar Wochen das erste Mal angerufen hatte, sprachen sie jeden Donnerstag miteinander.

»Ich hoffe, ich störe nicht.«

»Nie. Warte, ich muss gerade die Tür schließen.«

Er legte den Hörer weg. Sie hörte im Hintergrund Lachen und Musik.

»Du feierst eine Party?«, fragte sie, sobald er zurück war.

»Ach, Party kann man das nicht nennen. Ein paar Freunde sind zum Abendessen da. Du rufst früh an.«

Das waren immer die schönsten Abende gewesen, Leni erinnerte sich gut.

»Vermisst du Berlin?«, fragte Florian unvermittelt.

»Ja«, gab sie zu. »Vor allem vermisse ich dich. Und deine Partys.«

»Ich sagte doch, es ist keine richtige Party.«

»Kenne ich diese Freunde?«

Er zögerte. »Du kannst jederzeit zurückkommen. Ich würde mich freuen.«

Also kannte sie sie nicht. Oder es waren Freunde, mit denen sie ungern zusammen gewesen war, die jetzt aber, da sie nicht mehr bei Florian lebte, wieder zu ihm kamen.

Florian von Werders Tür stand immer jedem offen. Mit seinem Herzen war das schon etwas anderes, da war er wählerischer. Trotzdem hatte er Leni sofort in sein Leben gelassen, in sein Haus – ja, und auch in sein Herz, als wäre es groß genug für sie und alles, was sie mit sich herumschleppte.

»Ich kann nicht.«

»Ich weiß. Wollte nur, dass du es weißt.«

Sie lächelte. Guter Florian. Immer da, so verlässlich wie die Sonne am nächsten Morgen.

»Hast du …?« Sie beendete die Frage nicht, weil sie ein Geräusch hörte. Vorn an der Haustür.

»Was habe ich?«

»Ach, nichts.« Sie hatte nach Matthias fragen wollen, aber jetzt lauschte sie in die Dunkelheit jenseits ihrer kleinen Praxis. Eine Stimme rief ihren Namen. Grölte ihn, besser gesagt.

»Alles in Ordnung? Du klingst komisch.«

»Ja, ich dachte kurz, jemand sei vor der Tür. Habe mich wohl geirrt.«

»Um diese Zeit? Ich dachte, deine Bauern gehen mit den Hühnern schlafen.«

Sie lächelte gequält. »Heute war oller Hilgesmann, da geht wohl keiner früh schlafen. Ich habe …«

Ein Krachen, ein Splittern. Leni schrie auf. Der Hörer fiel ihr aus der Hand, sie rannte in den Flur, bevor sie wusste, was sie tat. Vor allem tat sie es ohne Bedacht, und ihr Fuß, der nach dem anstrengenden Tag ohnehin schmerzte, knickte einfach unter ihr weg. Gerade noch konnte sie sich am Türrahmen festhalten, sonst wäre sie gestürzt.

Die Glasscheibe in der Haustür war zersplittert, ein Arm ragte in den Flur, tastete blind nach dem Türgriff, um sie auf diese Weise zu öffnen und in ihr Haus zu gelangen. Leni wich zurück. »Wer ist da?«, rief sie. Gerade so, als könnte eine Antwort den Eindringling von seiner Tat abhalten. Oder als wäre von Belang, *wer* gerade versuchte, in ihr Haus einzubrechen, um … ja, um *was* zu tun?

Leni hörte von oben Maries verschlafene Stimme. Ihr Herz stockte. Marie! Himmel, sie musste zu ihrem Kind, und dann mussten sie beide verschwinden, so schnell wie möglich. Aber wohin nur, wohin? Durch die Hintertür in den umzäunten Garten? Durch ein Fenster direkt auf die Straße?

Nein, sie hätten keine Chance, wenn es diesem Unbekannten gelang, in ihr Haus einzudringen.

Leni wich in ihren Behandlungsraum zurück. Sie überlegte fieberhaft. Dann sah sie eine Spritze, die auf einem Tablett lag. Silbern glänzte sie. Frisch sterilisiert, aber selbst wenn sie es nicht gewesen wäre, das hätte Leni in diesem Moment nicht gekümmert. Sie packte die Spritze und humpelte zurück in den Flur. Die Hand tastete inzwischen am Schlüssel herum und versuchte ihn im Schloss zu drehen. Gott sei Dank hatte sie abgeschlossen!

Leni stürzte sich auf die Hand. Sie packte mit der Linken das Handgelenk, und bevor der Angreifer sich losreißen konnte, jagte sie ihm die Kanüle in die Hand. Er schrie vor Schmerz auf, ließ von den Schlüsseln ab und zog die Hand zurück. Leider steckte die Spritze noch im Handrücken und beim Zurückziehen geriet er zusätzlich an die Glassplitter. »Verdammt, Leni! Was soll der Scheiß?«

Sie riss die Schlüssel aus dem Schloss und wich einige Schritte zurück. Die Stimme kannte sie doch. War das etwa …

»Peter?«, flüsterte sie. »Bist du das?«

»Natürlich bin ich das.« Er heulte auf. »Verdammt, was hast du mit meiner Hand gemacht? Sie fühlt sich an wie gebrochen. Scheiße.«

Sie stand mit dem Rücken an der Tür zum Behandlungsraum, ihr Herz hämmerte laut in ihrer Brust und sie bekam kaum Luft. Was war hier los? Wieso hatte er versucht, in ihr Haus einzubrechen?

»Lässt du mich jetzt rein oder was?«

Leni überlegte. Von oben rief Marie. Sie hörte die Angst in der Stimme ihrer Tochter.

»Scheiße, du hast mir die Hand kaputtgehauen«, wiederholte Peter.

»Mami?!«

Leni traf eine Entscheidung.

»Ich verblute!«, behauptete Peter.

»Du wartest hier.«

Verbluten würde er schon nicht. Jetzt musste sie vor allem ihr Kind beruhigen. Es war im Grunde egal, warum er versucht hatte, sich Zutritt zu ihrem Haus zu verschaffen. Ohne Schlüssel würde er wohl nun kaum durch die Tür kommen, darauf musste sie jetzt einfach hoffen.

Auf dem Weg zur Treppe schob sie sich an der offenen Tür zum Behandlungszimmer vorbei. Der Hörer baumelte vom Schreibtisch, sie hörte das leise Rufen von Florian.

Später. Zuerst Marie.

Sie hetzte nach oben. Ihr Fuß pochte, ihr Blick war ganz klar. Sie ignorierte Peters Rufe. Verschwinde einfach, dachte sie. Tauchst hier auf, betrunken wohl, willst Krawall machen und heulst jetzt rum, weil dir eine Kanüle in der Hand steckt. Soll ich etwa auch noch so ’ne winzige Stichwunde versorgen, bevor ich mein Kind tröste, das du so verängstigst? Vergiss es.

Marie hockte im Bett und weinte. Leni kroch zu ihr, umarmte ihr kleines Mädchen, das schluchzte und sein Gesicht an Lenis Hals barg. »Schhh«, machte sie.

»Mama, wer ist das?«

»Nur Peter. Ich glaub, es geht ihm nicht gut. Schläfst du weiter? Komm, leg dich hin.«

Sie tröstete Marie, half ihr aus dem Mantel und deckte sie zu. Zum Glück war Marie so schlaftrunken, dass sie über den Schreck bald wieder einschlief. Sie hatte nur Lenis Trost gebraucht.

Sie ging wieder nach unten. Der Wind fuhr durch das Loch in der Glasscheibe, dunkel glitzerten Blutstropfen auf einigen Scherben, die noch in der Fassung steckten. Unter ihren Stiefeln knirschte es, der Schlüssel klapperte in ihrer Rocktasche.

»Bist du noch da, Peter Meyer zu Bentdorf?«, fragte sie und spähte durch das Loch in der Tür hinaus in die Dunkelheit.

Er stöhnte. Jetzt sah sie ihn, wie er da neben der Tür auf dem Boden hockte. Er hielt seine Hand umklammert, in der immer noch die Spritze steckte.

»Versprichst du, mir nichts zu tun, wenn ich die Tür aufschließe? Du lässt mich in Frieden, ja?«

Er wimmerte nur.

Sie zögerte, haderte. Wenn sie ihn hereinließ, könnte er sie angreifen. Und wenn sie es sich recht überlegte, war dies nicht das erste Mal, dass er sich ihr näherte. Ihr fiel die Situation ein, als sie die erste Nacht im Haus geschlafen hatte und er früh morgens die Treppe hochgekommen war. Da hatte sie ihn einfach fortgeschickt.

Das wäre in dieser Situation vermutlich das Beste. Aber das konnte sie nicht mit ihrem Gewissen vereinbaren. Immerhin hatte sie ihn verletzt.

»Peter? Versprichst du es mir?«

»Ja, verdammt.«

Sie traf eine Entscheidung. Ging ins Behandlungszimmer. Der Telefonhörer baumelte vom Apparat bis fast hinunter auf den Orientteppich. Sie nahm ihn. »Florian?«, flüsterte sie.

»Herrgott, Leni. Was ist da bei dir los? Ich habe nur diesen Knall gehört, dann deine Schreie …« Florians Stimme überschlug sich fast. »Alles in Ordnung?«

»Jetzt, ja.« Sie zögerte. »Hör zu, ich muss gerade einen Patienten behandeln. Versprichst du mir, mich in zwanzig Minuten noch mal anzurufen? Und wenn du mich nicht erreichst …«

»Leni.« Seine Stimme, so tonlos. Wie damals.

Als er sie fast verloren hatte.

»Was dann?«, fragte er schließlich, weil sie nicht antworten konnte. Draußen hatte Peter angefangen zu stöhnen, und sie fragte sich, ob er sich nicht doch schlimmer verletzt hatte. Zu viel Blut verlor, weil er sich zusätzlich an einer Scherbe geschnitten hatte.

»Dann ruf meine Eltern an.«

»Nicht lieber gleich die Polizei?«

Fast hätte sie gelacht. »Wir sind hier auf dem Land. Meine Eltern sind schneller hier.«

»Pass bitte auf dich auf.«

»Ich versprech's«, flüsterte sie.

Dann legte sie auf. Danach zog sie aus der Schreibtischschublade den Schlüssel vom Schrank hervor, in dem sie Medikamente und ihre Operationsinstrumente aufbewahrte. Sie nahm das Etui mit dem Operationsbesteck, öffnete es und entnahm ein Skalpell.

Sollte ihr Peter doch zu nahe kommen, würde sie diesmal vorbereitet sein.

April 1916

Zu ihrer Überraschung sagte ihre Mutter sofort Ja. »Das wird dir guttun. Ein wenig Ablenkung und noch dazu eine so nützliche Beschäftigung.«

Also stieg Leni eine Woche später morgens neben dem alten Paulsen auf den Kutschbock. Er fuhr nach Versmold, um Wurstkonserven auszuliefern. So würden sie es zukünftig an drei Tagen in der Woche machen. Er setzte sie morgens beim Gemeindesaal ab, wo sie im Lazarett half. Abends nahm er sie wieder mit zurück.

Leni wusste nicht, was sie sich erhofft hatte oder erwartete. Aber sie merkte bald – es war alles ganz anders als in ihrer Vorstellung. Ja, diese reichte nicht für das, was hier geschah. Die Soldaten, die hier landeten, waren bereits an der Front notdürftig versorgt worden. Die Heilung aber fand in diesem Lazarett statt, und für manche hieß das, sie blieben über Wochen oder Monate.

Die Oberschwester gab ihr eine graue Schwesterntracht mit einer großen, weißen Schürze. Leni sollte vor allem bei der Essensausgabe helfen, den jungen Männern die Briefe von daheim vorlesen, ihnen zu trinken bringen und »einfach aufpassen, dass keiner aus dem Bett fällt«. Was Leni erst für einen Scherz hielt. Bis sie erlebte, wie ein junger Soldat, dem nach einem Giftgasangriff die Augen weggeätzt waren, sich in einem Anflug von Wahn aus dem Bett warf und darunterkroch. Sie holte rasch Schwester Else, gemeinsam hievten sie ihn zurück auf die Matratze, und die Schwester verabreichte ihm eine der wertvollen Spritzen mit Morphin, so dass er sofort wegdämmerte. Leni blieb am Fußende des Betts stehen, während Schwester Else seinen Puls fühlte.

»Armer Kerl«, murmelte sie, als sie zu Leni trat. »Er denkt immer noch, er hockt im Schützengraben, und es braucht nur eine Schüssel zu laut klappern, schon will er sich wegducken, weil er die Mörsergranaten fürchtet.« Sie überlegte kurz. »Manchmal hilft es, wenn ihm eine Schwester vorsingt. Kannst du was singen?«

Leni nickte stumm. Sie zog einen Stuhl heran, setzte sich zu dem jungen Soldaten. Wusste erst nicht, was sie singen sollte. Der junge Gefreite im Bett nebendran, der wie durch ein Wunder einen Bauchschuss überlebt hatte, beugte sich herüber. »Ich hoffe, für ihn ist's bald geschafft. Er kommt aus Schwaben.«

Leni nickte. Jetzt wusste sie, was sie für ihn singen konnte. Es gab ein Lied, das oft von den Menschen gesungen wurde, wenn sich eine Kompanie, ein Heerzug, ein Trupp Soldaten landauf, landab in Marsch setzte.

Leni sang es ganz leise, und sie spürte, wie sich eine gar andächtige Stille über den Saal legte. Der blinde Soldat wurde langsam ruhiger.

Muss i denn, muss i denn zum Städele hinaus …

Natürlich kannte sie das Lied auswendig. Erst als sie alle Strophen gesungen hatte, stand sie auf und verließ rasch den Krankensaal, damit niemand ihre Tränen sah.

Nach dem ersten Tag im Lazarett dachte Leni, sie schaffte das nicht. Sie fuhr schweigend neben dem alten Paulsen heim, tief in den Gedanken versunken, die sie nicht aussprechen konnte. Zu viel Schreckliches war ihr allein an diesem Tag begegnet. Sie trug noch die Schwesterntracht, eine zweite lag als Bündel auf ihrem Schoß, denn die Schürze war verdreckt, nachdem ein junger Soldat sich beim Abendessen direkt darauf übergeben hatte.

Die Blicke der jungen Männer im Lazarett waren leer, innerlich tot. Manche redeten mit ihr, die meisten lagen stumm und mit geschlossenen Augen auf dem Rücken, die Hände über der Brust gefaltet, als wären sie schon gestorben. Blut. Erbrochenes. Eiter. Körperausscheidungen jeder nur vorstellbaren Art und Konsistenz.

»Nun?«, fragte ihre Mutter, als Leni in die Eingangshalle trat. Sie löste die Haube vom Kopf, streifte den dünnen Mantel ab und warf beides über den Garderobenständer. »Reicht dir das?«

Da begriff Leni.

»Du hast mich hingehen lassen, weil du dachtest, ich halte es nicht aus.«

»Es ist grässlich, Leni. Wir alle müssen uns auf die eine oder andere Art damit auseinandersetzen.«

»Aber du meinst immer noch, mir wäre das nicht zuzumuten.«

Ihre Mutter schwieg. Das reichte als Antwort.

»Ich werde morgen wieder hingehen. Und alle Tage, solange ich laufen kann.«

»Aber Leni …«

Sie fuhr zu ihrer Mutter herum. Wütend. »Nein, Mutter.« Sie betonte das zweite Wort. »Dieser Krieg, du sagst es selbst. Er verlangt uns allen so viel ab. Ich will etwas beitragen, selbst wenn ich nicht daran glaube, dass dieses Schlachten zu etwas Gutem führen wird.«

Die Züge ihrer Mutter verhärteten sich. »Jetzt redest du schon wie dein Sozialistenfreund.«

Leni spürte, wie sich eine Wand zwischen ihnen auftürmte. Die Feindseligkeiten ihrer Mutter würde sie so nicht dulden.

»Vielleicht tue ich das. Aber es ist doch nur *menschlich*, wenn man denen helfen will, die nichts für ihr Elend können, meinst du nicht?«

»Verstehst du denn nicht? Dass ich dich beschützen will?«

»Das tust du aber nicht!«, rief Leni. »Und ich hab's nie von dir verlangt. Die Menschen … Die Leute sterben in diesem Krieg, und ich kann nichts dagegen tun. Nie werde ich etwas ausrichten können, wenn sie sterben. Weil du mich nicht lässt!«

Lenis Mutter verdrehte die Augen. »Das schon wieder? Du willst wirklich immer noch darüber diskutieren, ob ich dich Medizin studieren lasse?«

»Abitur machen wäre ein Anfang.« Oh, Leni brodelte vor Wut. Ein Jahr hockte sie nun zu Hause, und außer den Briefen von Matthias, ihre gelegentlichen Besuche bei Anne und den unzähligen gestrickten Socken hatte sie nichts. Und nun meinte ihre Mutter, die einzige Aufgabe, die ihr in dieser Zeit wirklich etwas gegeben hatte, solle sie lieber wieder aufgeben, weil sie für Leni doch viel zu anstrengend war?

Nie im Leben!

Sie drehte sich um und verließ den Raum. Mit erhobenem Kopf, leicht humpelnd, weil ihr Fuß wirklich sehr schmerzte. Oben in ihrem Zimmer legte sie sich aufs Bett. Ihren Tränen ließ sie einfach freien Lauf, wischte sie nur mit einer wütenden Handbewegung von den Wangen. Sie wollte ihre Mutter verfluchen, weil sie so … so … unnachgiebig war. Warum? Wieso konnte sie Leni nicht endlich erlauben, was ihre Schwestern durften?

Ihre Wut hielt nicht lange an. Sie setzte sich auf und überlegte. Ihre Mutter wollte, dass Leni im Dorf blieb. Im Haus am besten noch. Aber den Gefallen würde sie ihr nicht tun.

Am liebsten wäre sie fortgelaufen. Zum Bahnhof, von dort mit dem Zug nach Bielefeld gefahren, dann quer durch die Stadt zu ihrer Tante gelaufen. Aber nicht nur ihr Fuß hielt das nicht aus. Sie wusste nicht, ob sie den Mut dafür aufbringen konnte.

Es klopfte zaghaft. Leni wischte die letzten Tränen fort. »Ja?«, fragte sie leise.

Sophie steckte den Kopf herein. »Störe ich?«, fragte sie leise.

Leni schüttelte den Kopf. Sie rückte ein wenig beiseite, damit Sophie sich zu ihr setzen konnte.

»Ich habe deinen Streit mit Mama belauscht.«

Sophie durfte das. Weiter Mama sagen.

»Sie versteht einfach nicht, wie sehr ich mir wünsche, dass es mehr für mich gibt. Mehr als nur … das hier.«

Sophie lächelte still. Ihre Hände umfassten gedankenverloren das kleine Bäuchlein, das sich inzwischen wölbte.

»Das hier kann aber auch mehr als genug sein«, sagte sie.

»Ja, aber willst du das? Wenn Mutter und Vater nicht mehr sind? Dass ich dann in diesem Zimmer hocke und deine Familie mit meiner schlechten Laune terrorisiere? Weil ich nicht Ärztin werden durfte?«

»Sie hat eben Angst. Um jede von uns.«

Leni schnaubte. »So werde ich irgendwann verrückt. Stell dir vor, der Krieg ist aus. Was wird dann aus mir?«

Ja, was wurde aus ihr, wenn dieser Krieg endlich vorbei war?

»Uns hat er nur die Jugend geraubt, allen anderen …« Sophie zuckte mit den Schultern.

Leni wollte darauf etwas antworten, aber dann hörten sie einen Schrei. Sie blickten einander an, dann sprangen sie auf und liefen so schnell wie möglich nach unten.

In der Eingangshalle stand ihre Mutter und schrie. Sie schrie so laut, dass aus allen Ecken des Hauses die Menschen zusammenliefen. Die Mamsell kam schwerfällig die Stufen aus der Küche hinauf, Vater eilte aus dem Wintergarten herbei, Carl lief zu ihr und fing an zu weinen. Nur die Doggen verkrochen sich irgendwo, ihnen war dieses Geschrei viel zu laut. Markerschütternd und alles durchdringend.

Sophie war zuerst bei Mutter. Sie nahm ihren Arm, versuchte auf sie einzureden und erreichte doch nur, dass Mutter sich von ihr abwandte, sie legte die Hände ans Gesicht, schrie noch lauter – und brach zusammen.

Leni erreichte ebenfalls das untere Ende der Treppe. Die Haustür stand offen, und davor stand, den Hut in den Händen und peinlich berührt wegen der Aufregung, der greise Pastor Welpinghus in seinem Kaninchenpelz, den er von Oktober bis Himmelfahrt trug, egal wie kalt es draußen war.

»Er soll verschwinden!«, rief Mutter. »Ich will das nicht hören, er soll einfach gehen!«

»Bitte, werte Frau Wittmann …«

»Sagt ihm, er soll gehen!«, heulte Mutter. »Ich will das nicht hören, er soll mir wegbleiben mit seinen Todesnachrichten.«

Da verstand Leni.

Seit Ausbruch des Krieges war der Pastor im Dorf oft anzutreffen. Er besuchte seine Schäflein, sprach ihnen Mut zu. Wenn er aber unterwegs war, konnte es genauso gut passieren, dass er der Überbringer jener schlechten Nachricht war, die keine Mutter, keine Ehefrau, keine Tochter, keine Großmutter, keine Verlobte hören wollte. Ihm oblag die schwere Pflicht, die Leute im Dorf zu informieren, wenn einer der Ihren an der Front gefallen war.

Leni verstand ihre Mutter. Sie wollte auch nicht wissen, welcher ihrer Brüder nicht zur Aussaat heimkehren sollte, weil er in einem anonymen Grab im Westen des Reichs verscharrt wurde. Sie dachte an Fritz, der doch erst vor wenigen Wochen einberufen worden war; der Abschied war tränenreich gewesen, Mutter hatte ihn nicht ziehen lassen wollen.

Sophie schaffte es irgendwie, ihre Mutter so weit zu beruhigen, dass ihre Schreie zu einem Wimmern verebbten. Vater kam hinzu und bat den Pastor herein, denn auch ein Todesengel hatte ein Mindestmaß an Gastfreundlichkeit verdient. Er wies ihn in den geheizten Salon, während Sophie die Mutter nach oben geleitete. Leni zögerte. Dann schloss sie sich Vater und dem Pastor an.

»Wie wär's zuerst mit 'nem guten Korn?«, fragte Vater, als sich die Männer setzten.

»Ich nehme auch 'nen Steinhäger«, meinte der Pastor. Leni fing den Blick ihres Vaters auf. Sie nickte und lief in die Küche.

Die Schnäpse bewahrten sie kalt auf, soweit es ging, und bis in den Frühling war's im Keller ein Leichtes, sie auf Temperatur zu halten.

Die Pintchen beschlugen, als sie den kalten Schnaps einschenkte.

»Geben Sie Ihrer Tochter auch einen«, meinte Pastor Welpinghus.

»Leni ist erst fünfzehn.«

»Sie wird's brauchen. Wir alle werden es brauchen.«

Sie blickte ihren Vater fragend an. Er nickte, und sie holte sich auch ein Glas. Machte es aber nur halb voll. Sie wusste, sie vertrug nichts.

Dann erzählte Pastor Welpinghus ganz ruhig, was geschehen war, gerade so, als hätte er sich die Worte auf dem Weg zum Gutshaus zurechtgelegt. Vermutlich hatte er das auch getan. Er hatte ja bereits Übung.

Es war Rudolf.

Ausgerechnet der Älteste.

Viel wusste der Pastor auch nicht, er bekam immer nur Nachricht vom Postamt, um wen es ging, wann und wo es passiert war. Er wählte seine Worte mit Bedacht. »Ich bin sicher, er ist seinem Herrgott bis zum letzten Augenblick tapfer entgegengetreten.«

Unbemerkt war Lenis Mutter wieder eingetreten. Gestützt wurde sie von Sophie. Beide waren sehr blass und um Fassung bemüht.

»Der Herrgott kann mir gestohlen bleiben«, murmelte sie. »Wenn er mir die Kinder nimmt, will ich mit ihm nichts mehr zu schaffen haben.«

Der Pastor drehte sich langsam zu ihr um.

»Regine, bitte.« Lenis Vater stand auf. Er wollte den Arm tröstend um die schmalen, bebenden Schultern seiner Frau legen, doch sie schüttelte ihn mit einer heftigen Bewegung ab.

»Fass mich nicht an«, fauchte sie. Baute sich vor dem Pastor auf, musterte ihn. »Und Sie sind hier nicht länger erwünscht. Verschwinden Sie.«

Pastor Welpinghus trug es mit Fassung. Leni vermutete, dass er nicht zum ersten Mal so eine heftige Reaktion erfuhr.

»Erschießen Sie nicht den Boten.« Er stand auf, kippte im Stehen den zweiten Steinhäger, den Leni für ihn bereitgestellt hatte, und räusperte sich. »Ich wünsche Ihnen viel Kraft, diesen Verlust als Familie zu meistern.«

Leni glaubte, ihre Mutter würde ihn aus dem Haus jagen, doch sie blieb einfach stehen und wartete, bis er den Salon verlassen hatte. Ihr Vater folgte dem Pastor, sie hörte die beiden im Entrée sprechen. Ihre Mutter trat an den kleinen Servierwagen, auf dem noch die Steingutflasche stand. Statt sich mit den Schnapsgläsern aufzuhalten, setzte sie die Flasche an den Hals.

Entsetzt beobachteten Leni und Sophie, wie ihre Mutter sich den Steinhäger hinter die Binde kippte wie eine ordinäre Bauersfrau.

Sie setzte die Flasche ab, schaute von einer zur anderen und erklärte: »Das macht ihr mir nie nach, hört ihr?«

Danach wurde kein Wort mehr darüber verloren. Sie trugen Schwarz, solange man eben Schwarz trug und der Kleiderschrank es ermöglichte. Es gab eine kleine Trauerfeier, bei der es erneut zu einem Eklat kam, weil die Mutter den Pastor fortschickte. Sie wolle keinen Pfaffen im Haus haben, der von einem Himmel quasselte, an den hier doch ohnehin keiner glaubte. Er könne aber gern wiederkommen, wenn er bereit sei, über die Hölle zu sprechen.

Pastor Welpinghus wusste, wann er sich besser geschlagen gab. Er sei für jedes seiner Schäfchen jederzeit zu sprechen, erklärte er und blickte dabei in Lenis Richtung. Sie senkte den Kopf und suchte nach Sophies Hand.

Ihre Schwestern Lisabeth und Hanni waren mit Tante und Onkel für die Trauerfeier gekommen. Deren drei Söhne waren auch im Krieg, und die Trauer im Gutshaus, das spürte Leni deutlich, drückte allen aufs Gemüt. Keiner wollte sich darüber Gedanken machen, wer als Nächstes fallen könnte.

Nach der Trauerfeier rief Mutter nacheinander ihre Töchter zu sich ins Arbeitszimmer. Jede Unterredung dauerte nur wenige Minuten. Leni war die Letzte. Als sie eintrat, schrieb ihre Mutter gerade etwas.

»Das hier wird genügen«, sagte sie und faltete einen Zettel zusammen. »Wir brauchen zur Aussaat jede zusätzliche Hand.«

»Was ist das?« Leni verstand nicht.

»Die Bitte, dass sie uns deinen Freund Matthias schicken. Ihr seid jetzt zumindest vor den Behörden verlobt. Er kommt drei Wochen her und arbeitet auf den Feldern mit. Drei Wochen weniger in diesem unmenschlichen Krieg, mehr kann ich nicht für ihn tun.«

Leni konnte nicht anders. Sie umrundete den Schreibtisch und umarmte ihre Mutter. Ganz vorsichtig drückte sie sich an sie. »Danke«, flüsterte sie. »Danke, Mama.«

Für einen winzigen Moment erlaubte ihre Mutter sich, Lenis Unterarm zu drücken. »Wir tun alle, was wir können, nicht wahr? Aber mach dir keine Illusionen – er wird mit anpacken müssen wie alle anderen. Das werden keine Flitterwochen.« Nachdenklich blickte sie auf den Brief. »Und das mit der Verlobung … Das bleibt besser unter uns. Er muss von unserer kleinen Notlüge ja nichts erfahren.«

»Ja, Mama.«

Ihre Mutter lächelte traurig. Als vermisste sie es, Mama genannt zu werden.

November 1928

Als sie Peter ins Haus holte, hatte er sich augenscheinlich beruhigt. Mit seiner Linken hielt er das rechte Handgelenk umklammert. Immer noch steckte die Spritze im Handrücken, die Haut rings um die Einstichstelle hatte sich inzwischen dunkel verfärbt. Außerdem hatte er am Handgelenk eine Schnittwunde, in der einige Glassplitter steckten. Er war vom Nieselregen völlig durchnässt. Vermutlich war er den ganzen Abend unterwegs gewesen, erst von einem Hof zum anderen gezogen, mit seinem Bruder und dessen Kindern vielleicht, und überall gab's für ihn einen Wippermann oder einen Doppelkorn, für die Kinder gab's den Schlickerkram.

Oder er war allein um die Häuser gezogen, die Türen standen ja an so einem Abend jedem offen. Es herrschte eine ausgelassene Feierstimmung, man trank und vergaß sich irgendwann.

Was keine Entschuldigung war. Auch betrunken konnte man sich benehmen und nicht randalierend durchs Dorf ziehen.

Wortlos wies Leni ihn mit einer Handbewegung an, sich auf die Behandlungsliege zu setzen. Sie holte sauberen Mull und Verbandszeug, die sterile Pinzette. Für solche Fälle hatte sie auch eine helle Lampe neben der Liege stehen, die sie nun anknipste. Er blinzelte in das grelle Licht. Seine Augen waren blutunterlaufen, fast glasig sein Blick. Dennoch glitt er über den Ausschnitt ihrer modischen, roten Bluse. Leni trat hinter den Schreibtisch. Sie schlüpfte in ihren Kittel und knöpfte ihn bis oben hin zu, bevor sie sich ihm wieder näherte.

»Die Wunde muss gereinigt werden.«

»Nur zu«, lallte er. »Hab ja sonst nichts zu tun.«

Er streckte die Hand aus. Sie zog zuerst die Spritze heraus. Peter zog scharf die Luft ein. Sie legte die Spritze in eine Edelstahlschale. Dann beugte sie sich über die Hand. Sein Alkoholatem streifte ihr Gesicht, fast hätte sie sich angewidert abgewandt. Für einen Moment glitt die Hand zu der Rocktasche, in der sie das Skalpell versteckt hatte, aber darüber trug sie jetzt den Kittel. Verdammt. Sofort war die Unsicherheit zurück, ihr Herz raste und sie musste sich aufrichten und tief durchatmen. Sie tastete unter dem Kittel nach dem Skalpell, holte es so hervor, dass Peter hoffentlich nichts davon mitbekam. Es diente ja nur ihrem Schutz, sollte ihr ein Stück weit Sicherheit geben, nachdem sie ihn trotz der Randale ins Haus geholt hatte. Wenn er merkte, dass sie sich bewaffnet hatte, könnte er erneut ausrasten, fürchtete sie nun.

»Benimmst du dich jetzt?«, fragte sie ihn noch mal.

Peter starrte sie an, als müsste er ihre Worte erst einordnen. Dann nickte er.

»Gut. Dann erzähl mal, warum du vor meiner Praxis randaliert hast.« Sie drehte seine Hand so, dass sie die Splitter mit der Pinzette besser entfernen konnte. Peter zuckte zusammen.

»Hab dich gesucht«, nuschelte er.

»Mh. Und wieso?«

Darauf sagte er erst mal nichts. Leni arbeitete still. Er hatte Glück gehabt, stellte sie fest. Er blutete stark aus den Wunden am Handgelenk, es hatte die Vene aber offenbar nicht erwischt. Sonst hätte er schon deutlich mehr Blut verloren. Als sie ihn bat, die Finger zu bewegen, stellte auch das kein Problem dar. Gut so. Auch keine Sehne war betroffen. Er würde weiterhin arbeiten können.

»Fand wohl, es wäre eine gute Idee.«

»War es nicht«, erklärte sie. »Ganz und gar nicht.«

»Ich dachte …«

Sie ließ ihm Zeit. Kannte ja von sich selbst, wie lange sie manchmal brauchte, um die Dinge auszusprechen, die ihr so unangenehm waren, dass sie nicht wusste, woher sie die Kraft für diese Worte nehmen sollte.

»Hast du wirklich nachgedacht?«, fragte sie. Verschloss den Verband, lächelte dabei nachsichtig. Sie versuchte, ihm Brücken zu bauen, denn abgesehen von ihrer Familie war Peter so ziemlich der Einzige, mit dem sie im Dorf Kontakt hatte. Vielleicht war er auch der Einzige, den sie weit genug in ihr Leben gelassen hatte, dass er ein Freund hätte werden können.

»Wohl nicht so.« Er senkte den Kopf. Beschämt, ernüchtert wohl auch.

»Soll ich uns ’nen Tee kochen?«

»Kaffee wär besser. Dass ich wieder ’nen klaren Kopp kriege.«

»Zu viel Wippermann?«

Er nickte reumütig.

»Warte hier.«

Er blieb sitzen. Sie ging in die Küche. Mutter hatte ihr eine Tüte von dem Kaffee mitgegeben, sie mahlte ein paar Bohnen, heizte den Ofen, kochte Wasser auf. Als sie noch am Herd stand, schrillte das Telefon im Behandlungszimmer. Leni humpelte zurück. Peter saß da, wo sie ihn zurückgelassen hatte. Sie hob ab.

»Geht es dir gut, Leni?«

»Alles in Ordnung«, beruhigte sie Florian.

»Was war denn los?«

Sie wandte Peter den Rücken zu. »Nur ein … Freund. Er hat wohl …«

»Ein Freund? Was sind denn das für Freunde, die mitten in der Nacht deine Tür einschlagen?«

»Bitte, Florian. Ich hab’s im Griff.«

Das hoffte sie zumindest.

»Rufst du mich an, wenn er weg ist?«

Sie seufzte. Inzwischen war sie müde. Der Adrenalinschock, die späte Stunde, sie hätte sich am liebsten in ihrem Bett eingerollt. Und nun musste sie noch die Gastgeberin für Peter spielen, der Gott weiß was auf dem Herzen hatte. Vermutlich irgendwas Romantisches, und dann kam er ihr so. Das konnte er sich gleich aus dem Kopf schlagen.

»Setz ihn bitte vor die Tür, Leni. Ich weiß, du willst immer alle retten …«

»Ja«, sagte sie.

Immer wollte sie alle retten. Aber sie konnte nicht alle retten.

»Ruf mich an. Ich warte.«

Klick. Er hatte aufgelegt.

Sie legte den Hörer behutsam auf die Gabel.

»War das dein Freund?«, fragte Peter.

Abgesehen davon, dass es Peter überhaupt nichts anging, ob sie einen Freund hatte oder ob Florian dieser Freund war, wollte sie dringend allein sein. In ihrem Leben war kein Platz für Peter und seine Gefühle. Oder für seine Probleme.

Leni ging zurück in die Küche, brühte den Kaffee auf und trug ihn zurück ins Behandlungszimmer. Sie setzte sich hinter den Schreibtisch. Peter rutschte von der Liege. Er nahm auf einem Sessel Platz und rührte drei Stückchen Zucker in seinen Kaffee.

Leni hingegen ließ ihre dampfende Tasse vor sich stehen und blickte Peter ernst an. »Ich hab doch keine Freunde hier, und dann machst du so was. Schlägst mir die Haustür ein. So einen Quatsch.«

»Früher hättest du das romantisch gefunden.«

Sie erinnerte sich. Früher, da hatte sie mit seiner Schwester Anna immer die Groschenhefte getauscht. Das war während des Krieges gewesen, da waren sie froh gewesen um jedes Heft, das sie bekommen konnten. Und wenn sie es ausgelesen hatten, tauschten sie munter hin und her. Darin hatte es immer auch den einen versehrten Kriegshelden gegeben, der des Nachts die Heldin aufsuchte und ihr seine Liebe gestand …

»Da war ich vierzehn, höchstens fünfzehn. Und ich hatte nichts. Keine Schule, nur diese Schundhefte.«

»Stimmt.« Er lächelte wehmütig. »Als du im Lazarett angefangen hast, war's damit vorbei.«

»Da hatte ich keine Zeit mehr.« Zu müde.

Fast hätte sie Mitleid mit Peter bekommen, wie er vor ihr hockte, so unrasiert und betrunken, wie er den Kaffee in sich reinschüttete und versuchte, an die alten Zeiten anzuknüpfen. Aber diese alten Zeiten gab es nicht mehr, und sie hoffte, er verstand das.

»Wir waren noch Kinder.«

Und damals war Krieg, dachte sie. Aber das sagte sie nicht. Vom Krieg wusste Peter genug. Er war drei Jahre älter als sie. Wann hatten sie ihn eingezogen? 1916 so wie Fritz oder erst 1917? Sie wusste es nicht mehr. Fast kam es ihr so vor, als hätte er alles, was ihn ausgemacht hatte, im Krieg gelassen.

Seine Dämonen hatte er mit heimgebracht, und sie ließen ihn nicht mehr los.

»Wusstest du, dass Teresa erst mich wollte? Hans hat sie sich gekauft. Erst waren wir zusammen tanzen, aber dann hat er sie gesehen und es war um ihn geschehen. Sie hatte nichts dagegen, der Erstgeborene war ihr wohl lieber als der zweite. Der kriegt ja nichts ab, dachte sie sich wohl. Vielleicht besser so.«

Er klang verbittert.

Das Leben hatte nichts für ihn bereitgehalten. Als sie Kinder waren, hatte er vielleicht noch daran geglaubt, aber das war schnell verflogen.

»Maries Vater ist seit fast fünf Jahren verschwunden«, sagte Leni leise. »Plötzlich war er einfach fort. Ich weiß nicht, ob ich ihn überhaupt irgendwann wiedersehen werde. Und meine Eltern? Die glauben, mit Geld lässt sich alles kaufen. Hauptsache, wir Kinder passen ins Bild der wohlhabenden Industriellenfamilie. Hanni als Lehrerin. Als Ärztin ich wohl auch.«

»Und dein Bruder?«

Leni zögerte. Er war nun der Zweite, der sie auf Fritz ansprach.

»Was weißt du über ihn?«, fragte sie schließlich.

»Nur, dass er in seinem Haus hockt. Allein. Lässt niemanden rein. Seit Jahren nicht.«

»Ich hab erst kürzlich davon erfahren, dass er …« Sie verstummte.

»Noch lebt?«, half Peter ihr.

Leni nickte beschämt.

»Kann dich verstehen. Nach dem Krieg wollte er ja mit keinem was zu schaffen haben, und als er's dann doch wollte, gab's wohl kein Platz mehr für ihn in der Familie.«

»Was weißt du schon davon?« Sie wollte wütend sein. Aber inzwischen war sie nur noch müde. Es musste weit nach Mitternacht sein, und immer noch hockte sie hier, redete mit dem Mann, der Gott weiß was mit ihr hatte anstellen wollen.

»Warum bist du hergekommen?«, wollte sie wissen.

Peter starrte auf seine Hände. »Will ich lieber nicht sagen«, nuschelte er.

»Doch, bitte.« Sie stand auf, räumte die Schale weg und wusch sich die Hände über der Waschschüssel hinter der Tür. »Sonst …«

Sie wollte nicht drohen. Aber sonst konnte sie ihn nicht mehr ins Haus lassen.

»Ich wollte nicht allein sein.«

Sein Geständnis jagte ihr einen Schauder über den Rücken, denn was bitte schön hatte er denn gegen sein Alleinsein tun wollen, wenn es ihm gelungen wäre, in ihr Haus einzudringen?

»Du hättest klopfen können.«

»Ich habe dich reden gehört.«

»Das stimmt nicht.« Sie hatte doch schon von Weitem sein Grölen vernommen. Wie soll er da irgendwas gehört haben?

»Du bist doch auch allein. Ich dachte …«

»Du dachtest, weil ich eine alleinstehende Frau bin, wäre es eine gute Idee, mitten in der Nacht in mein Haus einzudringen? So wie es vor ein paar Monaten eine gute Idee war, mir auf dem Treppenabsatz aufzulauern?«

Er ließ den Kopf hängen. »So wie du das sagst, klingt's ziemlich blöd.«

Sie glaubte ihm die Reue nicht. Weil sie zu oft schon erlebt hatte, dass Männer sich reumütig gaben, nachdem sie ihnen klare Grenzen aufgezeigt hatte.

»Außerdem bin ich nicht allein.«

Peter drehte sich suchend um. »Ich sehe hier keinen Mann.«

»Muss eine Frau denn immer einen Mann an ihrer Seite haben?«

»Nicht, wenn sie verwitwet ist.«

Das war sie ja nicht, Gott sei's gedankt. Auch wenn sich die letzten fünf Jahre manchmal so angefühlt hatten.

Sie sagte jetzt nichts mehr. Es müsste ihm doch genügen, wenn sie ihm erklärte, dass *er* jedenfalls nicht der Richtige für sie war.

Aber sie verstand schon, worum es für Peter ging. Leni lehnte sich gegen die Ordnung auf, hier im Dorf noch viel mehr als in Berlin. Dort hatte es kaum jemanden gekümmert, dass sie erst mit Matthias, später mit Florian zusammenlebte. Dass sie mit keinem dieser beiden Männer verheiratet war. Was übrigens zumindest in Matthias' Fall nicht an ihr lag. Er hielt nichts vom Heiraten, und sie hatte nicht darauf drängen wollen. Schließlich offenbarte dieser Wunsch, zu ihm zu gehören, auch ihre Herkunft aus einer protestantischen, gläubigen Familie. Dabei hatte sie sich selbst nie so recht heimisch dort gefühlt. Weder im Glauben noch in ihrer Familie.

Und Florian – da hatte sie ihr Herz schon verloren, und es wäre wie Verrat gewesen, hätte sie seinen Antrag angenommen, obwohl sie doch Matthias liebte.

»Darum redet man über dich.«

»Weil ich keinen Mann habe?«

»Ein Kind, aber keinen Vater für das Kind? Und deine Mutter hat dich verstoßen, kaum dass du in Bockhorst angekommen bist?«

Leni holte tief Luft.

»Du gehst jetzt lieber«, sagte sie, statt auf seine Bemerkung einzugehen.

Peter nickte. Er verstand; sie konnte darüber nicht reden. Auf der Türschwelle versuchte er noch einmal, sich zu entschuldigen. »Könnte morgen nach Versmold fahren und dir eine neue Scheibe für die Tür besorgen.«

»Mach das«, sagte sie und schloss die Tür hinter ihm. Sie ging in den Keller, wo sie ein paar Kartons und Pappen aufbewahrte, von denen schnitt sie eine zu und klebte sie vor die zersplitterte Scheibe. Sie fegte die Scherben zusammen, dann ging sie ins Bett. So müde, wie sie war, hätte sie gedacht, dass sie sofort einschlief, aber sie lag im Dunkeln noch lange wach. Peters Worte gingen ihr nicht aus dem Kopf. Jetzt begriff sie, warum es ihr so schwerfiel, im Dorf Fuß zu fassen, obwohl man sie doch kannte. Obwohl sie dazugehören müsste.

Sie hatte die Dynamik des dörflichen Zusammenlebens unterschätzt. Hatte es versäumt, ihre Geschichte so zu erzählen, dass die Dorfbewohner sie begriffen. Stattdessen standen die Leute an den Straßenecken zusammen oder sie hockten am Küchenofen, und bei so einem Klönschnack verbreiteten sich die Gerüchte.

Ihre Mutter hat sie vor die Tür gesetzt, kaum dass sie aus Berlin hergekommen ist. Wusste wohl nichts von dem unehelichen Kind.

Sie hat sich den schwarzen Peter ins Haus geholt. Na, das wird nicht lang dauern, bis sie wieder 'nen dicken Bauch hat.

Ich hab gehört, sie hat in Berlin mit einem Mann zusammengelebt, ohne Trauschein. Das geht doch nicht.

Dass Leni nicht nur aus freien Stücken das Elternhaus verlassen hatte, nein, dass sie bewusst die Einsamkeit gewählt hatte, schien so unvorstellbar zu sein wie die Tatsache, dass ihre Mutter von Marie gewusst hatte.

Für Leni war ihre Tochter das größte Glück. Sie lag im Dunkeln, hörte das leise Atmen neben sich und glaubte, ihr müsse das Herz zerspringen. Sie beide hatten so viel Glück gehabt. Dass sie jetzt hier waren, in diesem Dorf, diesem Haus, diesem Zimmer – das hatte Leni aber auch sich selbst zu verdanken. Weil sie nie aufgegeben hatte.

Warum sollte sie also jetzt alles hinwerfen?

Die Leute kamen nicht zu ihr? Kein Wunder. Sie wussten nichts über Leni. Es war an der Zeit, dass sie nicht nur in ihrem Haus hockte und auf Patienten wartete, sondern ihnen auch ihre Geschichte erzählte. Warum sie hier war. Warum sie nicht bei ihrer Familie wohnte, sondern das unbequemere Leben allein vorzog. Hätte sie weiter im Gutshaus gewohnt, hätte keiner wissen wollen, wo der Vater von Marie war. Erst hier, mitten unter anderen und ganz auf sich gestellt, wurde diese Leerstelle zu einem Problem.

Mai 1916

Für die Aussaat kam Matthias fast zu spät, aber er konnte sich anderweitig nützlich machen. Im Mai wurde das Heu eingebracht, es gab genug zu reparieren bei den Landmaschinen.

Und dann war da noch die Sache mit den Schuhen.

Seit Monaten bekam man keine Schuhe mehr, und wenn es welche gab, waren sie von so schlechter Qualität, dass sie selten länger als ein, zwei Wochen hielten, bevor das brüchige oder viel zu dünne Leder auseinanderfiel. Leni hütete ihre einzigen Schuhe wie einen Augapfel, wenngleich sie spürte, wie ihr das Paar langsam zu eng wurde. Immer noch wuchsen ihre Füße, und sie brauchte dringend neue – aber für ihren verkrüppelten Fuß war es fast unmöglich, das richtige Schuhwerk aufzutreiben.

Matthias zog also ins Haus seiner Mutter ein, die sich inzwischen im Dorf immer häufiger als Krankenschwester nützlich machte, da ihr ja das Lazarett in Versmold als Wirkungsstätte versperrt blieb. Den Leuten im Dorf war's herzlich egal, dass sie schwindsüchtig war; da Dr. Köster inzwischen auch zum Militär eingezogen war, blieb Anne die einzige Möglichkeit, wenn ein Zipperlein unerträglich wurde.

Die ersten Tage merkte Leni nichts von Matthias' Anwesenheit, sie musste ja selbst wieder jeden Morgen rüber nach Versmold, wo gerade vermehrt Verletzte eingeliefert wurden. Er musste bei Morgengrauen schon auf dem Feld stehen, und abends fand Lenis Mutter immer einen Anlass, sie im Haus zu halten.

Im Westen, so erzählte man sich hinter vorgehaltener Hand,

sei es zu einer schrecklichen Schlacht gekommen, zigtausende Männer auf einem Fleck, manche behaupteten sogar, eine Million Soldaten standen sich bei Verdun gegenüber. Sobald die Verwundeten transportfähig waren, schaffte man sie weg, heim ins Reich, wo sie sich in unzähligen Lazaretten erholen sollten wie in jenem in Versmold.

Leni hätte diesen Männern gern mehr geholfen. Aber aufgrund ihrer Jugend und weil man wohl glaubte, das Gemüt der Tochter einer Industriellenfamilie schonen zu müssen, wurde sie nur noch in jenem Saal eingesetzt, in dem die Genesenden auf die baldige Heimkehr warteten – oder auf den Marschbefehl, zurück an die Front.

Deshalb zeigte die Krankenschwester, der sie als Helferin zugeteilt war, auch nur wenig Mitleid, als sie an diesem Morgen in einer Ecke des Saals auf einem Hocker saß und ihren schmerzenden linken Fuß rieb.

»Musst halt nur deinen Eltern sagen, dass es dir zu viel wird, die holen dich hier raus.«

»Das will ich gar nicht«, erwiderte Leni scharf. Schwester Gerda warf ihr einen Blick zu, als glaubte sie ihr kein Wort.

»Meine Schuhe passen nicht mehr«, fügte Leni hinzu. »Ich bin wohl wieder gewachsen.«

Die Krankenschwester schnaubte. Als hätte sie kein Recht aufs Jammern, weil man ihr – als Tochter aus reichem Hause – doch alles kaufen konnte.

So einfach war es eben nicht, denn Leni brauchte einen Spezialschuh, der die Deformierung ihres Fußes ausglich. Ohne diesen Schuh wurde ihr Hinken verstärkt, und sie wäre wieder auf Krücken, mindestens auf einen Stock angewiesen.

»Sieh zu, dass du deine Arbeit erledigst. Jammern hilft hier keinem.«

An diesem Abend weinte Leni leise, während sie neben dem alten Paulsen auf dem Kutschbock saß. Als sie daheim auf den Hof rollten, musste er sie fast herunterheben, weil der Fuß unter ihr nachgab. Sophie und ihre Mutter kamen gelaufen, sie hakten Leni auf beiden Seiten unter und halfen ihr zurück ins Haus.

»Du gehst dort nicht mehr hin«, schalt die Mutter sie. »Das geht so nicht.«

Leni wollte protestieren, aber gerade konnte sie nichts weiter tun, als stumm zu nicken. Sie zog den Fuß aus dem zu kleinen Stiefel. Blasen, Druckstellen, vor allem aber eine Rötung dort, wo der Fuß an der Ferse einfach viel mehr Platz brauchte.

»Ich könnte ja mit einer Krücke …«, versuchte sie es.

»Nichts da. Du gehst dort nicht mehr hin, Ende der Diskussion.«

An diesem Abend hätte Leni sich gern in den Schlaf geweint. Stattdessen lag sie wach. Sie hatte tagsüber schon zu viele Tränen vergossen.

Und dann klopfte jemand an ihre Zimmertür.

»Wer ist da?«, flüsterte sie.

»Sophie«, kam es gedämpft durch die Tür. »Leni, ich brauche deine Hilfe!«

Sofort war sie aus dem Bett, biss gegen den Schmerz die Zähne zusammen und nahm den Gehstock, der gegen den Bettpfosten lehnte. Sie humpelte zur Tür und öffnete sie.

»Was ist denn los?«, fragte sie.

Und dann sah sie es.

Im dämmrigen Licht des Flurs stand Sophie vor ihr, den kleinen Bauch mit einer Hand umfasst, das Nachthemd darunter mit der anderen gegen ihren Schritt gedrückt, als könnte sie dadurch verhindern, was gerade geschah. Das Nachthemd glänzte dunkel vor Blut.

»Bitte, ruf Mutter. Ich komm die Treppe nicht hoch. Ich …« Ihr versagte die Stimme. Leni zog sie ins Zimmer. Sophies Zimmer lag am anderen Ende des Gangs, aber sie wusste, dorthin würde es ihre Schwester nicht mehr schaffen.

»Leg dich hin«, befahl sie. Dann hastete sie zur Treppe, rief schon im Laufen nach ihrer Mutter.

»Was ist denn los?«

Lenis Mutter tauchte im oberen Flur auf, das Haar unter der Nachthaube geflochten, nicht in einer strengen Frisur, wie Leni es von ihr kannte. Über dem Nachthemd trug sie ein Bettjäckchen, doch ihre Füße waren ebenso nackt wie die von Leni und Sophie.

»Es ist Sophie«, brachte Leni hervor. Ihre Mutter schob sich an ihr vorbei.

»Wo?«, fragte sie noch.

»In meinem Zimmer.«

Leni hörte die Schritte ihrer Mutter die Treppe hinabpoltern. Oben ging das Licht an, ihr Vater kam etwas langsamer. Doch auch er wurde flott, als Lenis Mutter nach ihm rief.

»Wir brauchen den Arzt, ruf ihn an!«

Leni blieb auf der Treppe zurück. Sie stieg die Stufen behutsam herunter, jetzt merkte sie jeden Schritt. Auch in ihrem Zimmer brannte nun Licht, und ihre Mutter kniete vor dem Bett. Auf der Bettkante saß Lenis Schwester, immer noch den Bauch umklammert, während ihre Mutter ihre Unterarme umfasst hielt und leise auf sie einredete. Sophie schluchzte, nickte, wollte sich schon hinlegen und merkte im letzten Moment, das hier war Lenis Bett, das wollte sie nicht mit all dem Blut verschmieren.

»Leg dich hin«, sagte Leni leise. Sie lehnte sich an die Tür, der Fuß pochte schmerzhaft. Ihre Mutter stand auf und kam zu ihr.

»Ist der Arzt unterwegs?«, wollte sie wissen.

»Ich frag Papa.«

Ihre Mutter sagte nichts. Leni gab sich einen Ruck und lief nach unten.

Sie wusste, was da gerade passierte, und sie spürte, wie ihr Herz brach, wie ihre Beine sie kaum mehr tragen wollten.

Sophie würde das Baby verlieren. So viel wusste Leni über Geburten, dass das, was da gerade geschah – viel zu früh übrigens, erst im September hatten sie mit der Geburt gerechnet –, nicht richtig war. Das ganze Blut jagte ihr eine Heidenangst ein. Sie fürchtete um das Leben ihrer Schwester.

Eilig humpelte sie nach unten. Im Arbeitszimmer ihrer Mutter brannte Licht, sie hörte ihren Vater sprechen. Er klang aufgeregt, ein kaum verhohlener Zorn schwang in seinen Worten mit. »Dann sind Sie mit schuld an ihrem Tod!«, er knallte den Hörer auf die Gabel.

Leni schob die Tür auf. Ihr Vater saß in sich zusammengesunken auf dem Stuhl hinter dem Schreibtisch, hatte sich von ihr weggedreht. Und wirkte so einsam, dass sie am liebsten geweint hätte. Um ihn.

»Papa?«, fragte sie leise. Es kümmerte sie nicht länger, dass sie ihn ›Vater‹ nennen sollte, hier ging es um mehr.

»Wir können sie doch nicht auch noch verlieren«, glaubte sie ihn sagen zu hören.

»Was ist mit der Hebamme, Papa? Kann sie kommen?«

Er schüttelte den Kopf. Endlich drehte er sich zu Leni um. »Deine Mutter wird sie kaum hier haben wollen. Und was kann sie schon ausrichten? Hebammen sind für Geburten zuständig.«

»Aber das hier ist …« Sie biss sich auf die Unterlippe, fast hätte sie »auch eine Geburt« gesagt. Vermutlich wollte ihr Vater nichts davon hören.

»Ich schicke Paulsen.« Er stand auf und verließ mit hängenden Schultern das Zimmer. Leni folgte ihm.

»Er muss sich beeilen«, sagte sie. »Und wenn er die Hebamme nicht findet, muss er jemand anderes holen.«

Lenis Vater fuhr zu ihr herum. »Herrgott, wen soll er denn dann holen? Soll er bis nach Rothenfelde zum nächsten Arzt fahren? Der aus Versmold kommt nicht. Er meint, da kann man eh nichts tun, eine Hebamme soll's richten. Und bis ein anderer Arzt hier ist, ist sie längst verblutet!«

Er schrie sie an. Leni hörte von oben ein lautes Stöhnen, dann ging die Tür zu ihrem Zimmer auf.

»Könnt ihr nicht leise streiten?« Ihre Mutter tauchte am oberen Treppenabsatz auf. »Sophie verliert ihr Kind, und ihr könnt euch nur anschreien?«

»Der Arzt kommt nicht.«

Leni sah, wie ihre Mutter taumelte, als hätten die Worte ihr einen physischen Schlag versetzt. Doch sie hatte sich schnell wieder im Griff, straffte die Schultern. »Ach Gott, ja. Wer will schon so einen Quacksalber. Holt die Hebamme, und wenn die nicht kann, soll der alte Paulsen bei Anne Krüger klopfen, die kann ja wohl herkommen.«

Leni stockte der Atem. Anne Krüger, ausgerechnet? Bisher hatte sie mit Matthias' Mutter nicht mehr als gelegentliche Spaziergänge machen dürfen, und jetzt holte sie Anne sogar ins Haus?

Sie begriff, wie schlimm es um Sophie stehen musste.

»Wir brauchen Hilfe«, bekräftigte ihre Mutter. »Lieber früher als später.«

Ihr Vater traf eine Entscheidung. »Ich schicke Paulsen zur alten Alma und fahre selbst mit dem Einspänner rüber zu Anne Krüger. Eine wird ja wohl mitkommen.«

»Ich komm mit.« Leni war schon halb die Treppe hinauf, um ihre Strickjacke zu holen.

Keine zehn Minuten später saß sie mit ihrem Vater auf dem Bock, und das Pferd vor der Kutsche raste in einem schnellen Trab die Allee entlang. Lenis Vater sagte nichts, sie vergrub sich derweil in ihrer Jacke und versuchte, die Angst zu bezwingen.

Vielleicht wäre es klüger gewesen, wenn sie bei ihrer Schwester geblieben wäre. Aber was hätte sie schon ausrichten können? Inzwischen waren sicher auch die Mamsell und das Dienstmädchen vom Lärm wach geworden, sie würden ihrer Mutter zur Hand gehen.

Außerdem zog es sie zu Krügers. Auch wenn sie jetzt wahrlich keine Zeit für das langersehnte Wiedersehen mit Matthias hatte. Allein ein kurzer Blick in seine Augen würde ihr Kraft schenken. Daran hatte Leni keinen Zweifel.

Sie sprang vom Kutschbock, kaum dass der Einspänner vor der Kate hielt. Es war eine mondhelle, sternenklare Nacht. Sie hämmerte gegen die Tür, und dann ging die Tür auf. Anne stand vor ihr.

»Leni, Kind! Was ist passiert?«

»Meine Schwester. Sie verliert das Baby, es ist viel zu früh.«

Anne verstand sofort. Sie nickte, griff nach dem Mantel hinter der Tür, hatte sofort auch eine Tasche in der Hand, die vermutlich genau zu diesem Zweck immer bereitstand. Leni lugte rasch zur Tür herein, doch von Matthias war nichts zu sehen. Aber das war jetzt auch nicht das Wichtigste.

Zurück ging es ebenso schnell. Auf halbem Weg holte der alte Paulsen sie ein, seine Kutsche war jedoch leer. Seine Miene grimmig, alle in Haus und Hof liebten Sophie, weil sie für jeden stets ein gutes Wort hatte.

Wenigstens war Anne da. Während ihr Vater kutschierte, saßen Leni und Anne hinten, und Leni berichtete das Wenige, was sie wusste.

»Wird sie das Baby verlieren?«, fragte sie.

Anne zögerte. »Vermutlich.« Sie legte tröstend die Hand auf Lenis Arm. »Ich hoffe, wir können deine Schwester retten.«

Da begriff Leni. Es war von Anfang an nicht um das Baby gegangen, sondern nur darum, das Leben ihrer Schwester zu retten.

Kaum auf dem Gutshof angekommen, verschwand Anne in Lenis Zimmer, das im Moment als Krankenzimmer herhielt. Ihr Vater zog sich in den Wintergarten zurück, wo er seine Doggen streichelte und mit niemandem reden wollte.

Leni blieb allein zurück. In der Küche schniefte die Mamsell und weinte in den Brotteig, den sie knetete. Das ganze Haus war wach, und die Mamsell meinte wohl, sie könnte genauso gut in der Nacht schon das Kriegsbrot backen, das mit Kartoffelmehl gestreckt wurde. Der Ofen war eh gerade geschürt, um Wasser zu erhitzen. Das Dienstmädchen kam gelegentlich von oben und holte etwas. Doch wenn Leni sie fragte, wie es um Sophie stand, schüttelte sie nur den Kopf. Als wüsste sie es nicht oder als wäre das, was sie wusste, nichts, das sie teilen wollte.

So blieb Leni in der Küche. Sie half der Mamsell, so gut sie eben konnte, denn die Anstrengungen der letzten Stunden hatten dafür gesorgt, dass ihr Fuß inzwischen nur noch aus Schmerz bestand. Zu spät fiel ihr ein, dass morgen Mittwoch war. Wieder ein Tag im Lazarett. Vielleicht hatte ihre Mutter recht, sie war diesen Anforderungen nicht länger gewachsen.

Nachts um zwei schickte die Mamsell Leni ins Bett. »Reicht, wenn wir wach sind. Da wird nicht mehr viel passieren in den kommenden Stunden«, behauptete sie.

Leni fügte sich. Sie wusste aber nicht, wohin mit sich, bis ihr die Kinderstube einfiel. Früher hatte sie dort mit ihren Geschwistern geschlafen, inzwischen hatte nur noch der kleine Carl hier sein Bettchen. Es standen aber immer noch drei größere Betten darin. Leni schlich in den Raum. Ihr kleiner Bruder bekam von der Aufregung nichts mit. War vielleicht auch besser so.

Dort fand das Dienstmädchen sie am nächsten Morgen. Sie rüttelte an Lenis Schulter. »Besuch für dich. In der Küche.« Frieda hob Carl aus dem Bett, der sich verschlafen an sie schmiegte.

In der Gutsküche fand sie Matthias.

»Dein Vater hat mich reingelassen. Nachdem Mutti nicht heimkam …«

Leni trat zu ihm. Er war schmal geworden, seit sie ihn vor fast drei Jahren das letzte Mal gesehen hatte, schmal und ein bisschen älter, nein. Die Augen: Viel älter, fast schon alt, als wäre das, was er da draußen sah, zu viel für ihn. Er trug ein Hemd zur Arbeitshose, das aussah, als hätte er darin geschlafen.

»Leni.« Seine Stimme klang tiefer. Rauer. »Ist meine Mutter noch hier?«

Wie gern hätte sie ihn umarmt, aber wenn sie das tat, würde die Mamsell es ihrer Mutter erzählen, und sie waren vielleicht gerade in einer besonderen Situation, doch das erlaubte nicht, dass sie den Anstand vergaß. So blieb sie vor ihm stehen. »Sie ist bei meiner Schwester.«

»Ich hab's gehört. Es tut mir so leid.«

Er klang, als wäre Sophies Schicksal schon besiegelt.

Leni zuckte hilflos mit den Schultern. Eine Umarmung hätte ihr jetzt gutgetan, nicht nur ein paar tröstende Worte. Sie schluckte. »Musst du heute nicht auf dem Hof arbeiten?«

»Dein Vater hat mir freigegeben. Ich vermute, er wollte, dass ich mich ein bisschen um dich kümmere.«

Sein Lächeln war schief. Leni atmete tief durch. Dass Matthias mitten im Krieg für ein paar Wochen hier sein durfte, hatte sie ihren Eltern zu verdanken, die ihn nach Rudolfs Tod für die Hilfe in der Landwirtschaft angefordert hatten. Fritz hatte sich geweigert, seine Kameraden zu verlassen. Er schien im Krieg aufzugehen, er hatte seinen Platz gefunden. Und dann war da noch die vorgetäuschte Verlobung, von der Leni niemandem etwas sagen durfte …

»Wollen wir spazieren gehen?«, schlug Matthias vor.

»Lass uns lieber ein bisschen im Salon sitzen.«

Er zögerte. »Ich bin lieber draußen.«

Sie nickte und folgte ihm nach draußen. Bestimmt fanden sie irgendwo auf dem Hof ein Plätzchen zum Sitzen. Früher waren sie auf den Heuboden geklettert. Das traute sie sich im Moment nicht zu.

»Du hinkst.«

Er bemerkte es natürlich sofort.

»Meine Schuhe passen nicht mehr. Es gibt keine zu kaufen, Einlagen auch nicht …« Leni seufzte.

»Aber da muss man doch was machen.« Matthias blieb stehen. »Habt ihr Leder?«

»Niemand hat Leder. Alles Leder geht in die Produktion von Soldatenstiefeln.« Sie zeigte auf seine Stiefel, die er selbst heute trug; vermutlich, weil er keine anderen mehr besaß.

»Aber du brauchst neue Schuhe.«

»Die kann mir nur keiner machen. Der Schuster drüben in Versmold ist schon seit letztem Jahr an der Front.«

Matthias lächelte fein. »Oh doch«, sagte er leise. »*Ich* kann dir neue Schuhe machen.«

Am selben Tag noch machte Matthias sich an die Arbeit. Er hatte in einer Kiste bei seiner Mutter sein Schusterwerkzeug, das ihn damals nach Berlin begleitet hatte und das er, nachdem er eingezogen wurde, zu ihr nach Osnabrück geschickt hatte. Es war mit ihr in die Kate gezogen und hatte dort auf ihn gewartet.

Matthias zerschnitt Lenis alten Schuhe und behalf sich für die fehlenden Stücke mit dem Segeltuch einer Tasche, die seine Mutter nicht mehr brauchte. Die Sohle machte er aus Holz; Gummi gab es auch keines mehr, selbst die Traktoren und Fahrräder fuhren inzwischen nur noch auf Felgen.

Sie saß den ganzen Tag bei ihm. Es tat ihr gut, Matthias bei seinem Handwerk zu beobachten, und dabei ein wenig zu vergessen, was sich in ihrem Zimmer daheim wohl derzeit abspielte. Sie hatten sich vor der Deele in die Sonne gesetzt, und als am Abend die Kühe hereinkamen, packte Matthias seine Sachen zusammen und half bei der Stallarbeit.

Leni aber kehrte in das Gutshaus zurück. Mit bangem Herzen schlich sie sich in die Küche, wo die Mamsell immer noch leise vor sich hin schniefte.

»Wie geht es ihr?«, fragte Leni so zaghaft, als hätte ihr langes Fortbleiben Sophies Schicksal besiegelt.

»Ach«, sagte die Mamsell. »Wie soll's ihr schon gehen, nachdem sie das Kind verloren hat? Wem kann's da schon gut gehen?«

Leni verstand. Sie ließ die Mamsell allein und lief nach oben. Die Tür zu ihrem Schlafzimmer stand offen – inzwischen hatte Sophie wohl das Zimmer gewechselt. Das Dienstmädchen bezog gerade das Bett neu. Der dunkle Fleck auf der Matratze aber war auch nach langem Schrubben nicht vollständig verschwunden.

Leni ging weiter, vorbei an verschlossenen Türen bis zu der von Sophies Schlafzimmer. Die Tür stand halb offen. Drin hörte sie jemanden leise vor sich hin summen. Leni trat ein.

Die Vorhänge waren zugezogen, im Dämmerlicht erkannte sie ihre Mutter neben dem Bett. Sie saß auf einem Stuhl mit gerader Lehne und strickte. Auf dem Bett stand ein Körbchen, ausgepolstert mit weichen Handtüchern, darin lag ein winziges Wesen mit dunkler Haut, einem großen Kopf und dünnen Ärmchen. Jemand hatte es bis zum Bauchnabel zugedeckt, an dem noch die abgeklemmte Nabelschnur hing. Die Augen waren geschlossen, der Mund einen winzigen Spalt geöffnet, fast so, als wollte der tote Fötus noch etwas sagen.

Sophie lag im Bett und schlief, die Hände auf der Brust gefaltet wie zum Gebet.

»Sie möchte es beerdigen. Ein Junge.« Ihre Mutter blickte nicht auf. Sie zählte leise die Maschen. »Ich stricke ihm ein Jäckchen, er soll ja nicht nackt von dieser Welt gehen.«

»Ja, geht das denn?«, fragte Leni.

»Wen interessiert es, ob das geht? Wir machen das einfach, wozu haben wir unser Familiengrab?« Eine steile Falte erschien zwischen den Augen ihrer Mutter. Doch dann ließ sie das Strickzeug sinken. Sie seufzte und streckte die Hand nach Leni aus. »Wo warst du den ganzen Tag?«

»Mit Matthias zusammen. Er macht mir neue Schuhe.«

»Na, da habt ihr den Tag sinnvoll genutzt. Seine Mutter ist weg, sobald wir sie nicht brauchten. Umsichtige Frau. Wollte nicht länger bleiben als unbedingt nötig, und die weitere Behandlung kann der Quacksalber aus Versmold übernehmen, falls nötig. Sie meinte aber, sie wird sich erholen. Körperlich zumindest.«

»Wie konnte das denn nur passieren?«

»Du meinst, dass sie ihr Kind verliert? Es passiert eben. Da kann man nichts machen.«

Ihre Mutter nahm das Strickzeug wieder auf, und damit war das Thema für sie erledigt. Von diesem Tag an sprach sie nie wieder von Sophies Baby. Es wurde im Familiengrab beigesetzt, in einer winzigen Kiste mit Jäckchen und Hose bekleidet, weil sich das so gehörte. Danach war es aber so, als hätte es dieses Kind nie gegeben.

Nur dass Sophie all ihre Freude am Leben verloren hatte, blieb als sichtbare Spur dessen, was ihr widerfahren war.

Sie sollte sich nie mehr von diesem Verlust erholen.

November 1928

Am nächsten Tag kam Peter angeradelt. Er brachte eine neue Scheibe für die Haustür und baute sie ein. Leni wechselte nur wenige Worte mit ihm – er war wortkarg. Vermutlich bereute er den gestrigen Auftritt.

Am Sonntag weckte sie Marie früh. »Komm, wir gehen in die Kirche.«

Sie zogen die besten Kleider an, frühstückten Muckefuck und Quarkbrötchen mit Rosinen, bevor sie den kurzen Weg zum Kirchhof liefen. Marie zappelte an Lenis Hand; sie wusste nicht, was das hieß, »in die Kirche gehen«. In Berlin hatte das jedenfalls nicht zu ihren Sonntagsbeschäftigungen gehört, und hier hatte der Kirchenbesuch bisher auch keine Rolle gespielt.

Die Bank ihrer Familie war noch leer. Wie immer, dachte Leni. Ihre Mutter hatte nicht viel für die Kirche übrig, sie vertrat die Ansicht, Religion sei nun mal was Privates. Da ging es keinen was an, ob sie nun sonntags betete oder an anderen Tagen. Ihr Vater ging nur selten sonntags zur Kirche, er verstand sich nicht gut mit dem Pastor, seit der ihm mal in einem Streitgespräch erklärt hatte, Doggenzucht sei doch nur was für Gräfinnen, die zu viel Zeit hätten. Da war ihr Vater beleidigt und ging lieber anderswo zum Gottesdienst, wenn überhaupt.

Leni schob Marie in die Kirchbank. Die anderen Bänke waren schon gut gefüllt. Sie spürte die Blicke der Gemeinde auf sich ruhen, lächelte hier und da vorsichtig. Sofort steckten die Leute wieder die Köpfe zusammen, sie tuschelten.

»Na, dich hätte ich hier nicht erwartet.«

Hanni rutschte neben ihr in die Bank. Sie legte die Hand auf Lenis, die das Gesangsbuch umklammert hielt, das sie vorhin erst hatte suchen müssen.

»Schön, euch hier zu sehen«, sagte sie leise und schenkte auch Marie ein aufmunterndes Lächeln.

Leni spürte immer noch das Tuscheln hinter ihrem Rücken, aber Hanni neben ihr war ein Trost. Mehr noch – mit Hanni an ihrer Seite wusste sie, dass sie den Gottesdienst überstehen würde, so wie alles, was danach kam.

Das Geläut verstummte, dann trat der Pastor vor seine Gemeinde. Mit geübtem Blick bemerkte er, dass zwei Schäflein in einer Kirchbank hinzugekommen waren, in der sonst nur eine Person saß.

Nach dem Gottesdienst trafen sich die Leute auf dem Kirchhof, man stand beisammen, redete leise. Leni hielt sich neben Hanni, als Dorflehrerin wurde diese von vielen gegrüßt. Teresa Meyer zu Bentdorf winkte vom anderen Ende des Platzes, der Bauch war schon wieder deutlich gewachsen. Wenn das mal gut geht, dachte Leni. Sie erinnerte sich an ihre Vorlesung in Frauenheilkunde. Dort hatte sie gelernt, dass eine zu große Menge Fruchtwasser auf Probleme mit dem Fötus hindeuten konnte. Und sie dachte an Sophie, ganz kurz nur; ihre Schwester hatte auch so viel Fruchtwasser gehabt, der Bauch riesig, als sie den kleinen Jungen verlor. Aber das konnte sie kaum Teresa gegenüber thematisieren, ohne sie wieder in die Arme der Hebamme zu treiben.

»Komm, ich stelle dir jemanden vor.«

Hanni nahm ihre Hand und zog sie hinter sich her. Die Menschen machten ihnen Platz, bis sie vor einer großen, hageren Frau stehen blieb, vor der fünf Kinder wie die Orgelpfeifen strammstanden.

Leni sah sich nach Marie um, doch zu ihrer Überraschung hatte sich Marie zu Teresa und deren Kindern davongeschlichen und spielte nun mit den beiden Kleinen Fangen.

»Elise? Ich möchte dich mit meiner Schwester Leni bekannt machen.«

»Ah, die Ärztin.« Die Frau nahm Lenis Hand, drückte sie. Ihre dunklen Augen musterten Leni neugierig. Sie trug wie alle Kirchgänger ihr bestes Sonntagskleid, doch sah man *ihrem* Kleid an, dass es ein bisschen besser war als das der Bauersfrauen und Arbeiterinnen.

Unter dem Wollmantel trug sie am Kragen des hellen Samtkleids eine vergoldete Kaméebrosche mit dem Onyxprofil einer jungen Frau auf Elfenbeingrund. Ihr Gesicht war schmal, fast hager, die Wangen hingen herab wie die Lefzen von Vaters Doggen. Auch das dunkle Haar unter dem Hut erinnerte Leni ein wenig an die Hunde ihres Vaters – es war glatt und glänzte bis zu den silbrigen Fäden darin.

»Elise Manteuffel ist die Mutter unseres Pastors. Sie setzt sich sehr für die Gemeinde ein.«

»Ich habe mich schon gewundert, dass wir Sie bisher nicht in der Kirche gesehen haben.«

»Ich hatte viel zu tun«, versuchte Leni sich herauszureden, auch wenn sie wusste, dass diese Entschuldigung lahm klang.

»Haben wir das nicht alle?«, fragte die Ältere sanft. Hanni drückte noch mal kurz Lenis Arm, du schaffst das schon, schien sie zu sagen. Hanni entdeckte eine Freundin, sie winkte und war schon wieder weg. Zurück blieb Leni mit der Pastorenmutter, die gerade dem Größten der Orgelpfeifen ein unsichtbares Stäubchen vom Sonntagsanzug wischte.

»Sicher.« Leni lächelte entschuldigend. »Ich habe bisher einfach nicht daran gedacht, entschuldigen Sie.«

»Ach, vergeben und vergessen. Kommen Sie einfach nächsten Sonntag zu uns zum Essen, da feiern wir Martini und es gibt Gans.«

»Wir kommen gerne«, sagte Leni im selben Moment, in dem sie Marie wieder an ihrer Seite bemerkte. Ihre kalten Finger schoben sich in Lenis Hand.

»Und wer ist die junge Dame hier?«, fragte Frau Manteuffel.

»Meine Tochter Marie.«

Marie gab artig die Hand und sagte »Guten Tag«, als hätte Leni es mit ihr eingeübt.

»Guten Tag, kleine Marie. Gehst du denn auch schon in die Schule?«

Da war's vorbei mit Maries Mut. Sie schüttelte nur den Kopf und verkroch sich hinter Leni.

»Kommendes Frühjahr erst«, sagte diese.

»Das ist auch noch früh genug. Also, wir sehen uns am nächsten Sonntag um zwölf? Wenn Sie es vorher nicht zur Kirche schaffen, ist das auch nicht schlimm.« Sie zwinkerte Leni zu. Eine Bäuerin wartete schon hinter ihr; Leni machte Platz und sah sich nach Hanni um.

Ihre Schwester tauchte neben ihr wieder auf. »Seid ihr zum Sonntagsessen eingeladen?«, fragte sie mit einem Augenzwinkern. Gemeinsam verließen sie den Kirchhof. Marie lief voran.

»Ich vermute, da müssen wir alle durch, oder?«

Hanni lachte und hakte sich bei ihr unter. »Jedenfalls die jungen, unverheirateten Frauen. Sie sucht immer noch eine für ihren Sohn. Aber der interessiert sich nicht für die Ehe. Sie wird es auch irgendwann noch begreifen. Bis es so weit ist, kümmert sie sich um die Kinder der Arbeiterinnen drüben in der Fabrik unserer Mutter. Sie dürfen nach der Schule bei ihr Hausaufgaben machen und müssen sie sonntags in den Gottesdienst begleiten.«

»Herrje, die Armen.«

»Ihnen ist mehr damit geholfen, als wenn sie daheim gar nicht zum Lernen kommen. Die Haushälterin kocht vorzüglich, da kannst du dich schon drauf freuen.«

»Ich vermute, die Kuppelversuche der Pastorenmutter waren nicht der Grund, weshalb du mich mit ihr bekannt gemacht hast?«

Hanni kicherte. »Alle haben gesehen, dass sie mit dir gesprochen hat. Einen besseren Ritterschlag kannst du im Dorf nicht bekommen. Wenn sie mit dir spricht, bist du anerkannt.«

»Na, dann muss ich wohl Danke sagen.«

Sie hatten das Arzthaus erreicht. Leni gab Marie den Schlüssel, die eifrig zur Haustür lief und aufschloss.

»Du schließt ab? Was hast du denn schon von Wert?«

»Medikamente? Operationsbesteck?«

»Ach so.« Hanni lächelte unbehaglich, sie verschränkte die Arme vor der Brust. »Ich glaub, das habe ich immer noch nicht begriffen, dass meine große Schwester Ärztin ist und nicht mehr die kleine Pflegerin, die dreimal die Woche nach Versmold ins Lazarett fährt.«

»Das ist lange her.« Leni hätte das Gespräch gern beendet.

»Sehen wir uns nächsten Sonntag?«

»In der Kirche nicht. Und ich vermute, das Mittagessen bei den Manteuffels hast du schon hinter dich gebracht?«

Hanni lachte. Dass sie lachen konnte, das war schön. Es hatte andere Zeiten gegeben.

»Denkst du manchmal dran, wie's früher war?«, fragte sie unvermittelt.

Sofort erlosch Hannis Lachen. »Nicht, wenn's sich vermeiden lässt.« Ihre Hand glitt in die Manteltasche, sie holte das Zigarettenetui und ein Briefchen mit Streichhölzern heraus.

»Peter war bei mir. Donnerstag nach dem Hilgesmann-Singen. Hat betrunken randaliert.«

Hanni hob die Augenbrauen, zündete sich eine Zigarette an und wartete, dass Leni weitersprach.

»Er hat gesagt, dass Fritz noch immer allein in dem Haus hockt, in dem früher …« Leni atmete tief durch. Es fiel ihr so schwer, den Namen auszusprechen. »Anne wohnte.«

»Ja, ich weiß«, sagte Hanni. Ohne zu erklären, ob sie etwas über Fritz wusste oder über das Haus. Oder davon, wie viel Anne Leni bedeutet hatte.

»Jedenfalls … Ich wusste davon nichts. Ich dachte, er wäre …«

»Wieder verschwunden?«

Leni nickte.

»So wie dein Liebster verschwunden ist, damals nach dem Krieg? Wie so viele junge Männer verschwunden sind, weil dieser Krieg ihnen alles genommen hat, von dem sie dachten, es sei selbstverständlich? Die lieber soziale Isolation wählten, statt ihre Familien mit ihren Albträumen zu terrorisieren?«

Wenn Hanni das sagte, klang es so radikal.

»Weißt du denn, wo er steckt? Dein Matthias, meine ich.«

»Irgendwo in Berlin, denke ich. Er war …« Leni verstummte. Dass Matthias jahrelang im Zuchthaus gesessen hatte, war keine Information, die sie irgendwem auf die Nase binden wollte. Hanni schon gar nicht, die war zu nah an ihrer Mutter.

»Will er nicht herkommen?«

Darüber dachte Leni viel nach. Selbst wenn es ihr gelang, Matthias zu finden, wollte er dann überhaupt mit ihr hier leben? Auf dem Dorf, wo er politisch kaum etwas bewegen konnte, wo die Menschen keine Zeit hatten für seine umstürzlerischen Ideen, weil im Herbst die Kartoffeln aus der Erde mussten, weil sie im Winter sonst nichts zu beißen hatten.

»Nun, mich geht's ja nichts an. Aber mit Mann wär's leichter für dich.«

»Das war auch Peters Argument.« Leni lächelte gequält.

»Seine Methoden sind aber eher zweifelhaft. Wenn er dir noch mal so kommt, sag Bescheid.« Hanni drückte den Zigarettenstummel an dem Torpfosten aus Stein aus. Sie umarmte Leni zum Abschied. »Geh zu Fritz«, flüsterte sie. »Er wird sich freuen. Ich geh auch manchmal hin. Mutter ist dagegen, er ist verrückt, denkt sie. Ist er aber nicht.«

Selbst zehn Jahre später steckte ihr noch zu viel von jener Zeit zum Kriegsende in den Knochen. Wie mochte es da erst Fritz oder Matthias gehen, die all die Jahre dieses Grauen an der Front hatten ertragen müssen?

Sie wollte es gar nicht herausfinden. Aber Fritz hatte ihren Zuspruch vielleicht bitter nötig.

»Ich gehe zu ihm«, versprach sie.

Doch es sollte noch einige Wochen dauern, bis sie ihr Versprechen einlösen konnte.

Januar 1917

»Rüben, Rüben, nichts als Rüben«, murmelte die Mamsell. Sie bereitete das Mittagessen zu, während Leni in der Küche am Tisch hockte und versuchte, ihre eiskalten Finger so weit aufzuwärmen, dass sie endlich den Brief an Matthias schreiben konnte, der ihr schon seit Tagen auf der Seele brannte. Seit die Kohleknappheit auch vor dem Gutshaus nicht mehr haltmachte und nur noch der Salon beheizt wurde, war die Küche der wärmste Ort im Haus. Trotzdem fror sie und hatte sich in ihren Mantel gehüllt. Ihre Füße steckten in zwei Paar Socken und ihren Winterstiefeln. Auch diese waren ihr schon seit letztem Winter zu klein, doch zumindest daheim mussten sie noch reichen.

Da hatte ihre Mutter schon seit Neuestem eine Schuhfabrik, und trotzdem konnte Leni noch immer kein vernünftiges Schuhwerk bekommen. In der Fabrik wurden nur Holzschuhe gefertigt, Leder bekam man schon lange nicht mehr, ihre Fabrik zählte nicht zur kriegswichtigen Wirtschaft, weshalb sie nur nachrangig mit Rohstoffen versorgt wurde. Wenn überhaupt.

Die Idee mit den Schuhen war ihr natürlich gekommen, als Leni vor einem Jahr nur dank Matthias ein neues Paar bekam. Andernfalls wäre sie wohl noch immer in ihren alten, zerschlissenen durch Bockhorst gehumpelt. Im Sommer hatte Lenis Mutter dann den Betrieb in der Wurstfabrik eingestellt, es gab eh kaum mehr Fleisch, das man hätte verarbeiten können. Leni hatte gehofft, ihre Mutter könnte Matthias noch mal nach Hause beordern, damit er ihren Arbeitern die Fertigung von Schuhen beibrachte. Aber da hatte es inzwischen ein neues Dekret gegeben, wonach nur Familienmitglieder heimgeholt werden konnten. Vater und Fritz, nur die beiden würden dieses Jahr im März zur Saat für zwei Wochen heimkommen dürfen. Matthias musste sehen, wo er blieb.

Inzwischen war auch ihr Vater eingezogen worden, er diente irgendwo in Galizien, mehr wussten sie auch nicht. Seine Briefe kamen noch mit beruhigender Regelmäßigkeit, doch ebenso wie Fritz vermied er alle Andeutungen, mit denen er die genaue Position seiner Kompanie verraten hätte.

Vor ihr lag der letzte Brief von Matthias, auf den sie inzwischen dreimal geantwortet hatte. Entweder die Feldpost arbeitete inzwischen gar nicht mehr, oder Matthias schrieb nicht zurück, weil es nun mal nichts zu berichten gab. Oder … Aber nein, über die dritte Möglichkeit wollte sie nicht nachdenken.

Leni wünschte, sie wäre älter. Zwei Jahre würden genügen, dann könnte sie Matthias heiraten und es wäre keine Frage mehr, ob er heimkommen durfte oder nicht; dann gehörte er zur Familie.

Mutter kam in die Küche. »Was gibt's denn heute?«, erkundigte sie sich bei der Mamsell.

»Rübenschnitzel mit Püree«, murrte die in ihren Topf. Es stimmte schon – Rüben, Rüben, nichts als Rüben. Aber wenigstens lag der Keller voll, sie hatten Rüben satt. Und satt hatten sie die Rüben auch allmählich alle; die gab es inzwischen im Brot verbacken, als Schnitzel, Eintopf, Püree, pur oder auch als Kuchen, kaum gesüßt, man musste sich halt einreden, dass es Kuchen war, dann ging es schon, irgendwie. Leni wäre selbst das Dosenfleisch, das sie vor einem Jahr schon nicht mehr hatte sehen können, nun wieder recht. Aber da war es zu einer Katastrophe gekommen: Im Lagerhaus waren nur noch wenige Kisten mit Dosenfleisch, die Vorräte auf einen winzigen Rest zusammengeschrumpft, weil das, was sie während der Schweineschlacht eingemacht hatten, in minderwertigem Konservenblech konserviert worden war. Kistenweise hatten sie verdorbenes Fleisch wegwerfen müssen, ein großer Verlust.

Immerhin hatten sie zu essen, und meist auch so viel, dass alle am Tisch halbwegs satt wurden. Die Fresspakete für die Arbeiterinnen und deren Familien waren seltener geworden, kleiner allemal, es gab ja kaum noch was. Trotzdem versuchte Lenis Mutter, alle irgendwie durchzubringen, der Krieg allein war schon schlimm genug. Und wenn der Pastor wieder durchs Dorf schlich, war es ihr jedes Mal, als versuchten alle, deren Söhne, Väter, Ehemänner an der Front waren, sich wegzuducken. Komm bloß nicht zu uns.

Das Dienstmädchen kam auf ihren Holzpantinen in die Küche geklappert. »Draußen sind schon wieder welche«, sagte sie.

Die Mamsell brummte.

Leni stand auf. Heute wie an allen anderen Tagen war es ihre Aufgabe, sich darum zu kümmern, wenn abgerissene Städter auf dem Gutshof strandeten. Meist kamen sie aus Bielefeld, manche nahmen auch weitere Wege auf sich. Alle hofften, es gebe auf dem Land was zu holen. Am liebsten wäre ihnen Fleisch oder Dauerwurst, Butter war auch gern gesehen, alles, was hochkalorisch war. Sie hätten wohl auch Leinöl getrunken, wenn's das gegeben hätte. Doch die Flachsfelder ringsum waren längst umgepflügt und Kartoffeläckern gewichen. Und die waren im letzten Herbst abgesoffen, weil es wochenlang geregnet hatte; die Knollen waren teilweise schon in der Erde verrottet.

»Ich komme.« Sie nahm ihren Gehstock und folgte dem Mädchen nach oben.

Sie standen in der Eingangshalle – bloß nicht mehr im Hof, hatte die Mutter ihr eingeschärft, falls doch mal ein Offizier von der Garnison vorbeikam. Seit Wochen fürchtete sie Besuch von »denen«. Die Soldaten waren nicht gern gesehen, sie stellten zu viele Fragen, wollten vor allem wissen, wer Lebensmittel hortete und an die Hamsterer zu Höchstpreisen verkaufte.

Heute waren es zwei Frauen und ein junges Mädchen in Lenis Alter. Sie trugen alle Rucksäcke auf den Rücken, die Gesichter verhärmt, sie wirkten verfroren und müde.

»Guten Tag«, begrüßte Leni die drei. »Möchten Sie was trinken?«

Immer höflich sein. Auch das hatte ihre Mutter Leni eingeschärft.

Hoffnung glomm in den Blicken auf, doch als das Mädchen vortrat, hielt die eine Frau sie davon ab. »Wir wollen nur fragen, ob Sie was haben. Zum Tauschen.«

Leni zögerte.

»Kann schon sein.«

»Wir haben Schmuck. Und ein paar Goldmünzen.«

Leni nickte. »Mir wäre es lieber, wenn wir das bei einer Tasse Tee besprechen können«, sagte sie ruhig. »Damit ich etwas über Sie weiß.«

»Wozu soll das gut sein?« Sie schien die Wortführerin zu sein.

Leni zuckte mit den Schultern. »Sie wollen was von uns. Wir gehen alle ein Risiko ein. Ist besser, wenn ich ein bisschen was über Sie weiß. Nur für den Fall.«

Darauf kaute ihr Gegenüber. »Nun gut«, sagte sie schließlich. »Ich bin Hanna Sünderhuse, das ist meine Schwägerin Margarete. Und meine Tochter Doris.« Beide nickten Leni zu. »Können wir jetzt zum Geschäftlichen kommen?«

»Was machen Sie beruflich? Und Ihre Männer?«

Hanna Sünderhuse schnaubte. »Die Männer sind im Krieg, meine Tochter geht noch zur Schule. Früher war mein Mann Anwalt, der meiner Schwägerin hatte einen kleinen Buchladen.«

Leni bat die drei Frauen in den Salon. Lenis Mutter hatte für die Geschäfte mit den Hamsterkäufern klare Regeln aufgestellt: Wir müssen was über die Leute wissen, selbst wenn sie nur eine halbe Stunde in unserem Haus sind. Das Risiko ist sonst zu groß.

Leni fragte die drei Frauen, was sie brauchten. Das Übliche: Butter, Fleisch, Wurst, Zucker. Alles, was den Speiseplan bereichern konnte. »Rüben haben wir selber«, sagte Hanna Sünderhuse. »Damit können Sie uns wegbleiben.«

»Keine Sorge.« Leni setzte sich zu ihnen an den Tisch. Die drei Frauen hatten die Rucksäcke abgelegt und ihre Mäntel ausgezogen. Die Kleidung darunter war gepflegt. »Was bieten Sie uns an?«

Hanna und Margarete Sünderhuse blickten einander an. Schließlich nickte Hanna, und Margarete holte unter ihrem Pullover eine Geldkatze hervor. Sie nahm ein paar Schmuckstücke und Goldmünzen heraus, legte sie vor Leni auf den Tisch.

»Im Dorf wollte keiner mit uns handeln.« Ihre Stimme klang rau.

»Die im Dorf haben auch kaum mehr was …« Leni beugte sich vor. Der Schmuck war echt, die Goldmünzen hielten einer Überprüfung ebenfalls stand. Sie erhob sich. »Darf ich die Rucksäcke mitnehmen?«

Die drei Frauen nickten.

Leni brachte die Rucksäcke in die Küche. Sie bat die Mamsell, für die drei Besucherinnen Zichorienkaffee und Rübenkuchen herzurichten. Dann betrat sie die Speisekammer und schaute in den Fächern nach, wo Überschüsse für Hamsterer gelagert wurden.

Ihre Mutter führte streng Buch über Küche und Vorrat. Alles, was entbehrlich war, legte sie beiseite. Dauerwurst, Butter und Eier, Zuckerrübensirup und sogar ein paar Obstkonserven hielt sie vor, falls jemand auf den Hof kam und mit barer Münze zahlte. Nur Papiergeld nahm sie nicht gern, denn im Moment konnte man nichts dafür kaufen, und niemand wusste, was nach dem Krieg kam.

»Wenn der Staat uns nicht hilft, müssen wir uns eben selbst helfen«, das waren die Worte ihrer Mutter gewesen. Dass die Wurstfabrik nicht mehr produzieren konnte, weil es an Rohstoffen fehlte, hatte sie finanziell sehr getroffen – wie auch die Kriegsanleihen, die sie zu Beginn des Kriegs in der Hoffnung auf eine gute Rendite gezeichnet hatte. Inzwischen hatte der

Wind sich gedreht. Niemand mit Verstand schwärmte noch für einen Krieg für Kaiser und Vaterland.

Gerade im Spätsommer und Herbst hatten täglich neue Hamsterer auf dem Hof gestanden. Sie bezahlten mit allem, was noch von Wert sein könnte – teilweise sogar mit Kleidung und Schuhen. Einmal hatte ein alter Mann Leni seine Briefmarkensammlung angeboten, mit Tränen in den Augen, weil er sich von diesen Schätzen trennen musste. Sie nahm nur eines der Alben und packte seinen Rucksack so voll, dass er ihn kaum schleppen konnte.

Sei nicht zu weich, das sagte Lenis Mutter immer wieder. Wir können es uns nicht leisten. Leni war da anderer Auffassung, denn sie hatten genug. Doch sie wusste, wenn sie so argumentierte, würde ihre Mutter schnauben und ihr erklären, sie solle ihrem Sozialistenfreund nicht länger zuhören.

Und zum Abendessen gab's wieder Rübenbrot satt, damit die Hamsterfahrer auch was abbekamen. Leni wusste, was ihre Mutter da trieb. Sie versuchte, sich ein finanzielles Polster zu schaffen. Für die Zeit »danach«, wann auch immer die kommen würde.

Leni packte in jeden Rucksack zwei Fleischkonserven, eine kleine Dauerwurst, kleine Säckchen mit Roggenmehl und eingemachtes Gemüse. Jemand kam eilig die Treppe zur Küche herunter.

»Leni«, zischte ihre Schwester Sophie. »Da draußen sind Soldaten!«

Das Herz stockte ihr. Leni verließ sofort die Speisekammer und schloss die Tür hinter sich. Sie folgte Sophie nach oben. Flüsternd erzählte sie Sophie von den drei Frauen im Salon. Sophie nickte, sie würde sich zu den Hamsterfrauen setzen, während Leni den Soldaten gegenübertrat.

Ausgerechnet heute! Ihre Mutter war drüben in Rothenfelde bei einem Arzt, weil sie dem aus Versmold nicht vertraute. Leni atmete tief durch, bevor sie aus dem Haus trat.

Vor dem Haus standen vier Soldaten neben ihren Pferden. Schneidige Soldaten, das sah sie sofort. Keine abgerissenen Gesellen, die von der Front kamen. Diese waren aus Halle herübergeritten.

»Ja?«, fragte Leni.

Einer der Soldaten trat vor. Etwa Ende zwanzig, schätzte sie, ein junger Offizier. Er lächelte gewinnend. »Guten Tag, junge Frau. Leutnant Felix Thiemann, ich komme drüben von der Garnison. Uns wurde berichtet, dass Sie gelegentlich Besucher aus der Stadt haben, die Sie gegen großzügige Zahlungen mit Lebensmitteln versorgen.«

Leni war in diesem Moment froh, sich auf ihren Stock stützen zu können.

»Wer erzählt denn so was?«, fragte sie, möglichst unbeteiligt.

Er lächelte gewinnend. »Sie verstehen sicher, wenn wir unsere Quellen nicht preisgeben möchten.«

Leni hatte schon einen Verdacht. Meyer zu Bentdorf. Die verkauften sogar die Großmutter, wenn's Gewinn brachte. Und denen war's vielleicht ein Dorn im Auge, wenn auf Gut Wittmann auch Geschäfte gemacht wurden.

»Nun, wir haben tatsächlich gerade Besuch bekommen«, sagte sie ruhig. »Die Freundinnen meiner Mutter sind gekommen.«

Sein Lächeln wurde breiter, er glaubte Leni erwischt zu haben. »Und wissen Sie auch die Namen dieser Freundinnen?«

»Natürlich. Es sind die Damen Sünderhuse. Kommen Sie gern herein, dann können Sie sich persönlich davon überzeugen.«

Er warf seinen Männern rasch einen Blick zu, dann nickte er und folgte Leni ins Haus.

Sie führte ihn in den Salon, wo Sophie inzwischen dafür gesorgt hatte, dass jede Frau eine Tasse Zichorienkaffee und ein Stück Rübenkuchen bekommen hatte. Lenis Schwester erhob sich sogleich. Der junge Leutnant Thiemann stellte sich vor, Sophie machte ihn ihrerseits mit den Besucherinnen bekannt. Von der Geldkatze keine Spur, die Rucksäcke waren in der Speisekammer weggeschlossen.

Es dauerte nicht lange, bis Leutnant Thiemann seine Neugier befriedigt sah und sich verabschiedete. Sophie begleitete ihn nach draußen, während Leni bei den Frauen blieb. Sobald die Tür sich hinter den beiden schloss, fiel die Anspannung von den Frauen ab. Margarete weinte still, das junge Mädchen saß stocksteif da, als könnte sie nicht glauben, dass sie davongekommen waren. Hanna Sünderhuse wahrte Haltung. Als Leni aufstand, erhob sie sich ebenfalls.

»Danke«, sagte sie schlicht.

Leni lächelte. »Jetzt wissen Sie, warum wir so neugierig waren. Essen Sie nur Ihren Kuchen, ich kümmere mich darum, dass Ihre Rucksäcke vollbepackt sind.«

Wenig später zogen die drei Sünderhuse-Frauen wieder los – jede von ihnen mit einem gefüllten Rucksack. Bei der Bezahlung waren sie sich schnell handelseinig geworden.

Leni und Sophie blieben zurück und winkten den Frauen. Vermutlich würden sie sich nie wiedersehen.

»Mir ist schlecht«, flüsterte Sophie. Sie trat beiseite, und bevor Leni wusste, was los war, hatte ihre Schwester sich in den Blumenkübel neben der Haustür übergeben.

Vergessen war der Brief an Matthias, vergessen alle Alltagssorgen. Leni half ihrer Schwester, strich ihr das Haar aus dem Gesicht. »Geht's wieder?«

Sophie nickte tapfer. Sie strahlte. »Ich dachte, ich könnte es noch etwas länger für mich behalten, aber …«

Leni verstand. Schließlich war Oskar Ende November für ein paar Tage zu Besuch gewesen, da brauchte sie nur zwei und zwei zusammenzählen. »Oh, Sophie! Das ist eine wunderbare Neuigkeit! Weiß Mutter schon davon?«

Ihre Schwester schüttelte den Kopf. »Lassen wir sie noch ein Weilchen im Dunkeln, ja? So ist es mir lieber.«

Leni umarmte sie behutsam. »Diesmal wird alles gut«, versicherte sie Sophie.

»Das möchte ich auch gern glauben.« Sophie straffte die Schultern. »Komm, lass uns reingehen, es ist einfach zu kalt hier draußen für uns zwei.«

»Du meinst wohl uns drei.« Leni hakte sich bei ihr unter. »Ich werde gut auf dich aufpassen«, versprach sie. »Diesmal geht alles gut, ja?«

November 1928

»Sie sind also die neue Dorfärztin. Sie haben in Berlin studiert?«

Das hatte ja nicht lange gedauert, bis der junge Pastor zur Sache kam.

Leni schluckte einen Bissen Rotkohl herunter, nickte und nahm einen Schluck Wasser, bevor sie antwortete. Neben ihr aß Marie schweigend. Es hatte Leni einen strengen Blick von der Pastorenmutter eingebracht, als Marie nur mit piepsiger Stimme um den Kloß mit Soße bat, weil sie Rotkohl nicht mochte und die Gans – als ganzer Braten auf den Tisch gebracht und dann vom Pastor fachmännisch tranchiert – wohl unheimlich fand.

»Ja, genau.«

»Berlin muss zu dieser Zeit wahrlich eine faszinierende Stadt sein.«

Mit faszinierender Stadt meinte Frau Manteuffel vermutlich »einen Sündenpfuhl«.

»Ich kann dazu wenig sagen, ich musste arbeiten.«

»Ihren Lebensunterhalt verdienen?«

Leni hätte ihr gern das hinterhältige Lächeln aus dem Gesicht gewischt. Sie atmete tief durch, bevor sie antwortete.

»Nun, auch. Aber vor allem habe ich in den Jahren zuvor für mein Medizinstudium Vorlesungen besucht und dergleichen mehr. Viel über den Büchern gehockt.«

»Das war sicher eine Herausforderung«, sagte Pastor Manteuffel sanft. Er ähnelte seiner Mutter in vielem, hatte ihr dunkles Haar und die buschigen Brauen von ihr geerbt. Seine Nase war ein wenig krumm, als hätte er mal eins draufbekommen. Das machte ihn direkt sympathisch, fand Leni. Als wäre es ein Beweis dafür, dass er gelebt hatte.

»Das war es bestimmt«, bemerkte Frau Manteuffel spitz. Sie gab keine Ruhe. »Aber was war denn in der Zwischenzeit mit dem Kind?«

Leni seufzte. Sie bereute, dass sie die Einladung angenommen hatte. Marie hätte sie wohl heute früh lieber auf Gut Wittmann schicken sollen … Ein Mittagessen mit ihrer Mutter konnte für das kleine Mädchen kaum schlimmer sein. Sie hoffte gerade nur, dass Marie weghörte.

»Für das Kind war gesorgt«, erklärte sie knapp.

»Ja, aber …«

»Mutter«, sagte der Pastor leise. Fast tadelnd. Sie sah ihn über den Tisch hinweg an, dann nickte sie kaum merklich und nahm einen Schluck Wein.

Leni hatte auch nicht damit gerechnet, dass Marie und sie die einzigen Gäste sein würden. Hätte sie das gewusst, hätte sie versucht, sich zu drücken.

»Ich finde es großartig, wie Sie nach dem Tod Ihres Mannes beide Herausforderungen gemeistert haben«, sagte Pastor Manteuffel.

Leni verschluckte sich fast am Wein. Ihr stiegen kurz Tränen in die Augen, die sie wegblinzelte. Der junge Pastor musterte sie mitfühlend. Seine Mutter hingegen beobachtete Leni scharf.

Jetzt war guter Rat teuer – dachte er wirklich, dass Leni verwitwet war? Doch bevor sie zu einer diplomatischen Antwort ansetzen konnte, meldete sich Marie zu Wort. »Der Papa ist gar nicht tot. Er wohnt nur nicht bei uns.«

Frau Manteuffels Augenbrauen wanderten so hoch, als wollten sie im Haaransatz verschwinden, und der junge Pastor wurde sogar rot. »Ah, entschuldigen Sie vielmals«, sagte er leise. »Das war ein … ähm …«

»Ach, schon in Ordnung«, sagte Leni leichthin. Sie konnte sogar über die ganze Situation schmunzeln; Hanni hatte recht gehabt, dass die Pastorenmutter wohl nach einer geeigneten Ehefrau für ihren Sohn suchte. Und da bis vor Kurzem sogar Lenis Familie die Existenz von Marie mehr oder weniger totgeschwiegen hatte, war die skandalöse Geschichte um ihre Herkunft wohl noch nicht bis zu ihr vorgedrungen. Dabei wäre eine junge Ärztin eine hervorragende Partie für einen schüchternen Pastor gewesen, dessen Mutter die Dinge gern selbst in die Hand nahm.

Leni konnte Frau Manteuffel nicht böse sein. Vermutlich hätte sie ganz ähnlich gehandelt.

»Wird Ihr Mann denn bald nachkommen?«, fragte Frau Manteuffel.

Jetzt wurde Leni rot. Sollte sie bei der Wahrheit bleiben und zugeben, dass sie mit Maries Vater nicht verheiratet war? Sie entschied sich für eine diplomatische Formulierung.

»Maries Vater ist im Moment verschollen. Aber ja, ich suche nach ihm.«

»Verschollen? Oh, das tut mir leid.« Herr Manteuffel runzelte die Stirn. »Vor zehn Jahren erging es mir ganz ähnlich, damals sind so viele verschwunden …« Er sprach nicht weiter.

Leni erinnerte sich zu gut an die Zeit damals. War das wirklich schon zehn Jahre her?, dachte sie staunend.

»Waren Sie …«

Seine Mutter räusperte sich. Du meine Güte! Natürlich war der Große Krieg für ein sonntägliches Tischgespräch ungeeignet. Leni hielt lieber den Mund und überließ der älteren Frau die Gesprächsführung. Sie fand auch direkt ein Thema, das kaum langweiliger sein könnte: Für den Rest der Mahlzeit unterhielten sie sich mehr oder weniger angeregt über die richtige Anlage eines Gemüsegartens.

Nach dem Essen schlug Hendrik Manteuffel vor, er könne Leni und Marie auf einen Spaziergang nach Hause begleiten. Sie stimmte erleichtert zu; froh, den inquisitorischen Fragen nach ihrem Vorleben durch seine Mutter entkommen zu sein.

»Sie müssen meine Mutter entschuldigen. Sie meint es nicht so.«

»Dass sie versucht, uns beide zu verkuppeln?«

»Das ist Ihnen aufgefallen, ja?« Er lächelte kläglich. »Ich habe ihr schon oft genug gesagt, dass ich das nicht möchte. Aber Mütter …«

»… sind so«, vollendete Leni den Satz. Sie dachte an ihre eigene Mutter, die so voller Ehrgeiz für ihre Kinder war. Eine Verbindung einer ihrer Töchter mit dem Dorfpastor würde Regine Wittmann sicher sehr erfreuen …

»Hanni war auch schon mal bei Ihnen, stimmt's?«, fragte Leni.

Er legte den Kopf in den Nacken und lachte befreit auf. »Du liebe Güte, Sie machen es ja auch!«

Leni grinste frech. Sie sah ihn von der Seite an. Ohne seine Mutter wirkte er wirklich viel gelöster.

»Also ja, ich kenne Ihre Schwester. Meine Mutter war da sehr umtriebig, als sie hergezogen ist. Ich fürchte nur, sie hat kein Interesse an mir. Ich bin zu langweilig. Die meisten interessanten Frauen denken das.«

»Wie sind denn interessante Frauen?«, wollte Leni wissen.

»Na, Frauen wie Sie. Die wissen, was sie wollen. Und unabhängig sind.«

»Unabhängig, ja?« Leni wusste nicht, was sie darauf erwidern sollte.

»Es klingt jedenfalls so.«

Das ließ Leni auf sich beruhen. Sie hatte kein Interesse daran, ihm von ihrem Leben in Berlin zu erzählen.

Eine Weile gingen sie schweigend. Als ihr Haus in Sicht kam, verlangsamte Hendrik Manteuffel seine Schritte. »Da wären wir«, sagte er. »Das war sehr angenehm. Ich würde mich freuen, wenn Sie von meiner Mutter nicht gänzlich verschreckt wurden.«

Sie lächelte. »Alles in Ordnung«, versicherte sie ihm.

So würde es immer sein, nicht wahr? Wenn sich herumsprach, dass sie alleinstehend war, würden die Männer kommen. Oder deren Verwandte sich als Kuppler betätigen. Sie hätte keine Ruhe. Nicht, weil es zu wenig Frauen gab – das Gegenteil war ja der Fall, der Krieg hatte Lücken in die Reihen ihrer Generation gerissen, die immer noch spürbar waren –, sondern weil sie eine gute Partie wäre. Die Sache mit dem Kind, das musste ja keiner wissen, dass es unehelich war.

»Dann sehen wir uns mal wieder?«

Leni versprach es. Sie betrat das Haus, lockerte den Schal und rief nach Marie, die vorgelaufen war. Aber dann traf sie eine Entscheidung.

In der Speisekammer stand noch ein Stück Platenkuchen, das wickelte sie ein und packte es in ihren Korb. Mit Marie an der Hand ging sie durchs Dorf. Den Stock hatte sie daheim gelassen, es war nicht weit bis zu dem kleinen Haus am Ende der Straße. Dahinter war nichts mehr als Felder und Wald.

Es hatte sich in den vergangenen zehn Jahren verändert. Die ersten Dachschindeln hatten sich gelockert und das Gefach hätte gut einen Anstrich vertragen können. Dem Garten sah man selbst zu dieser Jahreszeit an, dass sich im Sommer keiner gekümmert hatte.

»Wen besuchen wir, Mama?«

Leni atmete tief durch. Dann trat sie an die Tür und klopfte. »Deinen Onkel Fritz, Liebes. Er wohnt hier.«

Als die Tür aufging, hielt Leni den Atem an.

Juni 1918

Als der alte Pastor Welpinghus an diesem warmen Apriltag auf das Gutshaus zuging, sah Leni ihn als Erste. Sie saß auf der Treppe, hatte die Nase in ein Buch gesteckt und genoss die wärmende Sonne nach einem weiteren langen, eiskalten Winter mit viel Schneefall und schlechten Nachrichten von den Fronten in Ost und West.

Sie stand auf und wartete, bis er nahe genug herangekommen war.

»Wer ist es diesmal?«, fragte sie ruhig.

Er blieb stehen, fuhr sich mit dem Taschentuch über den verschwitzten Nacken; auch an so einem Tag trug er Kaninchenfell, er hatte ja seine Prinzipien.

»Ist deine Mutter zu Haus?«, fragte er, statt eine Antwort zu geben.

Nicht Vater, dachte Leni. Lieber Gott, es darf nicht Vater sein.

Dicht gefolgt von: Aber auch nicht Fritz. Oder Oskar, oh nein, wenn Oskar gefallen ist …

Sie blickte ihn stumm an.

»Nein? Ist sie nicht? Nun gut. Dann müssen wir beide das wohl machen. Ich muss mit deiner Schwester sprechen.«

Leni nickte. Sie war froh um ihren Stock, den sie nun von der Treppe aufhob, sie stützte sich schwer darauf, als sie die Stufen hinaufstieg. Der Pastor folgte ihr stumm.

In der Eingangshalle war es still. Irgendwo im Haus hörte sie das Dienstmädchen leise singen.

Dieser letzte, friedliche Moment, bevor die Nachricht in ihrer zugegeben nicht mehr ganz so heilen Welt einschlug. Wie die

Granate, die Oskars Körper zerrissen hatte, wie sie später erfuhren.

Leni hielt den Pastor am Arm fest, als er zu Sophie gehen wollte, die im Salon über eine kleine Strickarbeit gebeugt saß.

»Sie wissen, dass sie …?«

Er verstand. »Ich werde so behutsam wie möglich …«

Als wäre es irgendwie *möglich*, einer Frau behutsam über den Tod ihres Mannes zu berichten.

Leni hätte ihrer Schwester gern in dieser schweren Stunde beigestanden, hätte ihre Hand gehalten, sie in den Arm genommen und getröstet. Aber sie blieb in der Eingangshalle zurück und lauschte atemlos.

Und ihre Hand ballte sich um den Knauf ihres Stocks. Bitte, lieber Gott. Lass sie nicht schon wieder das Baby verlieren. Zwei, ja nun drei, Verluste sind schon mehr, als eine Frau je ertragen sollte.

Zu gut erinnerte sie sich daran, wie ihre Schwester im vorletzten Winter erst von diesem seligen Strahlen erfüllt war – dicht gefolgt von dem unermesslichen Schmerz, als sie zum zweiten Mal ein Baby verlor. Deutlich früher dieses Mal, aber das tröstete sie kaum über den Verlust hinweg.

Und nun war sie im sechsten Monat, die Geburt war für September errechnet. Die Schwangerschaft hielt, Sophie war so glücklich und optimistisch wie lange nicht mehr. »Bald ist der Krieg vorbei, und dann habe ich meine kleine Familie«, das waren gestern noch ihre Worte gewesen.

Nun dies.

Leni setzte sich auf die Treppe und wartete. Das Dienstmädchen kam von oben, sie trug einen Weidenkorb mit dreckiger Bettwäsche Richtung Waschküche. »Alles in Ordnung?«, fragte sie.

Leni schüttelte den Kopf.

Nein, nichts war in Ordnung.

Jedes Mal, wenn einer fiel oder sie aus dem Dorf hörte, dass ein Bauerssohn, ein Ehemann, ein Vater nicht mehr heimkehren würde, wusste sie nicht, wohin mit sich und der klammen Angst, die sich um ihr Herz schloss. Oder mit diesem Gefühl: Gott sei Dank, nicht Matthias. Aber sie machte sich nichts vor – von Matthias' Tod würde zuerst Anne erfahren. Zu Leni würde der Pastor deshalb nicht kommen. Es hatte also keinen Zweck, wenn sie sich in Sicherheit wiegte, nur weil er nicht bei ihr anklopfte.

Sie stand auf, als Pastor Welpinghus aus dem Salon kam.

»Vielleicht sollten Sie einen Arzt rufen, Fräulein Wittmann«, sagte er leise. Er stand noch einen Moment da, Leni sagte nichts, denn was sollte sie sagen? Dann gab er sich einen Ruck, setzte seinen Hut wieder auf und verließ das Haus. Sie blickte ihm nach.

Im Salon war es still. Leni trat ein; Sophie saß immer noch auf dem Sofa, ihr Strickzeug auf dem Schoß. Sie blickte nicht auf, Tränen rannen über ihr Gesicht. Dann schniefte sie leise, zog ein Taschentuch hervor und putzte sich die Nase.

»Nun denn«, sagte sie leise. »Dann wollen wir mal wieder.«

Die Stricknadeln nahmen ihr leises Klappern wieder auf.

Leni starrte ihre Schwester an. Sie hätte mit allem gerechnet, aber nicht damit, dass Sophie den Tod von Oskar einfach so hinnahm, als wäre ihr die Lebensmittelration gekürzt worden. Sie trat näher. »Möchtest du …?«

»Nein, Leni.« Ihre Stimme war ganz leise. »Ich möchte nicht darüber reden. Mit dir nicht, mit Mutter nicht. Ich möchte einfach nur, dass wir weitermachen wie bisher. Was macht's für einen Unterschied? Der Krieg geht ewig weiter, es ist zweitrangig, ob Oskar heimkommt oder nicht.«

»Gut.« Nichts war gut. Aber Leni beschloss, den Wunsch ihrer Schwester zu respektieren.

»Außerdem habe ich ja noch sein Baby.« Sophie hielt inne, legte die Hand auf den Bauch. »Es tritt gerade. Das fühlt sich so wunderschön an.«

Leni gab's auf. Ihre Schwester schien wie entrückt, als wäre ihr gar nicht bewusst, was gerade mit ihrem Leben passierte. Leni ging in die Speisekammer, packte einen Korb mit ein paar Lebensmitteln und machte sich auf den Weg ins Dorf, zu Anne.

»Deine Schwester steht unter Schock.«

Anne fand die richtigen Worte für das Unerklärliche. Sie saß mit Leni auf der kleinen Gartenbank direkt vor dem Haus. Sie hatte für sie beide einen Becher Tee gekocht. Leni wusste nicht, wie Anne das schaffte, aber es gab sogar kleine, trockene Kekse. Sie schmeckten fast ein bisschen süß.

»Siehst du im Lazarett manchmal diese jungen Männer, die gar nichts mehr können? Die stumm auf ihren Pritschen liegen und bei denen man fürchtet, sie vergessen irgendwann das Atmen, das Essen und vor allem das Leben?«

Leni nickte.

»Das macht der Krieg mit uns. Er …« Sie hielt inne, überlegte. »All die Dinge, die wir sehen. Die uns widerfahren. Sie machen etwas mit uns, im Guten wie im Schlechten. Die letzten Jahre … Das hat unser Vertrauen in die Welt erschüttert. Wir verlieren den Glauben an das Gute.«

»Aber was bleibt denn, wenn wir nicht mehr an das Gute glauben können?«, wollte Leni wissen.

»Die Hoffnung bleibt. Deine Schwester sagt, dass dieser Krieg weitergeht. Dass es keinen Unterschied macht, ob ihr Mann weiterkämpft oder schon tot ist. Aber es macht einen Unterschied. Wir müssen daran glauben. Wir müssen ganz fest glauben, dass unsere Männer und Söhne, Väter und Freunde zurückkehren.«

Darüber dachte Leni nach. Sie wusste dank täglichem Zeitungsstudium über die Weltlage Bescheid. Aber natürlich wurde auch nur das berichtet, was die eigenen Truppen in einem guten Licht dastehen ließ – das Friedensdiktat von Brest-Litowsk, durch das der Krieg mit Russland beendet worden war, hatte die Truppen im Osten freigesetzt. Ihr Vater hatte geschrieben, er werde wohl nun an die Westfront verlegt, »damit dieser vermaledeite Krieg endlich bald vorbei ist«. Dort war auch Matthias immer noch. Und Fritz. Alle Soldaten des Reichs versuchten, die Entente zu besiegen, doch durch den Kriegseintritt der USA hatte dieser Krieg eine ganz andere Qualität bekommen.

»Schreibt Matthias dir noch?«, fragte Anne leise.

Leni schüttelte den Kopf. Auch von Fritz kam kaum noch was.

»Ich glaube, er ist so müde wie alle anderen auch. Kriegsmüde. Selbst wenn er heimkommt …« Sie hustete.

Leni sah sie von der Seite an. Sie wartete, bis der Hustenanfall verebbt war, ehe sie fragte: »Es geht dir wieder schlechter?«

»Ach, das ist doch nichts. Nur eine Erkältung.«

»Als du das letzte Mal mit einer Erkältung zum Arzt gegangen bist, hat er bei dir Tuberkulose diagnostiziert.«

»Siehst du, da brauch ich also nicht mehr hin.«

Leni betrachtete sie scharf von der Seite. Ja, Anne war über den letzten Winter deutlich schmaler geworden, aber das waren doch alle Leute über die vergangenen beiden Jahre. Anne war jedoch wieder so verhärmt wie damals bei ihrer Ankunft in Bockhorst. Das dunkle Haar inzwischen vollständig ergraut.

»Hustest du Blut?«, fragte Leni schließlich.

»Ach, kleine Leni …«

Leni straffte sich. »Ich bin nicht klein.« Mit siebzehn Jahren hatte sie gelernt, Verantwortung zu übernehmen. Das Haus unterstand weitestgehend ihr, mitsamt dem Dienstmädchen und der Mamsell, Küche und Wäsche, sie packte bei allem an, weil die Mutter sich um die Fabrik und das Gut kümmern musste. Sophie war nichts zuzumuten, und selbst wenn sie helfen wollte, schickte Leni sie weg – ihre Schwester sollte sich schonen.

Jetzt erst recht, dachte sie.

Die Fabrik würde schon bald die Produktion einstellen, dann wäre auch Mutter wieder mehr daheim. Es gab einfach nichts mehr, woraus man hätte Schuhe herstellen können.

»Nein, so habe ich es auch nicht gemeint. Ich dachte nur … Ach, ich dachte wohl, du dürftest noch ein bisschen Kind sein.«

»Das darf keiner.« Leni lächelte. Es war gar nicht so schlimm, dass sie schon wie eine Erwachsene behandelt wurde.

»Wie geht es deinen anderen Schwestern?«

Mit anderen Worten: Genug vom Krieg. Leni antwortete artig. Sie erzählte von Hanni, die mit Lisabeth nach wie vor bei Tante und Onkel lebte und in Bielefeld zur Schule ging. Leni merkte, dass dieses Thema ihr nicht behagte, denn das Privileg der jüngeren Schwester machte sie wütend.

»Im Lazarett bin ich nunmehr zweimal pro Woche«, sagte sie.

»Mute dir nicht zu viel zu. Wer weiß, was noch kommt.« Gerade so, als wäre der Krieg nicht das Schlimmste, was ihr bisher passiert war. Als könnte da noch etwas kommen, das schlimmer war …

November 1928

Der Mann im Türrahmen war groß, klapperdürr, mit einem Vollbart und Haaren, die etwas zu lang waren. Er starrte Leni an, dann ging sein Blick zu Marie, die sich direkt wieder hinter ihrer Mama versteckte.

Fritz räusperte sich. »Das ist eine Überraschung.«

Leni hielt das Päckchen hoch. »Ich habe Platenkuchen.«

Er trat zurück. »Na, dann kommt mal rein. Ganz schön usselig heut da draußen.«

Leni folgte ihm ins Innere des Häuschens. Vom Wohnraum ging es in eine kleine Küche, die Stiege führte zu zwei kleinen Schlafzimmern, das Klo war draußen in einem Anbau. Nicht zu vergleichen mit dem Luxus in ihrem Arzthaus.

»Setzt euch doch. Hab mich schon gefragt, wann ihr mal kommt.«

»Ich wusste ja nicht mal, dass du noch hier bist.«

Er brummte. »Mutter weiß es. Hanni auch.«

»Aber keiner redet über dich.«

»Na, bist eben nicht die Einzige, die in Ungnade gefallen ist.«

Darüber lachte Leni. »Dann lass uns schwarze Schafe einen Kaffee trinken und Kuchen essen. Hast du Kaffee?«

Er zeigte auf den Küchentisch, auf dem eine Kaffeekanne stand. Es war derselbe Tisch wie vor zehn Jahren, nur ein bisschen abgenutzter. Genauso sauber. Überhaupt – sie wusste ja nicht so genau, was sie nach den Andeutungen erwartet hätte, dass Fritz in Annes altem Häuschen wohnte. Aber auf den ersten Blick sah es so aus, als halte er seine Sachen in Ordnung.

»Für deine Tochter habe ich Milch, wenn sie mag. Marie?«

Leni nickte. Sie setzte sich mit Marie auf die kleine Bank an der langen Tischseite. Fritz hantierte am Herd, er brachte Milch aus der Speisekammer, deckte den Tisch mit Tellern und Bechern. Erst als er saß und Leni den Kuchen verteilte, ergriff er das Wort.

»Hab gehört, du bist auch schnell wieder da verschwunden.«

»Du meinst, aus unserem Elternhaus?«

Er nickte. »Bist du auch mit ihr aneinandergeraten?«

»Ich will mein eigenes Leben führen. Aber das Gefühl, dass sie immer noch die Fäden zieht …«

Er lachte auf. »Das wirst du auch jetzt nicht los«, prophezeite er. Den Kuchen rührte er nicht an, zündete sich lieber eine Zigarette an. »Ich bin ja auch weg da, nach dem Krieg. Als ich niemanden aushielt. Aber was macht sie? Gibt mir dieses Haus. Gute Arbeit. Sie hofft wohl immer noch, ich könnte übernehmen, jetzt da Sophie nicht mehr …«

Leni legte die Hand auf seine Linke, die auf dem Tisch ruhte. Sie spürte das Zittern seiner Finger, er war innerlich so aufgewühlt, wie sie selbst sich fühlte. Sie suchte nach tröstenden Worten, fand aber keine.

Für ihre Mutter mussten sie alle immer funktionieren. Wer nicht funktionierte, wurde nicht beachtet. Oder so lange ignoriert, bis er oder sie wieder tat, was von ihr oder ihm verlangt wurde.

Hanni als Lehrerin.

Lisabeth als treusorgende Ehefrau und Mutter für ihre wachsende Kinderschar.

Leni als Ärztin.

Fritz als … ja, was? Kriegsversehrter?

»Ich bin in Mutters Fabrik angestellt. Vorarbeiter in der Sauenzerlegung. Das kriege ich gerade noch so hin. Körperlich schwere Arbeit, die keiner gerne macht. Für mich ist das in Ordnung, da kann man sich verausgaben. Sonst schlafe ich nicht so gut.«

Leni ahnte, was er mit »nicht so gut« meinte. Sie hatte auch manche Nacht noch Bilder im Kopf, die sie lieber vergessen hätte. Dabei war sie immer nur hinter der Front gewesen, damals im Herbst '18.

»Tut dir das Alleinsein denn gut?«, fragte sie sanft.

Er zuckte mit den Schultern. »Na ja. Wer will denn schon so einen wie mich?«

»Immerhin bist du der älteste Sohn. Dir stünde das alles zu.«

»Und nun kriegt's Carl, das ist für mich wohl auch in Ordnung.« Er trank einen Schluck Kaffee und verzog das Gesicht. »Ich hoffe, du magst es bitter.«

»Ich kann uns neuen kochen«, bot sie an.

»Nee, lass. Ich kann auch guten Kaffee.« Fritz stand auf und machte sich wieder am Herd zu schaffen.

»Und du? Ohne Mann? War für Mutter bestimmt eine Freude.«

Lenis Finger fuhren über die Holzplatte des Tischs. Sie war es so leid, sich zu erklären.

»Sie war begeistert, auf ihre Art.«

Fritz lachte leise. »Ich mag dich«, sagte er.

Das überraschte Leni. »Ich hätte gedacht …«

»Wie soll ich dich nicht mögen? Immerhin bist du hier.«

»Aber Hanni …«

»Vergiss Hanni. Nach ihrem Ausflug nach Berlin damals hat Mutter ihr die Flügel gestutzt, und sie hat sich nicht gewehrt.«

Leni staunte. Nicht nur darüber, mit welcher Klarheit Fritz die Verhältnisse in der Familie sah. Sondern auch wie ruhig er wirkte, als wäre sein Leben, so wie er es jetzt führte, ein gutes.

»Würdest du denn etwas anders machen?«, fragte er.

»Ja, tatsächlich. Würde ich«, sagte Leni.

»Dann mach es. Tu was dafür, dass dein Traum sich erfüllt. Sonst macht es keiner. Ich hab meine Träume in Frankreich gelassen. Meinen Kriegsenthusiasmus.« Er lachte und musste davon husten. Hastig zündete er sich die nächste Zigarette an.

Leni beobachtete ihn scharf. Sie erinnerte sich zu gut an den Jungen, der 1916 mit großem Hurra in den Krieg gezogen war – und an den Mann, der zwei Jahre später gebrochen zurückgekehrt war.

Sie blieben lange am Tisch sitzen und redeten. Irgendwann stand Fritz auf und machte als Abendessen einen Erbseneintopf mit Speck warm. »Ihr bleibt doch zum Essen?«

Dazu gab es Brot aus der Dorfbäckerei. »Du gehst ja doch unter Leute.« Leni hatte sich schon gewundert. So groß war das Dorf nicht, dass sie ihm nicht irgendwann über den Weg gelaufen wäre.

Er wischte seinen Teller mit dem Knust aus und aß, bevor er antwortete. »Hab so meine Leute, die sich kümmern.«

»Ein Mädchen?«

Er blickte sie an, dachte über seine Antwort nach. »Ein Freund«, sagte er schließlich.

Sie fragte nicht weiter nach. Dachte an die Männer in Berlin, manche hatte sie kennengelernt, die waren ohne Frau glücklich, lebten mit einem anderen Mann zusammen in einer sogenannten Junggesellenbude, und niemand wunderte sich, dass die beiden nichts an diesem Zustand ändern wollten – sie genügten einander. Das war für sie kaum vorstellbar, aber Leni wusste, dass sie sich damit nur schwertat, weil sie sich erst an diesen Gedanken gewöhnen musste.

Nun also auch ihr Bruder.

»Wohnt er bei dir?«

»Nein.«

Mehr wollte er dazu nicht sagen, und Leni wollte ihn auch nicht mit ihren Fragen nerven. Sie war viel zu froh über dieses Gespräch. Darüber, dass sie sich nicht mehr ganz so einsam fühlte, jemanden zum Reden hatte.

»Und du? Wirst du dein Glück suchen?«, fragte Fritz beim Abschied. Leni hatte Marie auf dem Arm, die ihr wieder mal bei dem langen Gespräch auf der Bank eingeschlafen war. Schon jetzt war ihr das Kind zu schwer, sie wusste nicht, wie sie so den Heimweg bewältigen sollte.

Fritz zog die Haustür hinter sich zu. »Komm, ich begleite euch.« Er duldete keinen Widerspruch, nahm ihr Marie ab und trug sie die Dorfstraße herunter, als hätte er das schon immer so gemacht.

»Was hast du jetzt vor?«, fragte er.

»Weswegen?«

Er lächelte. »Na, das Glück, das Leben, diese Dinge.«

»Nun ja …« Er hatte ihr von seinem Freund erzählt. Darum nur gab sie sich einen Ruck. »Matthias. Ich werde ihn wohl suchen müssen. All die Jahre habe ich versucht, nicht an ihn zu denken. Weil das Leben ohne ihn leichter war.«

»Das redet man sich gerne ein.«

»Jetzt habe ich gemerkt, es ist vielleicht leichter. Aber nicht so schön.«

Wieder sein feines Lächeln. Eine ältere Frau kam ihnen auf dem Fahrrad entgegen, sie drehte sich um und wäre fast in den Graben gefahren, so sehr verrenkte sie sich den Hals nach den beiden Geschwistern.

Leni lachte. »Sind wir morgen das Gesprächsthema beim Kaufmann Frenzel?«

»Darauf kannst du wetten.« Er grinste, wurde aber schnell wieder ernst. »Wenn du ihn vermisst, dann such ihn. Lass nicht zu, dass du dir selbst im Weg stehst. Es genügt doch, wenn uns andere Steine in den Weg legen.«

Sie nickte. Vor ihrem Haus blieben sie stehen.

»Brauchst du noch was?«

»Nein.« Sie räusperte sich. »Ich hab heute meinen Bruder wiedergefunden, das ist mehr als genug.«

»Du weißt ja, wo du mich findest.« Er übergab Marie an Leni, machte zwei Schritte rückwärts, nur langsam. Als könnte er sich nicht von ihr trennen. Leni ging es auch so. An dieses Wiedersehen hatte sie gar keine Erwartungen gestellt, und auch deshalb war sie gerade einfach nur glücklich.

»Mach's gut, Schwesterchen. Lass dich mal wieder blicken, ja?«

»Du aber auch. Versprichst du mir das?«

Er nickte.

Sie brachte Marie ins Bett. Dann ging sie in das Behandlungszimmer, hob den Hörer ab und atmete tief durch. Sie wählte Florians Nummer.

»Ja?« Er klang verschlafen, es war schon spät.

»Florian. Ist es in Ordnung, wenn ich für ein paar Tage bei dir wohne?«

Er antwortete nicht sofort.

»Ich kann auch in eine Pension …«, sagte Leni verlegen.

»Du willst ihn suchen.«

»Ja.«

»Gut. Gut, komm her. Du bist hier immer willkommen, weißt du doch.«

»Ja«, flüsterte sie.

September 1918

Es kam schlimmer.

Erst war es der Krieg, der ihnen so viele Opfer abverlangte, und dann diese schreckliche Grippe, die über das Dorf hinwegfegte. Über alle Dörfer, alle Städte, diese Krankheit machte vor niemandem halt. Sie klopfte morgens an, abends lag man mit Fieber darnieder, und zwei Tage später war man tot.

Das erste Mal begegnete Leni dieser neuen Krankheit im Versmolder Lazarett. Sie hatte schon davon gehört; hinter vorgehaltener Hand hatten bereits seit Juni die anderen Pflegehelferinnen und Krankenschwestern von dem Blitzkatarrh gesprochen, der in anderen Lazaretten ausgebrochen war. Junge Männer wurden von dieser Grippe tagelang aufs Lager geworfen, aber damals waren wohl nur wenige gestorben.

Diesmal war es anders.

Der erste Patient mit diesen erschreckenden Symptomen war ein junger Infanterist, der schon seit zwei Wochen bei ihnen war. Bei der Schlacht von Amiens Anfang August hatte er sich einen Schulterschuss zugezogen. Die Wunde hatte sich entzündet, doch inzwischen war er halbwegs wiederhergestellt. Er rechnete jeden Tag damit, dass man ihn zurück an die Front beorderte.

»Na, Franz. Da haben Sie aber nicht gut gegessen«, neckte Leni ihn. Sie ging gerade herum und sammelte die Teller und Tassen vom Frühstück zusammen mit ihrer Freundin Isa ein. Franz blickte zu ihr auf. Er hustete. »Keinen Hunger«, flüsterte er.

Das war schon merkwürdig. Wer ließ sich denn das Essen entgehen, das ohnehin viel zu knapp bemessen war? Und der

Husten obendrauf … Leni dachte an Anne Krüger mit ihrem Husten.

»Vielleicht sollte sich das mal ein Arzt ansehen.« Sie strich ihm beruhigend über den Rücken. Er wirkte ziemlich schlapp. »Ist Ihnen heiß?«

Er schüttelte den Kopf und kroch unter seine dünne Wolldecke. »Kalt«, hörte sie ihn wispern.

Isa fing Lenis Blick auf. »Ich frage Schwester Gerda nach einem Arzt.«

»Danke.« Seit Leni mit »jedem Zipperlein, das die jungen Herren jucken könnte« zu Schwester Gerda kam, vermied sie es, mit ihrer Vorgesetzten zu sprechen. Auch wenn die Versorgungslage inzwischen katastrophal war, gab sie nicht auf. Gerda hatte vielleicht schon resigniert. Immerhin hatte sie Zugang zum Medikamentenlager und wusste, wie wenig ihnen blieb.

»Meinen Sie, es ist bald vorbei?«, fragte Franz sie.

»Der Krieg?«

Er nickte.

»Ich hoffe es sehr«, sagte Leni.

Er lächelte schwach. »Ich auch. Mir egal, ob das Landesverrat ist, aber sollen sie doch den Krieg endlich aufgeben. Der Kaiser will's nicht. Der glaubt wohl noch an einen Sieg.«

Darüber wusste Leni nicht viel.

Sie trug das Geschirr weg. Auf dem Rückweg lief sie Dr. Gropius über den Weg, einem über siebzigjährigen Militärarzt, dem die Leitung des Lazaretts unterlag. »Wo ist der Mann mit Husten?«, fragte er höchst alarmiert. Leni wies ihm den Weg. Isa kam herein, sie trug frisches Bettzeug auf dem Arm. Vier junge Soldaten waren heute früh entlassen worden – kaum stark genug, dass sie laufen konnten, aber man hatte sie zur Garnison in Halle geschickt, damit sie sich dort einsatzfähig meldeten.

Während sie die Betten für neue Patienten herrichteten, blickte Leni verstohlen zu Dr. Gropius herüber. Schwester Gerda stand neben ihm, beantwortete seine Fragen. Er wirkte besorgt.

Leni kannte diesen Gesichtsausdruck. Den bekam er kurz vor Amputationen oder ähnlich schweren Komplikationen.

Dr. Gropius kam zu Isa und Leni. »Sie beide packen Ihre Sachen und gehen nach Hause. Sagen Sie auch den anderen Helferinnen Bescheid.«

»Aber warum?«, fragte Leni überrascht.

»Sie werden nicht mehr gebraucht.« Er wandte sich an Schwester Gerda, die hinter ihm aufgetaucht war. »Alle zivilen Helferinnen unter achtzehn schicken wir nach Hause. Ich kann es derzeit nicht verantworten.«

Leni lief hinter Schwester Gerda her, die durch die Krankensäle rauschte und die anderen Mädchen heranwinkte.

»Was ist hier los?«, wollte sie wissen. »Warum werden wir auf einmal nicht mehr gebraucht?«

»Geht nach Hause!«, rief Schwester Gerda nur. »Bitte. Es ist hier nicht mehr sicher. Für niemanden von uns.«

»Weiß gar nicht, was dich so daran stört. Gab eh kein Geld für die Arbeit, und ich bin ganz froh, wenn ich mal ein paar Wochen Ruhe vom Drachen Schwester Gerda habe.«

Leni ging es nicht ums Geld. Sie hatte gern die jungen Soldaten versorgt, wohl ein bisschen in der Hoffnung, dass anderswo junge Frauen genauso für ihre Liebsten sorgten, falls es sie ins Lazarett verschlug. Und es war die einzige Möglichkeit für sie, dass sie hin und wieder einem Arzt bei der Arbeit zusehen konnte. Was sie in ihrem Berufswunsch nur noch mehr bestärkt hatte.

Weil der alte Paulsen sie erst am späten Nachmittag abholen würde, beschlossen die Mädchen, in den Versmolder Stadtpark zu gehen und einen letzten, schönen Tag miteinander zu verleben. Isa teilte mit Leni ihr Mittagessen und Leni überließ ihrer Freundin gern das Stück Dauerwurst und die Butterbrote, die ihr die Mamsell am Morgen eingepackt hatte.

»Du hast's gut«, seufzte Isa. »Ich hoffe, meine Mutter sucht jetzt nicht die nächste Arbeit für mich, nur damit ich beschäftigt bin. Obwohl: In einer Haller Wirtschaft wäre es schön. Vielleicht lerne ich da einen schneidigen Offizier kennen.«

»Die Offiziere sind nicht mehr so schneidig wie früher.«

»Auch wieder wahr.« Isa stupste sie mit dem Ellenbogen. »Hast du gar kein Interesse an Männern?«

»Ach«, machte Leni. »Wer will mich denn?«

Sie war traurig, weil sie ihre Arbeit aufgeben sollte. Hatten sie etwas falsch gemacht? Oder war die Krankheit von Franz tatsächlich so ansteckend, dass der Arzt fürchtete, sie könnten sich anstecken?

Viel zu spät ging ihr auf, dass sie es gewesen sein könnte, die den Blitzkatarrh, wie man die Krankheit in Bockhorst nannte, ins Dorf getragen hatte. Obwohl sie sich an diesem Abend bei ihrer Heimkehr gründlich die Hände wusch und sogleich umzog, bevor sie sich mit ihren Eltern und ihrer Schwester Sophie zum Abendessen an den Tisch setzte. Sie bekam drei Tage später erst den Husten, dann Fieber. Lag zwei Tage mit Kopfweh und Gliederschmerzen im Bett, während im Haus eine wispernde Nervosität herrschte. Unter anderen Umständen hätte diese Leni in helle Aufregung versetzt, denn die Hebamme Alma wurde einbestellt und blieb die halbe Nacht.

Zu sehr war sie mit sich selbst beschäftigt. Sie zog die Bettdecke über den schmerzenden Kopf und hoffte auf mehr Schlaf.

»Was ist da los?«, fragte sie das Mädchen Frieda. Es war ein Dienstag, glaubte Leni. Fünf Tage hatte sie mit Fieber im Bett gelegen, stets von Frieda versorgt. Nicht mal auf den Nachttopf war sie ohne deren Hilfe gekommen.

»Das Baby ist da. Ein kleines Mädchen, dunkle Haare wie der Papa. Ihre Schwester ist so glücklich, Fräulein Leni.«

Leni sank zurück in die Kissen. »Das ist gut«, murmelte sie. »Wie heißt die Kleine?«

»Sie hat noch keinen Namen. Oh, und gestern kam Ihre Freundin Isa vorbei und hat nach Ihnen gefragt. Sie war wohl auch krank.«

»Wir werden alle krank«, flüsterte Leni und schlief wieder ein.

Sie hatte darüber gelesen. Sie hatte den Ärzten zugehört, wann immer sie darüber sprachen. Über Bakterien, die krank machten. Bei Tuberkulose war das so. Und bei vielen anderen Krankheiten auch.

Es gab gegen manche Krankheiten Impfstoffe. Auch darüber hatte sie gelesen. Aber dieser Blitzkatarrh war so neu, ob es da schon etwas gab? Wohl kaum.

Wir werden alle krank …

Leni sprang aus dem Bett. Sie landete auf den Füßen, doch die Beine gaben unter ihr nach, sie stürzte und schlug der Länge nach hin. Sie rief nach Frieda. Ihr Kopf dröhnte wieder, sie konnte sich kaum aufrappeln. Irgendwie schaffte sie es, bis zur Tür zu kriechen. »Frieda«, flüsterte sie. »Sophie …« Dann wurde ihr schwarz vor Augen.

Ihre Mutter fand sie wenige Augenblicke später, aufgeschreckt von dem Poltern. Sie tauchte in der Tür auf und wollte Leni aufhelfen. Aber als sie die Hand ihrer Mutter spürte, war Leni mit einem Mal wieder hellwach. »Nicht«, stöhnte sie. »Du darfst mich nicht anfassen. Frieda darf nicht zu … Sophie.«

»Aber was redest du da, Kind? Frieda ist nicht krank, und dir geht es auch schon viel besser. Sophie ist so glücklich. Wenn du magst, helfe ich dir über den Flur zu ihr.«

»Nein!«, schrie Leni. »Bitte, Mama. Mach's nicht. Das Fieber ist … ansteckend.«

»Ich kriege nie was. Nicht mal Schnupfen. Und bei Sophie ist es ähnlich.«

»Mama, bitte!«

Ihre Mutter zog die Stirn kraus. »Jetzt ist es aber mal gut!«, schimpfte sie. »Du benimmst dich wie eine Verrückte. Hat dich das Fieber um den Verstand gebracht?«

»Sophie … das Baby …« Leni schluchzte.

»Ich bring dich ja zu den beiden, wenn du unbedingt willst. Herrgott. Manchmal habe ich das Gefühl, in einem Irrenhaus zu leben.«

Leni riss sich los, als ihre Mutter versuchte, ihr hochzuhelfen. Sie kroch wieder zum Bett, kletterte hinein. »Nicht, Mama.« Sie konnte nur diese zwei Worte wiederholen. Ihre Mutter stand etwas verloren am Fußende. Leni zeigte stumm auf das Regal mit ihren Büchern. Wo sich bei anderen Mädchen ihres Alters die Groschenhefte stapelten und sich leichte Liebesromane mit Schauerromanen ein munteres Stelldichein gaben, standen bei ihr medizinische Fachbücher. »Gib mir das Medizinwörterbuch.« Ihre Stimme war nur ein heiseres Kratzen.

Ihre Mutter gehorchte. Leni schlug es auf und suchte nach dem richtigen Eintrag. Es war ein älteres Exemplar; Sophie hatte es mal in einem Antiquariat entdeckt und Leni für zwei Groschen gekauft, nur um ihr eine kleine Freude zu machen. Aber in diesem Moment hoffte sie, die Illustrationen könnten ihrer Mutter verdeutlichen, was Leni meinte.

Eine Farbtafel zeigte einen Pestkranken, der Miasmen verströmte – giftige Krankheitsdämpfe, mit denen er andere infizieren konnte. Leni hielt das Buch hoch, damit ihre Mutter das Bild sehen konnte. »So funktionieren diese Krankheiten, Mama. Und Sophie …« Sie musste husten und verbarg ihr Gesicht in der Bettdecke. »Sophie und das Baby …«

Jetzt verstand ihre Mutter.

»Sie dürfen diesen Miasmen nicht ausgesetzt werden. Ja. Ich habe schon mal davon gehört, aber …«

Leni nickte. Die Lehre von den Miasmen war für ihre Mutter vielleicht einfacher zu verstehen, als wenn Leni begann, ihr etwas über Bakterien oder Viren zu erzählen.

»Dann darfst du nicht zu ihnen?«

Leni nickte. Sie war erleichtert, weil ihre Mutter verstand. »Frieda auch nicht.«

»Aber wer soll sich dann um das Baby kümmern? Deine

Schwester ist nach der Geburt noch sehr geschwächt. Wir brauchen jemanden. Die Mamsell hat seit gestern Husten …« Lenis Mutter wurde blass. »Oh mein Gott«, flüsterte sie. Kraftlos sank sie auf den Stuhl neben Lenis Bett, auf dem noch ihre Sachen lagen. Niemand hatte Zeit gefunden, sie wegzuräumen.

»Was sollen wir denn jetzt machen? Wenn ich auch krank werde … oder Frieda …«

»So schlimm wird es nicht werden«, sagte Leni leise. »Hoffe ich.«

Ihre Mutter schüttelte den Kopf. »Du hast keine Ahnung, Kind. Dass ich es mir nicht schon früher zusammengereimt habe! Im Lazarett in Versmold sterben sie. Die jungen Leute. Der Doktor konnte deshalb nicht kommen, ich habe ihn mehrmals angerufen. Er sagt, es ist überall. Morgens sind die Leute gesund, abends legen sie sich mit Kopfschmerzen ins Bett und sind keine drei Tage später tot. Das passiert da draußen.«

Die Angst war eine kalte Hand, die Lenis Herz umschloss. Sie spürte, wie ihr Tränen in die Augen stiegen. »Das ist alles meine Schuld«, schluchzte sie.

»Quatsch.« Ihre Mutter hatte sich wieder im Griff. So war sie – wenn Regine Wittmann die Contenance verlor, gewann sie diese fast so schnell wieder zurück. »Aber du musst mir jetzt helfen, Leni. Du bist keine Ärztin, aber du bist so belesen. Was können wir tun? Wie können wir verhindern, dass das Baby stirbt? Du weißt, das würde deine Schwester umbringen. Und was, wenn Sophie krank wird?«

Leni schloss für einen Moment die Augen. Die Kopfschmerzen waren nicht weg, aber sie konnte sich immerhin so weit konzentrieren, dass sie auf die drängendsten Fragen eine Antwort hatte.

»Was hältst du davon, wenn wir Anne holen?«

»Ja, aber wie kann uns das helfen?«

Leni erklärte es ihr.

Und so machten sie es: Um Sophie und das Baby zu schützen, würden sich alle von ihr fernhalten, sobald sie Krankheitssymptome zeigten. Das betraf auch die Mamsell in der Küche, es betraf den alten Paulsen, Frieda und Lenis Mutter. Sie schickten nach Anne Krüger, die sogleich kam, mit einer Reisetasche in der Hand. Leni zog sich dick an und sprach bei offenem Fenster mit Anne, die unten im Hof stand.

»Wer ist außer dir krank?«

»Die Mamsell hustet. Sie bleibt in ihrer Kammer unter dem Dach.« Leni zögerte. »Die teilt sie sich aber mit dem Dienstmädchen Frieda.«

Anne überlegte nicht lange. »Kein Kontakt mehr zwischen Bediensteten und den Gesunden im Haus. Niemand hat Kontakt mit deiner Schwester und dem Baby. Ich war die letzte Woche daheim, kann also nicht viel passiert sein. Im Dorf sind viele krank. Hat auch sein Gutes, dass keiner mit mir spricht.«

Sie klang fast heiter.

»Geht es dir sonst gut?«, fragte Leni.

Anne wusste sofort, woran sie dachte. »Die Schwindsucht ist nicht mehr so schlimm. Es geht mir gut.«

Leni nickte. Sie wusste, wenn sie Anne als Pflegerin für ihre Schwester ins Haus holten, gingen sie ein Risiko ein. Sophie könnte sich anstecken.

»Außerdem habe ich mir Schals genäht, die kann ich mir um Mund und Nase binden, wenn ich bei ihnen bin.«

»Und das hilft?«, fragte Leni.

»Ich weiß es nicht«, gab Anne zu. »Ich hoffe es einfach nur.«

Leni schluckte. Die ganze Situation überforderte sie, warum musste sie mit Anne reden, wo war ihre Mutter? Was, wenn sie irgendwas vergaß, wenn sie etwas übersah und deshalb nicht nur sie krank wurde?

Außerdem fühlte sie sich schwach.

Nach dem Gespräch mit Anne zog Leni sich in ihr Bett zurück. Die Mamsell brachte ihr persönlich Brühe herauf. »Na, da sind wir zwei nun«, sagte sie. Grimmig knallte sie die Suppentasse auf den Schreibtisch am anderen Ende des Raums. »Deinetwegen soll ich jetzt in die Kammer unterm Dach für den Rest der Woche.«

»Aber es ist doch nur zu unser aller Besten«, flüsterte Leni. Die Mamsell antwortete nicht. Der laute Rums, mit dem die Tür ins Schloss fiel, war wohl Antwort genug.

November 1928

Als Leni dem Taxifahrer Geld gab und er ihren Koffer aus dem Kofferraum hob, fühlte es sich falsch an. Sie blickte an der Fassade des hübschen Gründerzeitbaus hoch, in dessen dritter Etage Florian eine ganze Wohnung allein bewohnte, wenn er unter der Woche in der Stadt war. An den Wochenenden fuhr er gern in die elterliche Villa nach Grunewald. Leni wusste das, weil sie jahrelang mit ihm in diesem Rhythmus gelebt hatte – unter der Woche hier in der Luisenstraße unweit der Charité, an den Wochenenden da draußen, wo zwischen den herrschaftlichen Anwesen viel Platz war.

Sie hatte ihr Kommen per Telegramm angekündigt, allerdings nicht die Uhrzeit dazugeschrieben. Zum Glück brannte im dritten Stock Licht. Florian war schon zu Hause.

Sie betrat den Hausflur. Der offene Gitteraufzug quietschte, als er sie nach oben fuhr. Leni lächelte. Manche Dinge änderten sich nie.

Als sie klingelte, hörte sie hinter der Tür direkt Schritte, dann wurde sie aufgerissen. Florian stand vor ihr, ein breites Lächeln auf seinem Gesicht. Sie stellte den Koffer ab, und er trat auf sie zu.

»Da bist du ja«, sagte er. Dann schloss er sie in die Arme, und vielleicht hätte Leni in diesem Moment gern geweint, wenn sie nicht von einer Vielzahl widerstreitender Gefühle überwältigt worden wäre. Trauer war eines davon, und damit hatte sie nicht gerechnet.

»Komm erst mal rein.« Er ließ sie los und trat beiseite. Nahm den Koffer von der Türschwelle, trug ihn ins Gästezimmer hinten links, direkt gegenüber vom Schlafzimmer. »Hattest du eine angenehme Reise?«, rief er über die Schulter.

»Ja, schon.« Soweit das eben ging, stundenlang im Zug sitzend mit Umstiegen in Bielefeld und Hannover. Aber jetzt fühlte sie sich von der langen Fahrt schmutzig, sie wollte sich gern frisch machen, bevor sie sich mit Florian hinsetzte und aß. Sie ging ins Badezimmer, ließ die Tür aber offen stehen. Hörte Florian durch die Wohnung gehen.

Ich kann das. Ich schaffe das. Wir reden wie zwei Erwachsene. Ohne Vorwürfe.

»Die Seife kann nichts dafür.«

Leni blickte auf. Er stand in den Türrahmen gelehnt, nickte zu ihren Händen, mit denen sie gerade das Stück feinste Rosenseife aufschäumte. Vor Schreck ließ sie es in das Waschbecken fallen.

»Wofür?«, fragte sie.

»Dass es ist, wie es ist.«

Du meinst, dass wir dieses Unbehagen verspüren, sobald wir zusammen sind? Weil unsere Körper einander kennen, sich nach dem anderen sehnen, nach der Einfachheit dessen, was wir einst waren? Weil wir wissen, dass es kein Zurück gibt?

Sie setzten sich im kleinen Esszimmer zusammen, Florian servierte einen Braten mit Klößen und Wirsinggemüse, den seine Haushälterin vorbereitet hatte. Dazu gab es Wein. Es schmeckte anders als früher.

»Dass du das merkst? Fräulein Nora ist nicht mehr bei mir.«

»Ach, wie schade. Sie hat einen Narren an Marie gefressen.«

»Wie geht es Marie denn?«, erkundigte sich Florian. »Gefällt ihr das neue Leben?«

»Oh, prima. Sie ist derzeit bei meiner Mutter.«

»Und das ist für dich in Ordnung?«

Leni seufzte. »Du kennst mich zu gut.« Schon war dieser Anflug von guter Laune vorbei, den sie empfunden hatte, nachdem sie sich einigermaßen sauber fühlte und ein gutes Essen vor sich auf dem Teller hatte. Sie trank einen Schluck Wein. »Aber weißt du, das hält Marie aus. Sie mag meine Mutter, was mich überrascht, und meine Mutter mag Marie. Die Mamsell wird sie verwöhnen, und mein Vater ist ja auch noch da.«

Und Hanni. Für Marie war wirklich gesorgt.

»Ich hätte sie gern wiedergesehen.«

»Manchmal fragt sie nach dir.«

»Und was sagst du ihr dann?«

»Dass du nicht ihr Vater bist.«

Leni hatte daraus nie ein Geheimnis gemacht, und das wusste Florian. Warum klang es jetzt so, als hätte er Anspruch auf Marie?

»Ich sage ihr, dass Matthias ihr Vater ist.«

»Hm«, machte Florian. »Die ganze Wahrheit wäre wohl auch zu viel verlangt.«

Lenis Finger umspielten den Stiel ihres Weinglases. Die ganze Wahrheit? Ja, wie hätte sie ihrem Kind auch erklären können, dass ihre Mama eben nicht mit Maries Vater, sondern mit einem anderen Mann zusammenlebte, weil dieser sie damals, als Matthias mitten in der Nacht nach einem üblen Streit verschwunden war, bei sich aufgenommen hatte. Das musste Marie doch verwirren. Und auch die andere Seite der Medaille mochte nicht dem Bild von Vater, Mutter, Kind entsprechen, das Marie bei Lenis Familie nun kennengelernt hatte. Dass Leni und Matthias die ersten Monate nach Maries Geburt unverheiratet zusammengelebt hatten. Dass er für Marie gesorgt hatte, während Leni wieder jeden Morgen zu den Vorlesungen und den praktischen Übungen in der Pathologie der Charité ging. Während sie bis spät in der Nacht über den Büchern brütete, hatte Matthias Marie das Fläschchen gegeben, er hatte eingekauft und Wäsche gewaschen, er hatte all das gemacht, was Leni eben nicht schaffen konnte, weil ihr Studium wichtiger war.

»Die ganze Wahrheit, ja? Ich weiß selbst nicht, was sie wäre.«

Florian senkte den Kopf. Bis auf das Ticken der Standuhr in der Zimmerecke war es still. Schließlich räusperte er sich.

»Ich habe eine Adresse für dich. Eine Fabrik, in der Ledertaschen produziert werden. Dort könntest du anfangen.«

»Wie kommst du darauf, dass ich ihn dort finde?«

»Ich habe meine Quellen.«

Fast hätte Leni gelacht. Natürlich hatte er die, auch jetzt noch. Als Sohn aus bestem Hause, aus einer Familie zumal, die bis zum Inkrafttreten der Weimarer Verfassung dem Adel angehört hatte, hatte er schon immer eine Vielzahl Privilegien genossen. Er verkehrte in Kreisen, die Leni ohne ihn trotz ihrer am heimatlichen Maßstab gemessenen gut situierten Herkunft verschlossen geblieben wären. Er kannte viele einflussreiche Politiker und Kaufleute, Fabrikanten und Herren von und zu. Vielleicht hatte er auch dafür gesorgt, dass Matthias eine Anstellung fand, nachdem er aus dem Zuchthaus kam, hatte einem Freund den Tipp gegeben, eine gute Tat am Morgen, danach konnte er sich für den Rest des Tages zurücklehnen.

Ach nein. So war er nicht.

»Was wirst du machen, wenn du ihn findest?«

»Ihn bitten, mit mir heimzukommen.«

»Einen mittellosen Kommunisten? Deine Mutter wird hocherfreut sein.«

»Sie stört sich daran, dass ich allein lebe. Was soll's also? In ihren Augen habe ich eh versagt.« Nach einer kurzen Pause fügte sie nachdenklich hinzu: »Und es geht nicht um meine Mutter. Ich will mit ihm zusammen sein.«

Florians Lächeln war wehmütig. »Das habe ich schon verstanden.«

Da sie von der Reise müde war, begab Leni sich direkt nach dem Abendessen ins Gästezimmer. Das Bettzeug roch nach den Lavendelsäckchen, die immer im Wäscheschrank lagen, und die Decke raschelte, als sie darunterschlüpfte.

Sie hatte nie den einfachen Weg gewählt. Das wusste sie. Vor fünf Jahren hätte sie Florian als Vater von Marie präsentieren können, und jeder hätte es geglaubt – ihre Mutter, weil sie es glauben wollte, seine Eltern, weil sie Leni mochten. Aber dann hätte sie das Studium aufgeben müssen und damit ihren Traum, jemals Ärztin zu werden.

Manchen Preis wollte sie nicht zahlen. Und sie rechnete es Florian hoch an, dass er sie seitdem nie wieder gefragt hatte, ob sie gemeinsam durchs Leben gehen wollten.

Die Fabrik lag in einem Hinterhof der Alexandrinenstraße in Kreuzberg. Ohrenbetäubend war das Hämmern und Stampfen der Maschinen, die in der kleinen Halle stanzten und schnitten, glätteten und nähten. Leni stand in ihrem blauen Reisekostüm aus Wolle etwas verloren an der Tür zum Kontor. Auf ihr Klopfen hatte niemand reagiert, was kein Wunder war bei dem Lärm.

Die Adresse hatte sie auf der ersten Station ihrer Suche in Erfahrung gebracht – einer ähnlichen Fabrik, zwei Kilometer entfernt. Sie hatte zwar für die Strecke einen Omnibus genommen, trotzdem muckte ihr Fuß schon wieder. Das Pflastertreten in der Stadt hatte ihm noch nie behagt.

»Na, was stehen Sie denn hier herum, Fräulein? Nur rein mit Ihnen!«

Ein junger Mann mit Vollbart und dunklen Haaren riss die Tür auf und winkte sie enthusiastisch herein. Er bot ihr einen Stuhl vor seinem mit Papieren und Kontobüchern übersäten Tisch an. Er stellte sich als Martin Salomon vor, sie sich als Dr. Leni Wittmann. Er zog überrascht die Augenbrauen hoch, kommentierte ihren Doktortitel aber nicht.

»Was kann ich für Sie tun, Gnädigste? Brauchen Sie Schuhe, Gürtel, Taschen? Wir liefern beste Qualität zu günstigen Preisen, auch Rabatte für Großabnehmer sind möglich.«

Leni lächelte ihn strahlend an. »Ich suche einen Freund.«

Seine Leutseligkeit fiel unmerklich in sich zusammen. »Ach, einen Freund. Hm, wenn Sie meinen, da kann ich helfen …?«

»Er heißt Matthias Krüger.« Sie blickte auf ihre kleine Handtasche, die auf ihrem Schoß lag.

Martin Salomon lehnte sich zurück. »Ah«, machte er. »*Die* Leni sind Sie.«

Er stand auf. Das kleine Kontor war einen Treppenabsatz höhergelegen als die Fabrikhalle, doch durch ein paar Fenster konnte man den Arbeitern darin zusehen. Er klopfte gegen eines der Fenster, winkte jemanden im Betrieb. Keine zehn Sekunden später kam ein junger Lehrling atemlos hinauf.

»Hol doch mal den Matti her.«

»Jawohl, Herr Salomon!« Die Schritte des Jungen polterten auf der Metalltreppe.

»Möchten Sie etwas trinken?«

Wieder hatte sich seine Haltung verändert, zum dritten Mal in so kurzer Zeit. Nun war er fast sanftmütig.

»Ein Wasser, sehr gerne.«

Er goss aus einer Karaffe Wasser in zwei Gläser, ließ seines aber unberührt. Leni spürte ihr Herz klopfen, bis zum Hals drang das Pochen und raubte ihr fast die Luft zum Atmen. Schweiß brach ihr aus, kam nur ihr das so vor, oder war es unerträglich heiß hier drinnen?

Die Tür wurde aufgerissen. Martin Salomon sprang auf, doch er machte sogleich dem Mann Platz, der eintreten wollte.

Leni stand langsam auf. Sie drückte den Gehstock tief in den Betonboden, als könnte sie allein damit verhindern, dass sie vor Aufregung einfach umfiel.

Da stand er. Matthias. Nicht mehr so mager und abgerissen wie nach dem Krieg, nicht mehr so bleich und wütend wie vor fünf Jahren, als er sie im Stich gelassen hatte. Er war inzwischen Anfang dreißig, das Leben hatte es nicht gut mit ihm gemeint, das Älterwerden aber schon. Er war es, und doch wieder nicht.

»Hallo, Matthias.«

Ihre Stimme brach.

Er starrte sie wortlos an.

Oktober 1918

Die Tage vergingen. Leni war immer noch schwach, aber weil sich nacheinander Frieda und sogar ihre Mutter krank ins Bett legten, stand sie früher als gewollt wieder auf. Jemand musste sich ja um die Küche kümmern. Und um Carl, der weiterhin offenbar von Viren unbeeindruckt durch das Haus tobte und sich zu der alten Doggendame aufs Sofa im Wintergarten legte, als wären sie die besten Freunde.

Leni merkte erst jetzt, wie wenig sie von Haushaltsführung verstand – nämlich gar nichts. Die Mamsell musste ihr – zwischen heftigen Hustenanfällen – alles erklären. Leni lernte also, wie sie das letzte Huhn im Hof fangen, ihm den Kopf abschlagen und es ausnehmen, rupfen und schließlich kochen konnte, damit Sophie und die kranken Frauen eine nahrhafte Hühnerbrühe bekamen.

»Wenn der Krieg nicht bald vorbei ist, war's das mit uns.« Ihre Mutter starrte finster in die Brühe, die Leni ihr gebracht hatte. Es schwammen nur wenig Fettaugen darauf – selbst die Hühner waren zuletzt nur noch Haut und Knochen gewesen. Das zähe Fleisch lag noch in einem Steintopf in der Küche, Leni wollte versuchen, eine Art Frikassee zu machen, ohne Butter, ohne feines Mehl. Wie auch immer das gelingen sollte.

Für sie war es ein ungewohnter Anblick – ihre Mutter, stets so adrett gekleidet, selbst in den Monaten zuvor hatte man ihr den Mangel kaum angesehen, außer vielleicht an der schmaleren Taille. Und nun hockte sie missmutig in ihrem Bett, starrte vor sich hin und wollte mit niemandem was zu schaffen haben. Nur mit Leni, wenn sie ihr was zu essen brachte. Das Nachthemd war so *unpassend*, fand sie.

Eine Woche später war die Mamsell so weit wiederhergestellt, dass sie das Regiment über die Küche erneut übernehmen konnte, und Leni war froh, dass sie ihr das Zepter übergeben konnte. Frieda hatte es schlimmer erwischt, sie lag mit rasselndem Husten und fiebrig glänzenden Wangen in der Kammer unterm Dach, würde sicher aber auch bald wieder auf dem Damm sein.

Leni wagte sich nun wieder zu ihrer Schwester, wenn auch nur bis zur Tür. Sophie saß inzwischen die meiste Zeit im Bett, ihr Baby war immer ganz nah bei ihr. Sie hatte es vor sich in einem Körbchen liegen oder einfach auf dem Arm an ihre Brust gebettet. Leni stand in der offenen Tür, und sie redeten ein bisschen. Anne blieb immer in der Nähe, sie trug stets ein Tuch über Mund und Nase.

Man musste nicht fragen, ob Sophie glücklich war.

»Hast du schon von Oskars Familie gehört, wie ihr die Kleine nennen wollt?«, fragte Leni einmal.

Sophie schüttelte den Kopf. Sie schnupperte am Haar ihres namenlosen Töchterchens und schloss verzückt die Augen. Es schien ihr auch gar nicht so wichtig, dass das winzige Bündel Mensch in ihren Armen noch namenlos war. Das kleine Mädchen lebte, das war die Hauptsache.

Anne trat zu Leni. Ihre grauen Augen waren heller geworden, ihre Haut fast bleich. Sie hatte nicht geruht in den vergangenen Tagen. Jetzt zog sie Leni beiseite.

»Ich muss mit dir reden.«

»Möchtest du wieder heim? Du hast uns so sehr geholfen.«

Aber Anne schüttelte den Kopf. Sie behielt auch die Maske auf, während sie mit Leni im Flur stand und redete. »Heute früh war Sophies Stirn heiß«, sagte sie leise. »Sie wollte nichts davon hören. Ein harmloser Schnupfen, meinte sie. Wochenbettfieber ist es nicht, daher fürchte ich …« Sie sprach nicht weiter.

»Oh, Anne.« Die Angst packte Leni. Waren alle Vorsichtsmaßnahmen doch vergebens gewesen?

»Der Säugling ist wohlauf. Aber wenn das Fieber steigt, müssen wir die beiden voneinander trennen.«

Leni musterte Anne. Erschöpft wirkte sie. »Du kannst dann auch nicht länger bleiben«, ging ihr auf. »Wenn du dich ansteckst …«

Anne wollte abwinken. »Um mich müsst ihr euch keine Sorgen machen.«

»Doch.« Leni nickte bekräftigend. »Der Husten? Deine schwache Lunge?«

Anne ließ den Kopf hängen.

»Was soll ich denn Matthias sagen, wenn er heimkommt und du am Blitzkatarrh verstorben bist?«

»Gar nichts sollst du ihm sagen. Ich bin erwachsen.«

Leni schüttelte den Kopf. »Nee. Du gehst. Ich kümmere mich um Sophie. Für das Baby kann meine Mutter sorgen.«

Sie spürte Annes Zögern, nahm ihre Hand. »Bitte«, flüsterte sie. »Bitte, Anne. Ich könnte es mir nie verzeihen …«

Sie standen lange so voreinander, Annes Hand in Lenis, die schmerzhafte Stille nur durchbrochen von einem unterdrückten Husten aus Sophies Zimmer. Schließlich nickte Anne zögerlich. Sie atmete tief durch, nickte noch einmal. »Versprichst du mir auch etwas?«, fragte sie leise.

»Alles, was in meiner Macht steht.«

»Wenn ich krank werde. Wenn ich …« Annes Stimme brach. »Versprichst du mir, auf ihn aufzupassen?«

Leni wollte davon nichts hören. »Du wirst leben«, bekräftigte sie. »Wir alle werden überleben. Auch Matthias.«

»Versprichst du es mir?«

»Ich verspreche es«, flüsterte Leni. Anne wandte sich ab, zog die Maske vom Gesicht und ging die Treppe hinunter. Leni blieb noch einen Moment im Flur stehen.

Sie wollte das nicht tun, aber sie musste Sophie ihr Baby wegnehmen.

Als sie das Schlafzimmer betrat, lag ihre Schwester mit halb geschlossenen Augen im Bett. Die Wangen waren gerötet. Das Baby schnaufte zufrieden auf ihrem Arm.

»Hey, Schwesterchen.« Sophies Stimme war heiser. »Ist Anne weg?«

»Ich habe sie heimgeschickt, ja. Wir brauchen sie nicht länger.«

Sophie nickte. »Das ist gut. Oh, möchtest du deine kleine Nichte kennenlernen?«

Mit einem Lächeln setzte Leni sich auf die Bettkante. »Hallo, kleine Nichte.« Als Sophie nickte, streichelte sie behutsam den Rücken ihrer Tochter.

»Wenn das hier vorbei ist, feiern wir Taufe.«

»Ganz bestimmt«, sagte Leni.

Sophie öffnete die Augen. Fieberglanz. Eine steile Falte zwischen den Brauen, weil sie Schmerzen hatte, die sie nicht zeigen wollte, solange sie den Säugling hielt. Sie weiß es, dachte Leni. Sie weiß, dass sie sich angesteckt hat. Dabei hatten sie doch so gut aufgepasst.

»Nimmst du sie?«, fragte Sophie. Leni konnte das Baby gerade noch auffangen, denn ihre Schwester löste augenblicklich ihren Griff, das kleine Köpfchen rutschte sofort zur Seite. Der Säugling jammerte kurz im Schlaf, wachte aber nicht auf. »Pass auf, das Köpfchen …«

»Ich hab sie.« Da lag es in ihren Armen. Leni betrachtete verzückt die winzige Schnute, das kleine Näschen und den dunklen Flaum Haare. Sie glaubte, eine gewisse Ähnlichkeit mit Sophie zu erkennen.

Ihre Schwester sank in die Kissen, sie atmete durch und musste husten. »Bring sie schon weg«, flüsterte sie. Als Leni schon an der Tür stand, richtete sie sich noch einmal auf. »Wer wird sich um sie kümmern?«

»Mama«, sagte Leni.

Sophie lächelte. »Mama«, sagte sie. »Das ist gut.« Sie schloss die Augen. Ihr rasselnder Atem war das letzte, was das kleine Mädchen von seiner Mutter hören sollte.

In den kommenden drei Tagen blieb Leni bei Sophie. Sie holte sich aus einer der Dachkammern, die sonst von den Mädchen bewohnt worden waren, als es im Haus noch Arbeit für mehr als eines gab, eine alte Matratze mit Bettzeug nach unten. Obwohl sie selbst noch geschwächt war, kümmerte sie sich um alles. Sie kühlte Sophies fiebrige Stirn, wusch ihren Körper, machte Wadenwickel und hielt ihre Hand, wenn ihre Schwester drohte, sich im Fieberwahn zu verlieren. Leni wusste zu wenig über diese Krankheit. Aber sie begriff schnell. Sie sah die mahagonibraunen Flecken auf den Wangen. Sie hörte das Rasseln und Gurgeln in der Lunge, das Knistern selbst bei den ruhigen Atemzügen. Dieser Kampf, den der junge Körper ausfocht – er schien vom ersten Moment an verloren zu sein.

Als die dritte Nacht anbrach, sank das Fieber. Kurz schöpfte Leni Hoffnung. Sie wartete darauf, dass Sophie die Augen öffnete. Dass sie Leni mit wachem Blick ansah und sie fragte, wie es dem Baby ging. Ob Leni es holen konnte. Leni hätte ihr diesen Wunsch verwehren müssen, solange Sophie nicht vollständig genesen war, und sie wusste, das würde sie verstehen.

»Leni …«

Da war Sophie. Zurück aus dem Schattenreich. Ein letztes Mal richtete sie sich auf.

»Bist du durstig?«

Ein wortloses, knappes Nicken. Leni goss etwas Wasser in eine Tasse, hielt Sophies Kopf, während sie trank. Kraftlos sank Sophie zurück aufs Kissen, die Haare hingen wirr um ihr Gesicht, das so klein und bleich wirkte.

»Das Baby?«

»Es geht ihr gut.« Leni lächelte aufmunternd. »Stell dir vor, sie lächelt. Mutter hat mir davon erzählt. Und sie ist gesund geblieben.«

So früh lächelte kein Baby. Aber vielleicht war diese Notlüge ein Detail, das Sophie durchhalten ließ. Um ihre Tochter lächeln zu sehen.

»Das ist gut.« Sophies Augen fielen wieder zu. Ihre Hände fuhren über die Bettdecke. Leni hockte sich neben sie. Ihr taten alle Knochen weh, sie war ja selbst noch nicht wieder gänzlich genesen. »Gut …«

Das war Sophies letztes Wort. Ihr letzter Gedanke galt dem Kind, um das sie all die Jahre so sehr gekämpft und gebangt hatte. Das sie nicht mal zwei Wochen auf dem Arm hatte halten dürfen. Aber in diesen zwei Wochen hatte sie es kaum losgelassen. Als hätte sie gewusst, dass ihre gemeinsame Zeit schon so bald zu Ende gehen würde.

Im Tod fand sie Frieden. Das Rasseln und Keuchen, der Husten – all das war verschwunden. Sie lag ganz ruhig da und hörte irgendwann auf zu atmen. Leni hielt ihre Hand. Sie spürte, wie das Leben aus ihrer Schwester wich. Mit einem letzten Seufzer schwand es. Danach war da nur diese schmerzhafte Stille.

Leni sank zu Boden.

War das hier ihre Schuld? Sie hatte Anne ins Haus bestellt, als alle anderen krank wurden. Sie hatte auch den Blitzkatarrh erst ins Haus geholt, war mit ihrem Ehrgeiz, ihrem unbedingten Willen im Lazarett auszuhelfen dort gewesen, wo die Krankheit ausgebrochen war.

Sie wusste nicht, wie lange sie dort vor dem Bett hockte und um ihre Schwester weinte. War sie eingeschlafen? Irgendwo im Haus greinte auch das Baby, Schritte auf dem Flur. Ihre Mutter lief auf und ab, bis das Kind sich beruhigt hatte. Dann klopfte jemand an die Tür. Ihre Mutter sah herein.

Leni rappelte sich auf. Sie trat zu ihrer Mutter. Fast hätte sie ihr das schlafende Baby abgenommen, aber dann erinnerte sie sich, dass sie die ganze Nacht bei Sophie gesessen hatte. Dass sie vielleicht irgendwie die Krankheit übertragen könnte. Sie blieb drei Schritte entfernt stehen. »Ist sie …«

Leni nickte. »Ja«, flüsterte sie. »Es tut mir so leid.«

Ihre Mutter schien etwas sagen zu wollen, doch dann schüttelte sie den Kopf. »Kommst du nachher runter? Wäschst dich erst, ja? Denk ich mir. Auf so was legst du ja Wert. Weiß der Teufel, warum.« Um den Mund hatte sie einen harten Zug. Leni antwortete nicht. Sie stand da mit hängenden Armen. Wirklich? Sie hatte gerade ihre Tochter verloren, und ihr größtes Problem war, dass die andere Tochter sich waschen wollte, damit sie niemanden ansteckte?

»Ich schicke den alten Paulsen, dass er den Pastor ruft.«

Darum also.

Natürlich. Ihre Mutter dachte weiter. Was getan werden musste. Eine Beerdigung musste organisiert werden. Und irgendwann – schon bald, wie sie ihre Mutter kannte – auch eine Taufe.

Denn das Leben musste ja weitergehen, auch im Krieg und im Tod gab es eine Zukunft. Ihre Mutter marschierte unbeirrt weiter. Keine Zeit für Trauer, für Vorwürfe. Gott hatte gegeben, Gott hatte genommen.

»Wäre es nicht so zynisch, ich könnte dich fast bewundern«, hörte sie sich sagen.

Ihre Mutter lachte auf. »Was? Weil ich weitermache? Soll ich sie denn tot da drinnen liegen lassen? Das ist ja nun das Wenigste.«

»Du bist so unbeirrbar.«

Nachdenklich sah Lenis Mutter sie an. »Ich denke, das bist du auch.«

Ihre Schritte verklangen. Leni wartete, bis es wieder ganz still um sie war. Dann trat sie an das Fenster, stieß die Flügel weit auf. »Und meine Seele spannte weit ihre Flügel aus«, flüsterte sie. »Leb wohl, Sophie. Wir werden auf dein kleines Mädchen gut achtgeben.«

ZWISCHENSPIEL

Oktober 1918

Die Nächte und Tage verloren ihre Bedeutung, Zeit war ein Konstrukt, das keinen Platz mehr hatte. Sie schliefen, wenn sie zu müde waren, um die Kranken zu versorgen. Sie aßen kaum, weil es zu wenig gab, sie tranken nur abgekochtes Wasser, das Feuerholz wurde knapp. Vier Tage waren sie nun allein, und im Innern des Kuhstalls sprang die Krankheit von einem zum anderen, bis der Chor der Hustenden nicht mehr verstummte.

Am fünften Abend konnte Leni nicht mehr. Sie brach einfach zwischen all den Kranken zusammen, der Eimer fiel ihr aus der Hand, das Wasser versickerte zwischen zwei Feldbetten. Matthias, der am anderen Ende des Raums gerade einem jungen Soldaten auf den Eimer half, kam durch die Reihen der Krankenlager zu ihr, beugte sich über sie. »Ich bringe dich hier raus«, murmelte er.

»Nein, lass!« Sie hatte die Krankheit ja schon überwunden, und sie vermutete, nun ja, sie hoffte es eher, dass es mit dieser Grippe war wie mit den Kinderkrankheiten – Masern, Röteln, Windpocken –, wer sie einmal hatte, bekam sie nie wieder. »Ich muss mich doch um diese Männer kümmern …«

»Du hilfst ihnen nicht, wenn du vor Schwäche zusammenbrichst. Deine Mutter wird mir was erzählen, wenn ich dich nicht heil nach Hause bringe.«

Deine Mutter. Seit sie ihm kurz nach ihrer Ankunft davon erzählt hatte, hatten sie kein Wort mehr über *seine* Mutter verloren. Und sie wollte ungern noch mal davon anfangen, denn mit jedem Tag, den sie hier verbrachten, schwand die Chance, dass Matthias sie lebend wiedersah.

Da es schon spät war und sie im Moment so wenig für die Männer tun konnten, ließ Leni sich von Matthias nach draußen helfen, wo sie inzwischen aus ein paar Ziegelsteinen mit einem alten, feuchten Brett eine provisorische Bank neben das Stalltor gebaut hatten. Dort setzten sie sich, und Leni wartete, bis das Schwindelgefühl verging. Matthias holte ihren Rucksack aus dem Stall, in dem sich die letzten Vorräte befanden, die sie von zu Hause mitgebracht hatte.

»Hier.« Er riss eine Fleischkonserve auf. Leni war zu schwach, um zu protestieren. Sonst hätte sie ihm gesagt, dass es die letzte Dose war. Sie wussten nicht, wann die Ablösung kam.

»Ich muss dir davon erzählen.«

»Nicht jetzt.« Er hatte seine Blechgabel in der Hand, fütterte sie jetzt mit kleinen Fleischklümpchen. »Du musst erst wieder zu Kräften kommen.«

Sie aß ein paar Häppchen. Matthias holte ihr auch Wasser, das sie in kleinen Schlucken trank. Dann aß auch er drei Gabeln voll, bevor er sie weiter fütterte und ihr etwas Wasser anbot.

»Was musst du mir erzählen?«, fragte er.

»Von deiner Mutter. Von Anne.« Sie schluckte.

»Es ist schon gut«, murmelte Matthias. Er streichelte ihren Rücken, bevor er ihr die Gabel mit dem letzten Stückchen Fleisch hinhielt, das sie dankbar kaute und schluckte. Kaum vorstellbar, dass es mal Zeiten gegeben hatte, als sie vom Dosenfleisch genug gehabt hatte – das musste ein anderes Leben sein.

»Ich möchte aber.«

Matthias seufzte. Er stocherte mit der Blechgabel in der Dose. »Weißt du«, sagte er langsam. »Als ich in den Krieg zog, da … dachte ich, ich werde meinen zwanzigsten Geburtstag nicht mehr erleben. Oder den einundzwanzigsten. Ich dachte, ich sehe meine Mutter nie wieder.« Fast hätte er gelacht. »Stellt sich heraus: Heute werde ich zweiundzwanzig, und immer noch hocke ich in dieser Hölle. Das Ende ist absehbar, aber in einem Punkt werde ich wohl recht behalten. Ich werde sie nicht wiedersehen.«

Leni lehnte sich an ihn, und er legte den Arm um ihre Schulter. »Alles Gute zum Geburtstag«, flüsterte sie.

»Also. Wenn alles, was von ihr bleibt, deine Erzählung ist … Dann würde ich sie gern hören.«

Er küsste sie sanft auf die Schläfe.

Ein paar Minuten saßen sie einfach so da. Nur das unterdrückte Husten der Männer aus dem Innern des Stalls störte die Stille. Sie erlaubte sich diesen ruhigen Moment, schöpfte Kraft aus seiner Nähe. Schließlich richtete sie sich auf. Sie nahm Matthias' Hand.

Und dann begann sie zu erzählen.

Drei Tage nach Sophies Tod fand die Beerdigung statt. Es war in diesem Spätsommer nicht die einzige Bestattung, auf dem Bockhorster Friedhof wurde eine ganze Reihe neuer Gräber ausgehoben. Viele waren erkrankt, doch bis auf die steinalte Witwe Meyer zu Bentdorf, die bestimmt fast hundert geworden war, hatte es nur die jungen, gesunden Leute getroffen. »Aus unserer Mitte gerissen«, sagte Pastor Welpinghus betrübt, als er zum Trauergespräch ins Haus kam. Leni hockte auf der Treppe, das Baby lag in ihren Armen. Irgendwer hielt in diesen Tagen immer das Baby. Es war zufrieden mit jedem, es hatte nichts gegen die Mamsell, sogar der alte Paulsen durfte es in den Schlaf wiegen. Und jeder wollte es gern halten, gerade so, als wäre dieses kleine, zarte Neugeborene der Halt in dieser Welt, den sie alle brauchten.

Nach der Beisetzung spazierte Leni an der Seite ihrer Mutter über den Friedhof. Dichtauf folgten Lisabeth und Hanni, die für ein paar Tage heimgekommen waren. Carl sprang voran. Für ihn war der Tod der Schwester ein schwer zu begreifendes Abenteuer. Er verstand nicht, warum die Frauen im Haus so viel weinten – denn es waren ja bis auf den alten Paulsen nur noch Frauen hier. Alle anderen waren im Krieg.

»Wird Zeit, dass das hier vorbei ist«, hörte Leni ihre Mutter seufzen.

Sie kamen an Anne Krügers Haus vorbei. Die Vorhänge am Küchenfenster waren zugezogen, obwohl es helllichter Tag war. Lenis Mutter blieb stehen.

»Da stimmt was nicht«, sagte sie nur. Und statt mit einem Kopfschütteln weiterzugehen, steuerte sie die Tür an. Leni folgte ihr, während ihre Schwestern mit Carl draußen blieben.

»Hallo?« Ihre Mutter betrat die kleine Küche. Ein Topf auf dem Herd, darin angebrannt ein Rest Getreidebrei. Leni fröstelte. Wer ließ in dieser Zeit denn Essen übrig? Sie ging voran, fürchtete das Schlimmste und wollte ihrer Mutter den Anblick ersparen.

Anne lag im Schlafzimmer unterm Dach. Die Vorhänge auch hier geschlossen. Ihr Husten bellte durch die Stille, kaum dass Leni den Raum betrat. Sie riss die Vorhänge auf und öffnete das Fenster. Erst dann drehte sie sich um. Immerhin, Anne hustete. Tot war sie nicht.

Aber weit konnte der Tod auch nicht sein.

Die Wangen nicht fiebrig rot oder bräunlich verfärbt, wie sie es bei ihrer Schwester beobachtet hatte, sondern bleich und eingefallen. Die Augen wieder so tief in den Höhlen, als hätte jemand sie in den Schädel gedrückt. Die Haut spannte sich wie Pergament über den Schädelknochen. In der kurzen Zeit seit ihrer letzten Begegnung schien alles Leben aus ihr gewichen zu sein.

Es waren doch nur ein paar Tage, fuhr Leni durch den Kopf.

Ihre Mutter blieb in der Zimmertür stehen. »Ich hole den Arzt«, sagte sie.

Anne richtete sich plötzlich auf und rief sie zurück. Ihre Stimme war noch erstaunlich kräftig. »Der wird auch nicht mehr helfen können.«

»Aber der gibt dir was gegen den Schmerz, Anne.«

Anne atmete schwerfällig. Sie sank ins Kissen zurück. »Ach, Regine. Der hat doch nichts mehr gegen diesen Schmerz.«

Leni begriff, was hier geschah.

Nicht der Blitzkatarrh war es, der Anne Krüger so zusetzte. Durch die Überanstrengung bei der Versorgung von Sophie und ihrem Baby hatte sie einen neuerlichen Schub ihrer Schwindsucht erlitten. Und dieser war so schlimm, dass sie sich wohl nicht mehr davon erholen würde.

Anne würde sterben.

»Können wir irgendwas für dich tun?«

Anne schüttelte den Kopf. »Meinen Jungen möchte ich wiedersehen. Ein letztes Mal. Aber den lassen sie nicht weg in diesem verfluchten …« Sie schnappte nach Luft, konnte nicht weitersprechen. Leni trat ans Bett. Hilflos streichelte sie Annes Arm.

»Ach, Anne«, seufzte sie.

»Ich will doch nur noch einmal meinen Jungen sehen.«

Leni nickte mitfühlend. Sie verstand Annes Wunsch. Wenn sie sterben müsste, würde sie das auch wollen.

Ihre Mutter verließ den Raum. Leni hörte sie unten klappern; sie wusch das Geschirr, räumte auf. Tat irgendwas, um sich zu beschäftigen. Das kannte Leni schon, so hatte sie es damals schon nach Rudolfs Tod gemacht, und auch seit letzter Woche gönnte sie sich kaum mehr Schlaf.

»Antwortet er noch auf deine Briefe?«, fragte Anne schwach.

Leni schüttelte den Kopf. »Seit Monaten nicht.«

»Ich weiß eben nicht … Ist er verschollen? Oder kommen die Briefe nicht mehr durch?«

Beides war möglich. Nach der Frühlingsoffensive, die von der Entente mit Unterstützung der Amerikaner zurückgeschlagen worden war, kam es an der Westfront zu Auflösungserscheinungen. Obwohl noch immer Millionen Soldaten in den Schützengräben hockten, war daheim das Hochgefühl durch den Friedensschluss mit den Russen verpufft. Und nun auch noch dieses mysteriöse Fieber, einer Grippe ähnlich, aber so viel tödlicher als jede Grippe, der Leni bisher begegnet war.

»Ich könnte ihn suchen gehen«, sagte sie leise.

»Deine Mutter wird dich wohl kaum gehen lassen.«

»Dann … schleiche ich mich fort. Ich fahre mit dem Zug bis ins Rheinland, von dort dann zu Fuß weiter. Oder ich fahre bei einem Truppentransport mit. Ich könnte mich als Krankenschwester ausgeben …«

Das Kopfschütteln von Anne war zwar schwach, aber entschieden. »Das lasse ich nicht zu«, flüsterte sie. »Deine Mutter hat schon zu viel verloren.«

Ein Geräusch an der Tür ließ Leni aufblicken. Ihre Mutter stand dort, wer weiß wie lange schon. Sie winkte Leni, sie sollte das Zimmer verlassen.

»Ich komme wieder«, versprach sie.

Als sie auf den Treppenabsatz trat, ging ihre Mutter nicht nach unten, wie sie erwartet hätte. Stattdessen betrat sie noch einmal die Kammer, ging zu Matthias' Mutter. Leise redeten die beiden miteinander, doch sosehr Leni auch die Ohren spitzte, sie konnte nicht hören, worum es ging.

Auf dem Heimweg kamen sie wieder am Friedhof vorbei. Zwei Männer schaufelten bereits das nächste Grab.

»Ich lass dich nur ungern weg«, sagte ihre Mutter plötzlich.

Leni bekam einen Schreck. Konnte ihre Mutter jetzt schon Gedanken lesen?

»Guck nicht wie ein Schäfchen, wenn's laut donnert. Ich weiß doch, was du da drin mit Anne besprochen hast.«

»Sie wollte aber nicht, dass ich gehe.«

»Ich will das auch nicht.« Ihre Mutter blieb stehen. Einer der Totengräber richtete sich auf, winkte ihnen zu. Es war der Küster. Er wischte sich mit dem Taschentuch übers verschwitzte Gesicht, bevor er weitergrub.

»Wir haben Rudolf verloren. Und Sophie. Wenn dir auch etwas geschieht …«

»Dann bleibe ich also hier.« Tapfer schluckte Leni die Tränen herunter.

»Nein, Helene. Du wirst fahren.« Jetzt sah ihre Mutter sie an. Ernst, aber mit so viel Liebe, wie Leni sie noch nie von ihrer Mutter erfahren hatte. Ihr rann ein Kälteschauer über den Rücken. »Du fährst und holst Matthias nach Hause, bevor seine Mutter stirbt. Sie war für uns da, als wir sie brauchten. Ist nicht ihre Schuld, dass Sophie krank wurde. Und niemand soll allein sterben.« Sie dachte nach. »Wir holen sie aufs Gut. Dort kann ich sie besser versorgen.«

»Aber Mama, sie hat die Schwindsucht ...«

»Ja, und? Ich kümmere mich um sie, alle anderen sorgen für das Baby. Ich passe schon auf, dass mir nichts passiert.«

Leni wusste, wenn ihre Mutter so sprach, hatte sie sich nicht nur alles genau überlegt. Sie duldete dann auch keinen Widerspruch. Nur mit dieser Vorgehensweise hatte sie alle heil durch den Krieg gebracht. Soweit es in ihrer Macht stand jedenfalls.

Und nun schickte sie Leni fort, ins Ungewisse. Auf eine gefährliche Reise.

»Ich hab keine Schuhe«, war das Letzte, was ihr noch einfiel.

»Du kannst die von Rudolf haben, die dürften passen. Sonst stopf ich sie mit Papier aus.«

Und damit war es beschlossen.

Leni atmete tief durch. Sie hatten die Allee zum Gutshaus erreicht, sie war müde und merkte schon wieder ihren Fuß.

»Danke, Mama«, flüsterte sie. Obwohl sie nicht wusste, wofür sie dankbar sein sollte. Denn sie hatte Angst vor dem, was sie erwartete.

»Zwei Tage später machte ich mich auf den Weg«, schloss Leni ihre Erzählung. »Rudolfs Schuhe passten leidlich.« Sie zeigte auf ihre Füße. Zwei Nummern zu groß, aber mit dem Zeitungspapier und wenn sie zwei Sockenpaare übereinander trug, ging es. Nur hatten die Socken inzwischen Löcher und an einigen Stellen scheuerte sich die Sohle auf.

»Mutter hat mir so viel eingepackt, wie sie entbehren konnte.

Fleischkonserven zum Tauschen. Ein paar Goldmünzen hat sie mir in den Mantelsaum genäht, falls ich Geld brauche. Wir hatten ja genug von den Hamsterern bekommen, grad im Rübenwinter.«

»Und meine Ma… Mutter?« Er räusperte sich.

»Sie hat das schönste Zimmer im Haus. Das Parkzimmer mit grünen Blümchentapeten und einem breiten, gemütlichen Bett. Sonst bekommt es nur die Großmutter, wenn sie aus Bremen zu Besuch kommt.«

»Ich meinte, wie es ihr geht.«

Hatte er ihr nicht zugehört? Aber vermutlich musste er es noch einmal in aller Deutlichkeit hören. »Sie stirbt, Matthias.«

Er sagte lange nichts. Zog das Päckchen mit Zigaretten heraus. Sie hatten nicht mehr viele, aber Leni sagte nichts. Auch nicht, als er nach der ersten direkt die zweite anzündete. Er rauchte schweigend.

»Sobald wir hier weg können …«

Er warf den Zigarettenstummel in eine Pfütze. »Ich kann hier nicht weg, Leni. Wenn sie mich erwischen, erschießen sie mich. Oder sie knüpfen mich am nächsten Baum auf. Die Männer da drin?« Er zeigte auf die Scheune. »Die sterben. Von denen würde mich keiner aufhalten. Keiner würde mir einen Vorwurf machen, weil ich zu meiner sterbenden Mutter will. Vielleicht auch nicht Joachim von Werder, der wird ja noch einen Funken Menschlichkeit im Leib haben. Aber die anderen? Mindestens jeder Fünfte da draußen würde ohne Zögern auf mich schießen. Das kann ich nicht, Lene. Ich kann es nicht, denn sie würden nicht nur auf mich schießen. Auch auf dich.«

Sie schüttelte den Kopf. »Das ist mir egal. Deine Mutter hat so viel für uns getan.«

»Aber nicht, damit ich jetzt dein Leben riskiere. Sie weiß, dass ich nicht wegkann. Wir alle wissen das.«

Nur Leni wusste das nicht.

Sie hätte sich vermutlich auch nicht vom Verbot ihrer Mutter aufhalten lassen. Und deshalb hatte sie Leni ziehen lassen und sie auch bestmöglich ausgerüstet für den weiten Weg.

»Wie schlimm war die Fahrt hierher?«

»Schrecklich. Es ist alles kaputt, Matthias. Nicht nur wir Menschen, ich hab das Gefühl, als wäre auch das Land völlig zerstört. Überall haben sie die Kirchturmglocken geholt, um aus ihnen Granaten zu machen. Die Menschen sind krank, sie können ihr Vieh nicht mehr versorgen, die Äcker versinken im Wasser von den wochenlangen Regenfällen.«

Matthias nickte. »Das wird uns noch jahrelang begleiten. Wenn es Frieden gibt …«

Wenn. Nicht sobald.

»Glaubst du, das geht ewig so weiter?«

»Hoffentlich nicht. So lange muss ich aber hierbleiben.«

Leni schluckte. Sie merkte jetzt erst, wie schwer es ihr fallen würde, ihn zurückzulassen.

»Sobald von Werder zurück ist und die Überlebenden abtransportiert werden, sorge ich dafür, dass du nach Hause kommst.«

»Ich will nicht ohne dich heim.«

Matthias legte den Arm um sie. Er küsste sie auf die Schläfe. Leni lehnte sich an ihn, sie schluchzte an seiner Schulter. Dabei wollte sie nicht mehr weinen, es reichte doch langsam damit!

»Lass es ruhig raus«, sagte er leise. »Das hilft mir auch immer.«

Schwer vorstellbar, dass ein erwachsener Mann wie Matthias weinte. Aber wie sollte man es sonst aushalten, dieses Leben hier draußen?

»Ich bin vorerst sicher«, fuhr er fort. »Joachim von Werder hat mich aus dem Schützengraben geholt. Er meinte, ich werde hier gebraucht. Und schau, ich *werde* gebraucht.«

»Aber zu Hause, da brauchen wir dich auch. *Ich* brauche dich.«

»Ich weiß, Lene. Ich weiß.« Er hielt sie fest. Mit beiden Armen an sich gedrückt, als könnte diese Nähe darüber hinwegtäuschen, dass sie sich schon allzu bald wieder voneinander verabschieden mussten. Näher würden sie sich nicht kommen. Wenn die Soldaten zurückkamen …

»Ich kann dich doch nicht im Stich lassen.«

»Das tust du nicht. Schau, ich bin hier. Ich lebe. Habe so viele Jungen kommen und Männer sterben sehen. Die letzten Wochen und Monate überstehe ich auch noch, und dann hindert mich keiner mehr. Dann komme ich zu dir nach Bockhorst, und wenn deine Eltern nichts dagegen haben, werden wir heiraten. Wenn du das noch willst?«

Sie nickte, den Kopf an seiner Brust. Diesmal waren es Freudentränen, die sie weinte, als sie den Kopf hob. Matthias wischte jede einzelne von ihren Wangen, küsste sie auf den Mund. »Wir heiraten«, versprach er ihr. »Davon wird mich niemand abhalten.«

Dritter Teil

Oktober 1918

Das junge Mädchen im Soldatenmantel, das mit einem Gehstock auf dem Boden des Viehwaggons hockte, der seit Stunden Richtung Westen rollte, schien zu schlafen.

Leni spürte die Blicke der anderen Soldaten, sah, wie sie einander anstießen. Sie war zu erschöpft gewesen, um ihre Tarnung weiterhin aufrechtzuhalten. Guck mal, so eine Hübsche, sagten sie. Oder auch: Guck mal, ein Mädchen. Hübsch war keiner mehr, der Hunger und der Schmerz des Krieges hatte sich in jedes Gesicht gegraben.

Bei Leni war es vor allem die Traurigkeit, die in ihr lastete wie ein dicker Klumpen Lehm. Eine Schwermut, die niemand aushalten sollte.

Sie stellte sich schlafend, damit keiner sie ansprach. Im Moment brauchte sie nichts. Nur heimkommen wollte sie, irgendwie.

Wenn sie Hunger bekam oder auch nur Schmacht auf eine Zigarette, regte sie sich, machte die Augen auf. Ringsum traf sie auf leere Blicke, müde von den Entbehrungen der letzten Kriegsmonate. Der Frieden war nah, hieß es. Der Reichstag wäre kurz davor, Reformen zu beschließen, und sobald der Bundesrat zustimmte, stünden Friedensverhandlungen mit dem Feind nichts mehr im Wege.

Einige waren ganz beseelt von dieser Aussicht. Sie verteilten ihre letzten Zigaretten an jeden, der ihnen zuhören wollte. Einer kam nun zu Leni gekrabbelt. Seine Füße waren nur noch Stümpfe, mit dreckigen Fetzen umwickelt. Doch er strahlte sie an. Seine Zähne blitzten weiß im Halbdunkel des Waggons.

»Wie weit musste noch?«

»Bis Bielefeld.«

»Oh, ein feines, westfälisches Fräulein.«

Sie lächelte und nahm die angebotene Zigarette.

»Ich komm aus dem Norden. Kiel, die Ecke. Da ist es schön.«

»Was ist mit deinen Füßen passiert?«

»Ach, blöde Geschichte.« Er grinste. »Mein Zugführer hat mich gewarnt, überall liegen Minen rum, meinte er. Hab ihm nicht geglaubt. Tja, nun sind die Füße ab. Halbes Jahr hinter der Front auf Weitertransport gewartet, jetzt geht's heim zur Familie. Mein Bruder ist auf 'nem U-Boot unterwegs gewesen, das war wohl nicht schön.«

»Tot?«, fragte sie.

»Längst schon.«

Er erzählte das, als wäre es nichts Besonderes. Leni aber schnürte sich das Herz zusammen. Sie dachte an Vater und Bruder, die immer noch irgendwo im Feld standen. Hoffentlich dort, wo schon nicht mehr gekämpft wurde.

»Alles Gute weiterhin«, verabschiedete sie sich, als der Zug mitten in der Nacht in Bielefeld einrollte. Mit einem Dutzend anderer Soldaten stieg sie aus. Fühlte sich wie eine von ihnen, als hätte sie auch gekämpft und verloren.

Leni schloss sich den jungen Männern an, die vom Bahnhof Richtung Jahnplatz liefen. Die Stille in der Stadt war fast gespenstisch. Nirgends brannten Lichter, die Straßenlaternen waren ebenso erloschen.

»Wo willste hin?«, rief ihr ein Soldat zu.

»Richtung Osnabrück.«

»Da nimmste am besten den Zug morgen früh, den Haller Willem.«

Sie kehrte um. In der Bahnhofshalle fand sie eine leere Bank, rollte sich ein und wartete auf den nächsten Morgen.

Im ersten Haller Willem hockte sie allein auf der Holzbank, die Mitreisenden beäugten sie misstrauisch, als wäre ein junger Soldat verdächtig. Noch war der Krieg ja nicht vorbei.

Als sie ausstieg, fiel ihr ein, dass keiner darüber Bescheid wusste, dass sie heute heimkehrte. Aber sie hatte Glück – ein Bauer fuhr Richtung Versmold, und weil er ihre Eltern kannte, nahm er sie mit.

»Warste unterwegs, was?«

Sie nickte nur. Tastete unter dem Mantel nach dem Brief, den sie für Anne bei sich hatte. Schließlich, am letzten Abend erst, hatte Matthias gelesen, was seine Mutter ihm geschrieben hatte. Und dann hatte er um Stift und Papier gebeten. Von Werder war zurück; er gab Matthias, was er hatte. Daraufhin war Matthias die ganze Nacht verschwunden. Leni wusste nicht, was in dem Brief stand. Sie hoffte nur, sie kam nicht zu spät. Anne sollte ihn noch lesen können.

Der Bauer fuhr für Leni einen Umweg und setzte sie an der Allee zum Gut Wittmann ab. Sie winkte ihm, bevor sie die Riemen ihres Rucksacks festzurrte und die letzten Meter in Angriff nahm.

Dieses kurze Stück Weg kam ihr länger vor als die vielen Hundert Kilometer davor. Sie hatte es nicht eilig; zu sehr fürchtete sie, was sie daheim erwartete.

Still lag das hellgelbe Gutshaus da. Der Himmel hing schwer und grau über den kahlen Ästen der Kastanien. Während ihrer Abwesenheit hatten die Bäume ihr Laub abgeworfen. Es sah alles so trostlos aus.

Leni blieb stehen. Sie schluckte schwer. Doch dann ging die Haustür auf, und auf der obersten Treppenstufe tauchte jemand auf, den sie hier am allerwenigsten erwartet hätte. Sein Arm steckte in einer Schlinge, auf dem Kopf trug er eine Mütze. Darunter die Haare viel zu kurz und ergraut in diesen letzten Jahren, die er fort gewesen war.

»Papa«, schluchzte Leni. Sie stützte sich schwer auf ihren Stock, beschleunigte die Schritte. »Papa!«

Sie hetzte die Stufen hinauf, warf sich ihm in den gesunden Arm, den er nach ihr ausgestreckt hatte. Rudolf Wittmann drückte sie an sich, und minutenlang standen die beiden einfach nur beisammen, hielten sich aneinander fest. Leni spürte das Zittern, das durch den Körper ihres Vaters fuhr, und auch sie bebte, weil dieser Schmerz, wenigstens dieser eine, vorbei war.

Ihr Vater war daheim.

Leni löste sich von ihm, sie zeigte auf seinen Arm.

»Ach, das. Wird schon wieder. Hat mir aber ein paar Wochen daheim beschert, und wenn sich die in Berlin mal ’nen bisschen sputen, muss ich gar nicht mehr zurück.«

Die in Berlin. So hatte sie bisher nur Matthias reden gehört, nie ihren Vater.

»Du meinst, es kommt Frieden?«

Er wiegte den Kopf. »Muss. Lange geht das nicht mehr gut.«

Sie betraten das Haus. Leni traute sich nicht zu fragen, ob alle gesund waren. Ihr Vater aber schien zu wissen, was sie bewegte. Wie er es immer gewusst hatte.

»Das Baby ist wohlauf. Deine Mutter kümmert sich um Anne.«

Also lebte sie noch. Leni atmete auf.

»Viel Zeit bleibt ihr nicht.«

»Ich weiß«, sagte sie leise.

In diesem Moment tauchte jemand oben auf der Treppe auf. Ein erstickter Laut, dann trappelten Schritte auf den Stufen. Lenis Mutter eilte auf sie zu. »Du bist zurück«, rief sie atemlos. Ihre Hände umfassten Lenis Gesicht, sie strich die kurzen Haare nach hinten, die ihr in die Stirn fielen.

»Mama.« Was kümmerte es sie noch, ob es unpatriotisch war, weil sie nicht »Mutter« sagte?

»Hast du Matthias gefunden?«

Leni nickte. »Er konnte nicht mitkommen.« Ihre Stimme brach. Der Abschied, er steckte ihr immer noch in den Knochen. Die letzte Umarmung, bevor sie zu den Verletzten auf den Lastwagen stieg, der sie zum ersten Lazarett hinter der Front bringen sollte. Ein Blick zurück, bevor der Kuhstall außer Sichtweite war – den würde sie wohl nie vergessen. Wie Matthias am Tor stand, die Schaufel schon in der Hand, weil er mit den anderen gleich hinter dem Stall Gräber ausheben musste.

»Er wird bald heimkommen«, tröstete ihre Mutter sie.

Leni schüttelte den Kopf. Sie steuerte die Treppe an.

»Wo willst du hin?«

»Na, zu Anne.«

»Iss erst was. Schlaf dich aus. Anne wird auf dich warten können.«

»Nein. Ich habe es versprochen.«

So saß sie bei der schlafenden Anne, als ihre Mutter etwas zu essen bringen ließ; Frieda brachte ihr auch eine Schüssel mit warmem Wasser und ein paar frische Kleider. Sogar ein kleines Stück schmutzig graue Seife lag auf der frischen Bluse obenauf.

Leni zog die dreckigen Sachen aus, in denen sie in den letzten Wochen gelebt, geschlafen und die Kranken versorgt hatte. Nur in Unterwäsche stand sie über der Waschschüssel und wusch sich.

Vom Bett bemerkte sie eine Bewegung.

»Du bist wach.«

»Du bist zurück.« Annes Stimme war nur ein heiseres Flüstern.

»Ja, ich bin zurück.« Leni trocknete sich Gesicht und Hände, ehe sie in die Bluse und den grauen Wollrock schlüpfte. Sie setzte sich zu Anne auf die Bettkante. Deren Blick ging an Leni vorbei, als suchte sie im Zimmer nach jemand anderem.

»Er konnte nicht mitkommen. Der Krieg ist noch nicht vorbei.«

»Natürlich.« Anne nickte. Sie wandte den Kopf ab, damit Leni ihre Tränen nicht sah.

»Er hat dir einen Brief geschrieben.« Leni bückte sich nach ihren alten Sachen. Sie zog die zwei gefalteten Bögen aus der Innentasche des Armeemantels. »Ich lese ihn dir gern vor.«

»Das möchte ich nicht«, wisperte Anne kaum hörbar. »Nicht jetzt.«

Leni stand ratlos mit dem Briefumschlag in der Hand vor dem Bett. »Aber wann denn?«

»Wenn er nicht rechtzeitig nach Hause kommt. Dann kannst du ihn mir vorlesen. Noch ist dies hier kein Totenbett.«

Leni nickte. Sie bewunderte Anne für ihren Mut. Für ihren unerschütterlichen Lebenswillen. Sie wollte durchhalten. Sie wussten beide, irgendwann würde der Tag kommen – entweder Matthias kehrte heim oder Leni las den Brief vor.

Sie lehnte den Brief gegen die Nachttischlampe. »Ich bin jederzeit für dich da«, sagte sie.

»Das weiß ich doch.« Anne atmete durch, doch sofort wurde sie wieder von einem Hustenanfall geschüttelt. »Und zu wissen, dass du für ihn da sein wirst, wenn ich nicht mehr bin …«

Sie sprach nicht weiter. Leni dachte an das Versprechen, das Matthias und sie sich gegeben hatten. Wenn das hier vorbei war, würden sie heiraten. Aber sie erzählte Anne nichts davon. Das sollte Matthias tun, denn sie würde erst daran glauben, wenn es tatsächlich geschah.

Wenn er nur recht bald heimkam.

Sie redete sich ein, dass dann alles gut werden würde.

November 1928

»Ich lass euch mal lieber allein«, murmelte der junge Lederfabrikant. Er schob sich an Lenis Gegenüber vorbei. Der machte ihm eher unwillig Platz, packte ihn am Arm. »Ich hab dir doch gesagt …«, hörte sie ihn zischen. Sie sank wieder auf den Stuhl. Ihre Hände zitterten, als sie nach dem Glas griff.

»Ist nicht meine Aufgabe, ihr das mitzuteilen«, murmelte Martin Salomon. »Feigling.«

Die Tür fiel ins Schloss. Sie hielt das Glas mit beiden Händen, etwas Wasser tropfte auf den Wollrock und sie wischte es weg.

Matthias seufzte. Dann hörte sie, wie er den Stuhl hinter dem Schreibtisch hervorzog, er schob ihn so, dass er direkt vor Lenis Stuhl stand, kein Tisch zwischen ihnen. Langsam setzte er sich. Sie hörte ihn atmen. Als würden ihre Sinne nur noch wahrnehmen, was in diesem Raum war und das laute Dröhnen aus der Fabrikhalle völlig ausblenden.

Ich habe dich so vermisst. Wo bist du nur all die Jahre gewesen? Warum bist du nicht zu mir gekommen? Warum haben sie dich eingesperrt? Was habe ich dir getan?

Kein Wort kam über ihre Lippen. Sie starrte auf ihre Hände und wartete, dass er anfing.

»Lene.«

Die Tränen kamen so plötzlich, dass sie kaum dagegen ankam.

»Musst nicht weinen.« Seine Hände umschlossen ihre, sanft nahm er ihr das Wasserglas ab und stellte es auf einen Papierstapel. Dann beugte er sich vor, seine Ellbogen auf den Knien, ihre Hände lagen wieder in seinen. So saßen sie, und Lenis Tränen fielen auf die Hände. Matthias sagte nicht viel, er wartete nur, bis sie sich wieder gefangen hatte.

»Entschuldige.« Sie wischte die Tränen weg.

»Wofür denn?«

»Na, ich komm her und heule. Dabei …« Sie schüttelte den Kopf und wühlte in ihrer Tasche nach einem Taschentuch. Er war schneller, drückte ihr seins in die Hand, es war etwas knittrig, aber sauber. Sie wischte sich über die Wangen, putzte die Nase und knüllte es in den Händen.

»Dass du überhaupt hier bist …« Er klang erstaunt, geradezu ungläubig.

»Na, aber was soll ich sonst machen?«

»Mich in Ruhe lassen? Ich weiß nicht, ich meine …« Jetzt verstummte er, und sie konnte sich schon denken, was ihm im Kopf herumging. Die Vergangenheit. Vor zehn Jahren, vor fünf, sechs, sieben, acht Jahren … Ihr Abschied. Immer wieder Abschied, nie war er dauerhaft zu ihr gekommen, nie hatten sie beide das Gefühl haben dürfen, dass es jetzt so bleiben konnte. Und jetzt? Schämte er sich etwa dafür, wo er die letzten Jahre gewesen war? Das musste er nicht.

»Ich weiß alles, Matthias. Vom Zuchthaus. Dass du jahrelang dort warst. Ich habe es erst vor Kurzem erfahren, und … Es tut mir so leid. Ich war erst so wütend, als du damals verschwunden bist und uns alleingelassen hast. Und dann war alles andere wichtiger, Marie, mein Studium …« Sie wollte es erklären. Wollte ihm versprechen, dass es nie wieder passieren würde. Nie wieder würde sie ihre Gefühle so weit von sich schieben. Weil es leichter war ohne die Gefühle. Weil er sie im Stich gelassen hatte. Und ja, ein bisschen auch, weil für sie Matthias immer mit ihrem Kriegserlebnis verknüpft sein würde.

Aber Matthias sah sie nur ungläubig an. »Du glaubst, das war deine Schuld?«

Sie nickte.

Matthias seufzte. Er fuhr sich mit der Hand durch die

Haare – eine Geste, die sie vergessen hatte, wie sie so vieles über ihn vergessen hatte, und jetzt, da sie ihn so vor sich sah, wurde ihr schmerzlich bewusst, wie wenig sie eigentlich noch über ihn wusste. Wie fremd sie einander geworden waren.

»Lene, Lene … Das hatte doch nichts mit dir zu tun. Ich habe mich damals auf die falschen Leute eingelassen.«

»Du kamst nicht wieder nach unserem Streit … Was hätte ich denn denken sollen?«

»Ich weiß.« Er seufzte. »Ich kann auch nicht viel mehr tun, als dich um Verzeihung bitten. Du warst immer da, und ich habe versagt. Als dann auch noch Florian zu mir kam …«

»Moment.« Sie schüttelte kurz den Kopf und hob die Hand. »Florian war bei dir? Wann denn?«

Er sah sie nachdenklich an. »Das muss so … vor knapp einem Jahr gewesen sein. Ich war grad raus aus dem Zuchthaus. Er hat ein paar Leute angesprochen, ob sie für mich Arbeit hätten.«

Ihr wurde eiskalt.

Florian hatte die ganze Zeit Bescheid gewusst. Dass Matthias im Gefängnis hockte war ihm ebenso bekannt gewesen wie der Tag der Entlassung. Warum sonst hätte er kurz darauf Matthias aufsuchen sollen?

Und er hatte ihm eine Arbeit besorgt. In einer Lederwarenfabrik, weit weg von Leni.

»Was hat er dir erzählt?« Ihre Stimme war tonlos.

Matthias lehnte sich zurück. Er verschränkte die Arme vor der Brust. »Über dich? Nicht viel. Ich habe ihn auch nicht gefragt. War froh, dass er was für mich hatte. Als Zuchthäusler und Sozialist findet man heutzutage nicht so ohne Weiteres 'ne Bleibe. Es war sogar eine kleine Wohnung. Er hat sich eben gekümmert, und ich war dankbar. Ende der Geschichte.«

»Dankbar heißt …«

»Ich hab nicht nach dir gefragt. Und er meinte nur, dir und Marie gehe es gut.«

Leni musste das erst mal verdauen.

Sie hatte gedacht, wenn sie ihm nach so langer Zeit wieder gegenüberstand, könnten sie gemeinsam die Jahre der Trennung überwinden. Und nun musste sie erkennen, dass ausgerechnet der Mensch, dem sie – abgesehen von Matthias – am meisten vertraut hatte, sie hintergangen hatte.

Doch jetzt ging es um Matthias und sie. Darum, dass dieses Missverständnis sich nicht für alle Zeiten zwischen sie schob. Um Florian müsste sie sich später kümmern.

»Ich will nicht mit dir streiten. Können wir …«

Sie sprach nicht weiter. Hoffnungsvoll blickte sie zu ihm auf. Matthias lehnte sich zurück. Er hob seine Arme, als wolle er sie vor der Brust verschränken, stockte mitten in der Bewegung und ließ sie zurück auf seine Knie fallen. »Was willst du, Leni?«, fragte er leise.

»Ich will, dass du nach Hause kommst«, flüsterte sie. »Zu mir und Marie. Weil du doch zu uns gehörst.«

Statt einer Antwort nahm er wieder ihre Hände. »Aber schau mich an. Ich bin so kaputt. Das hier«, er nickte zu der Produktionshalle hinter den Glasscheiben, »ist alles, was ich kann. Schuften, dass es grad so für mich reicht. Was erwartet mich denn bei dir zu Hause?«

Leni schluckte hart. »Wir sind dort. Deine Tochter und …« Sie wusste nicht, was sie nach all den Jahren Matthias überhaupt noch bedeutete.

»Und die Frau, die ich liebe.«

Sie nickte.

»Reicht das nicht?«, flüsterte sie.

»Hier habe ich eine Aufgabe. Ich engagiere mich, bin in der Politik tätig. Weißt du noch, wie ich vor dem Krieg nach Berlin ging? Weil ich etwas bewegen wollte? Das gilt nach wie vor. Was kann man schon in so einem Kaff ausrichten?«

Nichts.

»Ich habe eine kleine Dorfarztpraxis dort. Wir haben ein Auskommen.«

Sie sagte nicht, dass sie ihn kein drittes Mal verlieren konnte.

»Lene, ach …« Seine Hand an ihrer Wange.

»Kannst du das nicht verstehen?«, flüsterte sie. »Dass wir dich brauchen?«

»Kannst du denn verstehen, dass ich hierhergehöre?«

Sie nickte. »Aber dort ist meine Familie. Hast du hier Familie?«

Er seufzte. Sie spürte seinen inneren Kampf, und das war ihr ja lieber, als wenn er direkt alles hingeworfen hätte, was er sich aufgebaut hatte, nur um mit ihr zu gehen. Das bedeutete nämlich, dass auch er nach vorne geschaut hatte.

»Oder hast du …?« Sie sprach es nicht aus.

»Ein Liebchen? Eine Freundin?«

Sie nickte unglücklich.

»Gott, nein. Erst war ich im Zuchthaus, da gab's keine. Und als ich raus war, hatte ich andere Sorgen. Da war keine mehr seit damals.«

»Dann lass es uns bitte versuchen.«

Matthias zog sie an den Händen hoch. Das kam so überraschend, dass Leni taumelte und in seine Arme fiel. »Willst du das wirklich?«, fragte er leise. Ihr Kopf ruhte an seiner Schulter. »Ich bin kaputt.«

»Das sagtest du bereits. Und es ist mir egal. Wenn das dein einziges Argument ist, es kümmert mich nicht. Wir sind doch alle kaputt.«

Er lachte nervös. Da merkte sie, wie sehr es ihn überwältigte, weil sie zu ihm gekommen war. Seine Ablehnung entsprang nicht dem Wunsch, das Leben hier in Berlin weiterführen zu wollen.

Er versuchte nur, sie vor der Enttäuschung zu bewahren, die er für sie zu sein glaubte.

Leni legte die Arme um seinen Hals. Sie spürte, wie dieser große, kräftige Mann im besten Alter zitterte, weil er Angst hatte, ihre Erwartungen nicht zu erfüllen.

Es war so viel passiert …

Sie hielt ihn einfach fest. »Wir schaffen das«, versprach sie ihm.

Und in diesem Moment glaubte sie es auch selbst.

»Lass uns zu dir gehen«, flüsterte sie. »Kannst du hier weg?«

»Klar. Martin ist mein Freund.« Matthias lachte. »Er wird nicht begeistert sein, wenn ich kündige. Ich war sein bester Mann zuletzt.«

Sie gingen zu Matthias' Wohnung, die ein paar Straßen weiter in einem Hinterhof lag, winzig klein war und doch genügte. Mehr als ein Bett brauchten sie nicht, und obwohl es helllichter Tag war, legten sie sich hinein und hielten sich aneinander fest.

»Was machst du?«, fragte Matthias leise, als es draußen dunkel wurde. Leni saß auf der Bettkante und zwängte ihren linken Fuß in den Schuh.

»Ich muss noch mal weg.« Sie beugte sich zu ihm herüber, küsste ihn. »Meine Sachen holen.«

»Bleib nicht zu lange weg.« Er lachte. »Komisch. Jetzt will ich dich gar nicht mehr loslassen.«

»Mh«, machte sie.

Aber sie bat ihn nicht, sie zu begleiten. Das hier musste sie allein machen.

»Komm her.« Und sie ließ sich nicht zweimal bitten. Sie fiel in seine Arme, stürzte sich in die Gewissheit, dass er für sie da sein würde.

Danach schlief sie ein, und als sie das zweite Mal aufstand und ihn zum Abschied küsste, schlief er weiter. Sie hatten noch alle Zeit der Welt, und sie würde ja schon bald zurückkommen.

Die Konfrontation mit Florian war jedoch unvermeidlich.

Es war nach Mitternacht, als sie in die Wohnung in der Luisenstraße schlüpfte und die Tür ganz sanft ins Schloss gleiten ließ. Den Schlüssel legte sie auf die Kommode neben dem Eingang.

Die Tür zum Arbeitszimmer stand einen Spaltbreit offen, dahinter brannte Licht.

Leni streifte die Schuhe ab und ging auf Socken an der Tür vorbei. Sie hatte schon fast das Gästezimmer erreicht. Florians Stimme hinter ihrem Rücken klang müde.

»Du hast ihn gefunden?«

Leni blieb stehen. Sie suchte nach den richtigen Worten, irgendwas zwischen ihrer eigenen Wut und dieser einst so tief empfundenen Zärtlichkeit für ihn. Denn die war da, sie hatte Spuren hinterlassen, die sie ausgerechnet jetzt spürte, da sie einfach nur sauer auf ihn sein wollte.

Hatte er ihr nur verschwiegen, wo Matthias war, um sie zu schützen?

Nun ja. Bestimmt auch, weil er sie für sich gewinnen wollte. Und er ahnte wohl, das würde immer leichter sein, wenn er nicht mit Matthias um sie buhlte.

»Du hast mir nicht alles erzählt.«

Er stand vor ihr, der Hemdkragen offen, der Blick müde und die Hände in den Hosentaschen. »Nein«, sagte er nur.

»Ich will wirklich sauer auf dich sein.«

»Ich weiß.«

Sie zögerte. Es war so spät, und sie wollte jetzt schlafen. Die letzten Stunden hatten sie mitgenommen.

»Es tut mir so leid.«

Sie schüttelte den Kopf. Davon wollte sie jetzt nichts hören. Sie hatte eine unbändige Wut auf ihn und das, was er ihr angetan hatte. Egal, wie gut die Absichten auch sein mochten. »Das hatte Joachim nicht gemeint«, sagte sie tonlos.

»Was?«

Er trat näher. Sein Blick forschend. Fast bohrend.

»Dein Bruder. Als er dich bat, auf mich aufzupassen. Da hatte er nicht gemeint, du solltest mich nicht von meinem Glück fernhalten.«

»Meinst du wirklich, es geht hier noch um Joachim?«

Leni schüttelte den Kopf. Natürlich nicht. Um Joachim ging es schon lange nicht mehr.

»Gute Nacht, Florian. Morgen früh reise ich ab.«

Er folgte ihr, als sie zum Gästezimmer ging. »Reist du wirklich ab? Oder packst du nur deine Tasche und ziehst zu ihm in diese billige Absteige?«

»Das geht dich nun wirklich nichts mehr an.«

Sie schloss die Tür vor seiner Nase. Lehnte sich von innen mit dem Rücken gegen das Türblatt, atmete tief, tief durch. Glaubte kurz, ihn auf der anderen Seite der Tür zu hören. »Leni. Es tut mir leid.«

Vielleicht bildete sie sich das aber auch nur ein.

Sie wusch sich über der Schüssel mit eiskaltem Wasser und der duftenden Rosenseife. Zog sich aus, kroch unter das kühle, frisch bezogene Federbett. Obwohl sie müde war, fand sie keinen Schlaf.

Als der neue Tag heraufdämmerte, war sie schon wieder auf. Ihre Reisetasche stand gepackt am Fußende des Betts, und als sie kurz nach sieben hörte, dass Florian in die Küche ging, öffnete sie die Tür und folgte ihm.

Er blickte auf, als sie in der Tür auftauchte. »Kaffee?«, fragte er.

Sie nickte.

Sonst sagten sie nicht mehr viel, denn es war ja alles gesagt. Zum Kaffee stellte er Brötchen auf den Tisch, die seine neue Haushälterin am Vortag gebacken hatte. Und als sie nach dem Frühstück aufstand und im Flur ihren Mantel anzog, fragte er, ob er ihr ein Taxi rufen sollte.

»Ich komme schon zurecht«, sagte Leni. Dann fiel ihr jedoch noch etwas ein. Sie dachte an Joachim und an das, was mit ihm passiert war. »Du auch?«

»Was? Jaja. Natürlich komme ich zurecht.«

Sie öffnete die Wohnungstür. Die Nachbarin von gegenüber, eine alte Dame mit Pudel, kam gerade vom morgendlichen Spaziergang aus dem Fahrstuhl. Sie musterte Leni neugierig.

»Pass auf dich auf.« Sie streckte ihm die Hand hin. Es fühlte sich merkwürdig an. Gestern noch hätten sie sich zum Abschied umarmt.

Florian nahm ihre Hand nach kurzem Zögern. »Kannst du mir irgendwann verzeihen?«, fragte er leise. Die Nachbarin ließ sich auffallend viel Zeit mit der Suche nach ihrem Schlüssel in den Tiefen ihres Nerzmantels.

»Irgendwann.« Aber sie wussten beide, das war jetzt nicht ihr dringlichstes Problem.

»Ich bin hier. Wann immer du mich brauchst.«

Als sie wenige Minuten später auf die Straße trat, wischte sich Leni verstohlen ein paar Tränen aus den Augenwinkeln. Er hatte sie verraten, hatte jahrelang Geheimnisse vor ihr gehabt. Aber was auch blieb, waren die guten Erinnerungen. Wie er sich immer um Marie und sie gekümmert hatte. Um Marie sogar, als wäre sie seine Tochter. Damals hatte es Leni sehr gerührt.

Rückblickend fühlte es sich falsch an.

Sie gab sich einen Ruck. Das brachte jetzt alles nichts. Ihr Blick sollte nach vorne gerichtet sein.

Wenn sie jemals in ihrem Leben eine zweite Chance bekommen hatte, dann an diesem Morgen. Und Leni war fest entschlossen, sie zu nutzen.

November 1918

Zwei Wochen später war der Krieg vorbei. Nicht offiziell, aber es fühlte sich so an.

Der alte Paulsen brachte die Morgenzeitung aufs Gut Wittmann, er war am frühen Morgen bis nach Versmold dafür gefahren, weil sie Gerüchte aus Bielefeld gehört hatten; die Kieler Matrosen sollten dort am gestrigen Nachmittag Soldaten- und Arbeiterräte gewählt haben.

Es war ein Sonntag, doch Paulsen hatte es geschafft, eine der begehrten Zeitungen zu ergattern, die Samstagabend in Druck gegangen waren. Er trat ein, legte das Blatt auf den Tisch und blieb neben dem Stuhl von Lenis Vater stehen.

»Nun, Paulsen? Sind wir noch im Krieg?«

»Nicht mehr lange, Herr Wittmann. Den Kaiser sind wir schon mal los.« Und dabei grinste er, als könnte er sein Glück kaum fassen.

Leni nahm ihrem Vater die Zeitung weg, und er protestierte nicht. Fragte den alten Paulsen, was denn in Bielefeld los sei. Der Kutscher erzählte sichtlich stolz von den Matrosen, die aus Kiel auf Heimaturlaub am Freitagabend eingetroffen waren und die Soldaten aus den Kasernen und Arbeiter aus den Fabriken geholt hatten. »Mein Junge marschiert mit denen«, berichtete er. »Habe ich heute früh von einem gehört, der auf dem Haller Willem stand auf dem Weg nach Osnabrück. Dort geht's auch rund.«

Die Zeitung verriet die Details: Der Kaiser hatte abgedankt, es würde schon bald Wahlen zu einer Nationalversammlung geben, die dann eine Verfassung ausarbeiten sollte.

Nachdem der alte Paulsen weg war, lehnte Lenis Vater sich

zurück. »Das Deutsche Reich wird zur Republik. Wer hätte das gedacht? Lang lebe der Kaiser«, fügte er ironisch hinzu.

»Was heißt das für uns?«, wollte sie wissen.

»Erst mal ist der Krieg vorbei. Das heißt es. Fritz kommt bald heim.« Er legte ihr die Hand auf den Arm. »Und dein Matthias bestimmt auch.«

Hoffentlich kam er wirklich bald. Nicht nur um Lenis willen, sondern auch, damit Anne sich von ihrem Sohn verabschieden konnte.

Nach dem Frühstück trug Leni ein Tablett mit in Milch aufgeweichtem Zwieback und Kamillentee nach oben. Frieda hatte bei Anne gewacht, solange Leni unten war.

»Sie schläft.«

»Das ist gut.« Leni stellte das Tablett auf die Kommode. »Danke fürs Aufpassen.«

Seit Anne einmal schreiend aus dem Schlaf aufgewacht war und sich kaum mehr hatte beruhigen lassen, blieb immer jemand an ihrer Seite. Die meiste Zeit war es Leni.

»Ihre Mutter hat nach Ihnen gefragt.«

»Ich gehe gleich zu ihr. Kannst du noch so lange bleiben?«

Frieda nickte. Sie setzte sich wieder auf den Stuhl, den sie ans Bett gerückt hatte, und nahm ihre Strickarbeit zur Hand. Leni bewunderte das Mädchen. Es konnte nie die Hände stillhalten, immer musste es etwas tun. Sie wäre auch gern so.

Aber wenn sie bei Anne saß, konnte sie nur grübeln. Gab es denn wirklich nichts, das ihr Leben retten konnte?

»Du wolltest mich sprechen, Mutter?«

»Ah, Leni.« Ihre Mutter schloss das Kontorbuch, in das sie gerade Eintragungen machte. Sie legte den Bleistiftstummel vor sich auf den blanken Schreibtisch. »Zwei Dinge müssen wir besprechen. Setz dich bitte.«

Manches änderte sich wohl nie. Das bange Gefühl, dass sie etwas falsch gemacht hatte, wenn ihre Mutter sie zu sich zitierte, gehörte für Leni dazu.

Leni setzte sich auf den Stuhl vor dem Schreibtisch. Sie strich den Rock glatt und wartete.

Ihre Mutter seufzte. Sie ist gealtert, fuhr es Leni durch den Kopf. Die Haare ergrauten nun immer mehr, und wenn sie am Schreibtisch arbeitete, griff sie immer häufiger auf die Brille zurück, die sie sorgfältig in der Schublade des Tischs versteckte.

»Du hast dich in den letzten Wochen wirklich bewundernswert gekümmert«, setzte ihre Mutter an. »Erst um Sophie, dann um Anne Krüger. Der Lazarettarzt Dr. Gropius hat mir außerdem bestätigt, dass du dich sehr geschickt anstellst. Daher dachten dein Vater und ich …«

»Ich möchte nicht Krankenschwester werden«, unterbrach Leni ihre Mutter. »Bitte.«

Lenis Mutter lächelte. »Denkst du wirklich, das will ich vorschlagen?«

»Das war bisher deine Vision für mich, ja.«

»Nun, ich habe meine Meinung geändert.« Ihre Mutter legte die Hände vor sich auf die Tischplatte. »Entschuldige. Ich dachte …« Sie biss sich auf die Lippe. »Ich dachte, ein Studium der Medizin wäre für dich zu … viel.«

»Was daran soll denn zu viel sein, Mutter?«

»Nun … körperlich. Seelisch auch … Ich weiß es doch nicht, Leni. Ich weiß nur, wie wir alle in diesen vier Jahren gewachsen sind. Und du … du hast uns überflügelt. Schau dich an. Du hast Tag für Tag im Lazarett deinen Beitrag geleistet. Hast deine Schwester gepflegt, obwohl du kaum vom Blitzkatarrh genesen warst. Und dann bist du nach ihrem Tod aufgebrochen, um Anne Krügers Sohn zu holen. Ich habe dir nichts von alledem zugetraut.«

»Wegen meinem Fuß, meinst du?«

Ihre Mutter nickte. Sie wirkte seltsam erschöpft.

»Ich bin nicht nur dieser Fuß, Mutter.«

»Ich weiß …«

»Und was heißt das nun? Dass du deine Meinung geändert hast?«, fragte Leni, weil ihre Mutter nicht weitersprach.

»Nun, wenn du es noch willst … Wenn du wirklich willst, heißt das. Dann könnte ich mir vorstellen, dass wir dich nach Bielefeld auf die Cecilienschule schicken. Du wärst dort natürlich eine der Ältesten, aber in dieser besonderen Zeit vielleicht nicht die Einzige, die das Abitur nachholt.«

Leni spürte, wie ihr Herz bis zum Hals schlug. »Und dann?«, flüsterte sie.

»Und dann … Nun, es gibt verschiedene Möglichkeiten. Hamburg. Berlin sogar. Dir stehen alle Hochschulen offen. Wenn du das möchtest und deine Noten entsprechend gut sind.« Ihre Mutter lächelte fast zaghaft. »Wovon ich bei dir ausgehe.«

Sag es, dachte Leni. Sprich es aus.

»Du darfst Medizin studieren, Leni. Dein Vater und ich sind der Auffassung, dass du eine hervorragende Ärztin abgeben wirst. Und das möchten wir unterstützen.«

Ihre Mutter stand auf. »Denk darüber nach. Du musst das nicht heute entscheiden.«

Mit diesen Worten ließ sie Leni allein. Diese blieb noch ein paar Minuten sitzen. Schließlich stand sie auf und machte sich auf die Suche nach ihrem Vater. Sie fand ihn im Wintergarten, wo er seine alte Doggendame streichelte. Die Hündin war die letzte seiner Zucht; alle anderen hatte er im Laufe des Krieges fortgegeben oder verkauft. Als er einberufen wurde, hatte Sophie sich um das Tier gekümmert. Bis zuletzt hatte sie ihr von den letzten Fleischkonserven zu fressen gegeben.

»Mutter hat mit mir geredet«, sagte sie leise.

»Und? Freust du dich?«

Er stand schwerfällig auf. Der Arm in der Schlinge behinderte ihn dabei, und Leni streckte ihm eine Hand entgegen. Darüber musste er lachen. »Wir sind schon zwei.«

»Aber du kommst wieder in Ordnung.«

Ihr Vater zuckte mit den Schultern. Sie setzten sich auf eines der Korbsofas.

»Also? Möchtest du das? Medizin studieren? Von hier fortgehen?«

Sie hatte sich seit so vielen Jahren nichts sehnlicher gewünscht. Seit sie damals in dem weißen Krankenhausbett gelegen hatte und Matthias Nacht für Nacht mit Aniskuchen und den Fachbüchern aus dem Büro des Chefarztes zu ihr geschlichen war. Der Wunsch war mit ihr erwachsen geworden, und als sie nun endlich nachholen durfte, was ihr so lange verwehrt worden war, wollte sie sich einfach darüber freuen.

Aber sie war so müde.

»Ich weiß doch nicht, ob ich das noch kann. Lernen, meine ich.«

»Natürlich kannst du das.« Ihr Vater runzelte die Stirn. »Oder willst du nicht?«

»Doch, Vater. Ich will …«

»Dann kümmere ich mich um die Schule. Du wirst in dieselbe Klassenstufe gehen wie Hanni, nehme ich an. Ach ja, deine Schwestern kommen bald heim. In Bielefeld geht der Blitzkatarrh wieder um, und wir hatten es hier ja schon alle. Die Schulen sind seit Wochen geschlossen deswegen.«

»Gut«, murmelte Leni. Die Aussicht, mit ihrer jüngeren Schwester zusammen in eine Klassenstufe zu gehen, wenn die Schule wieder begann, fühlte sich merkwürdig an.

Aber das hatte sie sich immer gewünscht. Lernen. Das Abitur machen. Ihr Glück war zum Greifen nahe.

Warum fühlte es sich jetzt so falsch an?

In den kommenden Tagen und Wochen wurde Gut Wittmann zu einem Hort für die Heimkehrenden.

Es begann mit einer Gestalt, die am Ende der Allee zusammenbrach. Der alte Paulsen stand gerade vor den Stallungen und bemerkte den abgerissenen Soldaten. Er lief sofort hin, kehrte dann aber auf halber Strecke um und rief um Hilfe.

Lenis Eltern stürmten mit ihm zu dem leblosen Körper. Leni selbst blieb im Haus. Sie hörte die Rufe, verließ das Parkzimmer und betrat jenes kleine Schlafzimmer, von dem man die ganze Allee überblicken konnte. Sie riss das Fenster weit auf, der eisige Novemberwind trug die Stimmen bis zu ihr hoch.

Ihre Mutter beugte sich über den Soldaten. Sie rüttelte an seiner Schulter, rief seinen Namen. »Fritz! Fritz!«

Lenis Knie wurden weich, sie klammerte sich an die Fensterbank. »Fritz«, flüsterte sie.

Ihr Bruder war zurück.

Sie vergewisserte sich, dass sie Anne allein lassen konnte – sie schlief. Dann stürzte sie so schnell ihr lahmer Fuß es ihr erlaubte die Treppe hinunter und lief ihren Eltern entgegen, die Fritz links und rechts stützten. »Ruf Dr. Köster!«, rief ihre Mutter. »Er ist auch wieder da.«

Leni drehte um und stürmte zurück ins Haus. Sie lief ins Arbeitszimmer und hob den Telefonhörer ab. Nichts. Die Leitung war in den letzten Monaten immer störungsanfälliger geworden.

Ihre Eltern brachten Fritz in den Salon, wo sie ihn auf das bequemste Sofa betteten.

»Das Telefon ist wieder tot«, sagte Leni. »Kann ich helfen?«

Ihre Mutter sah sie zweifelnd an. »Wie willst du ihm denn helfen?«

Leni schob sich an ihrer Mutter vorbei. Sie kniete vor dem Sofa. Fritz war bleich, die Augen hatte er halb geschlossen. »Fritz? Hörst du mich?«, flüsterte sie.

Er nickte ganz leicht.

»Hast du Schmerzen?«

»Meine Füße …«, murmelte er schließlich.

»Ich kümmere mich darum, ja?«

Ihre Mutter half, als Leni ihm die Stiefel auszog. Die Socken darunter klebten an der Haut, von Blut und Eiter dunkel verfärbt. Er war offenbar weite Strecken von der Front nach Hause gelaufen.

Leni bat um eine Schüssel mit warmem Wasser und saubere Tücher. »Und bringt ihm was zu essen.«

Zu Lenis Überraschung gehorchten ihre Eltern. Während sie ihm die Füße reinigte, lag Fritz einfach auf dem Sofa und zuckte nur gelegentlich zusammen.

»Hast hier alles im Griff, mh?«, fragte er irgendwann leise.

Da musste Leni lachen und weinen. »Es ist so gut, dass du zurück bist.«

»Tatsächlich? Darüber muss ich erst nachdenken. Fühlt sich noch nicht gut an.«

Sie streichelte tröstend sein Bein, wusste ja selbst nicht, wohin mit ihren ganzen Gefühlen.

Drei Tage später kamen ihre Schwestern mit dem Zug aus Bielefeld, der alte Paulsen holte sie vom Bahnhof ab. Hanni und Lisabeth waren etwas mager, beide fielen Leni um den Hals. »Jetzt sind wir alle wiedervereint.«

Fast alle, dachte Leni. Sagte aber nichts, denn es käme ihr kleinlich vor, an die zu erinnern, die fehlten.

Sie wartete weiter. Die meiste Zeit an Annes Bett, die inzwischen nur noch selten wach war, seltener klare Momente hatte. Das Leben, das da draußen langsam aus der Erstarrung erwachte, befand sich hier drinnen weiterhin auf dem Rückzug.

Immer, wenn es hieß, es seien wieder welche zurückgekehrt, dachte sie »diesmal aber«, und wurde doch aufs Neue enttäuscht.

Mit dem Frieden drangen auch wieder Nachrichten aus anderen Teilen des Landes ungehindert bis zu ihnen vor. Die Mutter von Oskar meldete sich aus Bremen; sie schrieb, ihr Mann sei in den ersten Oktobertagen verstorben und anschließend seien alle nacheinander von der Spanischen Grippe, wie sie die Krankheit nannte, aufs Krankenlager geworfen worden. Deshalb habe sie sich nicht früher melden können.

»Unsinn«, kommentierte Lenis Mutter sofort. »Sie hatte keine Lust. Weiß doch, was für eine liederliche Person sie ist.«

Lenis Vater brummelte etwas, so genau wusste sie aber nicht, ob das eine Zustimmung sein sollte.

»Sie schreibt des Weiteren, die Namensfrage sei ihnen egal, solange das Kind als Zweitnamen Hildegunde heißt, wie Oskars Großmutter väterlicherseits. Nun ja.« Lenis Mutter faltete den Brief zusammen.

»Mehr nicht?«, fragte Leni.

Sie hatten sich wie jeden Abend im Salon eingefunden. Leni strickte einen Pullover. Sie machte sich nichts vor – das Kleidungsstück diente nur dazu, ihre Hände zu beruhigen, wenn schon nichts vermochte, ihre Gedanken zur Ruhe zu bringen, die sich unablässig um Matthias drehten.

»Ach, irgendwas von einem Konto, das sie für das kleine Mädchen einrichten wollen. Nötig wäre es nicht, aber das Geld nehmen wir natürlich.« Lenis Mutter dachte nach. »Was haltet ihr davon, wenn wir sie Sophie nennen?«

Lenis Hände stockten in der Bewegung. Sie sah ihren Vater an, der sich unbehaglich räusperte. Hanni war schon im Bett; Lisabeth ließ das Buch sinken, in dem sie gelesen hatte. Keiner von ihnen sagte etwas.

»Sophie ist ein schöner Name«, meldete sich Fritz zu Wort.

Er hockte alle Abende direkt neben dem Kamin, stets in eine dicke Jacke gehüllt, als würde ihm niemals warm werden. Den Bart hatte er abrasiert; jünger sah er dadurch nicht aus.

»Dann soll es so sein.« Lenis Vater nickte. »Gleich morgen gehe ich zu Pastor Welpinghus. Dass das Kind seit Monaten ungetauft ist, geht nun wirklich nicht mehr so weiter.«

Der erste Advent im Frieden, und sie feierten in der Bockhorster Dorfkirche die Taufe der kleinen Sophie. So würde sie zukünftig immer heißen, vielleicht auch dann noch, wenn sie viel älter war als ihre mit vierundzwanzig Jahren verstorbene Mutter. Aus Bremen von den Billstedtern kam eine Glückwunschkarte und eine Goldmünze als Geschenk. Kein Wort darüber, dass das kleine Mädchen nicht Hildegunde als Zweitnamen bekam. Bald hörten sie gar nichts mehr von Witwe Billstedt.

»Auch gut«, war alles, was Lenis Mutter dazu sagte.

Inzwischen hatte der Kaiser auch formell abgedankt, und für Januar waren die Wahlen zur Deutschen Nationalversammlung angesetzt. Lisabeth war schon ganz aufgeregt, würde sie doch ebenso wie Lenis Mutter und alle anderen wahlberechtigten Frauen zum ersten Mal wählen dürfen. Hanni und Leni waren noch zu jung. Trotzdem spürte auch Leni, wie Gut Wittmann von der neuen Zeit erfasst wurde. Selbst die Milchmägde redeten nun darüber, wen man wählen könne und wen auf keinen Fall.

Inzwischen weitete Leni ihren Radius wieder etwas aus. Sie wusste, sie konnte die nächsten Monate nicht im Gutshaus verweilen, wenn da draußen doch eine neue Zeit anbrach. Sie fuhr gelegentlich mit dem Rad ins Dorf und machte Besorgungen. Holte für Anne aus ihrem Haus ein paar Dinge, die sie vielleicht gern um sich hätte. Ein Foto von Matthias stand nun auf dem Nachtkästchen. Es zeigte ihn als jungen Soldaten, kurz bevor er von Berlin aus aufbrach. Die Mütze saß keck auf seinem Kopf, sein Lächeln noch ungetrübt von dem, was ihn dort draußen erwartete.

Anne war weiterhin sehr geschwächt, doch hatte sie sich so weit von dem letzten Schub ihrer Schwindsucht erholt, dass sie an manchen Tag sogar vom alten Paulsen und Lenis Vater nach unten in den Wintergarten getragen wurde. Dort lag sie dann, mit vielen Kissen im Rücken gestützt, ließ sich von Lisabeth vorlesen oder unterhielt sich mit Leni.

Über Matthias verlor sie nie ein Wort. Fast, als hätte sie schon alle Hoffnung begraben, dass er noch mal zurückkommen würde.

Der Dezember blieb kalt und windig. Lenis Mutter fuhr nun

jeden Tag in ihre Fabrik, es gab wieder was zu tun, sie wollte auch bald wieder mit der Wurstproduktion anfangen. Holzschuhe wollte hingegen niemand mehr haben, die Produktion musste also umgestellt werden. An einem dieser eisigen Dezembertage kam sie erst abends zurück. Leni überquerte gerade den Hof, sie hatte in der Milchkammer ausgeholfen.

Ihre Mutter ließ sich aus der Kutsche helfen. »Leni!«, rief sie.

Und dann, als Leni nah genug heran war, sagte sie leise: »Im Haus von Anne Krüger brennt Licht.«

Fast wäre ihr der Krug mit der Milch aus der Hand gefallen. »Licht?«, stotterte sie.

»Du solltest nach dem Abendessen mit deinem Vater und deinem Bruder hinfahren. Lass die beiden zuerst reingehen, falls es ein Landstreicher ist, der es besetzt hält. Sah nicht danach aus, aber …«

Leni wusste, was sie meinte. Und ihr Herz wurde weit und so groß, dass sie kaum atmen konnte.

War Matthias wirklich zurück?

»Hat er einen Schlüssel?«

»Kann sein«, sagte sie.

»Seid auf jeden Fall vorsichtig.«

»Ja, Mutter.«

Nach dem Abendessen warteten Vater und Fritz draußen auf sie. Der alte Paulsen fuhr die drei Wittmanns ins Dorf. Lenis Vater saß vorn bei ihm auf dem Kutschbock, sie unterhielten sich leise. Über den jungen Paulsen, der schon ein paar Wochen zurück war, sich aber lieber daheim verschanzte. »Mit nur einem Arm, na ja. Er denkt wohl, da isser nichts mehr wert.«

»Der soll mal zu mir kommen. Wir finden für jeden was zu tun.«

Leni beugte sich zu Fritz, der still und mit leerem Blick neben ihr hockte. »Geht's den Füßen besser?«, fragte sie.

Sein Blick war rätselhaft. Er antwortete nicht.

So war er immer, seit er wieder daheim war. In sich gekehrt.

Nicht nur schweigsam, wortkarg, wie es die Menschen häufiger in dieser Gegend waren. Geradezu verschlossen, als wäre jedes Wort zu viel. Dafür konnte er ganz gut mit Blicken sprechen, aber dieser hier, der verriet keinen seiner Gedanken.

»Sagst du mir, wenn du wieder Schmerzen hast?«

Er nickte kaum merklich.

Bevor Leni noch etwas sagen konnte, hielt die Kutsche vor dem kleinen Häuschen am anderen Ende des Dorfes. Ihr Vater sprang vom Kutschbock. Fritz stand auf und folgte ihm.

Leni blieb zurück. Hinter den Fenstern brannte Licht, jemand war also tatsächlich zu Hause. Ein Landstreicher würde doch kaum Licht anmachen, wenn er sich in einem verlassenen Haus niederließ.

»Wartet!« Sie humpelte hinter Fritz und Vater her. Herrje, was gaben sie nur für ein Bild ab, der eine mit dem kaputten Arm, der zweite mit den kaputten Füßen und sie mit ihrem Hinken? Alle versehrt.

Sie betete, dass wenigstens Matthias heil geblieben war.

»Lass uns das machen, Leni.« Ihr Vater hielt sie am Arm fest, als sie sich an ihm vorbeischieben wollte.

»Nein. Er ist da drin, Papa. Ganz bestimmt.«

»Bist du dir absolut sicher?«

Sie sah ihn lange an. Nickte dann. Ihr Vater blickte zum Häuschen. Die Gardine am Küchenfenster bewegte sich, ohne dass man erkennen konnte, wer sich dahinter verbarg.

Lenis Vater ließ sie vorbei. Sie atmete tief durch, bevor sie anklopfte. »Matthias? Bist du das?«

Lange herrschte Stille im Innern des Hauses. Sie stellte sich vor, wie Matthias in der Küche stand, wie er lauschte. Sie wusste nicht, was in den Wochen seit ihrer Trennung passiert war. Wie es ihm ging. Ob er auch seelisch so schwer versehrt war wie ihr Bruder oder ob er medizinische Hilfe brauchte.

»Bitte, Matthias. Mach auf. Hier ist Lene.« Sie lehnte die Stirn gegen die Tür. »Ich weiß, dass du da bist.«

Dabei wusste sie nichts.

»Schickst du die anderen fort?«, hörte sie ihn hinter der Holztür. Leise, fast zu leise. »Ich will nicht mit ihnen reden, ich will nur dich sehen. Lene.«

Sie seufzte. Da war er. Doch das, was er vor wenigen Wochen in dem behelfsmäßigen Lazarett noch an Mut und Tatkraft ausgestrahlt hatte, hatte er dort gelassen. »Mein Vater und mein Bruder. Sie wollen nicht, dass mir etwas passiert.«

Lange Stille. Dann klickte es. Die Türklinke senkte sich, die Tür ging einen Spalt auf. »Aber komm allein.«

Sie blickte zu ihrem Vater. Er machte einen Schritt auf sie zu, doch Leni schüttelte stumm den Kopf. Sie wusste, was auch immer sie hinter der Tür erwartete, sie würde das schon irgendwie hinbekommen. Schließlich war sie auch allein bis nach Frankreich gefahren.

Der Flur war dunkel. In der Küche brannte das warme Licht. Sie trat ein. Er hatte sich auf den einzigen Stuhl am Tisch gesetzt, das Gesicht halb von ihr abgewandt.

Sie blieb in der Tür stehen. Wartete.

»Meine Mutter …«

»Sie ist drüben auf Gut Wittmann«, sagte Leni sanft.

»Ich dachte nur. Ich kam her, das Haus … leer. Da fürchtete ich …«

Mein Gott, fuhr es ihr durch den Kopf. Natürlich hatte er geglaubt, er sei zu spät gekommen, als er das Haus leer vorfand.

»Sie lebt. Ich habe dir doch davon erzählt. Vom Parkzimmer.«

Er drehte den Kopf leicht. »Noch.«

Was brachte es, wenn sie ihm die Wahrheit verschwieg?

»Du bist früh genug gekommen. Ihr könnt Abschied nehmen.«

»Ich will keinen Abschied nehmen, verdammt. Ich will …«

Sie trat näher. Legte die Hand auf seine Schulter. Matthias schaute sie endlich an. Dann umschlang er sie mit beiden Armen, er warf sie fast um, so heftig war seine Umarmung. Sein

Kopf ruhte an ihrem Bauch, er klammerte sich an ihr fest, und ihr blieb nur, behutsam seinen Kopf zu streicheln.

»Ich weiß«, flüsterte sie.

Denn Abschied hatten sie oft genug genommen in diesen vier Jahren.

November 1928

Das Kabuff, in dem Matthias seit knapp einem Jahr hauste, bot gerade mal genug Platz für sein Bett, ein Tischchen in der Ecke und den Ofen neben dem Fenster. Seine Sachen bewahrte er im Koffer unter dem Bett auf, der Stapel Bücher daneben war zugleich sein Nachttisch, und wenn er sich waschen wollte, musste er erst sein Geschirr sauber machen, das in der Waschschüssel lag. Der Abort war draußen auf der Zwischenetage.

»Ach, hab schon schlechter gewohnt.« Seine Worte. Leni wollte das bezweifeln, bis ihr wieder einfiel, wo er zuvor einige Jahre verbracht hatte. Da sagte sie gar nichts mehr.

»Warum habe ich nicht eher nach dir gesucht?«, fragte sie ihn.

Auch dafür hatte er nur ein Schulterzucken übrig.

Sie versuchte also, die Vergangenheit ruhen zu lassen, so schwer ihr das auch fiel. Nach vorne blicken, das waren seine Worte gewesen. Das wollte er nun mit ihr.

Eine letzte Nacht verbrachten sie in diesem kleinen, beengten Zimmer, schliefen dicht aneinandergekuschelt. Das jedenfalls genoss Leni. Seine Arme um ihren Körper, sie wärmten sich aneinander. Am Morgen stand er vor ihr auf, lief in seiner langen Unterwäsche durchs Zimmerchen, kochte Kaffee und teilte sich mit ihr den einzigen Becher.

»Was machst du mit deinem Geld?«, fragte sie. »Also mit dem, was du verdienst. Das ist doch nicht mit der Miete weg?«

»Ach. Ich geb's halt aus. Hier ein Abend mit ein paar sozialistischen Brüdern in der Kneipe, dort eine Familie in Not. Ich brauch nicht viel. Hab doch alles.«

Sie packten seine Sachen zusammen. Matthias ging zum Vermieter, der im Erdgeschoss drei Häuser weiter eine große Wohnung bewohnte. Als er zurückkam, brummelte er vor sich hin, irgendwas ging ihm gegen den Strich. Als Leni fragte, bekam sie nur einen Kuss auf die Nasenspitze. »Lass uns von hier verschwinden.«

Das erste Mal stritten sie, als Leni am Bahnhof die Fahrscheine kaufen wollte. Sie bestand auf der zweiten Klasse, er studierte den Aushang mit den Preisen und meinte, die vierte Klasse reiche doch aus, »die kostet nur ein Drittel deiner zweiten Klasse«, so sein Einwand.

»Aber wir können es uns leisten«, widersprach Leni.

Er sah sie lange an. »*Du* kannst es dir ja leisten. Ich nicht.«

Sie seufzte, drehte sich zum Schalter um und kaufte zwei Fahrscheine für die zweite Klasse.

Sie saßen die meiste Zeit schweigend nebeneinander auf der Polsterbank, während der Zug Richtung Westen fuhr. Leni hatte ihren linken Fuß, der nach den Fußwegen in der Hauptstadt wieder schmerzte, weit von sich gestreckt.

Irgendwann nach Magdeburg brach Matthias das Schweigen. »Du sollst das nicht machen.«

»Was mache ich denn?«

Er machte eine unbestimmte Handbewegung. »Das mit dem Geld. Gibst es mit vollen Händen aus. Das meine ich.«

»Hm«, machte sie.

»Wenn das funktionieren soll, will ich für dich und Marie sorgen können, Leni.«

Du meine Güte, dachte sie und sagte erst mal nichts mehr. Dabei hätte sie so viel sagen können. Darüber, dass sie nicht länger im Kaiserreich lebten, sondern in der Weimarer Republik. Da durften Frauen nicht nur wählen, sondern sie konnten auch, oh Wunder, für sich selbst sorgen. Aber dann musste sie an die Praxis denken, der es an Patienten fehlte, und wurde ganz still.

»Es ist mein Ernst. Ich suche mir Arbeit. Dass du nach Bockhorst willst, verstehe ich. Dort hast du Familie und deine Existenz. Ärztin, das war immer dein Traum, und was du mir erzählt hast, klingt schön. Aber ich will ehrlich sein. Ich mach das deinetwegen, nicht weil ich das Landleben so herrlich finde.«

»Matthias …«

»Ich bin ein Stadtmensch. Hab's in den Jahren in Berlin gemerkt. Tut gut unter so vielen anderen, da verschwindet man leichter als auf dem Dorf, wo einen jeder beäugt.« Matthias schwieg einen Moment. Dann räusperte er sich leise. »Was werden sie denken, wenn du mich mitbringst?«

»Die sollen gar nichts denken«, erwiderte Leni. Aber sie wusste, was er meinte. Auf einmal fühlte sie sich ziemlich dumm, weil sie gedacht hatte, es wäre so leicht. Sie holte ihn nach Hause und dort konnten sie dann endlich …

Ja, was? Heiraten?

»Die werden ziemlich viel denken. Vor allem über dich.« Matthias nahm ihre Hand und küsste sie sanft auf den Handrücken. »Wir werden heiraten müssen.«

Leni lachte. »Ist das so eine schreckliche Vorstellung für dich?«

Da musste er auch lachen. »Gar nicht mal so sehr.« Er überlegte. »Wäre es für dich denn … in Ordnung?«

»Wenn wir heiraten, meinst du?«

Er nickte. »Ist vielleicht nicht die Art Antrag, die du dir vorgestellt hast«, murmelte er und ließ ihre Hand los.

»Ich hab darüber noch gar nicht nachgedacht«, gab sie zu.

»Aber jetzt …?«

»Ja, warum nicht?«

Es fühlte sich merkwürdig an. Sie hatte ihn gesucht und gefunden, aber was danach kam, daran hatte sie bisher keinen Gedanken verschwendet. Heiraten, das war der natürliche Lauf der Dinge. Ihre Mutter würde sonst vermutlich Sturm laufen. Und die wenigen Patienten würden wegbleiben.

Alleine mit Kind? Das ging wohl. Aber in ungeordneten Verhältnissen mit einem Mann, den sie aus Berlin holte? Schwierig.

Und so beschlossen Leni und Matthias während dieser langen Zugfahrt, dass eine Heirat zwar für sie selbst nicht zwingend notwendig war, dass es aber vieles vereinfachen würde – auch für Marie.

»Ich werde dich nie daran hindern, wenn du gehen willst«, sagte Leni leise.

»Ich werde euch nicht im Stich lassen. Das hier ist jetzt für immer.«

Leni lehnte sich an Matthias' Schulter.

»Aber wenn es nicht funktioniert? Wir haben es schon einmal versucht, und damals …«

»Scht. Denk nicht an damals. Ich war ein Idiot.« Nach kurzer Pause fügte er hinzu: »Meine Mutter musste schon immer allein für uns sorgen. Ihr konnte ich das nicht ersparen. Aber für dich will ich das nicht.«

»Gut«, sagte sie nach längerem Nachdenken und nahm seine Hand. Sie wollte zwar nicht, dass er sich deshalb kaputtmachte, sich in irgendeiner Fabrik den Buckel krumm arbeitete. Aber sie verstand ihn sehr wohl. Und auch ihre Ziele waren nun zum Greifen nah: Sie kehrte mit dem Mann in ihre Heimat zurück, in den sie sich in jener Oktobernacht vor vielen Jahren verliebt hatte, als er mit einem Teller Aniskuchen an ihrem Krankenhausbett aufgetaucht war, um mit ihr seinen Geburtstag zu feiern.

»Ich freue mich schon so«, sagte sie. »Marie wird staunen, wenn sie dich sieht.«

»Und wie ich erst staunen werde.« Matthias streichelte ihre Hand. »Es ist viel zu lange her.«

Leni nickte. Denn es stimmte – so viel Zeit war vergangen.

Sie hoffte nur, es war nicht zu viel Zeit vergangen. Sie hoffte, es gab noch eine Zukunft für sie. Seite an Seite.

Sie war bereit, alles dafür zu geben.

Leni hatte telegraphiert, damit jemand sie vom Bahnhof abholte. Der junge Paulsen hatte nicht die Pferde angeschirrt, sondern war mit dem Automobil vor dem Bahnhof vorgefahren, als sie am nächsten Vormittag eintrafen.

»Nobel, nobel«, murmelte Matthias. Er war sichtlich beeindruckt.

»Zuerst nach Hause, Fräulein Wittmann?«, fragte der junge Paulsen.

»Ja, bitte. Zuerst zu mir nach Hause. Wir kommen dann später aufs Gut.«

Sie betraten wenig später das kleine Arzthaus. Leni ließ Matthias den Vortritt, und er stromerte durch die Zimmer, schaute hinter Türen und inspizierte die Regale in Küche und Vorratskammer, als müsste er sich davon überzeugen, dass alles seine Ordnung hatte. Sie zeigte ihm die Schlafzimmer, und da fiel ihr ein, dass ab dieser Nacht drei sich das Bett teilen müssten, in dem sie bisher mit Marie geschlafen hatte. Matthias bemerkte wohl, dass im ursprünglich als Kinderzimmer geplanten Raum das Bett nicht bezogen war.

»Sie schläft ruhiger bei mir.«

»Ah«, machte er nur.

»Aber da finden wir eine Lösung«, sagte sie hastig. Sie wollte nicht, dass er sich direkt ausgeschlossen fühlte.

»Ich kann ja im Kinderzimmer …«

»Nein«, widersprach sie. Ach herrje, wie sollte sie diesen Knoten jetzt lösen? Sie wollte ja auch Marie nicht einfach von heute auf morgen vor vollendete Tatsachen stellen. Allein, dass sie ihren Vater nun kennenlernte, war schon eine große Veränderung. Wenn der ihr auch noch den angestammten Schlafplatz nahm …

Während Matthias seine Tasche auspackte und die wenige Wäsche in einer Kommodenschublade verstaute, stand sie im Türrahmen und stellte sich vor, wie das Leben von nun an sein würde. Ganz anders und doch gar nicht so fremd.

Schließlich hatten sie schon einmal zusammengelebt, und das war eine gute Zeit gewesen, ohne Frage.

»Bist du bereit?«, fragte sie ihn. Er hatte sich ein wenig ausgeruht, während sie an ihrem Schreibtisch Post sortiert hatte. Zu unruhig, um sich selbst eine Pause zu gönnen, zu viel ging ihr durch den Kopf.

»Nimmst du mich so mit?« Er hatte sich schick gemacht, soweit dies sein Kleiderschrank eben zuließ – dunkle Hose, ein sauberes Hemd und darüber eine Wollweste. Sie dachte, dass sie das Hemd auch hätte plätten können, aber dafür war es nun zu spät. Sie wurden auf dem Gut erwartet.

»Wir können zu Fuß gehen.«

Das nahm er stumm hin. Seite an Seite gingen sie durchs Dorf, und erst nachdem sie die letzten Häuser hinter sich gelassen hatten und auch an der Wurstfabrik vorbeigegangen waren, tastete Leni nach seiner Hand. Sie konnten die Allee schon sehen, es wurde langsam dunkel. »Hast du Angst?«, fragte sie ihn.

»Nicht vor deiner Mutter«, und darüber lachte sie. So nervös war sie.

Das Dienstmädchen machte ihnen die Tür auf und bat sie in den Salon. Lenis Vater kam hinzu, die Dielen knarzten unter jedem Schritt, er begrüßte erst seine Tochter mit einer leichten Umarmung und Wangenkuss, sie roch sein Rasierwasser und hätte sich ihm am liebsten weinend in die Arme geworfen. Erst danach gab er Matthias die Hand, bot ihm eine Zigarre an, einen Aperitif. Dann kam Hanni, sie begrüßte Matthias ebenfalls mit einem kräftigen Händedruck, zündete sich eine Zigarette an und sank neben Leni aufs Sofa. »Du meine Güte«, flüsterte sie, »das ist hier ja wie auf einer Beerdigung.«

Leni strich über ihren Rock, sie sah Flusen, wo keine waren. Dann wieder Schritte im Flur, und diesmal trat ihre Mutter ein, sie brachte die Kinder mit: Carl, der in der letzten Woche schon wieder gewachsen war, bald war er sechzehn und wollte schon jetzt so ernst genommen werden, als wäre er erwachsen. Die kleine Sophie war auch gar nicht mehr so klein.

»Mama!«

Und dann drängte sich Marie vor, sie huschte an ihrer Omimi vorbei, die sie noch aufhalten wollte, kletterte aufs Sofa zu Leni und schlang ihre dünnen Arme um ihren Hals. »Mama, ich hab dich ja so vermisst!« Ein dicker Schmatzer landete auf Lenis Wange, und sie spürte, wie alle Anspannung sich in Tränen löste, sowohl bei ihr selbst als auch bei ihrer kleinen Tochter, die zum ersten Mal längere Zeit von ihr getrennt gewesen war.

»Hallo, mein Schatz.« Leni drückte sie an sich. »Willst du deinem Papa auch Guten Tag sagen?«

Maries Blick irrte durch den Raum. Sie sah ihren Opi, ihren Onkel, dann entdeckte sie den Fremden, der halb hinter dem Opi stand und sie beobachtete. Sie rutschte von Lenis Schoß, tastete aber zugleich nach ihrer Hand und ließ sich führen. Leni verstand sie. Sprachlos standen Kind und Vater voreinander. Schließlich ging Matthias in die Hocke. »Guten Tag«, sagte er leise.

»Bist du mein Papa?«, fragte Marie. Sie drückte sich an Leni.

»Der bin ich.«

»Bist du zu Besuch, ja?«

Er wechselte einen kurzen Blick mit Leni. Aber da konnte sie ihm nicht helfen. Sie legte die Hand auf Maries schmale Schulter.

»Wenn du das möchtest?«

Marie nickte langsam. »Schon.«

Natürlich verstand sie nicht, was da vor sich ging. Wenn ein Mann vor ihr stand und ihr erklärte, dass er der Papi sei, den sie so lange schon schmerzlich vermisst hatte, ohne dies wirklich in Worte fassen zu können. Sie war doch erst fünf.

Leni schluckte hart. Sie begriff es. Was das hier bedeutete. Und dies war der einzige Augenblick seit Tagen, in dem sie ernsthafte

Zweifel befielen. Wie sollte das gehen? Matthias, Marie und sie in einem kleinen Haus, dazu ihre Praxis.

»Deine Mama und ich möchten das auch.«

»Setzen wir uns doch erst mal zum Essen hin«, mischte sich Regine Wittmann ein. Sie trat zu Leni, und zu ihrer Überraschung schloss sie sie in die Arme. »Wir reden später«, flüsterte ihre Mutter.

Was vielleicht tröstlich klingen sollte, ließ Leni erschaudern. Reden? Worüber denn? Hatte Leni denn schon wieder etwas falsch gemacht?

Das ungute Gefühl verschwand erst, als ihr Vater nach dem Abendessen, das in angenehmer Eintracht stattfand, Matthias einlud, sich ihm auf einen Cognac in der Bibliothek anzuschließen. Hilflos suchte er Lenis Blick, als wüsste er nicht, was ihn dort erwartete. Sie hätte ihm gern etwas mehr Zeit gewünscht, sich erst in die neue Situation einzufinden. Ahnte aber, dass ihren Vater eine Frage umtrieb, die er geklärt wissen wollte, bevor Leni und Matthias an diesem Abend in ihr Heim zurückkehrten.

Sie konnte es sich genau vorstellen. Während die Frauen sich im Salon versammelten und zu Tee und Likör kleine Küchlein serviert bekamen, wären Matthias und ihr Vater ungestört, denn Carl hatte keine Lust auf Männergespräche und berief sich auf seine Hausaufgaben.

Natürlich würde ihr Vater ihm nicht allzu sehr zusetzen. Aber so einige Fragen mochte er an Matthias haben.

Sie sind nie auf die Idee gekommen, nach Leni zu suchen?

Wussten Sie von Ihrem Kind?

Was haben Sie nun vor? Wollen Sie meine Tochter heiraten oder soll das jetzt so bleiben?

Wir beide wissen, dass Leni schon immer Gefühle für Sie gehegt hat. Sind Sie hergekommen, um Ihrer Verantwortung für sie und Ihre Tochter gerecht zu werden?

Sie konnte sich aber auch vorstellen, wie Matthias ruhig und gefasst erklärte, was ihn bewogen hatte, so lange von der Bildfläche zu verschwinden.

Ob er erzählte, wo er all die Jahre gesteckt hatte?

Ich habe Fehler gemacht, die mich ins Zuchthaus brachten.

Leni sprang auf. Hoffentlich sagte er das nicht. Denn sicher hatte ihr Vater für vieles Verständnis, aber vier Jahre im Zuchthaus waren nun mal vier Jahre im Zuchthaus. Es gab wenige Väter, die das auf die leichte Schulter nähmen.

»Wo willst du hin?«, rief ihre Mutter.

»Ich muss …«

»Bleib doch.« Sie stand ebenfalls auf. Leni hatte die Tür schon fast erreicht. »Die beiden werden einiges zu besprechen haben.«

»Ja, aber …«

»Das war keine Bitte, Helene.« Mehr sagte ihre Mutter nicht. Aber Leni wusste, was sie eigentlich sagen wollte. Störe nicht die Ordnung. Die beiden Männer werden das klären. Da haben wir Frauen nichts zu suchen.

Sie kehrte zum Sofa zurück. Zog die müde Marie auf den Schoß, die sich vertrauensvoll an ihre Mami kuschelte. Sophie wurde von Regine Wittmann ins Bett geschickt, es war schon spät.

Die Uhr auf dem Kaminsims tickte leise, das Kaffeegeschirr klapperte, als ihre Mutter nachschenkte. »Möchte noch jemand ein Stückchen Apfelkuchen?«, fragte sie in die Runde.

Leni schüttelte nur den Kopf. Bitte, Matthias, flehte sie in Gedanken. Sag ihm nicht die volle Wahrheit. Dafür ist doch später noch genug Zeit.

Später, das hieß: Wenn sie verheiratet waren. Und wenn jemand dann noch Einwände hatte, konnten diese ungehört verhallen, wenn es nach Leni ging.

Die Tür zum Salon wurde geöffnet. Matthias stand dort, und er grinste. Dann trat zuerst ihr Vater ein, dann Matthias. Ihr

Vater trat an den Kamin, er zog an dem antiken Klingelzug, der schon lange nicht mehr verwendet wurde, um einen der Dienstboten zu rufen.

»Ich glaube, dieser Abend verlangt nach Champagner«, verkündete er. »Unsere Leni hat sich verlobt.«

Mutter quiekte überrascht neben Leni auf. Hanni, die auf dem Sessel gesessen hatte, holte aus ihrer Rocktasche Zigaretten und Feuerzeug. »Das wurde auch mal Zeit«, war ihr einziger Kommentar.

Frieda tauchte auf, und in dem allgemeinen Freudentaumel und den Glückwünschen orderte Lenis Vater tatsächlich eine Flasche Champagner. Es dauerte etwas, bis sich der erste Tumult legte, bis der Champagner serviert wurde und alle ein Glas hatten. Dann standen ihre Eltern vor Leni und Matthias, ihr Vater hob das Glas. »Was lange währt, wird bald gut! Wie lange kennt ihr euch nun? Sind es achtzehn Jahre?«

»Mehr als ein halbes Leben jedenfalls.« Matthias hob seinerseits das Glas, sie prosteten einander zu. Er drückte Leni an sich, sie spürte, wie ihre Nase kribbelte und Tränen in ihren Augen brannten. Sie drehte sich um. Hanni saß noch auf dem Sessel, sie schüttelte den Kopf, ihre Miene drückte irgendwas zwischen Missbilligung und Amüsement aus. Marie war auf dem Sofa eingeschlafen.

Als Leni eine halbe Stunde später neben Matthias im Fond des Autos saß, mit dem der junge Paulsen sie nach Hause fuhr, Marie auf ihrem Schoß, fragte sie ihn. »Hast du meinem Vater alles erzählt?«

»Ich werde mich niemals für das entschuldigen, was ich bin, Leni.«

»Das habe ich nicht gefragt.«

Er seufzte. Schwieg für den Rest der Fahrt. Leni streichelte Maries Kopf, sie versuchte, sich nicht sofort wieder ins Bockshorn jagen zu lassen, nur weil es eben manche Dinge gab, die ungeklärt blieben.

»Es ist mir übrigens egal«, sagte sie leise. »Wo du warst, wer du warst. Das zählt alles nicht mehr. Die Hauptsache ist doch: Du bist hier. Bei uns.«

»Wir werden schon bald heiraten.« Er beugte sich zu ihr, küsste sie auf die Wange. »Und darüber bin ich sehr froh.«

Dezember 1918

Es dauerte nicht mehr lange, bis sie ein letztes Mal Abschied voneinander nehmen mussten. Matthias und seine Mutter, die sich, als sie von seiner Rückkehr hörte, nicht länger ins Bett befehlen ließ, sondern sogleich aufsprang, sich warm anzog und ins Dorf laufen wollte.

Der alte Paulsen fand sie auf halbem Weg der Allee. Den dicken Mantel um sich geschlungen, das Haar nicht bedeckt, keine Fäustlinge, keinen Schal. Sie schimpfte mit ihm, als er sie ins Haus zurückbrachte, und dann fuhr er und holte Matthias.

In der Nacht kam ihr Fieber zurück, und sie phantasierte von ihrem früheren Leben in Osnabrück, von ihrer Arbeit als Nachtschwester. Davon, wie Matthias die Bücher aus dem Büro des Chefarztes klaute und sie dafür Ärger bekam. »Mach das nie wieder«, murmelte sie.

Matthias blieb bei ihr. Auch am folgenden Tag und in den wenigen Tagen und Nächten danach wich er kaum von ihrer Seite. Wenn Leni zu ihnen kam, um ihm eine kurze Pause zu gönnen, schüttelte er meist den Kopf. Er konnte nicht glauben, wie schlimm es um seine Mutter stand. Er konnte aber auch nicht einfach gehen. Nicht jetzt, da sie dem Tode näher war als dem Leben.

»Es tut mir so leid. Der arme Junge. Wenn sie stirbt, hat er niemanden mehr.« Lenis Mutter seufzte. Sie legte das Buch beiseite, in dem sie gelesen hatte.

Leni saß mit ihr im Salon. Dr. Köster war heute früh gekommen, er hatte Matthias wohl wenig Hoffnung gemacht. Auch in einem Krankenhaus könnte man kaum mehr etwas für Anne tun.

»Er sagt, ich soll sie nicht unnötig quälen. Zu Hause zu sterben, sei doch nicht das Schlechteste«, berichtete Matthias. Er war ziemlich niedergeschlagen.

»Ihr könnt so lange bleiben, wie ihr wollt«, hatte Leni ihm versichert.

Doch ihre Mutter war da anderer Meinung. »So langsam wird's Zeit, dass sie wieder in ihr eigenes Haus ziehen«, sagte Regine Wittmann bald darauf.

»Mama …«

»Es ist immer noch die Schwindsucht, Leni. Wir haben eine Verantwortung zu tragen. Für Carl und die kleine Sophie. Wie soll ich denn den Billstedts erklären, dass auch sie in unserem Haus erkrankt ist? Nein. Wir werden sie unterstützen, so gut es uns möglich ist. Außerdem musst du dich bald auf die Schule konzentrieren. Du hast einiges nachzuholen, will ich meinen.«

Leni wusste nicht, was das eine mit dem anderen zu tun hatte.

»Ich kann doch lernen, auch wenn sie …«

»Vor sich hin vegetiert? Wenn ihr Sohn dich ablenkt?«

Leni seufzte. Sie war wieder allein; Lisabeth und Hanni waren zurück in Bielefeld, die Schulen machten wieder auf und Lisabeth hatte eine Anstellung als Sekretärin in einem Kaufhaus gefunden. Leni sollte Hanni folgen, sobald sie den Stoff aufgeholt hatte, der ihr fehlte. Aber ihre Mutter hatte recht – es fiel ihr schwer, sich zu konzentrieren, solange Matthias mit seiner Mutter im Haus war.

»Ich könnte doch auch bis nächstes Jahr warten.«

»Und dann? Gibt es andere Ablenkungen? Ich frage mich wirklich, ob du das hier willst, Helene Wittmann. Willst du Medizin studieren oder nicht?«

»Ja, schon.«

»Du kannst nicht alles haben.«

Das saß.

Leni hätte gern protestiert, denn sie hatte doch immer verzichten müssen. Erst auf die Schule, dann auf das Studium, nun also auch auf den Mann, den sie so sehr liebte?

»Du weißt doch gar nicht, ob er dich will.«

»Wirst du irgendwann damit aufhören?«, fragte Leni. »Dass du alles für uns regelst, meine ich.«

»Ich weiß nicht, was dich daran so sehr stört.«

Leni holte tief Luft. »Mich stört nur, dass du glaubst, wir würden alle nach deiner Pfeife tanzen.«

»Nun lass das Mädel doch.«

Leni blickte auf. Ihr Vater stand in der Tür, unbemerkt hatte er sich genähert. Er stand da ganz entspannt, eine Hand in die Westentasche gehakt.

»Willst du denn, dass sie in ihr Unglück rennt?«, fragte ihre Mutter herausfordernd.

»Vielleicht tut sie das. Aber wir können sie nicht vor allem bewahren.«

Leni blickte zwischen Vater und Mutter hin und her. Sie begriff. All die Jahre hatte sie geglaubt, für ihre Mutter ginge es allein um die Kontrolle. Sie wollte ihre Kinder bei sich haben, wollte alles bestimmen, ihre Zukunft in die richtigen Bahnen lenken. Dabei ließ sie sich bei ihren Entscheidungen vor allem davon leiten, was ihrer Meinung nach gesellschaftlich anerkannt war.

Eine Tochter, die Medizin studierte? In dieser neuen Zeit schien das auf einmal im Rahmen des Möglichen. Aber dass diese Tochter aus gutem Hause einen Schustergesellen liebte – das ging nicht. Das war zu viel.

Ihr Vater hingegen. Er hatte immer anders auf seine Kinder geschaut. Hatte bei jedem Einzelnen Stärken und Schwächen gesehen, hatte ihnen Wege eröffnen wollen und war dabei vermutlich allzu oft an der strikten Weigerung seiner Frau gescheitert. Wäre es nach ihm gegangen, vielleicht hätte Leni schon früher Abitur machen können.

»Wie soll das gehen? Eine Studentin und ein Arbeiter? Sollen die beiden etwa heiraten? Gemeinsam nach Berlin ziehen?«

»Ja, vielleicht sollten sie das.« Lenis Vater trat ein. »Sieh dir deine Kinder an. Deine Töchter. Du willst ihnen ihre Lebenswege vorzeichnen. Aber was hat ihnen das gebracht?«

»Ich bin nicht schuld an Sophies Tod. Oder daran, dass Lisabeth keinen Mann findet.«

Leni stand auf. Dieses Gespräch ging sie nichts an. Auf dem Weg nach draußen hörte sie ihre Eltern weiter diskutieren, aber sie wollte nicht hören, wie sie sich gegenseitig die Schuld daran gaben, was aus ihren Kindern geworden war.

In der Küche fragte sie nach Matthias.

»Der ist ins Dorf. In seinem Haus nach dem Rechten sehen wohl.« Die Mamsell hieb mit der Faust in den Brotteig. »Sagen Sie ihm aber nicht, dass ich ihn verpetzt habe, Fräulein Leni. Der will gar nichts mehr mit Ihnen zu schaffen haben.«

Leni schluckte.

»Ach so.«

Sie ging trotzdem raus, und weil ihr nichts Besseres einfiel, machte sie sich auf den Weg. Ihr Fuß war müde, sie war schon den ganzen Tag auf den Beinen gewesen, aber sie ging einfach Schritt für Schritt voran.

Tatsächlich, es brannte Licht im Häuschen. Leni klopfte und wartete, dass er ihr aufmachte.

»Ich wollte doch nicht, dass du mich findest.«

»Du hast dir nicht besonders viel Mühe gegeben, weißt du?«

Darüber lächelte er. »Willst du reinkommen und unsere spärlichen Vorräte minimieren?«

Leni schlüpfte an ihm vorbei. Sie wusste, dass er nur scherzte, denn mit dem Frieden war auch die Versorgungslage wieder etwas besser. Bis es den Leuten im Dorf wieder richtig gut ging, brauchten sie aber eine anständige Ernte, die ihnen dann nicht zu Festpreisen vom Kriegsversorgungsamt abgenommen wurde. Doch bis dahin würde hoffentlich auch keiner mehr verhungern, denn seit die Seeblockade aufgehoben war, kamen wieder Güter ins Land.

»Ich bringe beim nächsten Besuch Dauerwurst mit, wenn du magst«, versprach sie.

Matthias verzog das Gesicht. »Danke, nein.«

»Wäre Aniskuchen besser?«

Sein Gesicht hellte sich auf. »Das wäre möglich?«

Sie nahm es sich fest vor. »Also, was hast du hier vor? Mal nach dem Rechten sehen?« Leni zeigte auf ein Bündel, in das er vermutlich seine Sachen eingeschnürt hatte. »Oder willst du länger bleiben?«

»Du kennst die Antwort.«

»Ja, aber warum?«

»Wir gehören nicht zu euch.«

»Komisch, dasselbe hat meine Mutter vorhin auch gesagt. Ich mag das nicht glauben.«

Matthias seufzte. »Weil sie dich vor allem beschützt hat.«

»Das ist nicht wahr. Ich habe im Lazarett geschuftet, schon vergessen?«

»Du hast den Genesenden vorgelesen.«

Sie starrte ihn mit hochgezogenen Brauen an.

»Hat sie mir erzählt.«

»Du hast mit meiner Mutter geredet?«

Er senkte betreten den Kopf. »Heute, ja.«

Da begriff Leni. Sie sah es ganz klar vor sich, wie ihre Mutter an diesem Nachmittag Matthias zu sich rief. Wie sie ihm erklärte, dass Leni für Größeres berufen war, dass sie zum Studium fortgehen würde. Vielleicht bot sie ihm auch Geld an, damit er auf Leni verzichtete. Oder eine Anstellung in ihrer Fabrik.

»Was gibt sie dir?«

Er hielt den Blick gesenkt. Sagte nichts. Schämte sich.

»Matthias.«

»Ich bin auch nur ein Mann, der seinen Platz sucht in dieser Welt.«

Sie konnte ihm nicht böse sein. Sie alle suchten ihren Platz in der Welt.

»Ich hatte nur gehofft, der wäre bei mir.«

»Das ist er auch. Aber jetzt muss ich mich um meine Mutter kümmern. Ihr bleiben vielleicht nur noch ein paar Wochen. Die will ich für sie da sein.«

Leni nickte. Es passte eben zusammen. Matthias sorgte für Anne, Leni kümmerte sich um die Schule. Beide hatten keine Zeit, und um ihnen dies zu versüßen, hatte ihre Mutter ihm Geld geboten und ihr das Studium in Aussicht gestellt.

Sie verließ das Haus und wusste nicht, ob sie irgendwann zurückkehren würde. Ob es eines Tages noch mal eine Zeit gab, in der sie zueinanderfanden.

»Lene!«

Sie drehte sich um. Voller Hoffnung, dass er seine Meinung geändert hatte. Aber sie merkte daran, wie er in der Tür des Häuschens stand, dass es nicht so war.

Langsam ging sie zurück. »Willst du …?« Sie sprach nicht weiter.

»Hier.« Er hielt ihr etwas hin. Länglich, aus Metall. Sie erkannte es erst, als er den Gegenstand in ihre Hand legte und sie das Gewicht spürte.

»Aber …«

»Ich weiß nicht, was ich dir sonst geben kann. Es ist mir ernst mit uns. Du und ich, wir gehören zusammen. Bitte.«

»Ich kann doch nicht …« Sie verstummte. Das kühle Metall lag gut in der Hand.

Matthias lächelte wehmütig. »Weißt du noch? Früher habe ich dir immer die Taschenlampe geliehen, damit du die halbe Nacht lesen konntest.«

Natürlich wusste sie das noch.

»Medizin, das war immer dein Traum. Und dem will ich nicht im Weg stehen. Nicht jetzt.«

»Meine Mutter …«

Er trat zwei Schritte auf sie zu. »Vergiss deine Mutter«, flüsterte er. »Eines Tages … eines Tages finden wir zueinander. Ich verspreche es dir.«

Zum Abschied küsste er sie. Leni spürte die Wärme seiner Umarmung noch, da war sie schon auf der Dorfstraße unterwegs nach Hause.

Eines Tages, dachte sie. Wenn ich Ärztin bin.

Als sie mit schmerzenden Füßen und völlig durchgefroren nach Hause kam, saß ihre Mutter im Salon über eine Stickarbeit gebeugt. Leni überraschte das; sie hatte ihre Mutter noch nie sticken gesehen.

»Nun?«, fragte sie, als Leni eintrat. Sie ließ den Stickrahmen sinken und steckte die Nadel in das Leinen.

»Ich möchte schon morgen nach Bielefeld fahren. Meinst du, das geht? Bis ich zur Schule kann, möchte ich dort leben und mich vorbereiten.«

Lenis Mutter nickte. »Natürlich. Wenn das dein Wunsch ist.«

Vielleicht bildete sie sich das feine Lächeln nur ein, das die Lippen ihrer Mutter umspielte. Weil sie ihren Willen bekommen hatte: Leni und Matthias würden nicht zusammenfinden.

»Du wirst es nicht ewig verhindern können, Mutter.«

»Das ist mir wohl bewusst.«

Leni verkniff sich jedes weitere Wort. Sie ging nach oben. Vorbei am Parkzimmer zu ihrem eigenen. Auf dem Schreibtisch lagen bereits die Schulbücher, die sie von Hanni übernommen hatte. Sie holte eine Tasche aus dem Schrank und begann einzupacken, was sie in ihrem neuen Leben brauchen würde.

Zuerst legte sie Matthias' Taschenlampe hinein.

EPILOG

November 1928

Im November heiratete selten einer, und schon gar nicht so überstürzt. Da musste man ja sogleich vermuten, dass was im Busch war, tuschelte man im Dorf.

Leni ließ sich davon nicht beirren, als sie an diesem Morgen an Matthias' Seite im Fond des Horch saß. Diesmal fuhr Fritz die beiden. Ihre Eltern folgten gemeinsam mit Hanni, Carl und Sophie in der Kutsche, die vom jungen Paulsen gelenkt wurde.

Sonst hatten sie niemanden eingeladen. Eine kleine Feier im Familienkreis, »kein großes Aufsehen«, das war der Wunsch ihrer Mutter gewesen. Bloß keinen Skandal!, hätte sie auch rufen können. Diesmal aber war Leni mit ihr einer Meinung, und ohnehin hätte niemand Matthias in eine Kirche bekommen.

Leni drückte Marie an sich. Ihre Tochter trug ein hellblaues Leinenkleid, darüber einen dunkelblauen Mantel mit Pelzbesatz an Kragen und Ärmelaufschlägen, den sie von Lenis Mutter geschenkt bekommen hatte. Leni hatte sich für ein weißes, locker geschnittenes Kleid entschieden. Den Schleier hatte sie von ihrer Mutter bekommen, sie hatte ihre rötlichen blonden Haare hochgesteckt und den Schleier im Haarknoten befestigt, so dass er nicht ihren ganzen Scheitel bedeckte, wie es derzeit Mode war.

»Mh, gefällt mir«, kommentierte Matthias. Seine Hand ruhte auf ihrem Knie, der Rocksaum endete ein Stückchen unterhalb der Knie und ließ sich leicht hochschieben. Sie lächelte ihn an. Er sah richtig gut aus im schwarzen Anzug mit weißem Hemd und Fliege. Im Knopfloch steckte eine einzelne weiße Rose, die zu ihrem Brautstrauß passte.

»Ich würde am liebsten mit dir durchbrennen.«

»Schau, deshalb fährt mein Bruder uns. Dass wir unterwegs nicht abhandenkommen.«

Matthias lachte. »So ist das also? Ich dachte, er ist mein Trauzeuge.«

»Das auch.«

Leni blickte aus dem Auto. Sie war von dieser stillen Freude erfüllt, die sie gar nicht recht in Worte fassen konnte. Gerade fühlte sich ihr Leben richtig und gut an.

Vieles war noch nicht gelöst. Ihre Praxis hatte nach wie vor viel zu wenig Patienten, um rentabel zu sein. Aber gestern früh hatte plötzlich Teresa mit ihrer kleinen Tochter vor Leni gestanden, mit Tränen in den Augen hatte sie darum gebeten, dass sie sich die Kleine mal anschaute. Leni hatte sich sofort um die beiden gekümmert. Das Mädchen war tatsächlich rachitisch, aber das war nichts, was sich nicht in den Griff bekommen ließ. Zum Glück war Teresa früh genug zur Vernunft gekommen.

Matthias suchte Arbeit, und er hatte ihr erst gestern erklärt, dass er lieber barfuß nach Canossa laufen würde, als dass er bei ihrer Mutter in der Fabrik anfing.

Die neue Situation daheim war für Marie noch verwirrend. Im Moment war immer jemand für sie da, und ihr Papi, wie sie ihn noch etwas zögerlich nannte, war ihr liebster Spielkamerad.

Es würde aber dauern, bis sie zusammenwuchsen. Bis sie wirklich eine Familie waren. Leni machte sich nichts vor – dass sie heute heirateten, würde nicht alle Wunden heilen können. Würde nicht alles ungeschehen machen, was in den letzten zehn Jahren passiert war. Dafür war es zu viel.

Aber eines wusste sie. So unumstößlich und mit einer solch absoluten Sicherheit, dass sie vor Freude ein kleines bisschen trunken war. Sie wollte das hier. Das Leben mit ihm. Sie wusste, es würde kein leichtes werden. Aber er war der Mann, den sie liebte. Den sie vom ersten Augenblick an geliebt hatte. Und wenn das Schicksal sie immer wieder zueinanderführte und sie nach so langer Zeit immer noch nicht aufhören konnten, aneinander zu denken, ja – dann hatte das etwas zu bedeuten. Dann lohnte es sich, füreinander alles zu geben.

Der Horch hielt vor dem Versmolder Rathaus. Fritz würgte den Motor ab, und Leni kicherte.

»Na, hoffentlich ist das kein schlechtes Omen«, murmelte Matthias. Aber auch er grinste.

Er sprang aus dem Wagen und hob erst Marie heraus, bevor er Lenis Hand nahm und ihr beim Aussteigen half. Das größte Problem war dabei der drei Meter lange Schleier. »Du siehst wunderschön aus«, raunte er ihr zu. Sie lächelte. Ach, sie konnte gar nicht mehr aufhören zu lächeln.

»Da kommen die anderen!« Fritz winkte der Kutsche, die beiden Braunen im Gespann näherten sich in einem flotten Trab.

»Bereit, Fräulein Wittmann?«, flüsterte Matthias ihr zu. »Heute fängt ein neues Leben an.«

»Ja«, sagte sie mit fester Stimme. »Ich bin bereit.«

Und ohne sich nach ihrer Familie umzudrehen, schritten Leni und Matthias mit Marie in ihrer Mitte auf die Rathaustreppe zu und betraten das Standesamt.

HISTORISCHE NOTIZ & DANKSAGUNG

Normalerweise mag ich es gar nicht – und das habe ich mit vielen Autor:innen gemein –, wenn mir jemand eine Geschichte erzählt und diese Erzählung mit dem Satz einleitet: »Darüber müsstest du mal ein Buch schreiben!« In 99 Prozent der Fälle schreibe ich kein Buch darüber.

Dies ist der hundertste Fall.

Im Mai 2019 saßen meine Mutter und ich beisammen, und sie erzählte von der Dorfärztin Helene Wilmanns, die einst in Versmold und Umgebung praktiziert hatte. Sie brachte mir auch ein Buch mit, in dem ein spannender Artikel über diese mutige, junge Frau stand, die sich gegen alle Widerstände zur Ärztin ausbilden ließ.

Ich fing ein bisschen Feuer. Und entflammte vollends, als ich eine Woche später mit meiner Lektorin vom Aufbau Verlag zusammensaß und ihr einfach mal den Arbeitstitel zuwarf, den ich mir überlegt hatte: Die Dorfärztin.

Anne Sudmann bekam sofort glänzende Augen, ich habe also mit dieser Idee eine offene Tür bei ihr eingerannt. Es dauerte noch mal ein wenig, bis ich mich in das Thema eingedacht hatte, aber im Grunde wusste ich von diesem Moment an – ich werde diese Geschichte schreiben.

Die historische Helene Wilmanns hatte keinen Klumpfuß, sondern eine Lippen-Gaumen-Spalte. Sie wurde 1911 geboren (nicht 1901), und ja, sie musste darum kämpfen, wie ihre Schwestern zur Cecilienschule (dem späteren Ceciliengymnasium) gehen zu dürfen.

Die Liebesgeschichte entspringt gänzlich meiner Phantasie.

Ich wünsche ihr, dass sie jemanden an ihrer Seite gehabt hat, di:er ihr viel bedeutet hat.

Während meiner Recherche für diesen Roman (und den Folgeroman, den ich im Anschluss schreiben werde) habe ich mich sehr in der Zeit zu Beginn des 20. Jahrhunderts verbissen. Möglich wurde dies auch durch die Vorarbeit von Angela Heider-Wilms, die sich für mich durch die Archive gewühlt und einen Großteil des Materials aufbereitet hat.

Bei den historischen Ereignissen in und um Versmold und Bockhorst habe ich mich inspirieren lassen und mich nicht strikt an die Chronik der beiden Orte gehalten. Für viele Themen war leider auch kein Platz – zum Beispiel für die über achtzig Kinder, die während der Jahre des Ersten Weltkriegs aus Bochum in Versmold und Umgebung aufgenommen und versorgt wurden, weil die Versorgungslage in den Städten noch katastrophaler war.

Besonderer Dank an dieser Stelle an Dr. Katinka Appelt, die auf die medizinischen Details geschaut hat. Falls ich da trotzdem etwas falsch dargestellt habe, geht's auf meine Kappe.

Das Manuskript wurde in einem sehr rohen Zustand und während ich schon ein bisschen (ver)zweifelte von meinen Testleserinnen geprüft – teilweise rasend schnell. Ihr seid die Besten: Anna, Britta, Christiane M., Michelle, Ruth, Stephanie, Verena G., Verena H.

Stefanie O. grub für mich das Rezept für Aniskuchen aus, nachdem ich ursprünglich von einem Zitronenkuchen schrieb, der aber der Recherche nicht standhielt.

Das Verlagsteam vom Aufbau Verlag hat wieder einen wunderbaren Job gemacht. Mein besonderer Dank gilt Christina Weiser, die mit viel Feingefühl das Manuskript lektorierte.

Ich möchte auch wie bei jedem Buch meiner Agentin Franka Zastrow erneut von Herzen danken. Sie hat immer ein offenes Ohr für die Sorgen ihrer Autor:innen und stets gute Ideen, wenn es irgendwo hakt.

Meine Familie war diesmal – bedingt durch die Coronakrise mit geschlossener Kita und einem Mann im Homeoffice – viel näher an meinem Schreibprozess dran als bei den bisherigen Romanen. Ich nenne es mal eine interessante Erfahrung.

Zuletzt danke ich euch, liebe Leser:innen. Ihr macht das hier möglich. Dass ich mit Leni und ihren Lieben lebe, dass ich, sobald ich dieses Manuskript abgeschlossen habe, ihre Geschichte weitererzählen darf – das verdanke ich euch. Mir ist bewusst, dass viele Fragen offenbleiben. Die hätte ich unmöglich alle in einem Roman beantworten können, und ich hoffe, ihr habt die Geduld mit Leni und mir. Im August 2021 geht es dann mit dem zweiten Roman um Leni und Matthias weiter, und ich hoffe, ich kann euch dann alle noch offenen Fragen beantworten.

Bielefeld, im Juli 2020

Julie Peters
Ein Winter im Alten Land
Roman
330 Seiten. Gebunden
ISBN 978-3-352-00950-1
Auch als E-Book erhältlich

Winterzauber und Honigduft

Hamburg im Winter: Die Ärztin Bea achtet darauf, niemanden an sich heranzulassen. Als eine alte Patientin verschwindet und nur ein Tagebuch zurücklässt, lernt sie deren Neffen Tom kennen, der die Imkerei seiner Tante übernommen hat, sich aber nur wenig um die schlafenden Bienenvölker kümmert. Dann entdeckt Bea im Tagebuch seiner Tante den Hinweis darauf, dass die Population von einer gefährlichen Krankheit bedroht ist. Jetzt muss schon ein Weihnachtswunder passieren, um sie zu retten. Doch Tom und Bea geben nicht auf, und bei dem gemeinsamen Kampf um die Bienen kommen die beiden sich näher …

Warmherzig und humorvoll: Für die gemütlichen Abende am Kamin.

Regelmäßige Informationen erhalten Sie über unseren Newsletter. Jetzt anmelden unter: www.aufbau-verlag.de/newsletter

rütten & loening